퍼마 레드

가 장 어 두 운 이 름

퍼마 레드

가 장 어 두 운 이 름

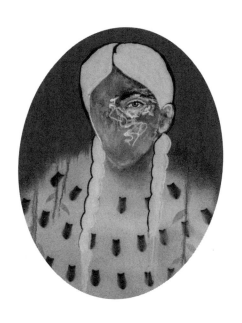

데브라 맥파이 얼링 장편소설 · 이지민 옮김

혜 움
이 음

이 책에 쏟아진 찬사

"몽환적이고 서정적이며 반짝이는 아름다움까지 포착한 이 소설은 도로시 앨리슨의 『캐롤라이나의 사생아』와 윌리엄 포크너의 『내가 죽어 누워 있을 때』에 비견할 만하다."
　―『오리거니언』

"문장 하나하나가 훌륭한 한 편의 서사시다."
　―셔먼 알렉시

"굉장한 깊이와 힘이 녹아 있는 러브 스토리."
　―북리스트

"루이스의 세상은 가족을 향한 감정이든, 음식의 맛이든, 자연의 풍경이나 냄새든 모든 감각이 늘 극도로 열려 있다. 이 책을 읽다 보면 우리도 감각이 예민해지며 소설이 소환하는 세상이 눈앞에 생생히 펼쳐지는 경험을 하게 된다."
　―앨런 츄스

"처음 들어보는 이름의 작가가 서부에서 불쑥 나타났다. 감각적으로 자신의 세상을 그리는 작가의 기량 덕분에 독자는 그 세상을 이해하기도 전에 냄새부터 맡게 된다. 에스키모인들이 눈을 설명할 때처럼, 얼링은 수백 가지 다른 방식으로 구름을 묘사한다. 동사와 형용사가 새로운 조합 속에 춤을 추며 줄거리를 이끌어나간다.
　―『로스앤젤레스 타임스』

"과감한 기교와 열정이 돋보인다."
　—루이스 어드리크

"1940년대 몬태나주를 배경으로 펼쳐지는 이 소설은 사랑으로부터 도피하려는 젊은 여인의 삶을 아름답게 그려냈다. 데브라 맥파이 얼링을 제임스 웰치나 루이스 어드리크 같은 위대한 미국 원주민 작가의 반열에 오르게 만든 소설이다."
　—『미니애폴리스 스타 트리뷴』

"아름답다……. 희망을 선사하는 책이다."
　—『캔자스 시티 스타』

"원주민 자치 지구에는 두려움과 분노, 결핍과 굶주림에서 비롯된 위험이 온갖 곳에 도사리고 있다. 붉은 머리칼의 루이스 화이트 엘크는 이곳에 속하고도 이곳에서 달아나고도 싶어 하며 자기만의 방식으로 사랑과 자유를 찾기를 꿈꾼다. 하지만 그녀의 아름다운 외모는 세 남자의 욕망의 대상이 되고, 저마다 위험하기는 매한가지인 이 남자들은 그녀를 소유하기 위해 무슨 짓이든 하려 한다. 미국 서부의 풍경을 담은 숨 막히게 아름다운 소설, 『퍼마 레드, 가장 어두운 이름』은 문화 간의 충돌을 배경으로 펼쳐지는 비극적인 러브 스토리로 데브라 맥파이 얼링이 처음으로 선보이는 가히 인상적인 소설이다."
　—『라이브러리 저널』

"가녀린 몸에 깃든 강인한 정신력과 따뜻한 마음."
　—『USA 투데이』

"열망이 타오르는 이야기."
　—『샌프란시스코 크로니클』

일러두기

1. 이 책은 *Perma Red*, Blue Hen, 2002를 번역한 것입니다.
2. 본문 [ ]안의 설명은 모두 옮긴이가 단 것입니다.

자신들의 이야기라는 귀중한 선물을 준
어머니와 아버지를 위하여

그리고

사촌 동생 체릴을 위하여,
그녀의 어머니 루이스, 퍼마 레드를 기리며

인디언 플랫헤드 자치 지구

루이스와 옐로 나이프

옛 결혼

　루이스 화이트 엘크가 아홉 살 때였다. 바티스트 옐로 나이프는 그녀의 얼굴에 대고 고운 가루를 분 뒤 그녀가 사라질 거라고 말했다. 루이스는 코피가 날 때까지 재채기를 했고, 바티스트는 손수건을 건넸다. 루이스는 교실 바닥에 누워서 고개를 뒤로 젖혔지만 피가 멈추지 않았다. 그가 자신의 심장으로 향하는 강을 열어버린 기분이었다. 바티스트가 준 손수건은 피로 흠뻑 젖었다. 루이스는 더웠고 나른했다. 토머스 버나드 수녀가 루이스를 일으켜 세우더니 화장실로 가서 얼굴을 씻으라고 했다. 수녀는 루이스의 콧날을 꼬집었다. 루이스는 자신에게 쏠린 온갖 관심에 곤혹스러워하며 손수건으로 얼굴을 계속 누르고 있었다. 피가 손가락 사이로 천천히 흘러내리며 식어갔다. 어느 순간 바티스트 옐로 나이프가 그녀 옆에 무릎을 꿇고 앉았다. 루이스는 머릿속이 텅 빈 기분이었다. 관자놀이 부근의 정맥이 떨리는 모습이 그려졌다. 루이스의 피부에서 색이 빠져나가고 있었다. 얼굴이 알에 촛불을 갖다 댄 것처럼 빛났다.[수정 가능성이 없는 알에 촛불을 갖다 대면 밝게 빛난다.] 고통. 성자. 부자연스러운 바티스트. 안짱다리에 먼지투성이의 바티스트가 루이스 옆에 무릎을 꿇은 채 서늘하고 메마른 손으로 그녀의 머리를 부드럽게 감쌌다. 그의 목소리가 루이스의 귓가를 간질였다. 루이스를 향해 몸을 숙인 바티스트는 속삭이듯 낮은 목소리로 이야기했다. 그의 목소리가 루이스의 귀 안으로 들어왔다. 루이스는 버나드 수녀가 자신에게서 바티스트를 떼어내는 걸 느꼈다. 뒤통수에서 은색 별들이 춤을 추었고 루이스는 찌에 걸렸다 다시 풀려난 물고기처럼 도로 꿈속으로 빠져들었다.

루이스가 눈을 깜빡이며 잠에서 깨자 할머니가 그녀의 손을 꼭 쥐었다. 루이스의 손은 차가웠다. "이걸 다시 찾아왔다." 할머니가 말했다. 할머니는 바티스트가 그녀에게 준 손수건을 들고 있었다. 구겨진 손수건은 피 때문에 검붉고 빳빳했다. 어찌된 일인지 알 수 없었으나 루이스는 보건교사가 그녀를 들어 올려 차에 태울 때 바티스트가 곁에 바짝 붙어 서있던 것이 기억났다. 보건교사에게 손수건을 돌려달라고 말하던 그 수줍은 목소리도. 차가 학교 운동장을 빠져나갈 때 바티스트는 루이스를 보고 미소 지으며 피범벅이 된 손수건을 높이 치켜들었고 루이스는 그가 자신에게서 가져간 것을 오롯이 볼 수 있었다.

할머니는 바티스트와 거리를 두라고 했었다. 그는 더티 스왈로, 방울뱀 여인의 아들이었다. 바티스트 옐로 나이프의 엄마는 방울뱀을 자신이 원하는 대로 조종할 수 있었다. 작년 여름, 방울뱀 한 마리가 스틱 경기 줄에 앉아 있던 할머니의 치마 뒷자락을 물었다. 할머니가 더티 스왈로의 돈을 너무 많이 땄고 더티 스왈로는 자신의 돈을 돌려받고 싶어 했다. 이제 더티 스왈로의 아들이 루이스에게 무언가를 바라고 있었다.

바티스트에게는 특이한 구석이 있었다. 더티 스왈로는 아들을 옛날식으로 길렀는데 모두들 그가 더티 스왈로와 다르기를 바랐다. 바티스트는 어떠한 것들을 듣지 않고도 알았다. 그는 애기백합이 언제 첫 싹을 드러낼지 그 누구보다도 빨리 알아챘다. 그는 애기백합이 피어나기 전날 밤, 더티 스왈로에게 이 소식을 전하곤 했는데 그의 말이 틀린 적은 단 한 번도 없었다. 그는 가장 늙은 연장자만이 아는 이야기들을 알았지만 그 얘기를 누군가에게 들은 적은 없었다.

"그는 그런 것들을 안단다."

할머니는 그렇게 말하곤 했다.

"정령이 그에게 말해주기 때문이지. 바티스트는 우리 늙은 이들의 최후를 아는 데다 위험하단다."

루이스의 증조할머니가 돌아가신 날, 바티스트는 그녀의 죽음을 예견했다. 구름이 거대한 유령처럼 서서히 흩어지던 아주 화창한 봄날이었다. 루이스의 증조할아버지는 높은 들판에서 말에게 낙인을 찍고 있었는데, 루이스의 기억에 바티스트는 자신의 할아버지와 함께 그걸 보러 왔다. 루이스는 그때 여섯 살이었지만 바티스트를 기억했다. 학교 밖에서 그를 본 흔치 않은 날 중 하나였기 때문이었다. 하지만 그가 기억에 남은 가장 큰 이유는 그날 일어난 일 때문이었다. 그날 루이스는 엄마, 할머니, 올드 마치즈 증조할머니와 함께 산비탈에 앉아 있었다. 처음에는 바티스트가 올드 마치즈를 두려워해 그녀에게서 멀찍이 떨어져 앉은 거라고 생각했다.

올드 마치즈는 온갖 역경을, 심지어 천연두마저도 이겨냈지만 루이스의 할머니는 그녀의 얼굴에 늘 패인 자국이 있었다고 했다.[유럽인 정착민들이 미 대륙 정복의 목적으로 담요 등에 천연두 바이러스를 묻혀 원주민에게 퍼뜨렸다. 콜럼버스가 미 대륙에 도착 이후 가장 많은 원주민들이 죽은 이유 중 하나가 천연두 감염이다.] 루이스는 올드 마치즈의 얼굴, 병이 그녀의 피부 아래에서 소멸하면서 흔적을 남긴 곳, 피가 영원히 고여 있는 멍든 부위를 아직까지도 기억했다. 늙은 올드 마치즈는 루이스의 척추를 따라 손가락 관절을 문지르는 걸 즐겼다. 그녀는 루이스가 발을 헛디디거나 울 때, 루이스가 다칠 때마다 그녀를 놀리곤 했다. 증조할머니가 돌아가신 후에 할머니는 올드 마치즈는 원래 그런 사람이었다고, 짓궂었다고 루이스에게 말했다.

그날 루이스는 바티스트에게 무슨 문제가 있기라도 한 건지 궁금했다. 그가 자신을 빤히 바라봤으며 얼굴을 찌푸려도 시선을 거두지 않았기 때문이었다. 루이스는 바티스트를 둘러싼 소문들을 알았다. 그가 다른 원주민들이 보고 듣지 못하는 것을 보고 들을 수 있으며 그의 엄마는 방울뱀을 조종할 수 있는 능력을 가졌다는 얘기들을. 그는 할아버지가 일하는 동안 다른 사람들과 떨어져 앉은 채 호리호리한 손가락으로 흑토를 푹 파며 몸을 앞뒤로 흔들고 있었다. 그는 다른 사내아이들처럼 울타리 안에 있지 않았다. 그의 할아버지는 바티스트가 혼자서 조용히 언덕에 있게 해줬다.

올드 마치즈가 얘기를 막 시작하려는 찰나 바티스트가 자리에서 일어났다. 흙이 덕지덕지 붙은 바지는 너무 얇아 무릎에 거의 붙어 있다시피 했다. 올드 마치즈는 그가 결핵을 앓고 있을지도 모른다고 큰 소리로 말했다. 그는 자신의 할아버지가 한때 말고삐로 쓰던 것을 허리띠처럼 차고 있었다. 얼굴에 흰 반점이 두 개 있었지만 바티스트는 루이스가 그때까지 본 원주민 중 피부가 가장 검었다. 비버처럼 짙은 피부를 지닌 그는 자리에서 벌떡 일어났고 어린 루이스조차 그 기이하고도 확실한 동작에서 뭔가 좋지 않은 느낌을 받았다. 바티스트가 일어난 것을 본 그의 할아버지는 수망아지를 묶고 있던 매듭을 내려놓은 뒤 그에게로 재빨리 갔다. 늙은이는 바티스트에게 몸을 기울였고 그의 이야기를 들으며 고개를 끄덕였지만 루이스는 바티스트가 하는 말을 들을 수 없었다.

"바티스트가 도롱뇽을 봤대요. 붉은 도마뱀처럼 생긴."

루이스의 증조할아버지, 굿 마크는 울타리 문을 닫은 뒤 바티스트에게로 향했다. 루이스는 할머니 옆에 숨죽인 채 서 있었다. 다른 남자들도 하던 일을 멈추고 바티스트에게 무슨 일이 있는지 보려고 그쪽으로 갔다. 언덕 아래로 사람들이 모이자 말들이 울타리 한쪽 구석으로 바짝 붙어 섰다. 갑자기 남자들이 땅에 쭈그리고 앉았다. 그들은 무언가를 찾아 만져보려는 듯 흙을 더듬었다. 굿 마크는 흰색 땋은 머리를 허리띠 안에 넣은 뒤 시든 잔디를 손으로 쓸었다. 루이스의 엄마는 고개를 저으며 머리 위로 두 손을 동그랗게 모아 쥐었다. 할머니는 루이스에게 속삭이는 듯한 작은 소리로 말했다.

"도롱뇽을 찾아. 네가 찾을 수 있을지 보자꾸나."

루이스는 남자들처럼 네 발로 기면서 손가락 끝으로 잔디를 샅샅이 뒤지기 시작했다. 가지를 집어 흙을 헤집어보았으나 아무것도 보이지 않았다. 그때 바티스트 옐로 나이프가 뒤에서 슬금슬금 다가왔고 루이스는 그의 뾰족한 머리칼과 검은 얼굴을 올려다보았다.

"너는 못 찾을 거야." 그가 말했다. 루이스가 발을 밟았지만 그는 꿈쩍도 하지 않았다.

"저리 가." 루이스가 말했다. 그녀는 자신이 잘 모르는 사내아이, 바티스트에게 자신이 무언가를 할 수 없다는 얘기를 듣고 싶지 않았다.

"네가 내 앞을 가로막고 있잖아."

루이스는 돌멩이를 찾아 몸을 돌렸고 세이지와 풀을 꺾었다. 힐끗 본 바티스트의 눈이 흐리멍덩했다. 속눈썹이 깜빡였고 검은 홍채가 머리 안으로 빨려 들어갈 듯 소용돌이쳤다. 흰자위는 오싹하게도 파란색에 가까웠다.

"좋지 않아." 빙글빙글 돌아가는 눈을 감으며 그가 말했다.

"누군가 죽을 거야."

루이스는 바티스트 옐로 나이프의 얄팍한 바짓단에 붙어 있는 흙을 바라보았다. 바람에 구름이 하얗게 번지는 것과 토사로 물이 바뀌듯 흙먼지에 빛이 달라지는 것을 바라보았다. 루이스는 언덕에 서 있는 증조할머니 쪽으로 고개를 돌렸다. 그 순간 증조할머니가 갑자기 뒤로 쓰러졌고 바람이 그녀의 올리브 스카프를 머리에서 낚아챘다.

루이스는 할머니에게 어떻게 손수건을 돌려받았는지 물었다. 노인이 바티스트 옐로 나이프의 다부진 주먹과 추한 미소에서 어떻게 그녀의 피를 빼앗아올 수 있었는지. 할머니는 대답하지 않았다. 루이스는 여러 가능성을 상상했지만 버나드 수녀와 그녀의 단단하고 울퉁불퉁한 손마디 덕분이었을 거라고 생각했다. 수녀는 사내아이들이 죽은 방울뱀으로 장난을 치거나 죽은 새의 입에 막대기를 찔러 넣지 못하게 막았다. 분명 바티스트가 루이스의 피로 흥건한 손수건을 간직하도록 내버려두지 않았을 터였다.

루이스는 꿈을 꾸었는데 그 꿈은 밤새도록 그리고 아침까지 그녀를 쫓아왔다. 익숙한 꿈이었다. 루이스는 살리시족[북아메리카 북서부 해안 중부에 거주하는 원주민 부족으로 플랫헤드족이라고도 부른다.]의 목소리를 들었다. 남자의 목소리도 여자의 목소리도 아니었다. 그 목소리는 그녀에게 속삭이지 않았고, 수채화 물감으로 칠한 수백만 개의 유리구슬처럼 그녀의 작은 손안에 모아 쥔 꿈을 향해 말했다.

춥다. 뱀들이 눈으로 막힌 깊은 구멍에서 자고 있다. 우리는 이제 우리의 이야기를 전하려 한다. 방울뱀은 조용하다. 한참 전 너의 피는 할머니의 혀에서 기름 같은 냄새를 풍겼다. 눈은 물크러질 만큼 아주 단단하게 얼어 있다. 눈 더미의 가장자리가 꽤 날카롭다. 눈이 반짝인다. 우리는 이곳에 갇혀 있다. 할머니의 집 바깥에 벌거벗은 사내가 붉은 불가 옆에 서 있다. 그의 얼굴은 여자의 얼굴처럼 매끄럽고 평평하다. 등은 갈비뼈 쪽으로 굽어 있고 엉덩이는 좁다. 할머니 집의 지붕 위로 불길이 높이 솟구친다. 불길의 파란 혀에 벅스킨 낙엽송이 탄다. 검은 나무가 타들어 가며 흰색 나뭇재가 된다. 벌거벗은 남자는 잇새로 입김을 내뿜으며 갈라진 입술로 불을 향해 휘파람을 분다. 그의 휘파람이 눈에 거대한 바람을 불러일으킨다.

불빛은 작은 촛불이 된다. 깜빡이더니 사그라지면서 흰색이 되고 또다시 사그라져 연기가 된다. 연이어 불어오는 바람에 흰색 재가 흩어지면서 숨 막히는 얇은 흰색 먼지 막이 된다. 눈과 가루가 된 나무는 뜨겁고도 차갑다. 남자는 흰색 별, 끝없이 펼쳐진 눈밭 앞에 서 있다.

그의 흰색 빛이 아침으로 바뀌고 있다.

루이스는 할머니에게 손수건에 대해 다시 묻지 않았다. 누가 그걸 도로 가져왔는지 알았다. 증조할아버지가 들려준 이야기를 기억했다. 의술을 다루는 사람들의 비밀 수련 의식에 관한 이야기였다. 영하 40도까지 떨어진 밤에 그들은 눈 속 깊이 파묻혀 있는 핀, 벌거벗은 채로 덜덜 떨고 있는 그들에게서 수 킬로미터 떨어진 곳에 있는 핀을 찾아와야 했었다. 할아버지가 루이스를 살렸다고 했다. 할아버지는 어찌어찌 해서 더티 스왈로의 더러운 손에서 손녀의 피를 찾아왔고 루이스는 그 대가가 꽤나 컸을 거라 생각했다. 다시는 바티스트 옐로 나이프와 말을 섞지 않을 생각이었다.

루이스가 열네 살이었을 때다. 바티스트가 뒤에서 살금살금 다가와 지나가는 미풍을 교묘하게 이용해 그녀의 손에 방울뱀 꼬리를 슬그머니 올려놓은 적이 있었다. 어찌해야 할지 몰랐던 루이스는 한동안 꼬리를 바라보곤 그걸 주머니 깊숙이 찔러 넣었다. 주머니에 난 구멍 사이로 꼬리가 빠져나가길 바랐다. 하지만 꼬리는 루이스가 두려워한 힘, 그녀가 한 번도 경험해보지 못한 감정이 되었다.

"그 녀석이 줬을 때 왜 곧바로 안 버린 게냐?" 할머니가 물었다.

루이스는 발치를 내려다볼 뿐 아무 말도 하지 않았다. 방울뱀이 주머니에 들어왔을 때 뱀 전체가 다시 붙은 것처럼 움직이기 시작했다는 걸 어떻게 설명해야 할지 몰랐다. 방울뱀이 새로운 근육처럼 자신의 다리에서 씰룩이는 것이 느껴졌는데 그게 자신에게 어떠한 힘을 줄까 봐 겁이 났다.

할머니의 재촉에 루이스는 언덕에 방울뱀을 묻은 뒤 붉게 칠한 돌로 위치를 표시했다. "이렇게 하면 피할 수 있을 거야." 할머니가 말했다. 루이스는 향나무 그늘이 드리워진 곳

아래 언덕에서 가장 좋은 장소를 찾아 정성껏 도마뱀을 묻었다. 새로 내린 뿌리로 달콤한 냄새가 진동하는 땅에 구멍을 깊이 판 뒤, 자신이 근처에 있다고 느끼게끔 속이려고 해진 장갑으로 방울뱀을 조심스럽게 감쌌다. 그런 다음에 팔로 흙을 쓸고 손을 동그랗게 말아 두드려가며 구멍을 최대한 재빨리 막았다. 루이스는 뒤돌아보지 않으려고, 곁에 있고 싶은 욕망을 드러내지 않으려고 주의하며 작은 돌무덤에서 천천히 멀어져갔다.

그날 밤 내내 꿈이 루이스를 집어삼켰다. 그녀는 떨어지고 있었다. 길게 자란 잔디가 주위에서 솟구치며 열기를 내뿜었다. 매기 힐 부근의 매끄럽고 납작한 돌들이 태양 아래 빛났다. 루이스는 엄마의 따뜻한 입김을 느끼며 어두운 잠으로 빠져들었다.

루이스는 바티스트 옐로 나이프를 무시하기로 했다. 그는 이제 그녀에게 존재하지 않는 사람이었다. 루이스는 그의 목소리가 들리지도, 그가 보이지도 않는 척했다. 루이스는 할머니 집의 얇은 널 계단 아래에서 들려오는 비늘의 속삭임에 더 이상 귀 기울이지 않았다. 바티스트는 동생의 죽은 고양이 유령보다도 그녀에게 존재감이 없었다. 이제는 잠도 잘 잤고 마음도 놓였다. 바티스트가 뒤에서 가까이 다가오면 그를 피해서 그가 그곳에 없는 것처럼 말했다. 루이스는 바티스트가 그의 말, 샴페인을 탈 때에만 관심을 보였다. 그는 루이스가 샴페인을 마셔보고 싶다고 하는 것을 엿들은 뒤 그녀를 위해 말의 이름을 샴페인으로 짓기까지 했다. 루이스가 다가와 말을 쓰다듬자 바티스트는 우르술라 수녀원의 모두에게 자기가 루이스와 결혼할 거라고 떠벌리기 시작했다. "그 애한테 접근하지 마. 내 거니까." 루이스가 부인할수록 바티스트는 그녀를 끈질기게 쫓아다녔다. 그를 피하기 위해서는 그를 찾는 수밖에 없다고 루이스는 혼잣말을 했다.

덕슨에서 스틱 경기가 있던 날, 루이스는 모두가 지켜보는 가운데 찰리 킥킹 우먼의 부족 순찰차 아래에서 거의 한 시간 동안 숨어 있었다. 바티스트가 그녀를 찾고 있다고 멜비나 빅 비버가 말해주었기 때문이었다. 루이스는 엔진의 열기를 느끼며 차량 아래로 기름 웅덩이에 거의 드러누워 있다시피 했고 그 바람에 원피스를 더럽히고 말았다. 하지만 바티스트는 헤마우쿠스 쓰리 드레시스와 손을 잡고 아무렇지도 않게 그녀를 지나쳐갔다. 자리에서 일어난 루이스가 머리카락에서 메마른 잔디를 떼어낼 때 바티스트는 그녀를 쳐다보거나 그녀 쪽으로 눈길을 주지도 않았다. 그의 엄마 더티 스왈로만이 루이스를 보았다. 더티 스왈로는 스틱 경기 줄의 흙바닥에 담요도 깔지 않고 앉아 있었다. 그녀의 작은 눈은 집요했다. 경기 중에도 눈은 계속해서 루이스를 향하고 있었고 손바닥을 펼쳐 테두리가 까만 뼈를 보여주었다.

까무잡잡한 짐승 같은 바티스트는 헤마우쿠스를 향해 웃을 때면 잘생겨 보이기까지 했다. 루이스는 안도하며 허파 깊숙이 숨을 들이쉬었지만 안도감과 함께 무언가를 잃었다는 느낌이 찾아왔다. 담배에 불을 붙이고 도로 근처에 서 있는 향나무의 상처에 집중하려고 했다. 바티스트는 헤마우쿠스의 갈색 손등을 자신의 허벅지 옆에 문지르더니 스틱 경기 줄로 그녀를 데려가고 있었다. 둘은 서로를 바라보며 미소 지었다.

루이스는 어떤 기분이어야 하는지 알 수 없었다. 바티스트 옐로 나이프가 새로운 사람, 더 나은 사람을 찾아서 모두가 자신을 불쌍하게 여길지 궁금했다. 루이스는 바티스트 옐로 나이프와 그의 관심을 원치 않았으며 지난 몇 년간 그에게서 달아났다. 그의 온갖 속삭임과 눈빛을 전부 회피했다. 루이스는 성적인 매력을 잃은 기분에 젖어 칙칙한 나무 옆에 섰다. 원피스에는 온통 기름때가 묻어 있었다. 사람들은 자신이 헤마우쿠스를 질투하기를 기대하며 자신을 바라보고 있을 터였다. 찌는 듯한 여름 햇빛 속에서 헤마우쿠스의 머리카락은 무겁게 드리워졌고 너무 반짝여서 흡사 수면 같았다. 헤마우쿠스는 나이가 많았지만 바티스트를 바라볼 때면 손을 들어 웃음을 가리곤 했다. 허리는 굵었고 매끄러운 팔은 근육으로 단단했다.

루이스는 작아진 기분이었다. 갈비뼈의 단단한 선이 느껴졌다. 속이 텅 비어 기운이 하나도 없었다. 골반뼈가 원피스의 얇은 천에 들러붙었다. 노인들은 할머니에게 말하곤 했다. "손녀딸이 결핵에 걸리지 않도록 조심해요." 흰색 잔디가 발목에서 바스락대는 들판에 서 있는 지금 뼈대가 굵은 자신의 무릎이 느껴졌다. 루이스는 피곤했고 바보가 된 기분이었다. 헤마우쿠스보다 자신의 외모가 낫다고 스스로를 속였는지도 몰랐다. 멜비나 빅 비버와 그녀의 동생 마비스가 그녀를 지나치며 웃음을 들키지 않으려고 고개를 돌리자 루이스는 그들을 향해 흙을 찼다.

루이스는 바티스트와 전혀 거리를 두지 않았다는 걸 깨달았다. 그녀는 온통 바티스트를 신경 쓰고 있었고 그건 지금도 마찬가지였다. 무시하려 해도 자꾸 바티스트 생각이 났다. 바티스트가 뒤로 물러나자 루이스는 그가 정말로 자신을 따라다닌 게 맞나 의문이 들기 시작했다. 그는 이제 다른 사람을 사랑했으며 이따금 그녀가 보이더라도 더 이상 눈길을 주지 않았다. 루이스가 내내 착각했을지도 몰랐다. 걱정은 사라졌다. 그 후 맬릭네 가게에 갔다가 루이스는 바티스트 옐로 나이프가 다시 혼자 있는 것을 보았다. 땅콩버터와 보존식품, 신선한 달걀 상자가 놓인 진열대 한가운데서 그녀는 안전했다. 루이스는 중앙 통로를 걸어가면서 그를 지나쳤다. 루이스가 카운터로 향할 때 바티스트가 그녀의 이름을 불렀고 몇 년 만에 처음으로 루이스는 그를 돌아보며 미소 지었다. 가게를 나서며 매연으로 그을린 창문을 통해 그를 힐끗 볼 때까지만 해도 루이스는 자신이 그에게 다시 준 힘을 깨닫지 못했다. 양팔을 볼품없이 쭉 내린 바티스트는 가게 바깥에 서 있었다. 루이스가 한참 동안 바라보았지만 바티스트는 그 자리에서 꿈쩍하지 않았다. 그는 농성을 포기하지 않을 작정이었다. 루이스는 그가 헤마우쿠스를 기다리는 건지 궁금해하다가 그제야 할머니의 말이 옳았음을 깨달았다. 바티스트는 루이스를 기다리고 있었다. 루이스는 그를 영원히 무시했어야 했다.

그를 거부한 숱한 날들 동안 루이스는 악몽을 딱 한 번 꿨다. 꿈에서 바티스트는 강가에서 헤엄치는 늙은이였다. 마구를 멘 어깨가 끌고 있는 게 뭔지 루이스의 눈에는 보이지 않았다. 그는 가만히 지켜보면서 머뭇거리는 파도를, 너울을 전부 예측했다. 루이스는 바닷물이 그의 몸에, 바위에, 바닷물에, 다시 바위에 찰싹찰싹 부딪히는 소리를 들었다. 그는 겨울비 같은 은색 너울에 올라타서 루이스를 향해 손을 뻗었다. 꿈속에서 바티스트는 루이스를 잡지 못했고 지금도 잡지 못할 터였다. 루이스는 식료품점의 퀴퀴한 공기를 깊이 들이쉰 뒤 밖으로 나와 뜨거운 태양과 바티스트 옐로 나이프를 마주했다.

"루이스."

바티스트가 말했다. 루이스는 주저하며 그에게 걸어갔다. 이번 봄에는 비가 내리지 않았다. 잎의 가장자리에서 가을 냄새가 났다. 들판은 엄청난 열기에 아침을 내어주었다. 루이스는 뜨거운 젖가슴에서 그의 욕망을 느꼈다. 작은 봉돌이 끄는 힘찬 낚시 바늘 천 개가 젖꼭지 끝을, 무거운 귓불을 끌어내리는 기분이었다. 루이스는 두피에 손을 올리고 맥박이 뛰는 걸 느껴보았다. 태양이 너무 뜨거워 손바닥 아래로 머리카락을 셀 수 있을 것만 같았다. 중압감이 녹색 바다처럼 허파로 엄습했다. 루이스는 멈춰 서 더티 스왈로의 아들에게 맞섰다. 그의 존재는 기이했다. 그 힘을 이용하려면 받아들여야 하는 집요한 바람과도 같았다.

"대답을 안 하네. 내 말 듣고 있니?"

루이스는 무언가 잘못되었음을 깨달았다. 속이 답답했다. 앞니에 혀를 갖다 대며 로저 멀란과 그의 길고 노란 이를 생각해봤다. 그 애의 엄마는 그가 말뚝 울타리 사이로 사과를 먹을 수 있다고 했다. 루이스는 그 모습을 상상했다.

바티스트는 루이스에게 말을 걸면서 자기 사타구니의 볼록 솟은 부분을 세게 잡아당겼다. 루이스는 그에게서 멀어지는 데 온 힘을 쏟았다. 바지 지퍼에 성냥을 그어 노란 불꽃을 만든 바티스트는 키니키닉[마른 잎과 나무껍질을 섞은 원주민의 담배 대용품]을 말아 넣은 파이프에 불을 붙였다. 그는 루이스에게 다시 관심을 보였고, 혜마우쿠스의 손을 잡고 있던 때처럼 굴지 않았다. 그는 취한 상태였다. 바티스트는 며칠째 술을 마시고 있었다. 입에서 술 냄새가 났다. 루이스는 그의 얼굴을 흘낏 보았지만 눈을 맞추지는 않을 생각이었다. 루이스는 불현듯 바티스트가 잘생겨 보이는 동시에 못생겨 보일 수 있다는 걸 깨달았다. 그의 목소리는 수로 깊숙이 느릿느릿 흐르는 물처럼 그녀를 끌어당겼다. 바티스트는 루이스를 만지지 않을 테지만 그의 볼록한 혀에서 나오는 거친 소리가 루이스의 왼쪽 젖가슴을 스쳤다. 루이스가 돌아보자 그가 활짝 웃었다. 바티스트는 키스하는 것처럼 입술 사이로 담배 연기를 뿜었고 루이스는 눈가가 촉촉해졌다. 그가 루이스의 생각을 읽은 게 틀림없었다. 갈색 눈동자를 감싸는 흰자는 끓어오른 것처럼 가장자리가 노랬다. 루이스는 그에게 가까이 다가가고 싶은 욕망을 느꼈다. 자신도 이해할 수 없는 기이한 욕망, 죽은 동물의 작은 입을 가까이 들여다보고 싶은 욕망과도 같은 욕망이었다. 루이스는 뼈가 부러진 사슴을 자세히 보기 위해 고속도로를 또 건널 터였다. 그녀는 바티스트에게 가까이 다가갈 거였다.

"루이스."

그가 속삭였다. 루이스의 이름이 그의 입 안을 가득 메웠다.

그의 셔츠 깃에서 축축한 열기가 솟아올랐다. 루이스는 자기도 모르게 그의 두툼한 귓불에 혀끝을 갖다 대려고 앞으로 몸을 숙였다. 바티스트에게서는 늙은 몸뚱이에서 나는 짠 내처럼 시큼한 맛이 났다. 그는 자신의 뺨을 그녀의 뺨에 누르며 축축한 자국을 남겼다. 루이스는 뒤로 물러섰다. 그에게 키스하지는 않을 거였다. 가까이 다가가니 그에게서는 다른 냄새가 났다. 달콤하고 따뜻한 흙냄새, 깨끗하지 않은 모든 것을 덮는 희미하고 기이한 라임 타는 냄새였다. 바티스트는 루이스의 심장 소리를 들을 수 있다는 듯 그녀 쪽으로 고개를 숙이더니 입을 벌리고 도롱뇽처럼 빨간 혀를 보여주었다.

몸 안의 구멍이 전부 닫힌 양 뒤통수가 당기는 기분이었다. 루이스는 뒤돌아보지 않으려고 애썼다. 가만히 숨을 쉬며 귀 기울였다. 바람이 잠잠했다. 자신의 머리가 그들 위로 높이 솟아 있는 반투명한 둥근 달처럼 보드랍다고 상상했다.

루이스는 저 위에서 내려다보는 달처럼 이 세상을 바라보았다. 들판의 잡초가 바스락거렸다. 벌새보다도 작은 바티스트 옐로 나이프가 보였다. 그의 작은 심장이 얇디얇은 벽을 따라 뛰고 있었다. 그에게서 90미터 떨어진 맬럭네 가게에는 수프 캔과 야채, 싸구려 사탕이 가득한 바구니가 깔끔하게 쌓여 있었다. 바티스트는 더 이상 그녀를 만질 수 없었다. 그 생각을 하자 구름 사이에 낀 것처럼 숨이 막혔다. 은색 햇빛으로 반짝이는 언덕에서 무언가 움직였다. 루이스는 바람을 한가득 들이마셨다. 할머니의 지하 저장실이 보였다. 바위투성이 언덕은 비 때문에 매끈해졌고 지하 저장고 깊은 곳에는 뚱뚱한 방울뱀이 수년 동안 그녀의 가족을 따돌리며 과일 병과 육포 마대 뒤에 숨어 있었다. 방울뱀은 창백한 유령 같은 허물을 남긴 채 매년 점점 더 자라났다. 온갖 곳에 뱀이 숨어 있었다.

할머니가 쌓아놓은 장작더미의 눅눅한 그늘에는 호리호리한 방울뱀이 잠을 자고 있었다. 우르술라 수녀원의 운동장 근처 들판에서도 방울뱀이 나타났다. 다섯 살밖에 안 된 로레인 스몰 새먼이 줄넘기를 하는 동안 그 애의 신발 끝 근처에서 갈색 방울뱀이 앵앵거렸다. 루이스의 여동생이 수탉을 내몰고 있는 저지대에는 독니를 지닌 뱀 백 마리가 잡초에 숨어 있었다. 조코의 어느 낚시꾼은 햇볕에 탄 그의 정수리만큼이나 속수무책으로 갈색 돌멩이와 지의류처럼 두꺼운 방울뱀에게 둘러싸여 있었다. 루이스는 사내아이들이 프랑스 수녀의 무덤에 꽂힌 십자가에 걸어놓은 죽은 뱀을 보았다. 지나가는 차에 의해 잘리고 뭉개진 길 뱀들도 있었다. 그들의 눈은 검은 파리의 딱딱한 등처럼 반짝였고 그 뒤로 더 많은 뱀이 나타났다. 8월의 방울뱀 천 마리의 우윳빛 눈들. 더티 스왈로가 비가 들이치는 할머니 집의 문가 쪽으로 걸어가고 있었다. 방울뱀들이 결혼 열차처럼 그녀를 뒤따랐다.

"나와 결혼해줘."

꽤 먼 곳에서 바티스트 옐로 나이프가 말했다. 루이스는 그에게서 달아나려고 한 걸음 물러났다. 뺨을 스치는 공기가 깨끗하고 뜨거웠다. 갑자기 바람이 불어와 원피스가 다리 뒤에 바짝 붙었다. 루이스는 번질번질한 눈가에 흙먼지가 들어가지 않도록 눈을 가렸다. 바티스트는 계속 그녀를 바라보고 있었고 그녀는 잠시 그가 안쓰러웠고 자신이 안쓰러웠다. 루이스는 바티스트를 자기 안으로 끌어당길 수 있을 만큼, 그의 뼈를 녹여 물로 만들 수 있을 만큼 그를 미워할 수 있었다. 루이스는 달아나기 시작했다. 작은 식료품 봉투를 떨어뜨린 채 더 빨리 달렸다. 루이스는 할머니의 집에 있는 더티 스왈로가 그 어떤 들판이나 길 방울뱀보다도 무서웠다.

루이스의 여동생, 플로렌스는 장작을 보관하는 별채의 지붕 위에 쭈그리고 앉아 있었다. 플로렌스는 손을 입술에 갖다 대고는 루이스더러 멈추라는 몸짓을 해보였다. 할머니 집의 뒷문은 활짝 열려 있었지만 날이 아주 밝아서 어두운 부엌이 잘 보이지 않았다. 창문을 통해 새하얀 햇빛이 쏟아져 들어왔다. 처마 밑에 생긴 좁은 그림자의 테두리 안쪽에 열기를 피해 숨어 있는 참새의 씰룩거리는 꼬리가 보였다. 루이스는 목 안에 찬 온기를 느끼며 침을 삼켜보려 했다. 무릎까지 오는 샐비어 사이에 조심스럽게 발을 디디며 털빕새귀리의 날카로운 부분에 걸리지 않도록 치마를 들어 올렸다. 잔디 관목의 끝자락이 보였다. 집까지 이어지는 연못을 따라 난 부드러운 소꼬리 같았다. 개울가를 따라 리듬에 맞춰 물이 천천히 흐르고 있었다. 루이스는 무지개송어를 생각했다. 그들의 집요한 눈빛을, 수면 위로 뛰어올라 작은 흰색 날개를 베어 물 때 등을 따라 비늘이 울리는 소리를. 산들바람이 깊숙이 불어와 흙먼지를 높이 날려 보내자 갈대가 잠시 움직임을 멈추었다. 날개가 검은 찌르레기는 조용했다. 루이스는 연못 가장자리까지 뻗어 있는 미루나무의 볼록한 뿌리를 자세히 들여다보았다. 완류는 은색이 되었다가 잠잠한 그늘 아래 다시 녹색으로 변했다. 루이스는 연못에 돌을 던졌고 순간 물이 찰랑이며 더 많은 물결이 생겨나는 것을, 익숙한 꿈틀거림이 잔디를 가르며 작게 쉬익 소리를 내는 것을 바라보았다. 루이스는 뒤엉킨 잔디 뿌리를, 뱀들을, 들판의 언어를 알았다.

더티 스왈로가 할머니 집에 있었다. 더티 스왈로는 올드 마치즈를 땅에 묻기 전에 그 곁을 밤새 지키는 경야에 참석했었고, 루이스의 엄마가 돌아가신 날에도 찾아왔었다. 방울뱀이 메마른 잡초를 지나가며 내는 탁탁 소리에 플로렌스는 매번 허둥지둥 도망갔었다. 집이 가까워지자 더티 스왈로의 목소리가 들려왔다. 더티 스왈로는 원을 그리며 할머니의 부엌을 서성이고 있었다. 루이스가 포치에 들어서자 방울뱀이 뒤로 물러나면서 건조한 쌀을 스치는 소리가 났다.

"내 집에서 나가."

할머니의 큰소리를 더티 스왈로는 듣지 않았다. 그저 부엌 한가운데 서 있었다. 그녀 주위로 움직임이, 회전하는 공기가 만들어낸 외풍이 느껴졌다. 그녀의 뚱뚱한 엉덩이를 감싸는 치마는 부드러웠고 곳곳이 너무 닳아 있어서 루이스는 자신이 맨살을 보고 있는 게 아닐까 생각했다. 창백한 치마 아래로 더티 스왈로의 시커먼 피부를 볼 수 있을 것만 같았다. 더티 스왈로는 뱀 껍질과 방울뱀 꼬리로 만든 허리띠를 차고 있었다. 그녀의 존재 자체가 부엌을 잠재우는 바스락거리는 잡음이었다. 허리띠에 매달린 꼬리 하나는 바닥을 쓸다시피 했고 루이스는 그걸 만든 뱀의 길이를 가늠해보려고 애썼다. 리놀륨 바닥에 냉기가 내려앉았다. 축축한 방구석에서 태양에 갈라진 오이의 희미한 냄새가 올라왔다. 방울뱀이 집 아래에서 스르륵 움직이는 소리가 들렸다.

"이제 그만 나가." 할머니가 더티 스왈로에게 말했다. "그런 협박은 이 집에서 환영받지 못해."

루이스는 더티 스왈로가 살아 있는 뱀, 눈이 노란 큼지막한 갈색 뱀을 허리에 두르고 다닌다는 얘기를 들었다. 루이스는

그녀의 엉덩이를 너무 자세히 보지 않으려고 했다. 등에 마름
모꼴 무늬가 있는 방울뱀의 무늬가 바뀌는 걸 보게 될까 봐 덜
컥 겁이 났다. 더티 스왈로는 열린 문 너머를 바라보았다. 루
이스가 돌아보니 방울뱀이 그녀에게 바짝 접근하고 있었다.
더티 스왈로가 혀를 차자 뱀은 멈춰 섰고 꼬리를 위로 올린 채
포치에 똬리를 틀었다. 할머니는 구석에 세워둔 빗자루를 쳐
다보고 있었다. 더티 스왈로는 사악한 취객처럼 눈을 가느스
름하게 뜬 채 히죽 웃으며 루이스를 바라보았다. 루이스는 술
을 마시지 않았기 때문에 그 웃음이 무엇을 의미하는지 알 수
없었다.

"내 아들의 청을 받아들이면 좋겠는데." 더티 스왈로가 말
했다. "내 아들과 결혼하지 않으면 네 가족 중 누군가 뱀에게
물릴 거야."

"노망난 할망구 같으니라고." 루이스가 큰 소리로 외쳤다.

"손녀를 제대로 교육하지 않으셨군요." 더티 스왈로가 말
했다. "놀랄 일도 아니네요."

"루이스가 원치 않는 일을 하게 만들 생각은 없어." 할머니
의 말에 더티 스왈로는 두 손을 맞잡으며 박수를 쳤다. 그러자
방울뱀은 배로 먼지를 쓸면서 조용히 계단을 다시 미끄러져
내려갔고 곧 잡초의 가장자리에서 가려 보이지 않게 되었다.
루이스는 그때 알았다. 더티 스왈로가 결정을 내렸음을.

루이스는 포치에 서서 더티 스왈로가 들판을 벗어나 고속도로로 들어서는 것을 바라보았다. 손톱을 물어뜯으며 잠자리가 잡초 위에 앉으려고 하강하는 것을 지켜보았다. 지금은 현대라고, 수업 시간에 시몽 수녀가 말했었다. 뼈를 달그락거린다고 열병을 치유할 수는 없다고. 머리 깎는 기계나 발톱이 눈보라로부터 우리를 지켜주지는 않는다고. 루이스는 더티 스왈로가 두렵지 않았다. 뱀이 두렵지 않았다. 그녀는 자신이 두려웠다. 자신의 생각, 바티스트가 그녀에게 불어넣은 감정이 두려웠다. 루이스는 평생 원주민 자치 지구에 살고 싶지는 않았다. 할머니의 작은 집 너머로, 매일 걷는 똑같은 도로 너머로, 바티스트 옐로 나이프 너머로 무언가 다른 게 있지 않을까 생각했다. 루이스는 언덕을 바라보았다. 강은 잠잠했다. 열기 속에서 하늘은 색상이 다 빠져나간 듯 피곤해 보였고 모든 것이 오후의 태양 아래 자고 있는 듯했다. 저 멀리서 더티 스왈로가 걸어가고 있었다. 더티 스왈로는 일정한 속도로 걸었고 도로의 높낮이 때문에 이따금 보이지 않다가 저 멀리서 다시 나타나곤 했다. 더티 스왈로가 마지막 언덕을 건너자 루이스는 더 이상 그녀를 볼 수 없었다. 그슬린 바람이 문가에 요동쳤다.

루이스는 할머니가 자신을 꾸짖을 거라 생각했지만, 할머니는 밖으로 나와서 플로렌스가 별채 지붕에서 내려오는 걸 도와주고 있었다.

"겁쟁이처럼 굴지 마."

잠시 루이스는 할머니가 자신에게 말하고 있다고 생각했다.

"두렵다고 도망칠 수는 없어."

그것은 플로렌스를 향한 것이었다.

루이스는 저 멀리 미션산을 바라보았다. 덥고 현기증이 나 눈앞이 깜깜했다. 루이스는 눈을 감고도 붉은 태양을 그려볼 수 있었다. 또다시 옛 생각이 났다. 엄마가 방에서 옮겨지던 때가 기억났다. 찰리 킥킹 우먼이 엄마를 침대에서 들어 올려 문쪽으로 몸을 돌릴 때 루이스는 엄마의 얼굴을 보았다. 부은 얼굴은 물에 씻긴 나무처럼 옅은 회색이었다. 엄마는 곧 바스라질 것 같았고 성 버나뎃처럼 신성해 보이기까지 했다. 턱선을 따라 가느다란 핏줄이 드러나 있었다. 관자놀이의 핏줄은 청록색이었다. 엄마의 아름다웠던 머리카락은 열기에 부스스했지만 그녀의 머리카락이 자신의 얼굴을 쓸고 지나갈 때 루이스는 마지막으로 다시 한 번 엄마의 달콤한 촉감을 느꼈다.

엄마가 죽은 뒤 찾아온 월귤나무 꽃이 피어나는 여름, 열린 부엌 창문 너머로 할머니와 이모의 목소리가 들렸다. 할머니와 이모는 엄마가 남자를 잘못 만났다는 둥 주술에 휘말렸다는 둥 옛 결혼이 지닌 힘 때문이라는 둥 이런저런 얘기를 했다. 루이스는 이제 막 시작된 긴 여름 속에 맨발로 선 어린 소녀였다. 그슬린 머리카락 끝을 비비 꼬며 손때로 어두워진 가죽 가방을 상상했다. 그때에도 루이스는 바티스트를 생각했다. 교실 바닥에 누워 있을 때 바티스트가 자신 위로 몸을 숙이던 모습, 자신의 피가 빠져나가던 모습, 그의 치아에서 검은색의 짙은 연기가 하얗게 올라오던 모습, 그가 속삭이던 모습, 그의 숨결이 자신의 새파란 심장을 들이키는 모습을. 엄마가 아직 살아 있다면 어떻게 해야 할지 말해줄 수 있을 거였다. 루이스는 포치에서 뛰어내려 산으로 재빨리 달아나고 싶었다. 하지만 그를 향해 달려가고 있는지 그에게서 벗어나고 있는지 알 수 없었다. 바티스트는 어디에나 있었다.

그들은 퍼마를 향해 걸었다. 할머니는 아무런 불평 없이 그곳까지 걸어가면 플로렌스에게 오렌지 맛 탄산음료 네즈빗을 사주겠다고 약속했다. 루이스는 동생을 쫓아갔고 자매가 너무 심하게 웃자 할머니는 그러다가 울겠다고 했다. "옐로 나이프 부인." 플로렌스는 루이스를 그렇게 불렀다. "옐로 나이프 부인." 루이스는 플로렌스에게서 달아나듯 멀어졌다. 루이스는 숨이 턱까지 차올랐다. 까치가 울타리 말뚝에서 지저귀고, 그들 위로 태양이 어른거렸다. 눈이 까만 데이지가 길가에 빽빽하게 심어져 있었는데 할머니는 꽃이 활짝 피기 전에 부드러운 싹을 뜯으려고 멈춰 서곤 했다. 루이스는 도로변의 배수구를 뛰어다녔다. 뒤돌아보니 플로렌스가 뒤에서 폴짝 뛰어오르고 있었다. 신문이 잡초에 닿아 버스럭거리는 소리가 들렸다. 메뚜기가 플로렌스의 어깨에 앉았고 할머니는 꽃줄기를 벗기고 있었다. 할머니는 루이스와 플로렌스에게 인디언 샐러리를 먹어보게 했다.

"나는 봄이 정말 좋단다." 할머니가 말했다. 플로렌스는 루이스의 손에서 줄기를 낚아채려 했다. "꾸물거리지 마." 할머니는 그들보다 앞서가며 말했다. 루이스는 달려가서 할머니를 따라잡았다. 할머니 옆에서 걷는 게 좋았다.

길 끝에서 아지랑이가 피어올랐다. "길 끝에는 물이 없는데 왜 물이 보이는 거죠?" 루이스가 물었다.

"게으른 사람을 계속 걷게 만들기 위해서지."

루이스는 플로렌스를 돌아봤을 때 동생은 절뚝거리고 있었다.

"게으름뱅이."

루이스가 동생을 불렀다. 플로렌스는 루이스를 향해 미소 지었지만 걸음걸이가 불안했다. 두 갈래로 땋은 머리카락이 플로렌스 앞에 무겁게 매달려 있었다. 플로렌스는 어지러운 듯했고 앞으로 고꾸라질 것처럼 보였다. 얼굴이 땀으로 반질거렸다. 할머니는 멈춰 섰고 플로렌스를 돌아보더니 꽃을 떨어뜨린 채 서둘러 그녀에게 돌아갔다. 플로렌스는 오른발을

절고 있었는데 루이스는 동생이 관심을 사려고 그러는 건지
알 수 없었다.

"벌한테 쏘인 것 같아요."

플로렌스가 할머니에게 말했다. 왼 다리가 너무 부어올라
묵직한 스타킹이 찢어지기 시작했다. 할머니는 플로렌스 옆
에 쭈그리고 앉아 스타킹을 끌어내렸다. 루이스는 그들을 향
해 달려갔다. 동생의 발목에는 두 개의 작은 송곳니 자국이 있
었다. 동생은 천천히 걷더니 결국 주저앉았다. 할머니는 머리
에서 손수건을 끌러 물린 자국을 가볍게 두드렸다. 플로렌스
의 다리는 미션산만큼이나 보라색으로 팽팽히 부어올랐고
루이스는 두개골 아래쪽의 피가 빠져나가는 기분이 들었다.
들판이 윙윙거리고 있었다.

"나 이제 죽는 거예요?"

플로렌스가 물었다. 열에 들뜬 잠에서 방금 깨어난 것처럼
동생의 눈이 몽롱해지더니 차분하게 가라앉았다. 루이스는 두
려웠다.

"가서 도움을 청해, 루이스. 뛰어."

할머니가 말했다. 무릎이 후들거려 제대로 뛸 수 없어 루이
스는 팔을 위아래로 마구 휘저으며 뛰었다. 길 끝에 있는 강
가를 향해 달렸다. 동생의 목숨을 구하기 위해 달렸다. 달리는
내내 태양 때문에 목이 너무 뜨거웠고 앞에 펼쳐진 수 킬로미

터가 너무 길게 느껴졌다. 지금은 암흑 시대가 아니라는 시몽 수녀의 목소리가 들렸다. 사람들은 휴가를 보내려고 지구의 한쪽 끝에서 다른 쪽으로 이동한다고. 지금은 문명화된 사회라고. 우리에게는 전화와 타자기가 있다고. 전기 믹서기와 세탁기가 있다고. 실내 배관 시설이 있다고. 너희 원주민들은 이해해야 한다고. 우리는 얼굴이 파래질 때까지 야생동물에게 말을 걸 수 있지만 새는 우리에게 둥지를 짓는 법을 절대로 가르쳐주지 않을 거라고. 우리가 시킨다고 뱀이 우리의 적을 물지는 않는다고. 나는 몽매한 미신에서 당신들을 해방시켜주러 왔다고. 정신 차리고 세상을 바라보라는 수녀의 말에 아이들은 입술을 파르르 떨었다.

찰리 킥킹 우먼

독사의 공격

한가한 날이었다. 몇 시간째 정찰 중인 고속도로에는 차 한 대 보이지 않았다. 늦봄에 찾아오는 샐비어와 건초 냄새만 날 뿐이었다. 맥파이 할머니 집으로 차를 몰 생각이었다. 봄치고 더운 날이라 경찰복이 쇠로 만든 것처럼 달아올랐다. 최근 들어 루이스를 별로 보지 못했다. 그녀와 옐로 나이프에 관한 소문이 들렸다. 그가 루이스의 주위를 서성인다는 얘기, 그가 루이스와 결혼할 작정이라는 얘기였다. 나는 그러한 일이 일어나지 않기를 바랐다. 바티스트 옐로 나이프는 비열하고 음침한 주정뱅이로 자랐다. 루이스를 순찰차에 태워서 근무일지를 보여줘야 할까 보다. 옐로 나이프가 문제를 일으켰던 온갖 사건들을 알리는 거다. 그는 술에 취해 난동을 부리고 무단 침입을 하고 공격을 하는 등 공공의 안전과 치안을 위협하는 사람이 되었다. 목록은 길었다. 루이스의 할머니에게도 그걸 보여줘야겠다고 생각했다. 루이스를 설득하기란 쉽지 않았다.

곧 공식적으로 그녀를 찾아다닐 수 있을 터였다. 루이스는 무단결석을 밥 먹듯 해서 우리는 매해 그녀 같은 혼혈아들을 찾아다녀야 했다. 루이스를 잡는 게 나의 일이었다. 루이스는 자주 달아났으며 일주일에 두 번이나 달아날 때도 있었다. 지난 몇 년 동안 그 아이는 나에게 크나큰 골칫거리였다. 나는 루이스를 구해주고 싶었다. 만약 계속해서 울타리 안으로 몰아넣는다면 아이가 결국 학교에 붙어 있게 될 거라고 생각했다. 교육을 받는다고 해서 그 애가 어떻게 될 거라고 생각한 건 아니었지만 교육을 받지 않을 경우 어떻게 될지는 알았다. 루이스 화이트 엘크가 구빈원에 들어가는 걸 보고 싶지 않았다. 바티스트 같은 남편에게 주말마다 맞으며, 악을 쓰며 울어대는 아이가 열 명이나 있는 상태에서 또 다른 아이를 임신하게 되기를 바라지 않았다. 그 애의 운명이 그것과는 다르기를 바랐다. 그런 나를 보고 이따금 아내는 내가 그 애를 갖고 싶어 한다고 비난하기도 했다.

원주민 사무국 사회복지사인 브래드록 씨는 온갖 방법을 시도했다. 한 번은 딕슨에 있는 백인 전용 학교에 루이스를 넣었다가 우르술라 수녀원으로 옮겼고 또다시 딕슨으로 데려갔다. 루이스는 어느 쪽도 마음에 들어 하지 않았고 기회만 생기면 달아나곤 했다. 작년 가을, 루이스는 세인트 이냐시오에서 조젯 스몰 새먼과 어울리더니 그와 함께 핫 스프링스로 달아났다. 이틀 후 나는 담배 연기와 술에 찌든 루이스를 데려와야 했다. 루이스는 선글라스를 끼고 있었는데, 그녀가 다른 사람들보다 잘난 것처럼 행동해서 조젯이 주먹을 휘둘렀다고 했다. 조젯은 루이스가 백인 여자처럼 굴었다고 나중에 나에게 말했다. 루이스가 다른 사람들보다 나아 보이려고 백인처럼 행동했다고 말하는 순간 조젯이 그녀를 때린 듯했다. 루이스의 눈두덩이 멍은 갈라진 자두의 넓은 틈새처럼 보였다.

브래드록 씨는 루이스의 할머니가 구식일 거라고, 설득이 가능한 사람일 거라고 생각했다.

"늙은 여자랑 얘기하게 되겠지만 그 여자가 원주민 할머니라는 걸 잊지 말라고."

나는 그에게 말했다.

"그거지. 나는 그 애의 할머니랑 얘기할 거라네."

브래드록 씨가 말했다. 그는 지식층 출신의 엄격한 여인, 쿠키를 굽는 노인을 상상하고 있었다. 루이스의 할머니가 긴 치마에 목이 긴 모카신을 신고 다니긴 했다. 땋은 검은 머리에 밝은색 스카프를 썼는데 관자놀이 부근이 희끗희끗했다. 그녀는 며칠 연속 밤새도록 스틱 경기를 하는 노름꾼이기도 했다. 여전히 칼리스펠 경마장에서 말을 탔고 나무를 벴으며 미션까지 32킬로미터를 걸어 미사에 참석했다. 음식을 직접 저장하고 소고기포를 만들었으며 여름과 겨울에는 낚시를 했다. 152센티미터밖에 안 되는 작은 체구였지만 남자처럼 일했다. 그녀는 손녀딸에 대해 우리와는 다른 생각을 갖고 있었다.

"정말 대단한 할머니지. 손녀딸을 우리에게 넘기지 않을 걸. 아무리 루이스를 위한 일일지라도 말이지." 브래드록에게 말했지만 그는 내 충고를 듣지 않았다.

나는 브래드록과 함께 맥파이 할머니의 집에 가야 했다. 실수였다. 브래드록은 맥파이 할머니에게 손녀가 거칠고 통제 불가능하다고 말했다. 손녀를 도우려고 미션에서 딕슨까지 온갖 학교에 집어넣었지만 그 애는 걸레처럼 핫 스프링스로 달아났다고. 노친네는 우리 둘 다를 집에서 내쫓았다.

브래드록도 어떤 면에서는 틀리지 않았다. 루이스에게는 거친 면이 있었다. 나는 여름에 열린 파우와우[북아메리카에서 사는 원주민들이 여는 축제로 새로운 생명의 부활을 축하하는 의미를 담고 있다.]에서 루이스가 가장 민첩한 사내아이들보다도 빨리 달리는 걸 보았다. 루이스는 플랫헤드강의 휘몰아치는 파도 속에서 보란 듯이 수영하기도 했다. 나는 그녀가 거센 물살에 온몸을 비트는 바위들 사이로 잠수하는 것을 보았다. 루이스는 할머니 집 옆에 자리한 깊은 연못으로 뛰어들어 얼음 속에 빠진 할머니를 살리기도 했다. 내가 루이스 같았으면 좋겠다는 생각을 한 적도 있었다.

그날 나는 머릿속에 너무 많은 생각을 담고 있던 터라 주위를 둘러보지 않은 채 운전하고 있었다. 길에서 루이스를 만날 거라고는 생각지도 못했는데 얼핏 보니 루이스가 나에게 뛰어오고 있었다. 이번에도 그 애한테 당했다는 느낌이 들었다. 심장이 빠르게 요동쳤다. 루이스가 내 생각을 읽을 수 있을 것 같아 모자를 내려 눈을 가렸다. 루이스를 볼 때마다 내 심장은 빠르게 뛰었다. 차를 끌고 퍼마 근처를 지나갈 때마다 나는 주어진 임무든 아니든 그녀를 찾곤 했다. 루이스를 찾는 게 나의 일이라고 혼잣말을 하곤 했다. 그건 보통 내 일이었지만 그 주 토요일은 아니었다.

차창을 내렸다. 루이스는 헐떡거리고 있었다. 땀으로 목이 번들거렸고 머리카락이 얼굴에 들러붙은 채였다. 루이스는 몸을 수그리고 뒷문을 열려고 했다.

"태워주세요."

그녀가 말했다. 나는 망설였다. 루이스가 이번에 또 무슨 짓을 하려는지 알 수 없었다. 루이스는 문을 발로 찼다.

"찰리."

그녀가 말했다. 그 애의 혀에서 내 이름이 들리는 게 좋았다. 나는 미소가 새어 나오려는 걸 참으려고 애썼다. 그때 나는 그녀를 가졌다고 생각했다.

"제발요." 루이스가 마침내 말했다.

나는 차에서 나와 루이스를 앞좌석에 앉혔다. 루이스는 길 아래를 가리켰다. 나는 아직도 루이스에게 보여줄 내 근무일지를 생각하고 있었다.

"저기요."

루이스가 쌕쌕거리며 말했다. 그녀는 길 아래를 바라보고 있었다. 나는 살짝 웃었고 그 애가 장난을 친다고 생각해 저 아래 먼 곳을 내려다보았다.

"저 아래 뭐가 있는데, 루이스?"

나는 기어를 중립에 놓았다. 차창을 마저 내린 뒤 숨을 깊게 들이쉬었다. 나는 그녀에게 미소 짓고 있었다. 팔짱을 꼈지만 미소를 거둘 수는 없었다.

"뭐 하시는 거예요?"

루이스가 여전히 가쁜 숨을 내쉬며 말했다. 그녀가 내 어깨를 툭 쳤다.

"찰리."

루이스가 눈을 크게 떴다. 나는 무전기를 입으로 가져가 내 위치를 차량 배치 담당자에게 말해주었다.

"빨리 시동 걸어요."

한숨 쉬는 목소리로 그녀가 말했다. 루이스는 몸을 굽혀 발목을 움켜쥐었고 잠시 나는 그녀가 누군가에게서 숨으려는 건 아닐까 생각했다. 루이스는 가까이 다가오더니 내 무릎을 꾹 눌렀다.

"동생이 방울뱀한테 물렸다고요."

말이 너무 빨라 무슨 말을 하는지 거의 알아들을 수가 없었다.

"빨리요."

루이스는 길을 가리켰다. 그녀의 목 근처 맥박이 뛰는 게 느껴졌다. 나의 어리석음에 된통 걷어차인 기분이었다. 차의 기어를 바꾸었지만 그녀의 말을 전적으로 믿지는 못했다. 루이스는 전에 나를 속인 적이 있었다. 루이스는 손으로 이마를 짚으며 길을 바라보았고 나는 그녀를 흘낏 쳐다보았다. 하루가 급속히 방향을 틀고 있었다.

8킬로미터를 이동했다. 1.6킬로미터를 지날 때마다 그녀가 이만큼 뛰어왔다는 걸 떠올렸다. 그녀의 강인함에 나를 비교해가며 부족함을 느꼈다. 루이스가 보라며 손으로 가리켰는데, 나도 그들을, 루이스의 할머니와 여동생을 보았다. 플로렌스는 상태가 좋지 않아 보였다. 루이스가 진실을 말했다는 사실에 살짝 마음이 놓였다. 차에서 내려 그들을 태우기 위해 뒷문을 활짝 열었다. 플로렌스의 왼 다리가 눈에 들어왔다. 다리가 너무 부어서 몸통처럼 보였다. 상태가 좋지 않았다. 플로렌스의 다리는 너무 부풀다 못해 터질 것만 같았다. 나는 다리에서 시선을 거두지 않은 채 쓸 만한 칼을 찾아 주머니를 뒤졌다. 그녀 옆에 쭈그리고 앉아 맥파이 할머니에게 플로렌스의 얼굴을 가려달라고 말했다.

나는 이 땅을 속속들이 알았다. 찌는 듯한 여름에 조코까지 걸어간 적도 있었다. 방울뱀 둥지에 발목을 수없이 긁혔지만 방울뱀이 사람을 물었다는 얘기는 여태껏 딱 한 번밖에 듣지 못했다. 8년 전, 톰슨 폴스에서 온 백인 남성이 방울뱀에 물렸는데 독이 심장을 파고들어 목숨을 잃었다고 했다.

"그렇게 아프지 않을 거야." 나는 플로렌스에게 말했다. 물론 심장이 얼얼할 만큼 아플 터였다.

"동생 다리를 잡아."

루이스에게 말했다. 태양이 너무 눈부셔 뒤통수가 따가웠다. 루이스는 흙바닥에 주저앉아 동생의 다리를 잡았다. 내 팔이 그녀의 팔을 살짝 스쳤다. 건조한 피부가 그녀의 피부에 닿는 소리가 들리자 나는 침을 꿀꺽 삼켰고 그녀의 동생과 눈앞의 일에 집중해야 하는 지금, 나의 임무를 잠시 망각한 채 루이스를 생각하고 있는 스스로에게 겸연쩍어졌다. 루이스에게서는 레몬과 소금 냄새, 달콤하기까지 한 냄새가 났다. 팔에 닭살이 돋았다.

할머니는 뱀이 다리 안쪽 복사뼈 바로 위를 물었다고 했다. 나는 플로렌스의 발목이 바깥쪽으로 향하도록 발을 돌렸다. 피와 물이 잔뜩 고인 다리에서 끼익하는 소리가 날 것만 같았다. 손을 뗀 지 한참이 지난 후에도 내 손자국이 발목에 남아 있었다. 나는 할머니의 붉은 스카프를 지혈대로 사용했다. 플로렌스의 발목에 뾰족한 잇자국 두 개가 보였다. 그 안에 든 독을 살짝만 핥아도 180센티미터가 넘는 성인 남성이 사망에 이를 수 있었다. 잠시 숨을 참은 뒤 플로렌스와 나, 둘 다를 위해 기도했다. 뱀에게 물린 자국을 직접 본 적은 없었지만 들어본 적은 있었다. 차가운 독이 뇌를 적신다고도 했고 불붙은 휘발유처럼 신경계를 흐르며 합선이나 기능 상실을 유발한다고도 했다. 뱀에 물려 죽은 원주민 얘기는 들어본 적이 없었는데 그걸 처음으로 목격하는 사람이 되고 싶지 않았다.

뱀에 물린 자국에 칼을 깊숙이 넣으며 지난주에 나인파이프에서 잡은 2킬로그램이 넘는 브라운송어를 생각하려고 애썼다. 그 물고기는 머리가 너무 커서 척추에서 머리를 갈라내기 위해 도끼를 사용해야 했다. 물고기가 너무 커 오리들이 위험할 지경이었다. 나는 잇새로 독을 빨아내기 위해 플로렌스의 다리에서 흘러나오는 붉은 피 쪽으로 몸을 숙이면서 계속해서 그 생각을 했다. 눈을 감고 힘차게 피를 빨기 시작했다. 피에서 철 맛이 났다. 물에 작은 항적을 남기며 머리를 들어올리던 브라운송어를 생각했다. 콧구멍에서 피 냄새가 났다. 배 속이 전율했다. 나는 침을 세 번 뱉었다. 타액이 길게 이어질 때까지 침을 뱉었고 경찰복 소매로 입을 닦은 다음 계속해서 피를 빨았다.

두피에 내리쬐는 태양이 뜨거웠다. 잡초가 요란하게 웡웡 거렸다. 나는 플로렌스의 다리 위로 입술을 단단히 조인 뒤 길 게 피를 빨아들이면서 눈알을 굴려 나를 바라보고 있는 루이 스를 올려보았다. 혀가 짭짜름했다. 다시 한 번 더 세게 빨아 들였다. 입 안에서 갑자기 얼얼한 맛이 났다. 침이 가득 고인 내 혀를 독이 얼어붙게 만드는 것 같았다. 위를 올려다보니 루 이스가 여전히 나를 보고 있었다. 그녀가 무슨 생각을 할지 신 경 쓰는 내가 한심했다. 더 이상 숨을 쉴 수 없을 때까지 피를 빤 뒤 잠시 쉬었다. 어지러운 태양 아래 선 채 플로렌스에게서 시선을 돌렸다. 내가 그 애를 살렸는지 알 수 없었다. 나는 태 양이 내리쬐는 들판을, 미션으로 향하는 긴 도로를 바라보았 다. 가슴이 떨렸다.

나는 숨을 깊이 들이마신 뒤 플로렌스 옆에 쭈그리고 앉았다.

"내 목을 잡아봐."

나는 플로렌스를 내 옆으로 당겨 들어 올린 다음 차로 향했 다. 할머니가 아이와 함께 뒷좌석에 탔다. 루이스는 내가 타기 도 전에 앞좌석에 들어가 앉았다. 사이렌을 켰지만 수 킬로미 터를 가는 내내 차는 단 한 대도 보이지 않았다. 까치만 낮은 습지에서 날개를 파닥이고 있었다. 급한 볼일이 있는 보안관 처럼 나는 빠르게 차를 몰았다. 시속 160킬로미터로 미션까지 곧장 달렸다. 바람이 창문에 들이치며 소리가 났다.

그들 곁을 지키고 싶었고 루이스 옆에 앉아 있고 싶었지만 또 다른 사건 때문에 그럴 수 없었다. 루이스가 나를 속였던 날이 떠올랐다. 나는 신참이었고 루이스는 열세 살이었다. 그 애는 나에게 집으로 데려다 달라고 했다. 집으로 가는 길, 그 애가 차량 계기판에 맨발을 올려놓고 재떨이를 여는 순간 그 애가 골칫거리임을 알았다. 루이스는 지금도 골칫거리다. 나는 그걸 알고 있다. 당시에 좋은 일을 한 것처럼 사무실로 돌아가 보니 루이스가 달아났다고 했다. 경찰서장이 며칠째 루이스를 찾고 있다고 했다. 경찰국장은 내가 루이스와 얘기했다는 걸 알고는 나를 사무실로 불렀다. 그는 내가 그 애를 붙잡았다니 자랑스럽다며 칭찬하기까지 했다. 윗분들의 칭찬에 우쭐해졌지만 알고 보니 경찰국장은 내가 루이스를 데리고 있었으며 그 애를 가둔 뒤 주 당국에 인수했다고 생각하고 있었다. 그 애가 기숙학교에서 도망친 것 같다고, 그 애가 달아났다고, 그들은 말했다. 우리는 쥐새끼 같은 계집애를 잡을 수 없다고. 나는 나의 무능력이 초래한 쓸쓸한 결과를 마주하며 그곳에 서 있었다. 손에 경찰 모자를 쥔 채. 커다란 배지가 가슴팍에서 반짝이고 있었다. 나에게 작별인사를 할 때 루이스는 웃고 있었고 나는 기분 좋게 그 애에게 손을 흔들어주었다. 루이스는 빨리 집으로 가야 한다고 했었다. 루이스의 발가락에 붙어 있던 흙이 계기판에 묻어 있었다.

우리의 담당 구역은 맥파이 할머니 집과 겹치기 때문에 나는 루이스가 자라는 것을 지켜봤다. 우리는 여름 끝자락에 들판을 태우고 바람에 해진 울타리를 수리해야 했다. 루이스가 들판에 나와 있는 것을 본 적이 있다. 비쩍 마르고 똑똑한 아이였지만 눈길이 갈 만한 곳은 하나도 없었다. 루이스는 머리칼을 제멋대로 풀어 헤친 말괄량이였다. 할머니의 말을 길들일 무렵 그 아이는 열한 살이었다. 나는 루이스가 안장이 깔리지 않은 종마의 넓은 등에 고삐도 없이 기어 올라가는 걸 지켜보았다. 그녀는 한바탕 말을 탔다. 승리를 기대하는 카우보이처럼, 바닥에 엉덩방아를 찧을 만큼 난폭하게 탔지만 다음 날이 되자 아주 순탄하게 말을 몰고 있었다. 말과 루이스는 하나였다. 초조한 기색 없이, 말의 엉덩이를 걷어차지도 않고 그저 우아한 자태로 말을 타고 있었다. 루이스는 종마에서 굴러 떨어져 코 윗부분이 부러졌지만 그 상처는 그녀가 얼마나 정교한 뼈와 강인한 정신을 갖고 있는지를 보여주는 일종의 상징이 되었다. 그녀의 코는 살짝 부러져 더 우아해졌다. 루이스는 거친 아이였고 심지어 못생긴 아이였지만 이제 루이스에 비교할 만한 사람은 없다. 나는 루이스가 나를 골탕 먹이던 날을 가끔 떠올린다. 루이스가 열세 살에 불과했을 때, 내가 그 꼬마를 집에 데려다주었을 때, 뜨거운 바람이 열린 차창을 통해 불어오고 그 애의 얼굴이 홍조를 띠던 모습을. 그때 나는 그 애를 바라보고 있었다. 루이스는 아름답기도 하고 아름답지 않기도 하다. 나는 루이스를 땅에 비유한다. 카마스 프레리에서 열린 경야에 참석해야 했던 어린 시절과 그녀의 존재를 어떻게든 연결해본다. 그 땅이 어찌나 싫었던지. 그곳은 너무 뜨겁고 건조했으며 기온이 영하 30도로 떨어질 때면 잡초를 뽑고 살을 엘 것 같은 바람이 불었다. 나무는 몇 그루밖에 없었다. 8월의 먼지는 입자가 너무 가늘어 걸을 때마다 무릎에 들러붙었고 모래가 마치 눈처럼 무자비하고 맹렬하게 도로 곳곳에 들이쳤다. 카마스 프레리는 그런 곳이었다. 이제 나는 매 여름과 겨울 그 길을 운전한다. 계곡을 따라 차를 몰다 보면 희끄무레한 들판과 파랗고 평화로운 하늘이 보인다. 저 멀리 언덕과 다채로운 색상으로 반짝이는 바위, 심지어 빛바랜 잡초에도 태양이 내리쬔다. 수 킬로미터 너머를 내다볼 때면 내가 이 땅을 바라볼 수 있고 그 품 안에 있을 수 있어 얼마나 운이 좋은지 생각하게 된다. 나는 언제나 이 땅을 바라볼 수밖에 없는데 루이스와 내가 비슷한 부분이 바로 그 점이 아닐까 생각한다. 루이스는 한 곳에 머물지 않는다. 나는 그녀가 어디에 있는지 모른다. 하지만 같은 땅을 공유하기에, 같은 부족 출신이기에 우리는 비슷하다. 루이스의 일부와 이곳에 사는 모든 원주민의 일부는 나의 일부이다. 우리는 개인적인 역사를 공유한 혈족이다.

나의 아내 아이다는 야키마 원주민이다. 그녀는 플랫헤드에서 먼 곳에서 자랐으며 그 때문에 나는 이따금 우리 사이에 무언가 결여된 것처럼 아내에게 거리감을 느낀다. 아이다는 평생 이곳에 살며 우리와 같은 언어를 구사할 수 있지만 나와 고향이 다르다. 나는 아내가 예전에 살았던 곳과 알고 지낸 사람을 모른다. 하지만 루이스는 내가 알고 사랑했던 모든 것의 일부이다. 그녀는 나의 일부이다.

어린 시절, 삼촌이 나에게 부탁을 한 적이 있다. 허리가 약했던 삼촌은 나더러 일을 대신해달라고 했다. 맥파이 할머니 집에 차를 댈 때까지만 해도 나는 감당할 수 없는 일을 부탁받게 될 거라고는 생각조차 하지 못했다. 애니 화이트 엘크가 폐렴으로 죽었다고 했다. 그녀는 남편이 사냥을 나간 줄 알고 찾아 나섰는데 그는 사냥 대신 로레타 올드 혼과 살림을 차렸다. 애니가 돌아다녔던 사흘 내내 비가 엄청나게 쏟아졌다. 너무 무거웠던 비는 낮은 하늘에서 천 개의 은색 물줄기를 미친 듯이 퍼부었다. 날은 느닷없이 따뜻해졌다. 1936년 봄이었다. 벌들이 사방에 날아다녔다. 포치를 배회하고 헛간의 판자 널과 서까래에서 윙윙거렸다. 스물아홉 살의 애니 화이트 엘크를 데려간 건 차가운 비와 느닷없이 따뜻해진 날씨였다고, 사람들은 말했다. 애니는 자신의 엄마에게 루이스와 플로렌스를 남긴 채 세상을 떠났다. 나는 그녀의 시신을 계단 아래 부엌으로, 맥파이 할머니가 딸에게 수의를 입혀주려고 기다리는 곳으로 옮겨줘야 했다. 그들은 톱질대 위에 거친 널빤지를 걸쳐 시신을 놓을 탁자를 마련해두었다.

그 무렵 나는 사람이 절대 알아차려서는 안 되는 것들을 알아차리기 시작했다. 그날 오후 그들의 집으로 걸어 들어간 나는 태양이 부엌을 비추는 모습에 깜짝 놀랐다. 따뜻하고 노란 빛이 슬픈 방을 환하게 밝히고 있었다. 당시만 해도 아는 게 별로 없었던 나는 원주민들이 전부 가난하다고 생각했다. 우리 가족은 정말 가난해 보였기 때문이었다. 하지만 화이트 엘크네 집에 비하면 우리는 가난한 게 아니었다. 나의 아버지는 딕슨의 목재소에서 일했다. 우리는 같은 방에서 잤지만 저마다 침대와 침대 틀이 있었다. 그들은 밀가루 포대에 부들을 넣고 꿰맨 뒤 그 위에서 잤다. 침대 틀 따위는 없었다. 루이스네 가족은 바닥에서 잤다. 바닥 틈으로 냉기가 스며들어 왔고 회반죽을 바르지 않은 벽의 틈 사이로 빛이 새어들어 왔다. 오래된 카탈로그가 벽지처럼 붙어 있었고 한때 말들이 썼던 거친 울 담요뿐, 침대보는 없었다. 나는 자세히 보지 않으려고 애썼다.

맥파이 할머니가 계단을 가리켰다. 삼촌은 할머니와 잡담을 나누고 있었다.

"자, 어서."

삼촌이 말했다. 삼촌은 나를 얼러야 했다. 계단에는 난간이 없었고 천장에 뚫린 구멍을 향해 가파른 계단이 나 있을 뿐이었다. 계단통을 따라 분 냄새가 났다. 전에는 나지 않던 냄새였다. 나는 경야에 참석한 적이 많았다. 고인의 손을 여럿 잡아보았지만 그동안 본 고인들은 대면할 준비를 마친 상태였다. 애니 화이트 엘크는 방금 사망했고 나는 방 안에 떠돌던 냄새가 죽음이라는 걸 알아챘다. 죽음을 상기시킬 수 있는 냄새는 있지만 죽음이 풍기는 냄새와 아예 똑같은 건 없다. 삼촌은 우리가 죽음의 냄새를 맡는 즉시 그게 뭔지 알아챈다는 점에서 동물과 비슷하다고 했다. 마지막 계단에 올라 아래를 내려다보니 삼촌이 나를 올려다보고 있었다. 삼촌은 나를 향해 고개를 끄덕인 다음 시선을 거뒀다.

할머니와 삼촌의 목소리가 들렸다. 그들은 원주민들이 누군가 죽기 직전 그들의 유령을 본다는 얘기를 하고 있었다. 지금까지도 나는 죽은 자들의 방문과 관련된 말들을 싫어한다. 복도는 어두웠다. 천장 틈새로 들어온 은빛 광선이 작은 방으로 걸어가는 길을 비추었다. 서까래가 봉합되지 않았던 터라 위층은 추웠다. 바람이 불기 시작하면서 그 소리가 내 안을 파고들었고 목 안을 느닷없이 달콤하게 채우는 어떤 냄새가 복도를 가득 메웠다. 그곳은 내가 알던 집이 아니었다. 뜨거운 난로 위에서 쉭쉭거리는 하루 지난 커피 냄새가 아니었다. 그런 냄새가 아니었다. 들릴 듯 말 듯 똑딱거리는 시계에서 나는 냄새나 기름에 튀긴 빵 냄새가 아니었다. 둘 다 아니었다. 그건 차가운 비와 물 자국, 물에 부푼 나무에서 나는 냄새였다. 솔방울과 술 냄새. 어머니는 애니 화이트 엘크가 맥박이 뛰는 손목 안쪽에 바닐라를 문지른다고, 먹을 것도 없는 여자가 그런 사치를 부린다며 눈살을 찌푸렸었다. 바람 소리가 다시 들렸고 냄새는 등장할 때처럼 홀연히 사라졌다. 목 안 뒤편이 저릿했다. 그들에게는 바람이 통로처럼 이용할 대상이 이 작은 집밖에 없었다. 벽은 비 때문에 부식되었고 벽지로 사용한 신문이 천장에서 벗겨져 있었다. 복도를 따라 물의 온점 같은 얼룩이 보였다. 또다시 냉기가 찾아오자 나는 침을 꿀꺽 삼켰고 손으로 더듬어가며 복도를 따라 천천히 걸었다.

놀랍게도 애니의 시신이 있는 방의 문은 윤이 났고 매끈한 표면에 내 얼굴이 반사되었다. 나는 침입자처럼 보였다. 시신은 바닥에 있었다. 나는 루이스가 방 안에 있는지 몰랐다. 그녀는 내가 들어갔을 때 방 뒤에 숨어 있었을 것이다. 애니의 발이 먼저 보였다. 신발을 신고 있지 않은 작은 발이었다. 그녀의 발은 광을 낸 목재처럼 반짝였다. 거친 담요가 그녀의 턱까지 당겨져 있었다. 겨드랑이에서 땀이 솟았다. 애니를 향해 몸을 수그리자 열기 때문에 목이 확 붉어졌다. 허리를 잡아서 들어 올리려고 했지만 그녀를 내 쪽으로 당길 수 없었다. 내가 허접한 침대 위에 무릎을 꿇자 건조한 부들이 무릎에 닿아 바스락거리는 소리가 들렸다. 애니를 바닥에서 들어 올리는 순간 담요가 그녀의 몸에서 미끄러져 내려갔다. 그녀는 벌거벗은 상태였다. 허둥지둥 담요를 향해 손을 뻗었으나 그녀를 떨어뜨릴까 봐 불안했다. 결국 나는 애니를 다시 내려놓고 담요를 그녀의 몸에 단단히 동여맸다. 어두운 젖가슴에서 시선을 뗄 수 없었지만 수년이 지난 지금 내가 기억하는 건 그녀의 갈색 피부에 드러난 흰색 갈비뼈와, 죽었는데도 또다시 다칠까 봐 두려운 것처럼 숨을 크게 들이쉰 듯한 그 모습에 내가 갈비뼈를 일일이 셀 수 있었다는 사실뿐이다. 사람이 죽으면 무거워진다는 얘기가 있었지만 그녀는 너무 가벼웠고 내 손에서 벗어날 것만 같았다. 너무 가벼워서 내 손에 들린 게 그녀의 영혼인 것만 같았다. 고개를 들자 루이스가 문 뒤에 숨어 있는 게 언뜻 보였다. 작고 삐쩍 마른 아이, 방금 엄마를 잃은 아이였다. 나는 루이스의 엄마를 복도로, 계단 아래로 들고 갔다. 애니가 부탁한 건 딱 하나라고, 맥파이 할머니가 말했다. 자신의 딸은, 녹색 새틴으로 안감을 댄, 집에서 만든 소나무 관에 자신을 넣어달라고 부탁했다고. 나는 삼촌이 관을 만드는 걸 도왔다. 남자가 된 것 같은 기분에 뿌듯했다. 그 사건은 다른 사람들을 돕고자 하는 욕망을 내 안에 뿌리내리게 했다.

문 뒤에 있던 소녀를 떠올려보려 하지만 아무리 애써도 루이스의 앳된 얼굴이 기억나지 않는다. 내가 간직하고 있는 루이스의 이미지는 그로부터 몇 년 후의 모습이다. 그때 나는 어니스틴 치프 스피어의 죽음을 수사하라는 명령을 받았다. 어니스틴은 우르술라 수녀원에서 죽었는데 수녀들의 말에 따르면 발작 중 질식사였다. 나는 그런 일을 감당할 능력이 없었지만 꼼꼼하게 수사를 진행했다. 수녀원 건물 뒤에 차를 댄 뒤 모자를 고쳐 쓰고 근무일지를 꺼내들었다. 불가피한 일을 피하기 위해 만반의 준비를 했다. 잠시 그곳에 앉아 4월의 청명한 공기를 마시고 싶었다. 나는 피스톨만 근처에 사는 치프 스피어의 가족을 알았다. 그 집에도 가야 했다. 그 집의 다른 아이들을 언덕으로 데리고 간 뒤 그 아이가 죽었다고 가족에게 알리는 게 경찰인 나의 임무였다. 나는 신참이었고 수녀들이 가족에게 소식을 알려야 한다고 생각했다. 하지만 레이 치프 스피어에게 그의 딸이 죽었다는 소식을 전하는 건 나의 일이었다. 나는 열세 살 된 그들의 딸이 죽었다는 소식을 가족 앞에 펀치처럼 날려야 했다. 그들의 집 진입로로 들어서며 나의 상상을 그들에게 보여줘서는 안 된다고 생각했다. 그들은 내 눈에서 자신들의 딸이, 자신의 언니나 누나가 어두운 방 안, 너무 윤을 내서 물처럼 반짝이는 바닥에서 죽어 있는 걸 볼 수 있을 터였다. 수녀들이 촛불 옆에서 노래를 하거나 기도를 하는 동안 어니스틴이 칠흑처럼 어두운 방 안에서 질식해 죽은 모습이 내 머릿속을 떠나지 않았다.

치프 스피어 가족에게 유감이라고 말하는 동안 나는 내가 생각만큼 유감스러워하지 않는다는 사실을 깨달았다. 정부에서 발급한 순찰차를 모는 게 유감스러운 일은 아니었다. 원주민 자치 지구에서 일어나는 문제들조차 순찰차에 앉아서 보면 별것 아닌 듯 느껴졌다. 예전보다 풍족하게 먹는다고 유감스럽지는 않았다. 나는 그들의 딸처럼 너무 배가 고픈 나머지 음식을 먹다가 질식하지는 않을 거였다. 경찰 배지를 차고 있을 때 백인들에게 특별한 호의를 받는 것이나 때때로 나 역시 내가 남들보다 낫다고 생각하는 게 유감스럽지는 않았다.

정말 꼴불견인 건 마음속으로는 당시에도 직장이 있는 다른 원주민보다 내가 나을 게 없다는 사실을 알았다는 거다. 우르술라 수녀원으로 향하는 길은 스스로의 실패를 떠오르게 할 뿐이었다. 수녀들과 대화를 나눈 지 고작 몇 분 만에 나는 어니스틴 치프 스피어가 죽음을 자초했다고 믿게 되었다. 나는 수녀들의 진술에 귀 기울였다. 그들은 어니스틴 치프 스피어가 나쁜 아이였다고, 그래서 죽었다고 말했다. 그들이 그 단어를 직접 사용하지는 않았다. 그들은 근엄하게 팔짱을 끼고 입술을 아래로 축 늘어뜨린 채 나에게 온갖 말을 쏟아냈다. 감금된 건 어니스틴의 잘못 때문이었다고, 자신이 저지른 일에 대한 응당한 대가를 치렀음을 보여주는 잔혹한 암시였다.

그곳에 서서 아무 말도 하지 못했다. 연필과 두꺼운 보고서를 들고 있었으나 내가 이해한 건 아무것도 없었다. 백인들이 우리에게 더 많은 선행을 베풀수록 우리에게는 더 많은 문제가 생기는 듯했다. 정부는 원주민이 백인 학교에 다니는 것이, 사랑이라고는 모르는 여자들에게 배우는 것이 좋은 일이라고 생각했다. 그 여자들은 무모하고 향수병에 시달리고 형편없고 나무 냄새를 풍기는 우리 원주민보다도 더 방황했다. 프랑스에서 온 여자들, 독일에서 온 여자들. 자신들이 인정하는 것보다도 우리 원주민들과 훨씬 비슷한 여자들. 우리처럼 정체성을 잃은 여자들. 심지어 그들은 우리처럼 자신의 이름조차 잃었다. 수녀들. 수녀가 아닌 수녀들. 그들의 손은 너무 하얘서 창백해 보이기까지 했다.

그들이 우리를 싫어한다고 생각했다. 나는 수녀들에게 맞은 적이 있었다. 단지 웃었다고 아랫입술을 꽉 깨물어야 할 만큼 뺨을 세차게 맞았던 기억이 난다. 하지만 나는 그 여자들과 그들의 외로운 삶을 딱하게 여겼다. 나는 학교 뒤편으로 가 가족의 품에서 멀리 떨어진 채 이곳에 묻힌 모든 여자들의 무덤을 바라보곤 했다. 우리가 이 수녀원을 떠나고 한참 후에도 그들은 이곳에 머물 터였다.

해결해야 할 일이 꽤 많았다. 이렇게까지 많은 걸 바라지는 않았다. 나는 수녀들의 진술을 받아들여야 했다. 그들의 수녀복이 언제나 내 경찰복보다 우세했다. 그들의 이야기에 귀가 아팠다. 스스로에게 똑같은 말을 반복하고 있었기 때문이었다. 그 비난은 어쩐지 나를 향하고 있었기 때문이었다. 나 또한 원주민이었기 때문이었다. 나는 어니스틴 치프 스피어가 원주민이기 때문에 죽었다고 생각했다. 그 아이는 원주민이었기 때문에, 그리고 원주민은 어리석기 때문에 죽었다. 어리석다, 어리석다. 우르술라 수녀원에 갈 때면 수녀들은 나에게 원주민들이 얼마나 어리석은지 끊임없이 말했다. 하도 많이 말해서 나는 우리가 어리석다고 믿기 시작했다. 그 생각은 내 가슴으로 파고들었고 집에 돌아가서도 내가 도망칠 수 없는 고달픈 삶에 울분을 토하게 했다. 쓸 수도 없는 언어로 말하는 걸 상당히 자랑스러워했던 나의 조부모 역시 어리석었다. 그들은 글을 몰랐다. 수녀들의 눈에 우리는 전부 끔찍할 정도로 어리석고, 가르칠 수도 없는 방황하는 영혼이었다.

어린 시절 수녀들에게 들은 말을 왜 믿기로 했는지, 가끔은 그 말들이 왜 여전히 아픈지 모르겠다. 바티스트 옐로 나이프조차 그들이 하는 말을 받아들이려 하지 않았다. 수녀들은 나와는 달리 그는 길들이지 못했다. 술에 취하지 않을 때면 그는 우리 원주민이 최고라고, 단순하고 올바른 길은 우리 원주민들의 방식대로 사는 거라고 아직도 말하고 다닌다. 나는 그의 독선이 영 아니꼽다. 너무 많은 원주민이 제 스스로 명을 재촉하고, 바티스트도 그런 사람 중 한 명이다. 내 주위에는 수녀들의 말처럼 어리석은 짓을 저지르는 원주민이 너무 많다. 옛 방식이 최고라면 최고의 방식은 지는 것일 터다. 나는 이기고 싶다.

"어니스틴을 마지막으로 살핀 게 언제죠?" 내가 물었다.

시몽 수녀는 치프 스피어를 보러 간 건 그날 아침 딱 한 번뿐이었다고 했다. 아침 식사를 주려고 그 애의 방문을 열었다고.

"아이를 가둬두었어요. 루이스 화이트 엘크와 어니스틴 치프 스피어가 비상계단을 타고 몰래 남자 기숙사 복도로 가서 담배를 피웠거든요."

수녀는 더 많은 것을 암시하듯 눈을 가느스름하게 뜨고 나를 바라봤다. 수녀는 깊고 검은 주머니에서 열쇠를 꺼내 나에게 건네면서 복도 끝에 있는 문을 향해 고갯짓을 했다.

문을 열자 루이스가 뛰쳐나왔다. 그 애는 시몽 수녀를 지나 잽싸게 도망쳤다. 아이는 맨발이었고 나는 본능적으로 아이를 쫓아가려 했다. 하지만 아이가 너무 빨리 달려서 이미 사라진 뒤였다. 나는 텅 빈 계단을 바라보며 한동안 서 있었다. 무슨 생각을 했는지 모르겠다. 아무 생각도 하지 않았을지도 모른다. 하지만 루이스가 그 방에서 달아나던 모습이 머릿속을 떠나지 않았다. 죽은 소녀를 보게 될 거라고만 생각했다. 어니스틴이 죽은 것을 알고 난 뒤에도 수녀가 루이스를 어니스틴과 함께 가뒀을 거라고는 생각조차 하지 못했다. 나는 모자를 벗고 방으로 들어갔다.

방 안에는 냄새가 났다. 익숙한 죽음의 냄새, 너무 달콤한 냄새, 꽃이 아니라 감자, 언 감자, 먹을 게 없을 때 먹곤 했던 그런 감자에서 나는 냄새였다. 어니스틴 치프 스피어는 침대보에 묶여 있었다. 낡은 침대보가 팔과 발목을 감싸고 있었다. 침대보가 아이의 몸을 너무 단단하게 조이는 바람에 아이는 숨을 쉬기 위해 애쓴 게 아니라 침대보의 손아귀에서 벗어나려고 발버둥 치느라 등이 활처럼 뻣뻣하게 휘어진 것처럼 보였다. 메마른 머리카락은 헝클어져 있었고 달걀 흰자위 같은 작은 거품이 아이의 입가를 덮고 있었다. 부릅뜨고 있는 아이의 눈은 유리처럼 투명했다. 나는 가슴팍이 파르르 떨려 침을 꿀꺽 삼켰다. 입에 침이 잔뜩 고였고 심장이 저릿했다. 나는 시몽 수녀를 돌아봤다. 수녀는 손을 앞에 가지런히 포갠 채 여전히 문가에 서 있었다. 검은색 수녀복에 분필 자국이 묻어 있었다. 그녀가 기도하지 않을까 생각했지만 수녀는 내가 수사를 하는 게 아니라 시신을 치워주러 온 사람인 양 나를 바라보고 있었다.

"여기에 루이스를 시신과 함께 가둔 건가요?"

나는 어니스틴을 향해 몸을 돌리며 말했다. 시몽 수녀는 침착하고 당당하게 말했다.

"애가 복도를 마구 뛰어다니지 않길 바라서요. 그 애가 다른 아이들을 겁주면 안 되니까요."

나는 고개를 끄덕였다. 이곳에서는 잔인함이 범죄가 아니었다.

나는 주의를 다른 곳으로 돌리기 위해 방을 둘러보았다. 침대 옆에 놓인 전등은 깨져 있었다. 창문으로 들어오는 빛 말고는 방 안에 다른 빛이 없었다. 그 창문조차 일부분에 판자를 대어놓았다. 사춘기 소녀 두 명은 고사하고 다 큰 남자에게도 끔찍할 감옥이었다. 밤새 이곳은 어두컴컴했을 것이다. 문 아래쪽 셸락[니스를 만드는 데 쓰는 천연수지]이 벗겨진 곳에 발로 찬 흔적이 보였다. 벽 곳곳에는 할퀸 자국이, 핏자국이 있었다. 나는 고개를 돌렸다.

"무슨 소리를 들으셨을 텐데요. 문을 쾅 두드리는 소리라든지."

"아무 소리도 안 들렸어요. 학생들이 들었을지도 모르지만 다들 아무 말도 안 했고요."

겁에 질린 채 육중한 문에 귀를 바짝 대고 숨죽이고 있는 사내아이가 떠올랐다. 그건 바로 나였다. 루이스를 생각했다. 어젯밤에는 보름달이 떴던 터라 널의 틈을 통해 빛이 충분히 들어왔을 테고, 루이스는 치프 스피어의 고통스러운 얼굴을 볼 수 있었을 것이다. 루이스는 분명 도움을 요청했을 거다. 그녀는 문을 쿵쿵 두드렸다. 손톱에서 피가 날 때까지 벽을 긁었지만 아무도 오지 않았다. 마침내 루이스가 자신들을 부른 이유를 알게 되었을 때에도 그들은 아이를 이 어두운 방 안에 죽음과 함께 가두었다. 아이는 밤새, 그리고 아침 내내 이 닫힌 방 안에서 혼자였다. 닫힌 방에서는 나쁜 죽음의 냄새가 났다. 방을 나서며 나는 목 안이 꽉 막히는 기분이었다. 고통스럽게 죽은 어니스틴 치프 스피어 때문이 아니라 어니스틴의 죽음을 목격해야 했던 루이스 때문이었다. 나는 루이스가 가여웠다. 세상에는 문제를 끌어들이는 사람이 있는데 루이스가 바로 그런 사람이었다.

플로렌스는 빠른 속도로 회복했다. 나는 루이스를 볼 수 있을지도 모른다는 희망으로 몇 번 병문안을 갔다. 루이스가 할머니 없이 혼자 있는 것을 한 번 보았다. 그녀는 패션 잡지 뒤에 얼굴을 숨기고 있었는데 내가 헛기침을 하면서 집에 데려다주겠다고 말해도 나를 올려다보지 않았다. 병원의 커다란 창문으로 여름이 이글거렸다. 플로렌스의 다리에 감긴 은색 깁스가 빛을 받아 반짝였다. 나는 눈을 가늘게 뜨고 반짝이는 깁스 너머로 루이스의 다리를 힐끗 보았다. 눈가가 촉촉해질 때까지 하염없이 바라보았다.

플로렌스는 6월에 퇴원했다. 나는 루이스와 함께할 수 있을 거라 확신하며 가족을 집으로 데려다주기로 했다. 하지만 루이스는 맥파이 할머니가 플로렌스의 퇴원 서류에 서명을 하는 동안 병실을 슬쩍 빠져나갔다. 나는 할머니와 플로렌스만 태우고 출발했다. 고속도로에서 루이스가 보이자 심장이 파르르 떨렸다. 루이스는 손을 들어 올렸지만 내가 태워주려고 차를 세우자 창문에서 몸을 떼며 말했다. "저는 걸을래요." 나는 마지못해 차를 출발시켰다. 저 멀리 루이스가 사라지고 산의 경계가 희미해지며 반짝이던 윤슬이 황혼 속에 칙칙해지는 것을 바라보다가 결국 우리 앞으로 수 킬로미터 뻗어 있는 광활한 도로로 시선을 옮겼다. 동생에게 일어난 일 이후 루이스가 섣불리 도로를 걷지 못하기를 바랐다. 하지만 나는 운이 없었다. 루이스에게는 다른 생각이 있는 게 분명했다.

줄스 바트와 루이스

✦

카우보이

뱀이 루이스의 동생을 문 이후 바티스트는 한동안 모습을
보이지 않았다.

"저도 염치없나 보지."

할머니가 루이스에게 말했다.

"주술이 두 사람한테 도로 퍼졌나 보다. 둘 다 한동안 몸져
누울 거야."

루이스는 바티스트나 그와 관련된 이야기는 더 이상 듣고
싶지 않았다.

"어쨌든 조심하려무나. 두 사람한테 뭔가 꿍꿍이가 있는
것 같으니."

할머니가 경고했다. 루이스는 바티스트에게 진저리가 났
다. 여름이 시작되자 싱숭생숭해져 키 큰 잔디에 홀로 앉아 한

숨을 쉬거나 금빛 퍼마 언덕 위로 구름의 그늘이 지나가는 걸 바라보며 시간을 때웠다. 할머니는 팔목으로 루이스의 서늘한 이마를 짚더니 향나무 열매로 만든 강장제를 마시게 했다. 루이스는 사랑에 빠진 기분, 자신과 사랑에 빠진 기분이었다. 퍼마조차 새롭게 다가왔다. 루이스는 언덕 높이 자리한 할머니 집 위에 서서 짧은 여름밤의 선선한 공기를 잡아보려 팔을 쭉 뻗기도 했고 이따금 딕슨 바의 포치에 앉아 주크박스를 듣기도 했다. 루이스는 실연한 연인에 관한 노래가 좋았다. 〈소의 노래Cattle Call〉를 부르는 배우 에디 아널드의 목소리를 좋아했는데, 그 노래를 듣고 있으면 마일포스트 108에 사는 남자가 떠올랐다. 최근에 바트 집안 사람들이 살던 오래된 집으로 돌아온 로데오 챔피언이었다.

그는 카우보이였고 루이스는 원주민이었다. 루이스는 때때로 그들이 함께 있는 모습을 상상만 해보았다. 그러한 일은 절대로 일어나지 않을 거였다. 카우보이는 그녀에게 관심이 없었고 그 때문에 루이스는 더 호기심이 일었다. 카우보이인 줄스 바트와 원주민인 바티스트는 그녀의 세상을 이루는 스펙트럼의 양 끝에 있었다. 루이스는 하루 종일 술만 퍼마시는 퍼마 출신의 더러운 원주민에 만족할 수 없었다. 바티스트에게서 벗어나 그를 때려눕힐 수 있을 만큼 강한 남자와 함께하는 상상을 했지만 사실 루이스는 두 남자 모두 원하지 않았다.

그녀는 그해 여름을 독차지하고 싶었다. 자신이 원하는 상대라면 누구라도 좋아하고 싶었고 지금은 그 상대가 줄스 바트였다. 바티스트 옐로 나이프의 지나친 관심이 루이스를 그에게서 멀어지게 만들었다면 줄스 바트의 무관심은 그녀를 그에게로 끌어당겼다.

줄스 바트의 목장은 퍼마 언덕 뒤에 가려져 있었지만 고속도로를 따라 나 있어서 루이스는 그를 종종 볼 수 있었다. 산들바람이 물처럼 느껴지는 따스한 밤이면 그가 달빛을 받으며 일하는 모습을 지켜보곤 했다. 줄스 바트는 다리가 길었고 엉덩이가 좁았다. 루이스는 그가 어깨 위로 셔츠를 벗은 뒤, 소매 부위를 파란 청바지 위로 허리에 둘러, 늘어뜨리는 걸 바라보았다. 줄스 바트는 바티스트 옐로 나이프가 아니었다. 그의 동작에서는 편안함이 느껴졌다. 달빛이 그의 매끈한 피부를 비추는 모습은 바티스트를 잊게 만들었다. 루이스는 그의 숨소리가 들릴 만큼 가까이 있었지만 어두운 풀숲에 숨어 낮게 속살거릴 뿐이었다.

줄스 바트의 집 근처에서 나는 냄새는 전부 좋았다. 스피어민트와 아니스가 깊이 뿌리 내린 잔디를 부드럽게 감쌌다. 사료에서조차 향기로운 냄새가 났다. 농장에서 나는 달콤한 피 냄새는 루이스의 허파를 뜨겁게 달궜다. 이 모든 냄새와 그의 집을 둘러싼 모든 것은 그의 일부, 그녀가 상상하는 새로운 삶의 일부가 되었다. 루이스는 서늘한 잔디에 누워 그가 별 아래에서 움직이며 내는 소리에 귀 기울였다. 관개수로관에서는 그 사이로 바람이 지나갈 때마다 그의 등에 달린 목소리 같은 노랫소리가 났다. 이따금 그의 노랫소리가 들리기도 했다. 그는 기타를 팅기면서 여자와 소에 관한 노래를 애절하게 부르곤 했다.

　루이스는 줄스 바트가 맬릭네 가게에서 오트밀과 쥐덫을 사는 것을 본 적이 있었다. 손가락이 길쭉한 그의 손에는 고삐 자국이 나 있었다. 그가 손에 든 지폐는 작아 보였다. 줄스 바트가 카운터에 기대서자 그가 신고 있는 부츠가 눈에 들어왔다. 파우더 바른 엘크 가죽으로 만든 금색 가죽 부츠였다. 루이스는 가게 카탈로그에서 그러한 부츠를 본 적이 있었지만 그 부츠나 그와 비슷한 걸 신은 사람을 본 적은 없었다. 그건 남자들의 이목을 끄는 화려한 라이딩 부츠[승마용 부츠의 일종으로 다리에 꼭 맞으며 무릎 아래까지 이어진다.]였고 루이스는 그가 그런 부츠를 신은 걸 봐서 호전적인 남자일 거라고 상상했다. 하지만 루이스는 줄스 바트가 어떠한 남자인지 몰랐다. 그는 사람들이 떠들어대기 좋아하지만 잘 알지는 못하는 것 같은 남자였다. 루이스는 줄스 바트가 가게를 나서는 걸 바라보았다. 장밋빛 태양이 그의 피부색을 그녀의 피부색과 비슷하게 바꾸고 있었다. 루이스는 얼굴이 붉어지는 걸 느끼며 맬릭 씨를 향해 몸을 돌렸다. 그해 여름 자신이 그를 지켜보았다는 걸 줄스 바트가 알지 궁금했다. 원주민 자치 지구의 작은 마을에서는 비밀이란 게 없었다. 모두가 서로를 둘러싼 소문을 알았다.

"너희 할머니 집 근처에서 일하지."

맬릭 씨는 이렇게 말하며 줄스 바트가 로데오 챔피언이었다고 덧붙이면서 그게 자신의 영예인 양 자랑스러워했다.

"그걸 모르는 사람이 어디 있어요?" 루이스는 이렇게 말하고 겸연쩍어졌다.

그 주에 루이스는 줄스 바트가 다른 부츠를 신은 채 에디 테일러의 픽업트럭 뒷문에 앉아서 샌드위치를 먹고 있는 걸 보았다. 루이스는 따뜻하게 데워진 흙을 맨발로 차면서 그를 지나갔다. 그녀는 딕슨 바에 가는 척 도로를 건넜지만 그의 옆을 지나자 머쓱해졌다. 줄스 바트가 거기에 있든 무슨 상관이람, 루이스는 혼잣말을 했다. 무릎이 서로 맞닿자 루이스는 팔을 더 크게 흔들었고 헛기침을 하면서 두 손을 맞잡았다. 그를 한 번 보았지만 그가 자신을 쳐다보지 않자 다른 곳을 보는 척했다.

에디 테일러가 바에서 나와 줄스 바트에게 휘파람을 불었다. 그는 루이스를 흘낏 보더니 에디와 함께 픽업트럭에 올라탔다. 그 순간 루이스는 우스꽝스러운 코를 지닌 에디 테일러가 얄미웠다. 그는 말에서 떨어질 때 말발굽에 차여 부러지는 바람에 코가 그렇게 된 거라고 우기곤 했는데 에디가 심각한 눈빛으로 그 얘기를 할 때마다 루이스는 그의 말이 거짓임을 알았다. 두 남자는 그녀에게서 멀어지고 있었다. 루이스는 그들이 탄 트럭이 퍼마로 향하는 언덕을 따라 난 앙상한 나무들과 섞이는 걸 바라보았다.

그해 여름 에디 테일러는 루이스를 처음으로 바에 들였다. 그는 루이스에게 이가 쨍할 만큼 차가운 맥주를 따라주었다.

"나이는 중요하지 않지. 네 외모는 장사에 도움이 될 거야." 그는 루이스에게 계속해서 맥주를 부어주었고, 루이스는 어느 순간 머리 위로 서늘하고 달콤한 바람이 불고 따뜻한 대화 소리가 귓가에 윙윙대는 기분이 들었다.

에디는 주크박스에 동전을 몇 개 넣었고 루이스는 목장 주인과 춤을 추었다. 그는 노동으로 가칫해진 손을 루이스의 엉덩이에 갖다 댔다. 술집에서 술을 마시기는 처음이었고 학교는 방학이었다. 바티스트는 사라진 듯했고 한낮의 뜨거운 태양이 술집 창문으로 들어왔다. 루이스는 새로운 힘을 얻은 기분이었다. 줄스 바트가 그곳에서 자신을 찾아주기를, 괜찮은 주크박스 음악에 맞춰 자신과 춤을 추기를 은밀히 희망했다.

그날 오후 바를 나설 때 에디 테일러는 루이스를 방충문까지 바래다주며 축축한 미소로 또 오라고 말했다. 루이스는 또다시 갔다. 때로는 탄산수를 마셨고 때로는 맥주를 마셨지만 줄스 바트를 가까이에서 볼 수 있을 거라는 희망은 언제나 같았다. 루이스는 바의 단골이 되었다. 너무 자주 가는 바람에 찰스 킥킹 우먼은 루이스를 찾아 술집을 순찰했다.

루이스가 줄스 바트를 또다시 본 건 바람 한 점 불지 않는 추운 밤, 드물게 찾아오는 겨울 같은 여름밤이었다. 루이스는 옥외 화장실에 담배꽁초로 그를 본 횟수를 표시하며 그를 볼 날을 손꼽아 기다렸다. 줄스 바트는 그녀의 일상에 활기를 불어넣는 하나의 수단이 되었다. 그날 밤 줄스 바트는 부서질 것만 같았고 느릿느릿 움직였다. 그의 움직임에서 루이스가 기억하던 모습, 그녀의 마음을 편안하게 만들던 모습을 더 이상 찾아볼 수 없었다. 그날 밤의 줄스 바트는 들판에서 보았던 사람이 아니었다. 그는 추잡해 보이기까지 했고 술집의 어스름한 조명 아래에서 칙칙해 보였다. 그의 새로운 모습에 루이스는 적잖이 실망했다. 힘들거나 외로운 날이라는 이유로 혹은 술을 너무 많이 마셨다고 해서 어떻게 한 남자가 그렇게 쉽게 바뀔 수 있는지, 완전히 다른 사람이 될 수 있는지 의아했다.

그의 입술은 축축했고 이는 너무 하얘서 분필 같았다. 루이스는 문을 보는 척 줄스 바트를 흘낏 바라보았다. 그는 높은 의자에 너무 뒤로 기대 앉아 있었다. 루이스는 맥주를 꿀꺽 마셨다. 김빠진 맥주에 오히려 목이 더 말랐다. 그가 바닥에 쓰러지자 나무가 쪼개지는 소리가 났다. 자리에서 일어나 그를 도와주는 사람은 없었다. 루이스는 그가 자신이 아는 사람이 아니라고 또다시 웅얼거렸다. 자신이 아는 남자는 잠에서 깬 고양이처럼 단박에 몸을 일으킬 수 있었다. 그는 아니스였고 옥수수수염이었다. 목마른 가축이 깊이 파버린 더러운 여물통에 거칠게 흐르는 물 냄새였다. 그는 담배나 술집, 식초에 절인 달걀 냄새가 아니었다.

루이스는 자리에서 일어났다. 에디 테일러가 끽 소리가 날 때까지 유리잔을 닦았다. 루이스는 줄스 바트에게 다가갔다. 발가락 아래로 투지를 가득 실어 한 발씩 바닥을 꾹꾹 누르며 앞으로 나아갔다. 그는 늙은 여자의 늘어진 턱살처럼 바닥에 아무렇게나 앉아 있었고 머리가 앞으로 축 처져 있었다. 루이스는 숨을 들이쉰 뒤 그의 겨드랑이 아래로 팔을 밀어 넣어 그를 끌어올렸다. 사타구니에서, 등뼈에서 그의 무게가 느껴졌다. 줄스 바트는 자신의 무게가 더해지자 앞으로 고꾸라지며 쌕쌕거렸다.

"할 수 있어." 누군가 그녀를 향해 외쳤다.

루이스가 무릎으로 줄스 바트의 등을 한 번 세게 치자 그는 트림을 하며 자세를 바로 하고 앉았다. 루이스는 다리 근육이 단단해지는 걸 느꼈다. 힘을 받기 위해 쭈그려 앉은 뒤 그의 갈비뼈 주위를 팔로 단단히 감쌌다. 뺨에 닿는 그의 얼굴은 뜨거웠고 구레나룻은 따가웠다. 루이스가 줄스 바트를 당기자 그의 아름다운 부츠가 나무 바닥에 닿으면서 바스락거리는 소리가 났다. 루이스가 그를 거의 일으켜 세웠을 때 대그 베일리가 그녀 곁을 지나가며 말했다.

"내가 도와주지."

루이스는 그가 줄스 바트를 일으켜 세우는 걸 바라보았다. 줄스 바트는 잠시 혼자 서 있었다. 루이스는 흔들리는 불빛 속에서 그의 뒤로 창백한 연기, 물기 어린 안개가 솟아오르는 걸 보았다. 검은 머리는 땀에 젖어 목덜미 부위에서 말려 올라가 있었고 턱은 잠에 들락 말락한 아이처럼 축 늘어져 있었다. 루이스는 줄스의 머리가 베일리의 어깨로 처지는 걸 보았다. 아주 잠시 동안 그의 눈이 루이스를 향했으나 곧이어 다시 흰자 위만 보였다.

뒤에서 키득거리는 여자의 목소리가 들렸다. "저치가 너를 좋아하나 봐."

루이스가 고개를 돌려 보니 마저리 캔필드가 웃고 있었다. 오후 중반부터 술집이 문을 닫을 때까지 언제나 유노 초콜릿 바를 먹고 토마토 주스와 맥주를 마시는, 잇몸에서 피가 나는 삐쩍 마른 백인 여자였다.

"꺼져줄래요?" 루이스가 말했다.

줄스 바트는 루이스의 손에 침을 흘렸고 루이스는 그게 글리세린이라도 되는 것처럼 피부에 문질렀다. 바에 있던 남자들 모두가 그녀를 보고 있었다. 루이스는 치마의 주름을 펴고 손가락으로 머리를 빗은 뒤 담배에 불을 붙였고 맥주를 한 잔 더 시켰다.

대그 베일리가 줄스 바트를 밖으로 데리고 갔다. 루이스는 그들이 베일리의 트럭을 타고 떠날 때 차에서 나오는 붉은색 정지등을 바라보았다. 어둑한 조명이 줄스의 얼굴을 비추는 모습을 그려봤다. 그는 마음속 깊은 곳에서 성난 잠을 자고 있었고 그의 축 처진 손은 훤히 보이는 큼지막한 상처만큼이나 나약해 보였다. 루이스는 마저리 캔필드가 뭐라고 대답할까 생각하며 그녀를 다시 바라보았다.

"아가씨, 나는 싸우고 싶지 않아." 마저리가 말했다. 루이스는 아무도 자신의 상처받은 마음을 눈치채지 못하도록 바에 오랫동안 앉아 있었다.

줄스 바트는 루이스의 허벅지를 만지거나 그녀의 군살 없는 갈색 갈비뼈에 등을 둥그렇게 말지도 않을 거였다. 루이스는 그를 피해 높게 자란 잔디에 숨어 있을 필요가 없었다. 그녀는 줄스 바트에게 보이지 않는 사람이었다. 루이스가 스커트를 슬쩍 들어올려 매끄러운 허벅지를 보여줘도 그는 그녀를 보지 않았다. 줄스 바트는 루이스의 단추가 풀린 것도, 그녀가 주문하기 위해 몸을 구부릴 때마다 생기는 깊은 가슴골도 쳐다보지 않았다. 그는 루이스 쪽을 보았지만 그 너머의 길만, 그녀의 담배에서 나오는 연기만 볼 뿐이었다. 루이스는 그의 앞에서 속이 다 비치고 그 너머가 보일 정도로 투명해진 기분이었다. 그러한 생각이 들자 자신이 낯설게 느껴졌다. 자신이 누구인지 알 수 없었다. 자신이 두 남자에 의해 규정되는 것인지 의문이 들었다. 바티스트는 자신만 보았고 줄스는 자신을 아예 보지 않았다. 줄스 바트와 바티스트 옐로 나이프는 빛의 이동이자, 다른 방식의 바라보기였다. 그들은 각기 아름답고도 추악했다. 루이스는 지금 자신이 처한 상황이 마음에 들지 않았다. 줄스 바트는 바티스트 옐로 나이프 같은 평범한 남자가 아니기를 바랐다. 루이스는 황혼 녘 강에 비친 자신의 모습을 바라보며 섰다. 바닥이 보이지 않는 연못이 꼬르륵댔다. 어둠 속에 얼굴이 가려지는 순간, 어슴푸레한 땅거미 속에서 자신의 모습을 보았다면 루이스는 자신의 본모습을 볼 수 있었을 터였다. 하지만 그 순간은 절대로 오지 않았다. 바티스트 옐로 나이프만이 루이스를 찾아올 터였다. 루이스를 생각하는 유일한 남자는 그녀가 경멸하는 남자였다.

잠들기 전 루이스는 연못 근처에서 건조한 부들, 미루나무, 홀짝이는 잉어의 소리를 듣곤 했다. 이따금 곤히 자는 동생을 두고 일어나 차가운 물을 한 잔 뜨러 가기도 했는데 그럴 때면 뒤척이는 동생을 건드리지 않도록 조심해야 했다. 잠옷은 달빛을 받아 으스스한 파란색으로 빛났고 그 모습에 팔 전체에 한기가 돌았다. 루이스는 하얀빛 속에 맥없이 주저앉았다. 무릎 옆의 움푹 들어간 부위를 따라 외로움이 느껴졌고 달콤한 쐐기풀의 매캐한 냄새가 목구멍을 타고 흘렀다. 쌔근쌔근 자는 동생의 일정한 숨소리가 들렸다. 어느 순간 동생의 몸은 의지와는 상관없이 홱 하고 움직였고 팔이 무릎에 닿았다가 이마를 스쳐 등으로 젖혀졌다.

어스레한 아침 무렵 방충문에서 누군가 그녀를 부르는 소리가 들렸다. 바티스트의 목소리였다. 루이스는 목청껏 부르는 그의 집요한 소리를 알았다. 치마를 입고 팔을 블라우스에 밀어 넣은 뒤 포치로 나와 그를 향해 눈살을 찌푸렸다.

"루이스, 화내지 마. 보고 싶었어. 깜짝 선물을 가져왔다고." 바티스트는 집 뒤로 잠시 사라졌다가 말과 함께 다시 나타났다. 샴페인은 아름다운 말로 모두가 부러워하는 단거리 경주마였다. 바티스트는 말이 몇 마리 있었지만 루이스가 이 말을 가장 좋아하는 걸 알았다. 산 위로 태양이 떠오르고 있었다. 금빛 태양이 높은 언덕을 밝게 비추었다. 할머니는 아직 자고 있었지만 곧 일어날 터였고 전날 밤 루이스가 집에 올 때까지 기다리지 않았다면 몇 시간 일찍 일어날 터였다. 바티스트는 한번에 말 위로 올라타더니 루이스에게 손을 뻗었다.

"자, 어서. 같이 타자." 그가 말했다.

루이스는 술에 취해 곤히 자고 있을 줄스 바트를 생각했다.

남자는 다 똑같다고, 루이스는 생각했다. "가기 전에 하나는 확실히 하자." 루이스가 말했다.

바티스트는 몸을 수그려 그녀의 말에 귀 기울였다.

"앞으로 우리 가족 중 누구라도 또다시 다치게 하면 그땐 네놈을 죽여버릴 거야." 루이스가 말했다.

바티스트는 몸을 일으키며 루이스를 향해 웃었다. 그는 달라 보였다. 술을 마시지 않은 듯했다.

"좋아, 루이스. 너라면 정말 그럴 거라고 생각해." 바티스트가 말했다.

루이스가 바티스트의 손을 잡자 그는 루이스를 끌어당겨 말의 맨 등에 태웠다. 루이스는 그의 허리를 단단히 껴안았고 무릎으로 말의 몸통을 감쌌다. 그러더니 아주 잠시 생각한 다음 그가 꽥 소리를 지를 만큼 세게 그의 고환을 움켜쥐었다. "진심이야. 네 녀석을 죽일 거야." 루이스가 말했다.

"알겠어. 알았다고." 그가 말했다. 루이스는 그의 고환을 놓아주었고 샴페인은 달렸다. 바티스트가 샴페인의 허벅지를 때리자 말은 더 빨리 달렸다. 그들은 전속력으로 달렸다. 땅이 그들 아래로 빠르게 지나갔다. 옅은 색의 바위, 나뭇가지, 샐비어, 고속도로, 철로가 그들 아래에서 어슴푸레하게 빛났다. 루이스는 가벼워진 기분이었다. 머리카락이 얼굴을 후려쳤다. 이렇게 빨리 말을 타본 적은 없었다. 자갈이 튀는 소리가 들렸고 단단한 지면이 순식간에 눈앞에서 지나갔다. 루이스는 숨을 참고 가만히 있었다.

찰리 킥킹 우먼

불편한 진실

　부족 경찰관으로 사는 건 늘 고된 일이었지만 레이크 카운 티 출신의 백인, 클리번 레일러 경관과 일할 때면 이 일은 생 지옥이나 다름없었다. 레일러도 나를 좋아하지 않았다. 레일 러는 내가 바티스트 옐로 나이프와 친척이라는 사실을 알아 냈다. 그건 내가 그 사실을 아는 원주민에게조차 인정하기를 꺼리는 사실이었다. 내 이모부가 옐로 나이프였고 옛날 식으 로 따지자면 바티스트 옐로 나이프와 나는 가족이었다. 지난 주 레일러는 바티스트가 사고뭉치라고 말했다. 사고뭉치 친 척이라고. 레일러가 그렇게 말하는 순간 나는 내가 바티스트 옐로 나이프와 얼마나 공통점이 많으며 이 백인 남자가 얼마 나 멍청한지 깨닫게 되었다. 레일러는 내가 원해서 바티스트 와 피를 섞었다고 생각했다. 스스로 그은 상처 부위를 문지르며 옥외 화장실 뒤에서 서약을 하는 보이스카우트처럼. 친족 관계에 대해 알지 못하고도 레일러가 어떻게 문명인이 될 수 있었는지 의아했다. 그가 어떻게 자신의 여동생, 정부, 사촌이 아내가 될 수 없다는 걸 알았는지. 나는 잠시나마 우쭐해졌다. 잠시나마 그가 제정신이 아닌 이유는 백인들이 근친교배를 저지르기 때문이라는 생각이 들었다. 수녀들이 우리에게 해준 아담과 이브 이야기가 떠올랐다. 어린 시절 여자애들을 생각하면서 사촌 에일린의 따뜻한 허벅지를 벌리는 상상을 할 때면 그 이야기 때문에 얼마나 부끄러웠던지. 한동안 나는 우리가 아담과 이브의 친척이라면 우리가 모두 형제, 자매, 사촌이라고 생각했다. 그렇게 생각하며 나는 비록 몇 년만 그러긴 했지만 수치스럽게도 아름다운 사촌들을 모조리 침대로 끌어오는 상상을 하곤 했다. 그 생각은 나를 더럽혔고 음침하고 음흉하고 무례한 사람으로 만들었다. 그 생각을 하면 여전히 무안해져 에일린이 옆에 있을 때면 눈을 내리깔게 되고 가족 모임을 피하게 된다.

나는 레일러에게조차 바티스트가 내 친척이라는 사실을 부인하지 못했다. 그 관계를 부인하면서 나는 여전히 스스로에게 망신을 주고 있다. 어머니는 나더러 바티스트를 도와주라고, 그에게 모범을 보이라고 하셨고 바티스트가 어렸을 때 나는 정말로 남자답게 얘기해보려고 했다. 내가 스무 살, 바티스트는 열세 살 무렵이었다. 바티스트는 딕슨 바 바깥에서 키니키닉을 피우고 있었다. 나는 층층대로 가 그의 옆에 앉았다. 깡마른 아이에 불과했던 그는 등을 돌렸다. 날이 추워지고 있었지만 바티스트는 웃통을 벗고 있었다. 피부에 닭살이 돋았지만 그는 추위를 향해, 아마도 나를 향해 어깨를 똑바로 폈다. "이봐 바티스트. 이모가 너한테 문제가 좀 있다고 해서." 내가 말할 때, 바티스트는 집에서 만든 담배를 한 모금 빨았고 그 순간 씨가 폭발하며 거칠게 툭 하고 터지는 소리가 났다. 바티스트는 나를 바라보며 쾌남자처럼 코 사이로 담배 연기를 내뿜었다. 나는 그가 관심을 보였다고 생각했다.

"나한테 말하고 싶으면 말해도 돼. 문제가 있으면 나랑 상의해도 된다고."

"그래."

바티스트가 나를 향해 눈썹을 치켜떴다. 순간 나는 기분이 좋아졌고 그에게 영향을 줄 수 있다는 희망을 품었다. "나한테는 문제가 많아." 바티스트는 담배를 다시 힘껏 빤 뒤 손가락을 벌려 담배를 떨어뜨린 다음 미처 말리기도 전에 맨발로 담배를 비벼 껐다. 그는 움찔하지도 아파하지도 않았고 나는 그가 참 대단한 아이라고 생각했다. "문제가 많다고." 바티스트는 내 눈을 똑바로 바라보며 말했다. 나는 더 말해보라는 듯 고개를 끄덕였다. "네놈이 가장 큰 문제지." 바티스트가 말했다. 방심한 사이에 나를 공격했다. 그는 자리에서 일어났고 나는 삐쩍 마른 그의 긴 팔다리와 바짓단이 짧은 얇은 바지를 쳐다보았다. 허리띠에는 붉은색 여성용 스카프가 묶여 있었다. 그는 딱해 보였다.

어깨에 손을 올리자 그는 깜짝 놀랄 만큼 세게 나의 손을 뿌리쳤다. 그의 어깨에서 뿜어 나오는 열기, 튼튼한 골격이 느껴졌다. "까불지 마." 바티스트는 이렇게 말하더니 가버렸다. 광이 나는 신발에 잘 다린 셔츠를 입은 채 차가운 포치 계단에 얼마나 오래 앉아 있었는지 모르겠다. 나는 잘해주려고 한 건데 그는 불쾌하게 받아들였다. 등 뒤에서 술집 손님들이 소 가격에 대해 얘기하며 자신들의 불운을 웃어넘기는 소리가 들렸다. 나는 술집에 들어가 바티스트의 매정한 말을 맥주로 씻어낼 용기조차 없었다. 바티스트를 따라갈 용기도 없었다. 나는 그와의 관계를 떨쳐버렸다고 생각할 때까지 그곳에 한참을 앉아 있었지만 그건 쉽게 떨쳐버릴 수 있는 게 아니었다.

퍼마 외곽에서 일어난 사고 지원 요청을 받은 적이 있었다. 스튜드베이커 트럭[픽업트럭의 일종] 한 대가 중앙분리대를 박고 뒤집혔다고 했다. 레일러가 현장에 먼저 도착했다. 체리빛 조명에서 나오는 붉은 광선에 눈이 부셨다. 이른 오후였고 태양이 범퍼에 반사되고 있었다. 차의 윗부분이 납작해져 있었다. 힘들겠군, 나는 생각했다. 차의 시동을 끄고 사고 차량을 향해 다가갔다.

"내 차 뒤에 원뿔 모양 교통표지가 있어." 레일러가 말했다. 그는 사고 차량 옆에 태평하게 서 있었다. 이웃과 대화하면서 울타리에 기대 있는 것처럼 뒤집힌 차량의 밑면에 팔을 기대고 있었다. 그의 얼굴에 떠오른 음산한 미소를 감지한 나는 그가 잔인한 개자식이라고 생각했다. 나는 뜨거운 보도에 뒤집혀 있는 차를 외면했다. 정신을 똑바로 차려야 했다. 레일러는 내가 길가에서 난 사고를 볼 때마다 속이 뒤집히는 걸 재미있어 했다. 그는 내가 잡초에 점심을 게워내는 걸 여러 번 보았는데 그런 곤경에 대해 아무렇지 않게 말했다. "점심에 달걀 샐러드를 먹었군." 그는 이렇게 말했고 나는 또다시 속이 울렁거렸다. 레일러는 자신이 재미있다고 생각했다. 그는 역겨운 개자식이었다. 나는 숨을 깊이 들이쉬었다. "트렁크에다 하라고." 그가 말했다. 나는 시동을 껐다. 까치가 말뚝 울타리에서 파닥거렸다. 하늘은 푸른 정맥처럼, 백인 남자의 눈처럼 새파랬다. 뜨거운 아스팔트 도로 냄새와 희미한 장미 냄새가 났다. 저 들판에 있고 싶었다. 외로웠다. 경찰서에서 일하기 시작한 이후로 풍경은 다르게 다가왔다. 이제 내가 바라보는 풍경에는 반짝이는 크롬, 망가진 방향 지시등, 태양 아래 은색으로 빛나는 고장 난 헤드라이트, 높은 나뭇가지에 위태롭게 걸려 있는 운전대, 허브 나사, 아기 젖병, 학생들의 공책,

립스틱 걸이, 자동차 등록증, 연애편지가 흩뿌려져 있었다. 우리는 모든 걸 찾아냈다. 수 킬로미터 내에 그런 것들이 널려 있었다. 나는 목을 문지른 뒤 원뿔 모양 교통표지를 집어 들었다. 레일러는 나를 보고 눈을 가늘게 떴다. 그때 날카롭게 외치는 소리가 들렸다. "나 좀 꺼내줘요, 제발." 레일러는 차 문 옆에 몸을 수그리고는 짓눌린 창문 틈을 향해 환하게 웃었다. 나는 안도감에 순간 교통표지를 떨어뜨렸다. 백인 남자의 붉은 얼굴이 보였다. 그가 입을 열자 입김에 넥타이가 파르르 떨리며 우리 쪽으로 흩날렸다. 나는 문을 살펴보았다.

"어디 다친 데 있으세요?"

나는 레일러 옆에 앉아 문을 확인하며 물었다.

"스티어링 칼럼[핸들 축을 둘러싸는 외관]이 내 대가리를 누르고 있어요."

레일러는 웃음을 숨기려고 입가를 손으로 닦았다. 나는 땅바닥을 내려다보며 휘발유를 확인했다. 냉각체가 바닥에서 어슴푸레 빛나고 있었다. 달콤하고 짙은 냄새 때문에 머리가 지끈거렸다. 나는 그 냄새가 싫었다.

"제발 좀 꺼내달라고. 이 빌어먹을 차에서 나 좀 꺼내줘요." 남자가 소리를 질렀다.

"여기 이 용감한 원주민이 도와드릴 겁니다. 금방 꺼내드리지요."

레일러가 남자에게 말했다. 나는 너무 피곤해서 화를 낼 힘도 없었다. 남자가 나를 바라봤다.

"원주민 부족 전체가 오든 미국 기갑부대가 오든 내 신경쓸 바 아니오. 이 염병할 차에서 나를 꺼내만 달라고."

"걱정 마세요. 눈 깜짝할 새에 꺼내드리지요." 레일러는 자리에서 일어나 나더러 따라오라며 머리를 까딱했다. 나는 그를 무시했다. 문은 꽉 끼어서 용접 부위가 찌그러져 있었다. 나는 손가락으로 문을 밀어젖히려 했지만 레일러가 내 어깨를 잡았다. "어이." 그가 다시 나더러 따라오라는 몸짓을 취했다. "차에 장비가 좀 있다고." 레일러가 말했다. 남자가 목을 쭉 빼 나를 바라봤다. 툭 튀어나온 눈이 애절했다.

"걱정 마세요." 내가 말했다.

레일러가 자신의 차 옆에 섰다. "내가 소방차를 불렀는데 모두가 출동 중이야. 그러니 자네와 나 둘이서 해결해야 해."

나는 차를 흘낏 돌아봤다. 남자가 쌕쌕거리는 소리가 들렸다. 그가 뇌졸중을 일으키는 건 아닐까 걱정이 되었다.

"어떡하면 좋을까?" 레일러는 경찰복 주머니에서 이쑤시개를 꺼내 단단한 잇새에 밀어 넣었다.

"쇠지렛대를 이용하면 어떨까?"

"나도 그 생각을 해봤는데 별로 도움이 안 될 거야. 윈치 있나?"

나는 초조해졌다. 살아남을 가능성을 전부 우리에게 걸고 있는 남자를 죽이고 싶지 않았다. 나는 고개를 저었다.

"이봐. 내 차에 체인이 있어. 그걸로 중앙분리대를 지렛대 삼아 자네 차로 저 차를 돌려 세우자고." 레일러가 말했다.

레일러는 자신의 차가 망가질까 봐 내 차를 이용하자고 말하고 있었지만 그와 싸우는 건 의미 없는 일이었다. 사람이 차에 거꾸로 매달려 있었다. "좋아." 나는 마지못해 대답했다. 이른 오후는 늦은 오후로 넘어가고 있었고 우리는 그 한가운데 있었다. 나는 아랫배에 힘을 주고는 내 차로 돌아갔다.

"왜 그러는 거죠?" 남자가 물었다. 목소리에서 공포가 느껴졌다. 분노는 사라지고 없었다. 뺨에 침이 번들거리고 있었다. 그는 똥을 지리기 직전이었다.

"걱정 마세요. 저희가 차를 똑바로 세운 다음에 꺼내드릴게요." 내가 말했다. 그의 단단한 손이 운전대를 꼭 쥐었다. 남자는 우리의 역량을 믿지 않았고 그건 나도 마찬가지였다. 레일러는 체인을 풀어 사고 차량 아래에 연결했다. 우리는 어쨌든 바빠 보였다. 그가 체인을 구동렬에 걸자 딸깍 소리가 났다.

나는 순찰차를 후진시킨 뒤 산비탈을 바라보았다. 조수석쪽으로 가야 할 것 같았다. 나는 내리막길을 바라보며 낮은 경사면을 찾아 차를 몰았다. 잔디가 긁히는 소리, 차 바닥 아래로 바위가 끼익하는 소리가 들렸다. 잠시나마 나는 우리의 계획이 효과가 있을지도 모른다고 생각했다. 레일러는 내 차의 견인봉에 체인을 묶은 뒤 나더러 끌어당기라고 손짓을 했다. 나는 숨을 깊이 들이쉰 뒤 참았다. 액셀을 밟자 체인이 구르는 소리가 들렸고 몸이 덜커덕거렸다. 나는 자리에서 내쳐졌다. 너무 급하게 액셀을 밟은 것 같았다. 모터오일이 타는 냄새가 났다. 사고 차량이 흔들리더니 질질 끌려가는 게 보였다. 체인이 단단한 도로를 긁는 소리에 이어 남자와 차의 날카로운 비명이 들렸다. 차 지붕에서 불꽃이 튀었다. 레일러의 긴장한 얼굴이, 상황을 중재하는 그의 팔이 보였다. "멈춰. 그만." 그가 소리쳤다. 나는 페달에서 발을 뗀 상태였지만 레일러의 얼굴은 나더러 브레이크를 밟으라고 말하고 있었다. 나는 아주 짧은 순간 브레이크를 세게 밟으며 절대 만회하지 못할 어리석은 일을 저질렀다.

레일러의 놀란 얼굴을 본 나는 놀라움에 가슴이 타들어 갔다. 농장 트럭에서 장난을 치는 멍청한 아이처럼 브레이크 대신 액셀 페달을 밟은 거였다. 체인이 딱 부러지면서 반동으로 내 후드를 내리쳤다. 납작해진 사고 차량은 빙빙 돌았고 지붕에서는 금속 불꽃이 튀겼다. 차가 이리저리 돌면서 남자의 놀란 얼굴이 보였다가 사라졌다. 마치 잔인한 회전목마처럼, 변신술에 능한 코요테[나바호 신화에서 코요테는 사고뭉치이지만 가장 중요하고 존경받는 캐릭터 중 하나다.]의 속임수처럼. 목 안에서 신경질적인 웃음이 나오려 했다. 레일러는 차에 치이지 않으려고 옆으로 뛰었다. 차는 한동안 요동치더니 결국 멈춰 섰다. 그 안에 갇힌 남자가 웃고 있을 거라는 생각이 불현듯 들었지만 그의 곡성에 정신이 번쩍 들었다. 레일러가 모자를 벗어 바닥에 던졌다. 그는 내 차 옆문에 서서 소리쳤다. "이 멍청한 원주민 같으니라고. 멍청한 인디언 같으니라고." 레일러가 나를 홱 잡아서 차에서 끌어내는데 손이 떨렸다. 그가 날 한 대 때릴 거라고 생각했지만 그는 팔을 아무렇게나 내려놓고 가슴을 들썩이며 나에게 바짝 붙어 서 있을 뿐이었다. 그는 엉덩이에 손을 얹은 다음 핸들에서 손을 떼지 못하고 있는 남자를 향해 손가락을 들어올렸다. 갑자기 조용해진 가운데 남자가 흐느껴 우는 소리만 들렸다. 그의 붉은 얼굴은 새하얗게 부어올랐고 호흡은 거칠고 묵직했다.

나는 레일러가 소리를 지르기를 바라며 뻣뻣하게 서 있었다. 남자의 외침은 끔찍했고 그건 나의 책임이었다. 레일러와 나는 답 없고 터무니없는 계획 앞에 어쩔 줄 몰라 하며 가만히 서 있었다. 잔인한 바람이 우리를 감싸며 차를 뒤흔들었다. 우리는 가만히 서 있었다. 바람이 우리를 향해 돌진했고 메마른 잔디를 갈랐다. 그 순간 누군가 우리 뒤에 있는 것 같았다. 나는 레일러를 바라보았지만 그는 남자를, 우리가 재앙으로 만들어버린 잔해를 바라보고 있었다. 레일러는 우리 뒤에 누군가 있다는 것을 몰랐지만 나는 알았다. 턱 근육이 팽팽해지는 걸 느끼며 고개를 돌렸다. 길가의 전사처럼, 구조에 나선 영화 속 영웅처럼 나의 사촌 바티스트 옐로 나이프가 충직한 포니를 탄 채 산비탈에 우뚝 서 있었다.

바티스트는 안장에 꼿꼿이 앉은 채 히죽 웃고 있었다. 그는 나를 뚫어져라 바라봤다. 나는 그가 혼자라고 생각했지만 그가 어깨를 들썩이자 뒤에 루이스가 나타났다. 루이스는 그 어느 때보다도 아름다웠다. 옐로 나이프가 말에서 내렸다. 그는 검은 손으로 말고삐를 쥐었고 나에게서 눈을 떼지 않은 채 루이스가 내려오는 걸 도왔다. 그녀의 긴 다리가 빛났다. 레일러는 목을 가다듬었고 나는 그 역시 차에 갇힌 남자를 잊은 채 루이스를 보고 있는 걸 알 수 있었다.

루이스는 우리를 흘깃대곤 한 치의 망설임 없이 차에 갇혀 있는 남자에게로 걸어갔다. 그녀는 그 옆에 쭈그리고 앉더니 치맛단을 들어 올려 그의 얼굴에 흐르는 눈물을 닦아주었다. 루이스가 무슨 말을 했는지 알아들을 수 없었지만 달콤하게 속삭이는 낮은 목소리는 우리 모두를 달래주었다. 남자의 호흡이 일정치 않았다. 남자는 루이스를 향해 미소 지었고 젖은 얼굴을 그녀의 치마 주름에 닦았다. 다시 고개를 들어 올렸을 때 그는 사랑에 빠져 있었다.

루이스의 머리칼이 햇빛 속에 이글거렸다. 모두가 그녀를 얼빠진 듯 바라보았지만 루이스는 옐로 나이프만 바라봤다. "바티스트가 도와줄 거예요. 저 사람이 당신을 꺼내줄 거예요." 루이스가 말했다.

"감사합니다."

"걱정하지 마세요. 걱정 안 하셔도 돼요."

"네, 네." 남자가 마법에 걸린 듯 말했다.

"밧줄 있어요?" 옐로 나이프가 물었다. 레일러나 나 둘 중 딱히 누구를 향해 하는 말처럼 들리지는 않았다. 나는 그의 말에 토를 달지 않기로 했고 트렁크로 가서 밧줄을 갖고 돌아왔다.

"이미 차를 돌려보려고 해봤어." 내가 말했다.

"나도 봤어." 옐로 나이프가 말했다. 늘 그렇듯 그는 나보다 한 수 앞섰다. 나는 중요한 사람처럼 보이려고 몸을 들썩거렸다.

"저 사람 안 도와줄 거야? 가서 도와줘." 레일러가 나에게 말했다.

"이봐요. 그런 도움은 필요 없어요." 옐로 나이프가 말했다.

"어떻게 할 건데?" 나는 너무 안달이 나 있었다. 바티스트와 레일러에게 어린애처럼, 바티스트의 권위에 너무 쉽게 굴복하는 것처럼 들렸을 게 분명했다. 다행히 옐로 나이프는 나를 무시했다. 그는 말에 마구를 채운 뒤 밧줄을 집어 들고는 사고 차량 옆으로 갔다. "착하지." 그는 말을 향해 말했지만 말을 꼼짝하지 않았다. 옐로 나이프가 차 손잡이에 기이한 매듭으로 밧줄을 묶고 단단히 조이는 동안 남자는 경탄의 눈빛으로 그를 바라보았다. "괜찮을 거예요." 루이스가 남자에게 말했고 그는 루이스에게 거수경례를 했다.

"뒤로 물러서, 루이스." 옐로 나이프가 팔을 들어 올려 자신의 뒤로 그녀를 밀었다. 그는 혀를 찼고 말은 별다른 자극 없이도 뒷걸음질을 치며 밧줄을 팽팽히 당기기 시작했다. "착하지." 옐로 나이프가 말했다. 밧줄이 딱 하는 소리가 났다. "천천히, 천천히." 말은 고개를 위로 들어 올리며 계속해서 뒤로 갔다. 거대한 종마의 가슴 근육이 단단해지고 있었다. 말이 뒤로 가자 문이 꽥 하는 소리를 내면서 조금씩 헐거워지더니 경첩이 뚝 하고 부러졌다. 문이 부서지면서 남자를 짓누르지 않을까 걱정되었지만 입 다물고 있기로 했다. 나는 이미 충분히 해를 끼쳤고 더 이상 이래라저래라 명령할 만한 처지가 아니었다. 다행히 문은 부서지지 않았다.

"젠장." 레일러가 말했다. 차가 오는 소리가 들렸지만 내가 움직이기도 전에 레일러가 도로로 향했다. 차가 저 멀리 언덕에 솟아오를 무렵 그는 땅에서 모자를 주워 챙을 똑바로 펴고 있었다. 차가 다가오자 레일러는 손바닥을 평편하게 하고 팔을 쭉 뻗었다. 부서진 차체가 삐걱거렸다. 레일러는 지나가는 차를 향해 손을 흔들었다. 그는 저 멀리 차선을 가리켰지만 차는 멈춰 섰다. 투 티스 가족이 차창 밖으로 고개를 내밀었다.

"바티스트." 그들이 손을 흔들며 그를 불렀다. 나는 손을 들었으나 그들은 험악한 표정을 지었다. 차가 지나갈 때 옐로 나이프가 그쪽을 바라보았다. 나는 이곳의 영웅이 아니었다. 나는 그들의 적이 될 만한 가치도 없었다. 그 가족은 나를 무시했다. 나는 그들에게 원주민이 아니었고 파란색 경찰복을 입은 배신자였다. 나는 억지웃음을 짓고는 루이스가 나를 보고 있지 않기를 바랐다. 차가 다시 흔들리자 남자가 비명을 질렀다. 도로로 내동댕이쳐질 듯 그의 얼굴이 아슬아슬하게 떠 있었다. "거의 다 됐어요. 계속 끌라고 해요. 계속 끌라고 해요." 옐로 나이프가 말했다. 우리가 그가 사람을 죽이도록 내버려두고 있는 게 아닌지 걱정이 되었다.

"이봐 찰리, 좀 도와줄래?" 옐로 나이프가 나를 향해 말했다. 바로 그때 문이 헐거워지는 게 보였다. 문이 열리고 있었다. 나는 다가가서 문을 잡았고 레일러가 나를 도왔다.

"물러서, 물러서." 옐로 나이프가 말했고 불쌍한 말은 계속해서 힘을 썼다. 말의 도드라진 가슴에서 땀이 반짝였다.

"문 좀 발로 차주겠어?" 옐로 나이프의 말에 나는 마지못해 그쪽으로 갔다. 놀랍게도 문은 너무 쉽게 나가떨어졌다. 남자가 한숨을 크게 내쉬었다.

"자, 나오세요. 제 손을 잡으세요."

내가 말했지만 박쥐처럼 매달려 있으면서도 그는 내 손을 뿌리쳤다.

"아니요. 저리 가시오. 저 사람 말고는 그 누구의 도움도 받고 싶지 않소."

남자가 옐로 나이프를 가리키며 말했다. 나는 옐로 나이프를 올려다보고 싶지 않았다. 이번 판은 내가 졌다.

루이스

여름날들

　루이스는 여름이 수그러들기 한참 전인 8월 말에 학교로 돌아가야 했다. 옷은 작아졌고 수녀들은 브래지어를 허락하지 않았다. 수녀들은 테이프를 주며 가슴에 붙이라고 했지만 더운 날씨에 접착제가 금세 떨어져 나가는 바람에 루이스는 가슴이 헐렁해진 기분이었다. 루이스는 긴 여름을 학교 밖에서 보냈다. 자신보다 두 배나 나이가 많은 남자들과 술을 마셨고 그들에게서 아름답다는 얘기를 들었다. 봉긋 솟은 가슴은 경탄을 자아냈다. 수녀들은 그녀가 조신하지 못하다고 했다. 가리렴, 그들은 가슴 앞에 팔짱을 끼며 이렇게 말하곤 했다. 루이스는 가릴 것도 없었고 속옷도 없었다. 몸이 변하고 있었다. 변화는 급격하고 빠르게 찾아왔다. 하룻밤 사이에 옷이 줄어들었고 잠들기 전이면 뼈가 끙끙대는 게 느껴졌다. 새로운 갈망이 그녀 안에 차츰 자리 잡기 시작했다. 신체적인 성장만으로 몸이 아프고 옷이 작아진 건 아니었다. 루이스는 변했다. 그녀는 이제 여자였다.

사내아이들 역시 루이스의 달라진 모습을 알아보기 시작했다. 하지만 우르술라 수녀원에서 그녀는 바티스트 옐로 나이프의 끊임없는 협박 때문에 안전했다. 루이스는 바티스트가 자신을 구하러 올 거라고 믿었다. 조셉 갈릭이 루이스에게 키스하려고 할 때에도 바티스트가 구해줬다. 현장을 목격한 아이들의 말에 의하면 그가 느닷없이 나타나 조셉을 때려눕혔는데 그 힘이 어마어마해서 아스팔트 도로 위로 쭉 미끄러질 정도였다. 조셉이 다시 일어서자 바티스트는 그를 다시 때렸고 조셉은 손바닥을 위로 향한 채 팔을 벌린 상태로 한참을 길에 누워 있었다. 눈은 허옇게 반짝였고 왼쪽 뺨은 부어 있었다. 다른 아이들은 뒤로 물러났고 바티스트 옐로 나이프와 싸울 일이 없기를 바라며 그의 시선을 피했다. 루이스는 학교로 달아나면서 바티스트를 돌아보지도 않았다. 그녀는 다른 아이들이 바티스트도 때려눕혀 주기를 바랐다. 그에게 굴욕감을 주고 그의 머리를 흙먼지에 내던지고 그의 엉덩이를 발가벗겨 주기를 바랐다. 루이스는 바티스트가 자신의 삶에서 고정적인 존재로 자리할까 봐 두려웠지만 한편으로는 그가 자신의 구세주가 되었다는 사실에 마음이 놓였다.

루이스는 변화가 두려웠다. 긴 여름방학이 지나고 학교로 돌아가 보니 모두가 변해 있었다. 선머슴 같던 여자아이들은 이제 실실 웃었고 남자아이들은 거칠어졌다. 이제 아무도 놀이터 따위는 가지 않았고 통금도 없어졌다. 천국이나 지옥은 물론 성욕이 죄악이라는 생각을 믿는 아이들도 없었다. 루이스 뒤에 앉는 여자아이들은 가슴이 커졌고 남자아이들은 가장 큰 수녀보다도 키가 커졌다. 소문에 따르면 멜비나 빅 비버는 뚱뚱한 게 아니라 임신을 했다고 했다. 그들은 더 이상 유치한 장난을 치지 않았다. 파우와우에서 빨간 립스틱을 바르는 여자아이들도 있었다. 그 애들의 실크 스타킹과 팬티가 덤불에 걸려 있을 때면 그 너머로 남자 친구의 신음 소리가 들리곤 했다. 남자아이들은 이제 자연스럽게 담배를 폈다. 교정 뒤편에서 딱 벌어진 어깨를 옹송그린 채 지어낸 이야기를 주고받는 그들의 얼굴은 담배 연기와 여자 생각으로 자욱했다.

수녀들은 그들 모두를 감시했다. 여자아이들의 동그스름한 엉덩이를 때리고 그들의 가슴을 테이프로 묶었으며 남자아이들의 침대보에 코를 킁킁댔고 잠시도 가만있지 못하는 남자아이들과 조용히 줄지어 앉아 있는 여자아이들을 갈라놓았다. 수녀들은 가장자리가 금속으로 된 자로 그들을 때리겠다고 협박하면서 주위를 계속 서성이곤 했다.

루이스는 이따금 바티스트를 기다렸다. 한 손으로 철망 울타리를 잡은 채 도로를 향해 몸을 날렸고 손가락으로 철조망을 그러쥐며 몸을 빙그르 돌려 탈출했다. 루이스는 수녀들에게서 벗어나고 싶었다. 학교 밖으로 나와 무언가 혹은 누군가 자신을 구출해주기를 기다렸다. 바티스트가 정말로 나타나면 그와 함께 학교에서 도망치려고 했다. 그에게 말을 걸거나 그의 말에 귀 기울이지도 않았지만 그래도 기다렸다. 브래드록 씨가 그녀를 구한답시고 딕슨에 있는 백인 전용 학교로 보낼 때까지 루이스는 계속해서 기다렸다.

루이스는 딕슨에 있는 백인 전용 학교에서 톰슨 폴스에 있는 백인 전용 학교로 보내졌다. 딕슨의 남자아이들이 루이스의 치마 뒷자락을 들어 올려 그녀가 팬티를 입고 있지 않은 것을 알아냈기 때문이었다. 루이스는 남자아이들과 싸웠다. 그들의 손을 때리며 치마를 재빨리 무릎 옆으로 바싹 끌어당겼다. 교사는 옆에 서 있거나 손뼉을 칠 뿐 그녀를 공격하는 남자아이들을 말리려 하지 않았다. 루이스는 발로 차고 침을 뱉었으며 때리고 할퀴었다. 한 남자아이의 손가락이 머리카락을 파고드는 걸 느끼자 손바닥 아래쪽으로 퍽 하는 소리가 날 때까지 그 아이의 턱을 때리기도 했다. 족제비처럼 생긴 한 남자아이의 사타구니를 발뒤꿈치로 가격하기도 했는데 아이는 몸을 굽히며 씨근덕거렸지만 역시나 도움의 손길은 없었다. 남자아이들은 루이스의 치마를 텐트나 해진 우산처럼 자신들의 머리 위로 높이 치켜들었다. 결국 루이스는 가만히 서서 그 애들이 자신의 맨엉덩이를 바라보도록 내버려두었다. 하지만 그곳에서 쫓겨난 건 그녀의 벌거벗은 아랫도리를 보며 까무러칠 듯 낄낄댄 그 애들이 아니라 루이스였다.

덕슨에서 루이스의 유일한 친구는 마이라 불렛이었지만 마이라조차 학교에서는 그녀를 피했다. 마이라는 강가의 돌멩이처럼 매끄럽고 넙데데한 얼굴로 루이스를 바라보았다. 최소한 우르술라 수녀원에서는 바티스트에게 의지할 수라도 있었지만 이곳에는 아무도 없었다. 루이스는 더 이상 어린애가 아니었다. 그녀는 학교 친구들에게 흥미를 잃었다. 지질학도 시시했으며 가정학은 자신의 삶과 아무런 관련이 없는 것처럼 보였다. 루이스는 교실보다 덕슨의 술집이 더 편했다.

루이스는 덕슨 학교에서 세 번 달아났다. 매번 결정은 쉬웠다. 루이스는 스타킹이 없었고 한 켤레 있던 신발은 밑창 아래로 돌멩이가 느껴질 정도로 해진 상태였다. 세 벌 있는 원피스는 전부 작아져 버렸는데, 가장 아끼는 원피스는 단추 구멍이 너무 팽팽해져 그 사이로 속살이 보일 지경이었다. 등교한 지 열흘 만에 루이스는 백인들만 득실대는 학교의 유일한 원주민이라는 사실에 지쳐버렸다.

덕슨 학교는 그녀의 집과 너무 가까웠기 때문에 브래드록은 루이스를 톰슨 폴스에 보내는 게 좋겠다고 생각했다. 그곳에는 그녀를 감시할 가족이 있기 때문에 루이스가 쉽게 달아나지 못할 거라고 여겼다. 그는 톰슨 폴스까지 직접 차를 몰았다. 9월 초의 선선한 날이었지만 춥지는 않았고 브래드록 씨가 차의 히터를 너무 세게 트는 바람에 루이스는 어지러웠다. 루이스는 축축한 손바닥을 목덜미에 갖다 댔다. "허튼수작할 생각 마." 그가 말했다. 하지만 그녀에게는 생각이 있었다. 루이스는 그가 딱 한 번만 차를 세워주기를 바랐다. 차에서 내려 그에게서 달아날 수 있도록, 그의 기름진 땅콩 색깔 제복에서 도망갈 수 있도록, 그의 커다란 대머리에서 벗어날 수 있도록. 하지만 그는 차를 세우지 않았다. 단 한 번도 멈추지 않았다.

할머니 집을 지나칠 때 루이스는 브래드록 씨가 자신의 얼굴을 보지 않기를 바라며 차량 바닥을 바라보았다. 차 위로 바위투성이 언덕이 솟아오르고 있었다. 언덕의 곡선이 바뀌는 게 느껴졌다. 녹색 강이 느릿느릿 흘렀다. 루이스는 가슴이 떨렸고 집에 다시 돌아올 수 있긴 할지 궁금했다.

최근에 루이스는 브래드록 씨가 그녀를 멀리 보내는 바람에 돌로레스 프리티 페더처럼 다시는 돌아오지 못하는 꿈을 꾼 적이 있다. 돌로레스는 죽었다. 바티스트가 말해주었다. 돌로레스는 포틀랜드로 보내졌었다. 루이스는 우르술라 수녀원 복도에 걸린 사진을 지나칠 때마다 판유리 안에 영원히 갇힌 돌로레스의 얼굴이 귀신처럼 느껴졌다. 그녀의 눈은 날아가는 새를 보듯 위를 응시하고 있었다.

루이스는 옥타브 굿 울프에게서, 돌로레스가 너무 아파 미션에서 쓰러지는 바람에 다른 곳으로 보내졌다는 얘기를 들었다. 돌로레스가 기침을 하며 피를 너무 많이 토하는 것을 보고 모니커 아줌마가 기절했다는 소문이 돌았다. 고지식한 모니커 아줌마는 티피 바 앞에서 기절했다. 바닥에 피가 너무 많이 흘러서 개들이 며칠이고 그곳을 핥았다고 옥타브는 말했다. 그의 엄마는 그곳에는 피가 흥건하니 다른 길로 다니라고 했다.

"내가 옮을까 봐 걱정한 거지. 결핵 말이야." 그가 말했다.

피가 나오는 속도를 늦추기 위해 사람들은 돌로레스를 얼음 가득한 욕조에 넣었다고 했다. 그 애의 허파가 파열되는 것을 막으려고. 꿈속에서 루이스는 돌로레스가 길쭉한 흰색 도기 욕조에 누워 있는 모습을 보았다. 그 애의 머리는 욕조의 한쪽 끝 가장자리에 놓여 있었는데 머리칼을 다 밀어버린 정수리는 한기가 서려 창백했다. 창문 없는 방 안에 있는 돌로레스. 속눈썹이 너무 길어서 버터 바르는 칼로 속눈썹을 말아 올려야 했던 돌로레스.

루이스는 돌로레스와 파라다이스에 사는 늙은 백인 여자를 생각하며 잠에서 깼다. 그 여자는 장례식 비용을 절약하기 위해 사망한 지 얼마 안 된 남편을 얼음으로 채운 주석 욕조에 넣어두었다고 했다. 루이스가 알고 있는 수많은 원주민이 결핵 때문에 병원에 보내졌다. 그들은 사라졌고 그들을 방문하는 사람도, 그들이 어땠는지 소식을 전하는 이들도 없었다. 아빠의 새 아내 로레타는 동생 로잘리의 사진을 지갑에 넣고 다녔다. 그 사진은 로레타의 지갑에 여러 번 들어갔다 나오며 손을 너무 많이 탄 나머지 창문에 대고 들어 올려보면 잔주름이 다 보일 정도였다. 오래된 사진이 아니었건만 로잘리는 멍해 보이거나 영정사진 속 인물처럼 먼 데를 바라보고 있었다.

원주민들은 왜 그렇게 많은 원주민이 병에 걸리는지, 왜 그렇게 많은 원주민이 사라지는지 궁금해했다. 루이스의 할머니는 원주민들이 천천히 살해당하고 있다고 생각했다. 증거도 있었다. 지난해 공중보건 담당 간호사가 할머니에게 요오드가 담긴 병을 주면서 물을 마실 때마다 한 방울씩 타라고 했다. "좋은 거예요. 건강에 도움이 될 거예요." 간호사는 말했다. 하지만 할머니가 확인해보니 작은 녹색 병에는 해골 밑에 대퇴골을 엇갈리게 배치한 그림[해적선 깃발이나 독극물 용기에 사용되는 그림]이 그려져 있었다.

"저치들은 우리가 멍청하다고 생각하지."

할머니는 브래드록 씨가 루이스를 말처럼 길들이려 한다고, 그녀를 백인 여자처럼 만들고 싶어 한다고 말했다. 루이스는 할머니의 말에 동의했다. 브래드록 씨가 찰리 킥킹 우먼에게 자기 얘기를 하는 걸 들은 적이 있었다. "아름다운 아이야. 그 애가 염병할 원주민처럼 살도록 내버려 둘 수는 없어." 찰리가 바라보자 그는 재킷 소매를 더듬으며 찰리를 외면했지만 사과하지는 않았다. 놀랍게도 찰리는 부드러운 목소리로 루이스에게 말했었다. "너는 원주민이야. 너는 원주민이라고." 루이스는 자신이 원주민이라는 말을 찰리에게서 굳이 들을 필요가 없었지만 그 말에 왠지 모르게 강해진 기분이었다.

브래드록 씨는 루이스를 톰슨 폴스 시내에 위치한 쉘비 펭거 아줌마네 집으로 데려갔다. 그는 마을 한가운데 자리한 분홍색 작은 집 앞에 차를 세웠다. 여자아이가 커다란 흰색 펌프스를 신은 채 집 앞 계단 위에서 타가닥 타가닥거리고 있었다.

"앨리스 허버트다." 브래드록 씨가 말했다. "저 애한테 예의를 조금 배울 수 있을 거야."

루이스는 공포의 작은 발톱이 목을 조여오는 걸 느꼈다. 너무 익숙한 이름이었다. 앨리스 허버트. 핫 스프링스에 살던 바로 그 앨리스 아닌가? 루이스는 앨리스를 알았다. 이미 몇 년째 알고 있었다. 앨리스는 먼지투성이 원피스를 입고 집 밖에 앉아 있곤 했다. 시신을 묻으러 카마스로 향하는 원주민들에게 욕을 퍼붓던 작고 못생긴 여자아이. 앨리스는 안팎이 전부 더럽다고, 할머니는 말하곤 했다. 그 아이가 루이스의 삶에 다시 나타난 데다 이제부터 루이스는 그 아이의 집에 살아야 했다.

루이스는 브래드록 씨와 함께 가고 싶었다. "이건 좋은 기회야." 루이스는 그가 무슨 말을 하는지 알 수 없었다. 그가 기어를 바꾸자 차가 끼익끽 소리를 내며 사라졌다. 루이스는 단풍나무 아래로 시시각각 바뀌는 빛을 받으며 서 있었다. 머리 위 높은 곳에서 시든 잎들이 바스락거리는 소리가 들렸지만 위를 올려다보니 나무는 여전히 싱그러운 녹색이었다.

브래드록 씨는 축축한 잔디밭에 루이스의 옷을 던졌다. 둘둘 말아서 노끈으로 묶은 작은 옷 뭉치였다. 앨리스는 흰색 하이힐의 가장자리에 한 발을 올려놓은 채 균형을 잡으며 루이스를 내려다보고 있었다. 앨리스가 노려보자 루이스는 목 안 뒤쪽이 부은 것처럼 따끔했다. 루이스는 얼굴에 부채질을 하며 도로를 바라보았다. 피곤했다. 퍼마까지 걸어가려면 얼마나 걸릴지 궁금했다. 오래 걸리겠지, 루이스는 생각했다. 앨리스는 혀를 차더니 팔짱을 풀고는 집 안으로 들어가 버렸다. 루이스는 옷 뭉치 위에 앉아서 다시 도로를 바라보았다.

펑거 아줌마가 문을 열고 루이스더러 들어오라고 손짓했다. "뭐 하고 있니? 이리 오렴." 아줌마가 말했다.

펑거 아줌마는 작고 삐쩍 마른 여자였다. 할퀴려고 달려드는 들고양이가 떠올랐다. 립스틱을 하도 많이 발라서 입에 염증이 생긴 것처럼 보였다. "저들이 너를 먹일 만큼 돈을 충분히 주지 않아서 말이야. 하지만 점심은 네가 평소에 먹는 것보다 충분히 많을 거야." 아줌마가 말했다. 루이스는 펑거 아줌마의 말이 맞다고 말해주지 않았다. 할머니가 튀긴 빵이나 말린 고기 콩을 줄 때도 있었지만 루이스는 늘 배가 고팠다. 우르술라 수녀원에서도 상황은 똑같았으나 더 최악이었다. 우르술라에서 루이스는 먹을 것을 차지하려고 싸웠다. 치킨 한 조각이나 샌드위치 반 조각을 차지하려고 배고픈 다른 여자 아이를 때려눕히곤 했다. 루이스는 몇 년째 배가 고팠다.

앨리스와 그 애의 엄마가 저녁을 먹는 동안 루이스는 아는 사람이 지나가기를 바라며 포치 계단에 앉아 있었다. 심지어 바티스트 옐로 나이프가 그곳을 지나가는 모습을 상상하며 그를 기다리기도 했다. 잔디를 슬금슬금 기어오르는 방울뱀이 쥐구멍으로 미끄러지듯 들어가고 펑거 아줌마네 뒤뜰의 격자 구조물을 감아 올라가고 부엌으로 들어가 화장실 러그에서 몸을 돌돌 감은 채 잠이 들고 앨리스의 분홍색 화장대 아래 제 몸을 감는 모습을 상상했다. 루이스는 해진 옷을 걸친 바티스트가 나무 땐 연기 냄새를 풍긴 채 창문 너머로 앨리스가 옷을 벗는 것을 바라보고 그녀의 넙데데한 흰색 엉덩이를 보며 미소 짓는 모습을 상상했다. 또한 줄스 바트가 지나가면서 자신에게 손을 흔들고 햇볕처럼 따스한 눈빛으로 문을 열어주는 모습을 상상했다. 할머니와 플로렌스가 보고 싶었다. 집이 그리웠다. 바티스트가 샴페인을 타고 나타나 앨리스에게

야유를 퍼부은 뒤 루이스를 데리고 떠나는 모습을 그려봤다. 흰색 하이힐을 질질 끌며 집 앞 계단에 선 앨리스가 믿을 수 없다는 듯 입을 헤 벌린 채 질투 어린 눈빛을 던지는 모습을.

앨리스는 톰슨 폴스에서 흰색 발목 양말에 제비꽃과 장미가 그려진 원피스를 입는 꼬마 숙녀로 자랐다. 앨리스의 넓은 이마는 햇빛을 받아 더 하얗게 보였다. 관자놀이와 턱선 가장자리를 따라 창백한 실핏줄이 드러났다. 루이스의 눈에는 앨리스가 자신의 얼굴에 금을 긋는 것 같았다. 앨리스는 볼을 톡톡 두드리고 큼지막한 이를 확인하며 입술에 바셀린을 바르고 거울 앞에서 늘 호들갑을 떨었다. 그 애는 얇은 피부에 파우더와 크림을 너무 듬뿍 발라 마치 화장지 같았다. 우스꽝스러워 보였지만 그 애에게서도 배울 점이 있었다. 작은 어깨에 넓은 엉덩이를 지닌 앨리스 허버트, 코바늘로 직접 뜬 다양한 색상의 머리 망에 머리카락을 집어넣고 다니는 앨리스 허버트에게서. 앨리스에게 관심이 있는 남자아이는 없어 보였고 그 애가 복도를 지나갈 때 놀리는 아이조차 없었다. 하지만 그 애는 심술궂음을 무기로 이용할 줄 알았다. 앨리스는 다른 이들의 불행을 알아챘고 그들의 곤경을 자신에게 유리하게 이용했다. 아무도 앨리스를 좋아하지는 않지만 모두가 그 애 편에 있으려고 부단히 노력했다.

톰슨 폴스에 처음으로 등교한 날 앨리스는 루이스를 향해

야유를 퍼부었다. "더러운 원주민. 더러운 더러운 원주민." 학교 계단에 서 있던 다른 아이들에게 들릴 만큼 큰 소리였다. "너는 여기 다닐 자격이 없어. 너는 우리 집에 살 자격이 없어." 루이스는 앨리스를 손봐 줄 수 있었다. 그 애를 때려눕혀서 울퉁불퉁한 허벅지 위로 치마가 솟구치게 만들 수 있었다. 파우더 바른 얼굴을 가격해 눈에 멍이 올라오도록 만들 수 있었다. 루이스는 앨리스를 처리할 수 있었지만 가만히 있기로 했다.

루이스는 자신이 톰슨 폴스에 어울리지 않는다는 걸 알았다. 이른 아침이면 학교 계단 밖에 앉아 펑거 아줌마에게서 훔친 담배를 태우곤 했다. 학생들은 창문에 서서 얼빠진 듯 그녀를 바라봤고 결국 선생님들이 밖으로 나와 그녀의 팔꿈치를 홱 잡아당겼다. 하지만 루이스가 손을 가지런히 모은 채 책상 앞에 앉아 있을 때에도 다른 아이들은 그녀를 가리키며 소곤거렸다. 남자아이들은 서로를 쿡 찌르며 그녀를 보고 히죽 웃었고 루이스가 뿌루퉁해하면 그녀에게 더 가까이 다가왔다.

해가 길던 어느 날, 창문으로 비쳐 드는 햇살이 너무 뜨거운 가운데 티터 선생님은 앨리스를 보고 미소 짓더니 학생들을 향해 앨리스 허버트가 숙녀라고 말했다. 루이스는 햇살 사이로 분필 가루가 떠다니는 걸 바라보며 엄마의 장례식에 가는 길에 앨리스네 집을 지나가던 날을 떠올렸다. 앨리스는 주먹을 꼭 쥔 채 마당에 서 있었다. 비가 내리지 않을 것 같은 하늘에서 폭우가 쏟아진 기이한 날이었다. 아침에만 해도 하늘은 파랗고 날은 덥고 뜨겁기까지 했으나 핫 스프링스를 지날 무렵 하늘이 노래졌다. 번개 치는 언덕을 배경으로 풀어 헤친 앨리스의 머리칼이 또렷했다. 앨리스는 얼굴을 찌푸리면서 소리를 질렀지만 루이스에게는 엄마의 관이 사륜 짐마차 뒤에 닿아 계속해서 달가닥거리는 소리만 들렸다. 전에도 앨리스가 소리 지르는 걸 본 적이 있었다. 누군가의 장례식에 참석하러 카마스 프레리로 향할 때면 그 애를 너무 자주 발견하곤 했다. 루이스는 할머니에게 쓴 편지에 적의 집에 머물고 있다는 얘기는 하지 않았다.

　루이스는 달아날 생각이었다. 학교에서 나와 강을 따라갈 생각이었다. 자신이 사라진 것을 그들이 눈치채기 전에 파라다이스까지 갈 수 있을 터였다. 루이스는 바티스트 옐로 나이프가 자신을 찾아주기를 바라며 그 모습을 떠올리기 시작했다. 그의 얼굴을 구체적으로 상상했다. 웃을 때 뺨에 지는 보조개, 그를 잘생겨 보이게까지 만드는 그 날카로운 선을 떠올렸다. 밤에 잠들기 전의 얼굴을, 둥글고 진한 보랏빛 눈을 그려보았고 초원 바로 너머 강 버드나무 아래, 강이 굽이치다 느려져 커다란 송어가 쉬어가는 곳, 자신이 종종 세상으로부터 모습을 감추는 그곳에서 그를 만나는 모습을 상상했다. 루이스는 자신과 함께 그곳에 있는 그를 계속해서 그려봤고 잠에서 깰 때면 그의 이름을 속삭였다. 종일 수업이 있는 날에는 바티스트 옐로 나이프가 강에서 자신을 기다리고 있는 모습을 상상했다. 루이스는 바티스트가 찰리 킥킹 우먼과 브래드 록 씨로부터 자신을 숨겨줄 거라고 생각했다.

루이스는 앨리스와 핑거 아줌마에게서 달아날 날을 꼼꼼하게 계획한 뒤 시간이 흐르기를 기다렸다. 줄스 바트를 보지 못한 날을 어떻게 셌는지 떠올렸다. 기다리는 건 루이스가 잘하는 일이었다. 날은 화창하고 따뜻했지만 밤에는 추위 때문에 몸이 얼얼했다. 핑거 아줌마는 루이스에게 가을을 좋아한다고 했다. 그녀는 심지어 자신의 아빠가 이처럼 따뜻한 날을 인디언 서머라고 불렀다고도 말했고 그런 말을 들으면 루이스는 기분이 좋아져 아줌마를 보고 웃기까지 했다. 루이스는 곧 떠날 거였다. 더위가 누그러지고 있었지만 루이스에게는 여전히 여름처럼 느껴졌다. 루이스는 학교에 있고 싶지 않았다. 핑거 아줌마는 종종 문가에 선 채 손가락에 낀 반지를 빙빙 돌리며 치마의 주름을 펴거나 머리카락을 만지작거리며 립스틱을 더 발랐다. 차가 지나갈 때면 가만히 서 있는 대신 괜히 바쁜 척 관심 없는 척하다가 차가 지나가 버리면 다시 창문을 돌아봤다. 그녀도 기다리고 있다고, 루이스는 생각했다. 아줌마는 언제나 남자 친구 워너 필립스를 기다렸다.

워너 필립스는 삐쩍 마른 남자였다. 핑거 아줌마보다도 더 깡말랐으며 그렇게 마른 둘이 함께 있는 모습은 인색하고 위태로워 보였다. 그들에게는 온기가 없어서 둘이 딱딱한 소파에 함께 앉아 있을 때면 방은 차갑고 모나 보였다. 워너 필립스가 오면 핑거 아줌마는 습관처럼 다리를 꼬고 하이힐에 자꾸 발을 비벼대곤 했다. 아줌마는 워너 필립스에게 그가 재미있다고 말하고 싶어 하는 것처럼 보였지만 그가 하는 말에는 좀처럼 웃지 않았다. 앨리스와 핑거 아줌마, 워너 필립스가 같은 방에 앉아 있을 때면 셋 중 한 명이 걱정거리를 곱씹거나 갑자기 모두가 침묵에 잠기곤 했다. 워너 필립스는 작은 손을 맞비비고 핑거 아줌마는 손톱을 긁고 앨리스는 행운의 팔찌를 쨍그랑거렸다.

루이스는 그들에 대해 알고 싶지 않은 사실을 알게 되었다. 워너 필립스가 올 때마다 앨리스는 서둘러 방으로 들어가 가장 높은 하이힐로 갈아 신었다. 루이스는 앨리스가 신발에 맨발을 쑤셔 넣는 걸 보았다. 앨리스는 앞으로 고꾸라질 듯한 모습으로 거실로 돌아왔다. 신발이 발끝을 너무 꽉 조이는 바람에 발가락 사이에 골이 생겨 있었다. 워너 필립스가 올 때면 앨리스는 너무 자주 속옷만 걸친 채 방에서 튀어나왔다. 그때마다 핑거 아줌마는 늙은 수고양이처럼 앨리스를 내쫓았다. 워너 필립스는 이 집에 여성들이 살고 있다는 걸 알고 있다는 듯 고개를 저으며 모자를 벗었다. 무슨 일이 벌어지고 있었다.

루이스는 그들이 함께할 때 방 안에서 나는 맛을 느낄 수 있었다. 알루미늄이나 녹슨 컵에 담긴 물에서 나는 맛이었다. 루이스는 워너 필립스가 앨리스를 보지 않는 척하지만 실은 바라본다는 걸 알아챘다. 그는 기회가 생길 때마다 열쇠나 담배를 집는 것처럼 앨리스에게 몸을 문질렀다. 놀랍게도 핑거 아줌마는 워너 필립스에게 정신이 쏠려 있으면서도 그런 모습을 전혀 보지 못했다.

더욱 놀랍게도 루이스는 핑거 아줌마를 향한 다정한 마음이 생겨나기 시작했다. 할머니는 누구에게나 좋은 면이 있다고 늘 말했다. 핑거 아줌마를 보면서 루이스는 좋아할 만하지 않은 사람도 좋아할 수 있음을 깨달았다.

앨리스가 친구들을 만나러 갈 때면 핑거 아줌마는 루이스를 부엌 식탁에 초대하기도 했다. 루이스는 핑거 아줌마를 마주 보고 앉는 게 불편해 처음에는 다리를 꼬고 손을 무릎 위에 가지런히 올려놓았다. 하지만 곧 핑거 아줌마에게는 누군가 말을 걸 사람이 필요할 뿐임을 알게 되었다. 상대가 루이스여도 상관없었던 것이다. 루이스는 핑거 아줌마가 말하는 걸 지켜보았다. 그녀는 숨도 쉬지 않고 이 얘기 저 얘기를 내뱉었다. 아줌마는 딕슨 바에서 얘기하던 늙은 목장 주인처럼 말했고 루이스를 향해 몸을 수그리며 다급하게 말을 꺼내기도

했다. 자신이 하는 말을 루이스에게 이해시키려는 듯 눈을 점점 더 크게 뜨면서. 아줌마는 말을 함으로써 자신을 이해할 수 있는 사람처럼 말했다. 루이스는 핑거 아줌마가 들어줄 사람이 없어서 자신의 작은 머리로 이 같은 생각을 굴려보는 모습을 상상했다. 핑거 아줌마는 립스틱을 바를 때나 오븐에 구우려고 오트밀 미트로프 반죽을 두드릴 때 한숨을 지었다. 루이스는 자신이 핑거 아줌마의 제정신, 끝없는 배출구, 계속해서 고개를 끄덕이는 상대가 되었다고 생각했다.

나른한 이른 저녁, 핑거 아줌마가 워너 필립스에 대해 얘기할 때 루이스는 느긋한 마음으로 줄스 바트를 생각하고 있었다. 핑거 아줌마의 이야기가 바티스트 옐로 나이프를 너무 자주 떠오르게 만들 때면 의자에서 자세를 고쳐 앉았다. 하지만 핑거 아줌마하고 대화하는 시간이 기다려지기도 했다. 핑거 아줌마는 살짝 구운 비스킷과 딸기 잼을 차려내곤 했는데, 그녀가 말하는 동안 루이스는 그것들을 먹을 수 있었다.

핑거 아줌마는 많은 이야기를 했다. 옛 남자 친구, 앨리스의 아빠, 가구 취향, 자신만의 미용 팁, 뾰루지 치료법 등에 대해서. 하지만 그녀가 하는 모든 이야기와 생각은 늘 워너 필립스에게로 회귀했다. 마치 그가 아줌마의 인생을 해결해줄 마법의 열쇠인 양. 아줌마의 얘기를 하도 듣다 보니 루이스의 눈에는 있는 그대로의 워너 필립스가 아니라 핑거 아줌마가 만들어낸 워너 필립스가 보이기 시작했다. 영화배우 워너 필립스, 타이론 파워[여성들에게 인기 있던 잘생긴 외모의 영화배우]보다도 잘생기고 여름의 황혼보다 아름다운 진귀하고 덧없는 워너 필립스. 수년간의 갈망과 외로움 때문에 그는 그냥 남자가 아니라 꿈의 남자가 되었고, 줄스 바트를 향한 루이스의 지독한 상상과 점점 비슷해졌다.

하지만 루이스는 워너 필립스라는 남자를 알았다. 그에게는 마법도 꿈도 없었다. 그는 챔피언이 되지도 밤늦은 시간까지 열심히 일하지도 않을 거였다. 워너 필립스가 꿈꾸는 게 있다면 그건 앨리스였다. 그는 앨리스의 포동포동한 엉덩이, 그녀의 토실토실한 허벅지, 성냥개비 같은 허리를 꿈꿨다. 그는 앨리스의 분 바른 얇은 피부, 파스텔 색상의 머리 망에서 흘러내리는 머리칼을 꿈꿨다. 핑거 부인은 자신만의 생각에 푹 빠져 자신의 딸과 꿈의 남자 사이에서 벌어지는 일을 전혀 눈치채지 못했다. 자신의 욕망에 갇혀 워너 필립스가 손으로 딸의 다리를 더듬으며 엄지손가락을 팬티 안에 집어넣는다고는 생각하지 못했다. 하지만 루이스는 알았다. 그리고 루이스는 곧 이 집과 핑거 아줌마를 떠날 거였다. 똑딱거리는 부엌 시계와 흥얼거리는 라디오에서 긴장이 느껴졌다.

루이스는 앨리스를 딱 한 번 염탐했는데 곧바로 후회하고 말았다. 수상쩍은 상태로 놔둘 걸 후회했지만 이미 보고 만 후였다. 루이스는 그들이 함께 있는 것을 보았다. 워너 필립스와 앨리스 허버트가.

그날 핑거 아줌마는 머리가 아프다며 일찍 잠자리에 들었다. 핑거 아줌마가 어두운 방 안에 누우며 루이스더러 문을 닫아달라고 부탁한 지 5분이 지났을까, 앨리스가 집 밖으로 살금살금 걸어 나갔다. "엄마가 나를 찾거든 여자 친구네 집에 갔다고 말해." 앨리스는 루이스에게 속삭이듯 말했다. 루이스는 앨리스가 하이힐을 신고 그늘진 뒤뜰로 가는 걸 창문 너머로 바라보았다. 워너 필립스는 핑거 아줌마네 집에서 멀찍이 떨어진 곳에 주차하거나 앨리스를 차에 태워 다른 곳으로 갈 생각도 하지 못했다.

워너 필립스는 쓰레기로 가득 찬 핑거 아줌마의 차고 뒤편에 차를 세웠다. 숨은 듯했지만 완전히는 아니었다. 루이스는 둘을 몰래 지켜봤다. 차고 가장자리 뒤에서 한참 숨어서 지켜보았고 그들이 트럭 운전석에 몸을 뉘면서 시야에서 사라지자 살금살금 기어갔다. 바티스트가 가르쳐준 것처럼 조심스럽게, 새들조차 그녀의 발소리에 놀라 날아가지 않을 만큼 조용히. 루이스는 워너 필립스의 트럭 백미러로 그들이 함께 있는 모습을 보았다.

그는 사탕 목걸이를 앨리스의 두꺼운 발목에 대고 문지르고 있었다. 그녀의 다리를 문지르며 목걸이를 최대한 위쪽까지 밀었고 포동포동한 허벅지에 이르자 사탕 버튼을 활짝 열었다. "다리를 벌려 봐, 공주님." 그가 말했다. 앨리스는 그를 향해 히죽 웃었으며 치마를 허리 위로 올려 젖히고는 그를 향해 부드럽게 다리를 펼쳤다. 워너 씨가 그녀의 허벅지에 머리를 갖다 대자 앨리스의 목에서 까르륵 소리가 났다. 루이스는 토할 것 같아 트럭 옆에 쭈그리고 앉았다. "다 먹어버릴 거야." 그가 계속해서 말했지만 앨리스는 기이하고 축축한 까르륵 소리만 냈다. 낮게 킥킥거리는 소리에 가까웠다. 루이스는 숨을 참으며 집으로 뛰어갔다.

집으로 돌아가니 놀랍게도 핑거 아줌마가 부엌에서 파란색 원피스를 다림질하고 있었다. "잠이 안 오네." 아줌마의 작은 눈은 걱정에 잠겨 있었고 난로에서는 커피가 끓고 있었다. 부엌 벽 바로 너머로 귀를 기울이면 그들이 내는 소리를 들을 수 있을 터였다. 핑거 아줌마가 사랑하는 남자가 그를 배신하고 있었다. 루이스는 이 문제가 머지않아 죽은 물고기처럼 수면 위로 떠오르리라 생각했다. 그 일은 지금 벌어지고 있었다. 핑거 아줌마가 워너 필립스가 자신을 안고 영화에서처럼 키스해주기를 기다리고 있는 동안 그녀의 딸은 집 뒤뜰에서 워너 필립스에게 자신을 내어주고 있었다.

루이스는 잠자리에 들었다. 백 포치에 놓인 침대의 차가운 시트가 그날 밤 그녀를 위로해주었다. 할머니에게 편지를 써

보려 했지만 그녀 자신이 워너 필립스에게 다리를 벌린 양 더러워진 기분이었다. 앨리스는 곧 문가에 나타날 터였다. 얼굴에 홍조를 띤 채 의기양양한 표정으로 거짓말을 하겠지. 워너 필립스가 얼마 있다가 스컹크처럼 어깨를 구부린 채 몸을 씰룩거리며 나타날 테고 펑거 아줌마의 향수 뿌린 몸 안으로 파고들면서 앨리스의 방문을 바라보겠지.

루이스는 결국 모든 것이 원상태로 돌아올지 궁금했다. 펑거 아줌마는 자신과 워너 필립스가 하는 짓을 감추려 하지 않았다. 루이스와 앨리스가 잠자리에 든 후 쿵 하고 소파가 움직이는 소리가 들렸다. 곧이어 워너 필립스의 신음 소리가 들렸고 더 끔찍하게도 펑거 아줌마가 내는 소리, 케이크를 먹는 듯한 기이한 소리가 들렸다. 루이스는 베개를 뒤집어썼다. 목소리만으로도 덜컹거릴 만큼 얇은 벽 너머로, 고작 몇 미터 떨어진 곳에 자신의 딸이 누워 있는 상황에서, 워너 필립스와 섹스를 하면서 펑거 아줌마가 무슨 생각을 할지 궁금했다. 앨리스 허버트에게는 루이스보다 더 많은 소리가 들릴 터였다. 루이스는 동생 플로렌스를 생각했다. 부들로 만든 침대의 온기를, 잠에 빠지기 전에 할머니의 얘기를 듣는 게 얼마나 좋았는지 떠올렸다. 곧 눈이 내릴 터였다. 장작 난로에 불이 타오르면 할머니는 이야기를 들려주곤 했다. 펑거 아줌마와 워너 필립스는 화를 자초했다. 루이스는 이곳을 떠날 준비가 되었고 그 사실에 마음이 놓였다. 앨리스 허버트의 집에서 보내는 시간이 끝나가고 있었다. 루이스는 꽤 오래 머물렀고 자신이 마침내 정착했다고 브래드록 씨를 설득할 수 있었다. 선생님에게도 톰슨 폴스가 마음에 든다고 확실히 밝혔다. 티터 선생님은 그 말을 믿었고 잘 적응했다고 루이스를 칭찬해주었다. 루이스는 자신이 변했다고 모두를 설득하려고 애썼다. 저녁 시간이면 포치 계단에 앉아 흥얼거렸고 핑거 아줌마는 이따금 웃으면서 루이스에게 남은 음식을 건네주기도 했다. 루이스는 그들 모두를 속이고 있었다. 상황이 그녀에게 유리하게 돌아가고 있었다. 루이스는 일주일 후에 떠나겠다는 계획을 고수했다. 하지만 그로부터 나흘 후 워너 필립스를 향한 핑거 아줌마의 꿈이, 불붙은 8월의 잡초처럼 바스러지는 일이 일어나고 말았다.

"이모 좀 보고 올게." 핑거 아줌마가 앨리스에게 말했다. "괜찮아. 하룻밤만 자고 올 거야." 아줌마는 이렇게 말하면서 화장품 통을 챙기고 종이 포대에 팬티 몇 개를 넣었다. 루이스는 아줌마가 가지 않았으면 싶었다. 단 하루도 앨리스와 단둘이 있고 싶지 않았다. 화창한 토요일 아침, 핑거 아줌마는 집을 나섰다. "어디 가지 말고 집에 있어." 아줌마는 떠나기 전 앨리스에게 당부하듯 말했다.

루이스는 앨리스를 피하려고 포치에 놓인 침대를 떠나지

않았다. 핑거 아줌마의 『진짜 로맨스』 잡지를 눈이 아플 때까지 읽었고 침대에서 솔리테르[혼자서 하는 카드놀이]를 했다. 날이 추워졌고 창문 틈으로 들어온 바람이 거친 포치 바닥에 흙먼지를 뿌렸다. 겨울의 한기를 느낀 루이스는 이곳에 계속 머물면 모녀가 자신을 포치에서 얼어 죽게 내버려둘지 궁금했다. 침대 옆 램프에서 희미한 둥근 빛이 흘러나왔다. 눈앞에 입김이 서렸다. 피부에 닿은 침대보의 느낌이 너무 매끄럽고 차가워 루이스는 그 아래 담요를 깔았다. 담요의 울은 얼굴을 긁었지만 온기를 품어주었다. 루이스는 담요를 코 위로 올리고 무릎을 가슴팍으로 끌어당긴 뒤 눈을 감았다.

  방충문이 열린 뒤 다시 쾅 하고 닫히는 소리가 들렸을 때 루이스는 핑거 아줌마가 돌아왔나 생각했다. 하지만 집은 지나치게 조용했다. 몸을 굴려 집 벽을 바라보았다. 베개에서 머리를 들어 올린 뒤 가만히 귀 기울여보았지만 아무 소리도 들리지 않았다. 그렇기는 했지만 분명 집 안에서 워너 필립스의 존재가 느껴졌다. 눈을 뜨고 귀를 바짝 곤두세웠다. 워너 필립스의 맨발이 리놀륨 바닥을 밟고 지나가는 게 느껴졌다. 그의 지퍼가 내려가는 소리, 그의 옷이 바닥에 떨어지는 소리가 들리는 듯했다. 앨리스가 침대 커버를 벗기려고 움직이자 침대 스프링이 끼끼대는 소리가 들렸다. 루이스는 담요를 다시 눈 위로 끌어당겼지만 귀를 바짝 열어 그들이 속삭이는 소리에 귀 기울이다가 한참 후 잠이 들었다.

고양이가 우는 듯한 소리에 잠에서 깼는데 순간 집이 뒤흔들리는 것처럼 느껴졌다. 루이스는 워너 필립스가 섹스를 하면서 집을 흔들고 있다고 생각했다. 바로 그때 창유리에 금이 가더니 산산조각이 났고 핑거 아줌마의 날카롭고 선명한 외침이 들렸다. 루이스는 자리에서 일어났다. 잠시 집은 아주 잠잠했지만 곧이어 귀를 멍하게 하는 공허한 총소리가 들렸다. 목의 맥박이 고동쳤다. 얼어붙은 잔디에 내려놓은 발이 아팠다. 그 순간 집 안의 불이 전부 켜졌다. 모든 불, 심지어 부엌 조명까지도 켜지면서 어두운 아침을 훤히 밝혔다. 루이스는 앞 잔디밭으로 재빨리 뛰어갔다가 속도를 낮춰 창문을 향해 천천히 걸어갔다. 핑거 아줌마가 조명 아래서 부들부들 떨고 있었다. 아줌마의 손이 얼굴에서 파닥였다. 사슴 총이 앨리스의 방문에 기대어 있었다. 침대 옆에 벌거벗은 채 서 있는 앨리스의 하얀 얼굴이 보였다. 워너 필립스는 몸을 수그린 채 바지에 다리를 넣으려고 허둥대고 있었다. 길 건너편 집의 조명도 켜졌고 그 옆집 불도 켜졌다. 루이스가 확실히 볼 수 있다면 이웃들도 볼 수 있을 거였다. 핑거 아줌마의 꿈이 끔찍한 현실이 된 것만 같았다. 그들은 꼴사나운 장면에서 멈춰버린 영화 화면처럼 보였다. 핑거 아줌마와 앨리스 허버트, 워너 필립스는 떠오르는 스타였다.

워너 필립스는 바지를 계속 끌어올리며 서둘러 문으로 향했다. 루이스가 그를 피해 숨을 겨를도 없었다. 하지만 그는 루이스를 보지도 않은 채 달아났다. 그는 계속해서 달려갔다. 자신의 트럭으로 뛰어들더니, 벌거벗은 앨리스를 울고 있는 엄마와 그걸 지켜보는 이웃들 앞에 내버려둔 채 문도 닫지 않고 휘청휘청 도로로 들어섰다.

태양에 도로가 달궈지자 루이스는 신발을 벗었다. 하늘에는 구름 한 점 없었다. 루이스는 뒤돌아보며 걸음을 재촉했다. 차가 다가올 때 나는 공허하고 높게 울려 퍼지는 소리가 들릴 때면 도로에서 벗어나 덤불에 숨거나 높이 자란 잔디 아래 엎드렸다. 아침 들판은 찌는 듯했다. 루이스는 달리고 싶었다. 파라다이스에 다다르기 전 길가에서 약간 떨어진 곳에 자리한 사과 과수원에 들어가 입술이 쭈글쭈글해질 때까지 사과를 먹었고 다시 계속해서 걸었다.

오후가 절반가량 지났을 무렵 루이스는 우연히 버드나무를 발견했다. 지쳤고 외로움이 가슴을 파고들었다. 바티스트는 보이지 않았다. 루이스는 차가운 물에 발을 넣고 잠시 쉬었다. 눈을 감고 따뜻한 가을 잔디 냄새를 맡았다. 날은 짧을 터였다. 강을 따라가야 했다.

루이스는 다시 신발을 신고 강가를 따라 걷기 시작했다. 바람이 강가의 검은딸기나무를 쓸었고 물 위를 스치듯 지나갔다. 루이스는 잠시 가만히 선 채 잔물결이 일며 반짝이는 물을 멍하니 바라보았다. 늙은 가지가 툭 부러지는 소리, 풀밭의 진창을 밟고 누군가 걸어오는 소리가 들리자 회색 나무 뒤에 몸을 숨겼다. 고개를 숙이고 머리카락을 한쪽으로 내렸다. 한동안 그들은 루이스를 쫓아오지 않을 거였다. 지금 앨리스와 핑거 아줌마는 자신들의 불운에 빠져 있느라 그녀를 생각할 여력이 없었다. 루이스는 숨을 깊이 들이쉰 뒤 천천히 내뱉었다.

할머니는 강을 따라가면 물의 소리를, 강의 이야기를 들을 수 있다고 했다. 할머니가 얼음이 단단한지 확인하고 나서 그들은 플랫헤드강에서 얼음낚시를 하곤 했다. 루이스는 얼음 구멍에서 물이 꾸르륵거리던 소리를 기억했다. 해 질 녘이면 얼음 표면을 따라 불안정한 소리가 났다. 강이 뒤로 물러나는 듯한 달가닥 소리가 나고 뒤이어 철사가 요동치는 윙윙 소리, 여자가 울부짖는 소리가 가까이서 들렸다. 할머니는 씩 웃으며 가야 할 시간이라고 말했다. 루이스는 물고기들을 실에 꿰어 어깨에 걸쳤다. 집으로 가는 길에 할머니는 그게 말리가 내는 소리라고 말했다. 할머니가 어렸을 때 강에 빠진 여자였다. "욕심쟁이였지. 강가에서 산딸기를 따려고 하다 그렇게 된 게야." 할머니는 말했다.

루이스는 자신이 겁을 먹어 물 근처에 가지 못하도록 할머니가 그런 얘기를 한 거라고 생각했다. 작년 봄, 강물이 만조에 달하고 토사로 갈색이 되었을 때 루이스는 찰리 킥킹 우먼을 피해 달아나다가 소용돌이치는 물속에 빠진 적이 있었다. 어두운 방의 문이 닫히는 것처럼 물이 그녀 위로 쏟아졌다. 물은 목을 조여왔고 그녀를 아래로 끌어당겼다가 다시 위로 밀어 올렸다. 물에 팔이 꺾인 채 떠다니는 나뭇가지들이 느껴졌다. 루이스는 수면 위로 떠올라 하류 쪽으로 흘러갔다. 찰리가 부르는 소리가 들렸지만 그는 저 멀리 있는 것처럼 보였다. 루이스는 잠들기 전이면 이따금 강가의 아릿한 냉기를 떠올리곤 했다. 나뭇가지 같은 손가락을 지닌 늙은 여인이 자신을 향해 몸을 수그리는 모습을. 강가에 가만히 앉아서 귀 기울이고 있는 지금, 루이스는 할머니가 해준 이야기가 진짜였음을 깨달았다.

누군가 자신을 지켜보고 있는 듯한 불안한 기분에 사로잡힌 루이스는 조심스럽게 주위를 둘러보았다. 숨결이 너무 거칠어지자 입을 다물고 기다렸다. 한참을 기다린 다음 괜히 혼자 겁먹은 거라는 확신이 들자 자리에서 일어섰다.

처음에는 그를 보지 못했다. 그는 사슴처럼 가만히 있었다. 바티스트 옐로 나이프는 제방에 앉아서 강을 바라보고 있었다. 잠시 다른 데를 바라보면 그를 놓칠지도 모른다고, 그가 강가의 풀들 사이에 섞여버릴지도 모른다고 생각했다. "너를 봤어." 바티스트가 루이스에게 손을 흔들었다. "내내 널 보고 있었어." 술에 취하지 않은 그는 수줍어 보이기까지 했다. 루이스는 갑자기 마음이 놓였다. 그녀는 바티스트의 어깨를 와락 잡은 뒤 꽉 쥐었다. 바티스트가 어디에서 자신을 찾아야 할지 알 거라고, 그가 자신의 생각에 답할 거라고 믿었었다.

"여기서 매일 널 기다렸어. 네가 이곳으로 돌아올 거라는 걸 알았지." 그가 말했다.

루이스는 당황스러워 보이지 않으려고 애썼다. 그에게서 시선을 거두며 말했다. "아, 나는 내가 널 생각하는 걸 네가 알지도 모른다고 생각했어." 루이스는 바티스트를 이곳에서 보기를 바랐고 자신이 그를 여기로 불렀다고 생각했지만 바티스트가 내내 여기서 자기를 염탐했다고 생각하자 불안했다.

"네가 나한테 돌아올 거라는 걸 알았어. 나는 알았지." 그는 이렇게 말하더니 긴 팔을 루이스의 허리에 둘렀다.

"이렇게는 아니야." 루이스가 말했다. 물론 처음에는 바티스트가 나타나서 기분이 좋았다. "이렇게는 절대로 아니야." 루이스는 그에게서 몸을 뗐다.

바티스트는 그녀를 잡으려고 하지 않았다. 그는 강가 쪽을 흘깃 보았다. 저 멀리 제방에서 새가 파닥였다. 바티스트는 팔을 양옆에 바짝 붙이고 어깨를 쫙 폈다.

"너는 다를 줄 알았어. 조금 다르다고. 네 엄마처럼 말이야." 루이스가 말했다.

바티스트는 작고 둥그런 돌을 강가에 던졌다. "뭐? 내가 네 마음을 읽을 수 있다고 생각한 거야? 날 너무 과대평가하네." 그가 말했다. "나 같은 원주민에게 그런 힘이 있다면 우리가 모든 걸 정복했을 거야."

루이스는 팔짱을 낀 뒤 강가가 그리는 완만한 곡선을 바라보았다. 바티스트는 평범한 남자였기 때문에, 여자에게 집착하는 평범한 남자였기 때문에 이곳에서 그녀를 찾을 수 있었던 거였다. 루이스는 어떠한 기분을 느껴야 할지 몰랐다. 그녀는 실망을 감출 수 없었다. 바티스트의 말이 옳았다.

루이스와 바티스트가 찰리 킥킹 우먼을 피해 숨어든 잡초에서 새들이 날아올랐다. 그들은 언덕 위 바스락거리는 억새 풀 사이에 앉아 있었다. 그곳에서는 하이웨이 동물원과 플랫헤드강을 볼 수 있었으며 동쪽으로는 미션산이 뻗어 있었다. 저 멀리 쌓인 눈이 산의 위치를 말해주었다. 저 앞으로 할머니 집의 한쪽 모퉁이가 드러나 있었다. 바티스트가 찰리를 먼저 알아봤다. 찰리는 당연히 그녀의 집을 가장 먼저 찾아갔다. 루이스는 할머니의 목소리를 들으려고, 닫힌 문을 두드리는 소리를 들으려고 애썼지만 아무 소리도 들리지 않았다. 다시 나타난 찰리 킥킹 우먼은 들판을 따라 지하 저장실로 향했다. 황혼녘의 가을 빛 속에 그의 짙은 남빛 머리칼이 반짝였다.

"금세 네 꼬리를 밟을 거야. 저 남자는 너를 원해." 바티스트가 말하면서 그녀의 무릎을 툭 쳤다. 루이스는 그의 태도가 거슬렸다. 찰리는 들판을 빙빙 돌고 있었다. 그들은 오랫동안 찰리를 지켜봤고 루이스는 하품이 났다. 그가 자신들의 흔적을 발견하더라도 계곡에 어둠이 내려앉기 전에 그들을 찾을 수는 없을 거라고 생각했다. 갑자기 찰리 킥킹 우먼이 멈춰 섰다. 그는 한참을 가만히 서 있다가 할머니 집으로 다시 갔다.

"춥네. 추워지고 있어." 루이스가 말했다.

루이스는 잔디에 누웠다. "찰리가 나를 찾으려 해도 아무런 단서도 발견하지 못할걸." 루이스는 바티스트에게 말했다. 너무 뛴 나머지 그녀는 지쳤고 이 모든 게 지겨워졌다. 바람이 거세지면서 높게 자란 잔디가 그녀를 쓸었다. 분을 바른 듯한 달은 거의 보이지 않았다. 찰리 킥킹 우먼이 그냥 가버렸으면 싶었다. 잡히고 싶지 않아서만은 아니었다. 찰리를 또다시 조롱하고 싶지 않았다. 찰리가 퍼마 가게에서 커피를 마시는 걸 본 적이 있었다. 그는 한 무리의 백인 남자들과 앉아 있었는데 모두가 경찰복을 입고 있었다. 주 경찰관들 사이에서 찰리 혼자 원주민이었다. 루이스는 방충문 바로 바깥에 서서 그들의 말에 귀 기울였다. 백인들은 찰리가 원주민이 아닌 것처럼 원주민에 대해 이야기했다. 아니면 찰리가 경찰이 아니거나, 더 최악으로 찰리가 그곳에 있지 않은 것처럼. 루이스는 창문을 통해 찰리를 몰래 엿봤다. 그들은 시끄럽게 대화를 나눴다. 얼마 후 백인 한 명이 자리에서 일어나 엉덩이에 손을 올렸다. 그러자 찰리가 자리에서 일어나더니 그를 따라 엉덩이에 손을 올렸다. 그는 한 번도 와본 적 없는 곳에 있는 것처럼 그 남자들의 말에 고개를 끄덕이며 웃었다. 원주민을 희롱하던 찰리 킥킹 우먼이 고개를 들다가 루이스와 눈이 마주쳤다. 그는 입을 다물었고 모자를 벗더니 주머니에 든 잔돈을 만지작거렸다. 그는 창피해했다. 루이스는 그의 수치심을 알았다. 그녀 역시 조롱이나 불쾌함을 피하려고 너무 자주 백인 행세를 했었다. 백인과 술을 한잔하려고 자신의 가족과 스스로를 부인했었다. 찰리가 자신들을 찾으면 무슨 일이 일어날지 확신할 수 없었다. 바티스트는 늘 찰리를 이기는 듯했다. 루이스는 찰리의 얼굴이 또다시 붉어지는 걸 보고 싶지 않았다. 그가 자신을 찾지 않는 편이 모두에게 좋았다.

바티스트는 계속해서 바짝 경계했다. 루이스는 바티스트에게 고마운 마음이 들었지만 그가 그녀의 다리를 다시 툭 치며 목소리를 높이자 그가 이 상황을 좋아하기 때문에 이러고 있을 뿐임을 깨달았다. 바티스트는 다른 이들을 속이는 걸 좋아했다. 고개를 들어보니 바티스트가 몸을 흔들고 있었다. 그는 정수리를 문질렀다. 휘익 하는 숨소리가 들렸고 루이스가 자세를 똑바로 하고 앉자 그는 게걸음을 치며 그녀 뒤로 다가 와 팔과 다리로 그녀를 감싸 안았다. 그때 찰리가 갑자기 방향 을 틀었다. 뭔가 작정한 듯 언덕을 향해 재빨리 뛰어갔다. 그 가 그들 쪽으로 계속해서 다가오자 루이스는 바티스트의 팔 을 잡고 뛸 준비를 했지만 바티스트는 그녀를 막아섰다. "괜 찮아." 그는 꼭 샴페인에게 말하고 있는 것 같았다. 심장이 방 망이질 쳤다. 목덜미에서 바티스트의 목소리를 느끼며 그가 하는 말에 귀 기울이려고 애썼지만 그는 루이스에게 말하고 있지 않았다.

루이스는 킥킹 우먼 경관이 잡초 뒤에 숨어 있는 자신들 쪽 으로 똑바로 걸어오는 것을 바라보았다. 경관은 자신이 어디 있는지 아는 것 같았다. 손바닥을 쫙 펴서 땅바닥에 댄 뒤 다 시 뛸 준비를 했다. 바티스트는 그녀의 등에 가슴을 기댄 다음 박주가리 줄기를 싹둑 잘라 넓찍한 엄지손톱으로 갈랐다. 그 안에서 흰 거품이 나오자 그는 연한 유액을 손에 문질렀다. 찰 리는 그들로부터 멀리 떨어진 곳에서 멈춰 섰다. 메뚜기가 그 의 위로 뛰어올랐다. 찰리는 눈 뒤의 근육이 당겼는지 어깨를 귀까지 바짝, 아주 잠깐 끌어올리더니 잠시 뒤를 돌아보았다.

찰리가 가까이 있었다. 루이스는 그를 보고 싶지 않아 얼굴 을 가렸다. 바람의 주름이 천천히 지나가는 소리가 들렸다. 바 티스트가 루이스를 향해 몸을 돌렸다. "찰리는 너를 볼 수 없어, 루이스. 그는 우리를 못 본다고." 그가 말했다. 루이스는 바티스트의 말을 믿지 않았다. 손가락을 입술에 갖다 댄 채 그를 조용히 시켰지만 그는 입을 다물지 않았다. 루이스는 손을 머리 위로 올린 뒤 잡초 안으로 몸을 더욱 욱여넣었다.

바티스트의 목소리가 귓가를 무겁게 때렸다. 찰리는 바티스트의 목소리를 듣고 그녀를 톰슨 폴스로 도로 데려갈 터였다. 나약한 마음이 가슴을 파고들었다. 언덕 아래에 자리한 꿀 냄새가 나는 묘목처럼 루이스는 손이 떨렸다. 찰리가 멈춰 서더니 권총집에 손을 갖다 댔다. 바티스트는 계속해서 말했다. 찰리는 바티스트의 소리를 들을 수 있을 만큼, 잡초 뒤에 숨어 있는 그들을 볼 수 있을 만큼 가까이 왔다. 하지만 찰리는 저 멀리에서 무언가가 들리는 양 고개를 위로 젖힐 뿐이었다. 루이스는 광활한 들판에 서 있는 찰리를 내려다봤다. 갑자기 바람이 불면서 여름의 열기가 도로 실려왔다. 선명한 열기가 높이 자란 9월의 잔디를 흔들어댔다. 멀리서는 축축하게 느껴지는 열기, 그를 적시는 것처럼 보이는 가벼운 열기. 루이스는 무릎을 감싸 안은 채 찰리를 바라보았다. 찰리는 다시 그들을 향해 걸어오기 시작했고 루이스는 입으로 숨을 쉬었다. "찰리는 우리 소리도 듣지 못해." 바티스트가 이렇게 말했지만 찰리는 그들을 향해 집요하게 걸어왔다.

루이스는 찰리가 그들을 갖고 논다고 생각했다. 그는 그들이 어린아이처럼 숨도록, 게임을 하도록 내버려두었다. 하지만 가까이 온 찰리의 얼굴을 보며 그게 아님을 깨달았다. 그의 눈은 뜨거운 태양 때문에 촉촉했다. 바티스트가 루이스의 손을 치며 말했다. "우리는 숨어 있다고." 그는 강을 따라 난 뻣뻣한 향나무를 가리켰다. 루이스는 조심스럽게 그쪽을 바라보았다.

"저거 봐. 보라고." 그가 말했다.

루이스는 마치 상상 속 장면처럼 커다란 사슴 떼를 보았다. 처음에는 씰룩이는 몸짓을. 그다음에는 나뒹구는 아지랑이를. 잔디를 가로지르는 바람처럼 부르르 떨리는 움직임을.

루이스는 회색 고속도로를, 강물에 군데군데 반사된 빛을 보았다. 향모를 부드럽게 감싸 안는 빛을 보았다. 지금처럼 빛을 빛이 아닌 다른 것으로 본 적은 한 번도 없었다. 레바이스 언덕의 거친 표면을 따라 은빛이 흘러내렸다. 루이스는 찰리의 매끄러운 얼굴을 흘낏 보았다. 태양이 모든 동물을 숨겨주려고 허물을 벗고 있는 건 아닌지 궁금했다. "맞아." 바티스트가 말했고 루이스는 그가 자신의 말에 대답한 건지 궁금했다.

이 들판에서, 이 언덕에서, 태양은 붉은 잎을 덮고 곰과 사슴을 숨겨주었다. 송어는 이른 저녁의 흐릿한 그림자 속에 안전하게 잠을 잤다. 루이스는 자신도 안전하다고 믿고 싶었다. 자신이 이 모든 것으로부터, 바티스트 옐로 나이프로부터, 브래드록 씨로부터, 찰리 킥킹 우먼의 추적으로부터 숨을 수 있는 장소가 있다고.

찰리의 그림자가 루이스와 바티스트가 앉아 있는 곳을 어둡게 만들었다. 루이스가 그의 권총을 만질 수 있을 만큼 찰리가 가까이 다가왔다. 루이스는 똬리를 튼 채 언제든 공격할 준비가 된 뱀 같은 기분이었다. 그의 다리에서는 열기가 느껴졌고 그의 울 바지에서는 그슬린 더운 냄새가 났다. 고개를 들자 바람 때문에 찰리의 이마에서 머리칼이 솟아오른 게 보였다. 바티스트도 고개를 들었다. 찰리가 너무 가까이 와서 그의 가죽 권총집이 끼익 하는 소리가 들렸다. 루이스는 무릎을 가슴팍으로 더 바싹 끌어당겼고 목 안에서 피가 흐르는 걸 느꼈다. 찰리는 고개를 젓더니 그녀 옆에 있는 돌을 발로 찼다. 그의 부츠가 그녀의 허벅지를 스쳤다. 루이스는 배 안에서 웃음이 솟는 걸 느꼈다. 잡초 때문에 찰리가 그들을 볼 수 없는 게 분명했다.

찰리는 화이트 로지 언덕의 아래쪽을 쭉 훑어보았다. 보이지 않는 그들을 향해 다시 한 번 집요한 시선을 던진 뒤 천천히 돌아섰다. 루이스는 찰리가 특정한 나무를, 흙먼지와 구별할 수 없는 볼록한 암석을 봤을 뿐이라고 생각했다. 모든 것이 무로 섞여들었다. 찰리는 그녀의 엉덩이 곡선을 땅의 경사면으로, 그녀의 손가락을 그녀를 감싼 잡초로 느꼈을지도 몰랐다. 찰리는 소나무 가지에 앉은 들종다리를, 저 멀리 솟아오르는 흰색 열기를, 따로 떨어진 강가의 돌을, 언덕에서 솟아오르는 매끄럽고 어두운 이판암을 보지 못했다. 루이스는 나지막이 불어오는 산들바람을 느꼈다. 찰리는 널찍한 등을 보이며 그들에게서 돌아섰다. 바티스트는 그녀를 지켜주었다. 이제 그는 루이스에게 말하고 있었다. 그녀에게 이야기하고 있었다. 루이스는 그의 옆에서 깔끄러운 잡초 위에 누워 그의 메마른 목소리에 귀 기울이고 싶었다. 여전히 그녀의 시야 안에 있던 찰리가 자신의 이름밖에 들리지 않는 차가운 장소에서 벗어나려는 듯 갑자기 뛰기 시작했다.

태양이 그들 뒤로 다가왔고 나긋나긋한 빛 속에 냉기가 한 모금 실려 왔다. 루이스는 그곳에 혼자 있다고, 홀로 마음의 소리, 저 멀리 흐르는 물의 소리에 귀 기울이고 있다고 생각하기 시작했다.

루이스

떨어지는 곳

루이스는 미줄라로 가면 찰리에게서 벗어날 수 있을 거라 생각해 바티스트 옐로 나이프가 있는 딕슨을 떠났다. 놀랍게도 바티스트는 가라며 그녀를 놔줬다. 미줄라에 한동안 머물다가 집으로 돌아가면 브래드록 씨를 골탕 먹일 수 있을 터였다. 루이스는 곧장 차를 얻어 타지 못했고 길가에서 엄지손가락을 치켜들고 있는 모습을 찰리에게 들킬까 봐 불안했다.

지금쯤 할머니가 우물에서 세수를 하고 있겠거니 생각할 무렵, 낯선 사람이 그녀를 태워줬다. 키가 크고 뼈대가 굵은 데다 엉덩이가 넓은 남자였다. 머리카락이 벗겨지면서 브이자를 그리는 바람에 남자는 이마가 길어 보였다. 굽은 길을 지날 때마다 그는 손바닥으로 운전대를 쏠 뿐 루이스에게 말을 걸지는 않았다. 루이스는 눈을 감고 할머니의 손에 담긴 맑은 물의 녹색 테두리를 그려보았다. 짙은 회색의 미루나무 몸통이 백색으로 바뀌고 있었다.

밤이 찾아오면서 도로가 식어갔다. 쐐기풀과 흰독말풀의 끈적끈적한 냄새가 창문 틈으로 훅 들어오자 루이스는 외로워졌다. 해 질 녘이었고 사위는 빠르게 어두워지고 있었다. 사물이 가까이 다가오는 듯했다. 들판과 고속도로, 나무와 강이 하늘에 섞였고 다시 땅에 녹아들었다. 루이스는 손으로 이마를 문지른 뒤 머리칼을 뒤로 쓸었다. 그들은 결국 루이스를 찾을 터였고 톰슨 폴스로, 핑거 아줌마의 딱지 앉은 얼굴로, 앨리스의 찡그린 표정 곁으로 도로 데려갈 터였다. 앨리스는 워너 필립스와의 문제를 루이스 탓으로 돌릴 방법을 찾을 거였다. 예전에 음악 교사인 목시 씨가 루이스의 어깨를 잡곤 나긋나긋한 목소리로, 그녀가 백인이라 해도 믿겠다며 손가락을 갈고리 모양으로 만들어 턱을 부드럽게 말아쥐듯 그녀의 가슴을 꼬집은 적이 있었다. 루이스는 그 사건에 대해 아무에게도 말하지 않았다. 자기 문제를 알아서 처리하는 법을 알았던 루이스는 그의 사타구니를 무릎으로 힘껏 찼다. 그는 이후로 루이스에게 접근하지 않았지만 이따금 그녀를 보며 씩 웃곤 했다. 그들 사이에 비밀이라도 있는 양 아무렇지도 않게 슬쩍 미소를 흘렸다. 그들은 루이스를 톰슨 폴스로 몇 번이고 데리고 갈 수 있었지만 루이스는 그곳에 머물 생각이 없었다.

목깃 부위에서 맥박이 뛰었다. 루이스는 자리에서 뒤척이며 블라우스의 맨 위 단추를 끌렀다. 흘낏 옆을 보니 남자가 루이스를 보고 웃었고 그녀가 마주 웃자 고개를 돌렸다. 차량의 금속판에서 나오는 녹색 불빛이 그의 창백한 갈색 머리칼과 광대뼈의 각진 면을 비추었다. 그가 루이스를 태워줬을 때 본 것보다 그는 젊어 보였다. 이제야 매끄러운 얼굴 피부와 면도기 상처 때문에 생긴 턱의 광택이 보였다. 타이어의 웅웅거리는 소리, 길게 뻗은 직선 도로, 저녁을 향해 가는 긴 하루 속에 이마 주름은 사라지고 없었고 그는 한결 느긋해 보였다.

남자는 카우보이 셔츠를 입고 있었다. 화려했지만 기성품은 아니었다. 소맷동에는 카우보이 부츠를, 왼쪽 어깨에는 커다란 눈의 말 머리를 수놓은 셔츠였다. 멍에를 씌운 올가미 밧줄처럼 한 땀 한 땀 꼼꼼히 놓은 수였다. 콩 색깔의 천은 축축해 보였다. 스스로를 자랑스러워하는 사람이구나, 하고 생각하며 루이스는 옆 이마와 뺨을 차가운 차창에 갖다 댔다. 바람이 정수리를 스치듯 지나가며 창문 틈으로 루이스의 머리카락을 한 올 끌어당겼다. 루이스는 머리를 다시 좌석에 기댄 뒤 헤드라이트가 쏟아지는 길을 내다봤다. 달조차 이런 어둠은 몰아낼 수 없었다. 그들 앞에 펼쳐진 길은 깜깜했다. 남자는 언덕 가장자리에 너무 가깝게 차를 몰았다. 루이스는 호저의 민첩한 눈과 몸을 뒤덮고 있는 회색 가시를 상상하다가 다시 밤을, 별들의 작은 구멍을, 눈앞에 펼쳐진 길을, 흐릿한 달을 바라보았다.

그들은 아리 마을을 떠나고 있었고 루이스는 미줄라에 도착하기만을 고대하고 있었다. 루이스는 빳빳한 등을 좌석에 기댄 채 담배에 불을 붙인 다음 재떨이를 열었다. 그 안은 깨끗했다. 루이스는 재떨이를 닫은 뒤 차창을 내렸다. 남자는 운전대를 꽉 그러쥐었다. 루이스는 차의 잔잔한 힘을, 끽끽거리는 도로의 단단함을 느꼈다.

"이름이 뭐예요?"

루이스가 묻자 남자가 침을 꿀꺽 삼켰다. "내 진짜 이름은 비비안이야." 그가 말했다.

"다른 이름은 뭔데요?" 루이스가 물었다. 앞 유리에 남자의 모습이 살짝 반사되어 비쳤다. 그는 목을 문지르고 있었다.

"반스."

"반스." 루이스는 그의 이름을 따라했지만 자신의 이름을 말해주지는 않았다. 반대편 차선에서 흐릿한 헤드라이트를 낮게 드리운 차가 지나갔다. 그 차의 헤드라이트가 남자의 차창 유리에 은빛을 내뿜자 잠시 눈을 멀게 하는 백색뿐이었고 그 다음에는 저 너머로 벨벳처럼 빽빽한 하늘이 보였다. 루이스는 남자의 숨소리에 귀 기울였다. 그는 라디오를 켰다. 중부 지방 농산물의 가격을, 옥수수, 밀, 감자의 가격을 읊는 그레이프 폴스의 음성이 들렸다. 루이스는 겉에 묻은 가루를 핥은 뒤 껌을 주머니에 찔러 넣었고 담배를 또 한 개비 꺼내 불을 붙였다. 그러고는 아무 말 없이 낯선 남자에게 담배를 건넸다. 남자는 가슴을 부풀리며 천천히 한 모금 빤 뒤 숨을 내쉬었다. 그의 허파에서 코카콜라의 달짝지근한 냄새가 났다. 루이스는 그의 벌거벗은 모습을 상상해보려고 했다. 그는 집이 있겠지, 루이스는 생각했다. 그를 위해 카우보이 셔츠를 만들고 굽은 어깨에 말과 올가미 밧줄을 수놓는 엄마가 있겠지. 그는 화장실 안에서만 옷을 벗겠지. 뜨거운 목욕으로 그의 엉덩이는 붉어지겠지. 루이스는 남자를 보고 웃었고 그는 그녀를 흘낏 보았다. 그의 눈썹은 코만큼이나 가늘었다. 루이스는 이 남자에게 별안간 온기를 느꼈다. 어두컴컴한 차 안에 앉아 담배를 피우며 루이스가 발을 숱하게 그슬린 도로를 운전해가는 그를. 루이스는 그가 마음에 들었다.

차의 헤드라이트가 슬리핑 차일드 온천 너머로 새하얀 빛 기둥을 내뿜었다. 언덕에 낀 아지랑이 위로 흐릿한 불빛이 보였다. 루이스의 심장 가장자리가 은색으로 바뀌고 있었다. 별들이 가까이 내려앉았고 루이스는 둔탁한 통증을 느끼며 갈비뼈 아래를 문질렀다. 톰슨 폴스에서 달아나기 위해 맨발로 수 킬로미터를 걸었더니 다리가 아팠다. 장딴지의 피가 천천히 흐르는 기분이었다. 루이스는 몸을 수그려 신발 끈을 느슨하게 푼 뒤 가죽 좌석 냄새와 남자의 몸에서 나는 달콤한 나무 향수 냄새를 맡으며 잠시 가만히 고개를 숙였다.

"조심해!"

소리치는 남자의 목소리에 루이스는 고개를 들어 차창 아래를 보았다. 사슴은 빛처럼 그녀의 시야에 들어왔다. 도약을 멈춘 채 일시 정지된 모습이었다. 흰색 목과 등 뒤로 뻣뻣이 솟아 있는 털이 보였다. 처음에는 두툼한 뒷다리가 매끄러운 크롬을 찌그러뜨리는 소리가 들렸다. 그러더니 풀을 잔뜩 뜯은 사슴이 바람이 몰아치는 후드 위로 천천히 미끄러지는 소리가 들렸다. 루이스는 반짝이는 후드 장식이 부서지는 모습을, 칼이 사슴의 배를 직선으로 가르고 후드가 피 때문에 보라색으로 물드는 모습을 상상했다.

사슴은 앞 유리를 관통했고 루이스는 시간에 갇힌 것만 같았다. 사슴의 발굽이 앞 유리를 부수고 들어오는 순간 남자가 숨을 씩씩거렸다. 남자의 가슴으로 사슴의 살이 파고드는 소리가 들리자 루이스는 잘 익은 과일, 모카신을 신은 채 톱밥으로 뛰어드는 모습, 단단한 지면에 넘어지는 모습을 떠올렸다. 남자의 목은 사슴의 목에 눌려 헐떡이는 소리만 냈고 곧이어 사슴의 뼈가 그의 호흡기를 누르자 휘익 소리가 들렸다. 루이스는 팔뚝으로 얼굴을 가렸다. 손등에 날카로운 발굽 끝이 긁히는 순간 팔꿈치로 피가 튀었다. 차가 거친 지면에 닿아 세게 튀어 오르자 루이스는 신음했다. 헤드라이트가 하늘로 치솟은 뒤 다시 샐비어로, 흰색 잔디로 곤두박질쳤다. 루이스는 손가락의 맥박으로 이것들을 셌다. 흰색 연기가 따뜻한 겨울 강처럼 후드 위로 솟아올랐다. 이마가 앞 유리 프레임에 부딪히는 순간 루이스는 눈을 감았다.

정신을 차리고 보니 차는 멈춰 있었다. 묵직한 사슴 머리가 루이스의 가슴팍에 놓여 있었다. 사슴의 건조하고 거친 혀가 손에 닿았다. 깨진 유리 프레임 사이로 찻종 모양의 달이 노랗게 빛났다. 깨진 앞 유리 사이로 들어오는 희미한 빛이 남자를 비췄다. 그는 눈을 반쯤 뜬 채 사슴의 따뜻한 등 아래에서 꿈을 꾸고 있었다. 목에서 한기를 느낀 루이스는 깨진 유리가 매끈한 가죽 좌석에서 미끄러지듯 떨어지는 소리를 흘려들으며 차 밖으로 나왔다. 고속도로 쪽으로 걷고 있을 때 들판에서 나무가 툭 부러지는 소리가 들렸다. 도로의 아지랑이가 나무 꼭대기와 만났고 차량의 불빛들이 가장 높은 소나무 가지를 통과하고 있었다. 빛이 가루가 되어 지면에 모인 것처럼 보였다. 루이스는 저 앞에 다가오는 차를 향해 손을 들었고 체념한 듯 찰리 킥킹 우먼을 마주했다.

킥킹 우먼 경관

/

여기

루이스는 순찰차의 헤드라이트 불빛 속으로 불쑥 들어왔다. 혀끝에서 느껴지는 유령처럼, 이 뒤에서 느껴지는 쌉쌀한 금속처럼. 블라우스는 긁히고 찢겼으며 치마는 찢어져서 다 해져 있었다. 사건이 종식되고 나서야 나는 루이스가 피를 많이 흘렸을 거라는 생각이 들었다. 그날 밤 루이스의 모습을 떠올려보니 자동차 헤드라이트를 피해 눈을 가리려고 들어 올린 루이스의 팔 뒤쪽이 온통 붉은색으로 축축하게 젖어 있던 것만 기었났다.

나는 차를 세우고 운전대에 잠시 팔을 얹은 다음 앙다문 잇새로 긴 한숨을 내쉬었다. 끔찍하게도 루이스는 내가 가장 두려워하는 모습으로 길가에 서 있었다. 루이스가 조수석 문을 움켜쥐었다.

"젠장, 찰리." 루이스가 말했다. "당신일 줄 알았어요."

차내등을 켜자 루이스의 일그러진 입이, 검은 눈동자가 보였다. 나는 코트를 벗어 그녀의 어깨에 둘러주었다.

"도대체 무슨 일이야?"

내가 루이스에게 말했다. 루이스는 고속도로에서 난 사고보다도 내가 자신을 톰슨 폴스로 도로 끌고 갈까 봐 더 겁에 질려 있었다. 젖은 개처럼 떨고 있는 그녀의 모습에 나는 몸서리쳤다.

"저도 모르겠어요. 저 아래 남자가 있어요. 차는 저쪽으로 떨어졌고요."

루이스는 저 아래 들판을 가리켰다. 혀가 부풀어서 이에 짓눌렸지만 입에서 술 냄새가 나지는 않았다. 팔 쪽이 핏기가 없어 보였다. 루이스를 자세히 살펴봤다. 사고 충격으로 몸이 다친 듯했고 씰룩거리는 기이한 몸짓은 신중했지만 재빨랐다. 정신력으로 버티고 있는 게 분명했다.

"여기 좀 보자."

나는 루이스의 팔목을 잡으며 엄지와 검지로 팔을 꽉 눌렀다. 맥박이 강하고 빨랐다. 피가 한가득 고인 팔 안쪽에 송어 입처럼 반달 모양의 구멍이 나 있었다.

루이스의 머리칼은 머리 아래쪽에 엉켜 있었고 목은 흐느적거리며 물컹했다. 나는 흰색 거즈를 한 뭉치 집어 상처 부위에 댄 뒤 붕대로 싸맸다. 루이스의 호흡은 거칠고 뜨거웠다. 내가 고속도로에서 발견하기 전에 들판에 있었을 그녀의 모습을 상상해보았다. 어두컴컴한 도로에 차가운 별들의 잔해가 떨어지는 모습을. 루이스가 자신을 태워줄 차 한 대조차 발견하지 못한 채 아침까지 내리 홀로 걸었을 상상을 하니 괴로웠다. 이곳 도로에서는 차가 속도를 늦추거나 급커브를 틀 때 암흑이 우리를 죄어온다. 느닷없이 나타난 못, 굽은 테두리에 눌려 바람 빠진 타이어, 사슴, 엘크, 게으른 곰, 날카로운 바위, 가시나무 따위가 급정거를 하게 만든다. 수월하게 방향을 틀자마자 뼈를 산산조각 낼 수 있는 급경사면처럼 언제든 예상치 못한 것이 나타난다. 차의 후드 위를 지나가는 엷은 안개를 보면 어린 시절 들은 유령 얘기를 믿지 않을 수 없게 된다. 나는 이곳에서 유령을 너무 많이 봤고 매해 두려움이 내 목을 따라 기어오르는 걸 경험하고 있다.

"그 남자는 죽은 것 같아요." 루이스가 말했다.

"맙소사." 심장이 덜컹거렸다. 늘 그렇듯 나는 주어진 임무보다 루이스에게 더 관심이 갔다. 나는 차 밖으로 나왔다. "꽉 잡고 있어. 곧 돌아올게."

묵직한 손전등을 들고 주위를 비춰보았다. 라셀 크롬이 어둠을 가로지르는 은빛처럼 번쩍였다. 팔등을 따라 한기가 느껴졌고 엔진오일 냄새와 돌가루 냄새가 났다. 부서진 채 하늘을 향해 뻥 뚫려 있는 앞 유리를 손전등이 환히 비췄다. 거대한 사슴이 죽어 있었고, 창문의 뒤틀린 프레임 위로 머리카락이 보였다. 낯선 이는 묵직한 머리를 좌석에 기댄 채였다.

나는 옆구리를 긁혔지만 앞좌석에서 눈을 떼지 않았다. 남자가 몸을 약간 움직여 살아 있다는 티를 내주기를 바랐지만 그는 미동도 없었다. 나는 주어진 임무를 처리할 채비를 했다. 맥박을 확인한다. 기도를 확인한다. 눈동자를 확인한다. 나는 루이스에게 돌아가 상처를 씻겨주고 따뜻한 담요를 둘러 그녀를 집에 데려다주고 싶었다. 루이스의 할머니네 부엌에서 해가 뜰 때까지 함께 앉아 있고 싶었다. 나는 루이스에 대해 알고 싶었다. 루이스에 대해 더 이상 이런저런 걱정을 하지 않아도 되도록 그녀를 알고 싶었다. 루이스가 나에게 평범한 존재가 되기를, 그래서 내가 다시 집에 있는 아내 생각을 할 수 있기를 바랐다. 하지만 나는 죽은 남자의 상처를 처리해야 했다.

손전등으로 희미한 흙먼지 자국을 비추며 남자에게 다가갔다. 운전석 문을 열자 사슴의 다리가 나를 향해 솟구쳤다가 단단하게 굳었다. 나는 헐떡이는 남자가 숨을 쉴 수 있도록 사슴을 깊숙이 밀어 넣었다. 피가 꿀렁이는 소리에 남자의 귀에서 피가 나오나 확인한 뒤 그의 코에서 흐르는 피를 닦았다. 이 남자는 살 수 있을지도 몰랐다. 나는 남자를 꺼내려고 사슴을 어떻게든 밀어보려 자동차 프레임을 둘러보았다. 하지만 이

가여운 남자를 꺼내려면 고기 자르는 톱과 정말 큰 운이 필요할 터였다. 그의 가슴은 이미 상처 때문에 부어오르고 있었다.

"갈 길이 머니 정신 확실히 붙들어요." 내가 말했다. 남자는 흥흥대더니 피가 꿀렁이는 소리를 내며 다시 의식을 잃었다.

나는 차로 도로 뛰어가 루이스의 상태를 확인하며 주 순찰차에 무전을 보냈다. 긴 밤이 될 터였다. 트렁크를 열고 두꺼운 담요 두 개를 꺼냈다. 하나를 루이스에게 던져준 뒤 다른 하나는 남자에게 둘러주기 위해 들판으로 향했다. 그를 다시 보자니 망설이는 마음이 들었지만 멀리서 남자의 숨소리가 들려왔다. 남자와 사슴 사이에 담요를 밀어 넣자 남자의 다리가, 피의 흐름이 어떤 상태일지 걱정됐다. 목의 맥박은 확실하고 규칙적이었다. 남자의 뺨을 만져보았다. 그는 젊었고 어쩌면 아이가 있을지도 몰랐다. "성함이 어떻게 되시죠?" 내가 물었다. 그는 신음 소리를 내더니 머리를 앞으로 축 늘어뜨렸다. "이름이 어떻게 되시죠?" 내가 다시 물었다. "저는 킥킹 우먼 경관입니다." 또렷하고 침착한 목소리로 말했지만 내 이름만으로 그를 겁에 질리게 만드는 건 아닌지 걱정이 되었다. "구조대가 오는 중입니다." 나는 어둠 속에서 그를 안심시키기 위해 미소 짓고 있었다. 남자는 한숨에 가까운 신음을 내뱉으며 머리를 좌석에 다시 기댔다. "천천히." 내가 말했다. "제가 바로 옆에 있을게요."

루이스와 함께 기다리고 싶은 마음에 차로 돌아갔지만 그녀는 뒷좌석에서 잠들어 있었다. 그녀의 호흡이 바뀌는 소리가 들렸다. 루이스는 이따금 피를 흘리며 잠에서 깨곤 했다. 사슴이 그녀의 얼굴에 머리를 들이박았는지 코가 부어 있었다. 창문 너머로 조용한 고속도로를 바라봤다. 도로는 넘치는 달빛으로 빛났고 산들바람이 거세지자 길게 자란 잔디에서도 빛이 났다. 달빛을 받아 도로 표지판이 반짝였다. 길가 옆에 가만히 앉아 있는 땅은 안전해 보였다.

나는 이 도로의 굽은 길과 직선 길을 전부 알았다. 어디에서 브레이크를 밟아야 하는지, 어디에서 도로가 푹 꺼지고 변하는지 알고 있었다. 매끈한 갓길과 손쓸 수 없을 정도로 굽은 길을 알았다. 딕슨 너머의 도로에는 심지어 완만한 경사로처럼 보이지만 측량 결과 매년 평평한 콘크리트 면으로 밝혀지는 곳도 있다. 가끔 그게 궁금했다. 얼마나 많은 것들이 균형을 잃거나 보이는 모습과 다른지.

뒷좌석에서 루이스가 뒤척이는 소리가 들리자 담요를 내려 그녀의 얼굴을 확인했다. 사실은 그녀의 얼굴이 보고 싶었다. 희끄무레한 달빛 속에서도, 부은 상태에서도 루이스의 얼굴은 아름다웠다. 나는 자꾸 시간을 확인했으며 중앙분리대를 양 방향으로 최대한 멀리까지 센 뒤 또다시 시간을 확인했다. 루이스를 발견하고 나서 10분밖에 흐르지 않았다. 나는 기다렸다. 생각할 시간이 너무 많았다.

3년 전, 영하 40도의 날씨에 핫 스프링스에서 온 가족이 차를 탄 채 플랫헤드강으로 돌진한 사건이 있었다. 일곱 명의 가족을 태운 차량은 푹 꺼진 커브 길에 부딪힌 뒤 공중으로 붕 치솟아 빙판 위를 날아갔을 것이다. 42 커스텀 라셀의 무게에 두꺼운 빙판이 깨지면서 그들은 크리스마스의 단꿈처럼 사라졌다. 그들을 실은 차는 겨울 강가의 얕은 팔꿈치 안에 잠겼고 그들은 일요일 드라이브를 나온 사람들이 담긴 한 폭의 그림처럼 그 안에서 얼어붙고 말았다.

3주 후 농담을 던질 만한 머리가 없는 백인 사내아이들인 레스턴 형제들이 —그들의 이름이 기억나지 않을 때면 우리는 그들을 얼간이라고 불렀다— 분계선 커브 길 근처 강가에서 서커스 마네킹이 들어 있는 차를 발견했다고 모두에게 떠벌리고 다녔다.

사고 소식을 들은 지 얼마 안 되어 나는 그게 알빈 가족이라는 생각이 퍼뜩 들었다. 내가 강가에 차를 대자 현장에 먼저 와 있던 레일러가 나에게 따라오라는 몸짓을 했다.

"이걸 봐야 하네." 그가 들뜬 상태로 나에게 말했다.

더 많은 목격자를 부를 만한 광경, 믿을 수 없이 드문 광경이었다. 바람이 빙빙 소용돌이치며 우리 머리 위로 눈을 흩뿌렸다.

"인디언 친구들에게 말하지 말게나." 레일러가 웃음이 감도는 표정으로 말했다. 앞의 모습에 경악한 나는 아무 말도 나오지 않았다. 나는 추위를 피해 귀를 막았다. 눈이 끈적끈적했다. 우리는 단단하게 얼어붙은 녹색 플랫헤드강 위에 선 채 바닥이 매끄러운 부츠 사이를 내려다보았다. 그 아래에는 얼음 속에 갇힌 가족이 있었다. 영하 40도의 날씨에 강 옆 커브 길에서는 이런 사고가 발생할 수 있었다.

옆으로 누운 채 얼어버린 차는 언제라도 앞으로 나아갈 것처럼 보였다. 우리가 서 있던 자리에서는 그들 모두가 내려다보였다. 레일러와 나도 사팔뜨기 레스턴 형제들보다 나을 게 없었다.

가장 먼저 눈에 띈 건 아기였다. 조수석 창문에 짓눌린 아기는 엄마의 팔에서 벗어나려고 버둥대고 있었다. 아기는 우리와 장난을 치려는 듯, 두께가 1.5미터나 되는 빙판 사이로 우리에게 키스하려는 듯 분홍색 입을 창문에 대고 있었다. 부츠 끝으로 눈을 밀어내 보니 아이들의 엄마와 뒷좌석에 앉아 아직도 놀고 있는 양 몸부림치는 사내아이들이 보였다. 남자아이 하나는 페인트칠한 조각상처럼 위를 보고 있었는데 머리칼이 가시처럼 머리 위로 삐죽이 솟아 있었다. 아이들의 아빠는 도로를 운전하는 것처럼 오른팔을 운전대에 얹은 채 앞을 보고 있었다. 하지만 내 눈은 계속해서 아이들의 엄마를 향했다. 여자에게는 그저 예쁜 것 이상의 무엇이 있었다. 그녀를 가둔 은색 얼음 조각 아래에서도 여자는 아름다웠다. 금발 머리칼이 물이 얼기 직전에 생긴 기포의 후광을 받으며 그녀의 얼굴을 휘감고 있었다. 여자는 우리를 향해, 아기를 향해 몸을 돌리며 웃고 있었다. 보조개를 내보이며. 그 미소에는 루이스를 떠올리게 만드는 무언가가 있었다. 나는 그들이 죽었다고, 죽은 지 몇 주나 지났다고 혼잣말을 했지만 그들의 마지막이 그려졌다. 단단한 얼음 아래 딱딱하게 굳은 그들에게서 눈을 뗄 수 없었다. 큰 추위는 지나갔지만 나는 손에 따뜻한 입김을 불어넣었다. 한파가 물러났다고, 혼잣말을 했다. 우리는 단단한 얼음 위에 서 있었지만 강 중간에는 젊은 엄마의 팔 길이보다 넓은 수로가 있었다. 우리가 두고 떠나면 이 차가 2월의 얼음을 뚫고 나와 기이하고 행복한 가족을 태운 채 여행을 계속할 것만 같았다. "어떻게 이럴 수 있지?" 레일러가 자신의 차로 돌아가 버린지라 나는 스스로에게 물었다. 레일러와 나는 그 사건을 강 익사 사고로 신고했다. 그렇게밖에 달리 설명할 길이 없었다. 이따금 그 사건의 발생 경위가 내 기억과 일치하는지 궁금해진다. 그 후 레일러에게는 그 사건을 단 한 번도 언급하지 않았지만 한 번은 우회도로에서 상사에게 어떻게 그러한 일이 일어날 수 있는지 물은 적이 있다. 상사의 표정을 보니 내가 하루 휴가를 내야만 할 것 같았다. 그는 '그러한 일'

은 가능하지 않다고 말했다. 무엇이 가능하고 무엇이 불가능한지 궁금했다. 뒷자리에 앉은 루이스를 바라보았지만 그녀는 자리에 푹 쓰러진 채 나에게서 고개를 돌리고 있었다.

레일러가 비번이기를 바랐다. 레일러는 고속도로 정찰대가 아니지만 사건이 발생하면 가장 먼저 현장에 도착했다. 백인이 사고를 당할 때면 그가 나섰는데 마치 내가 내 일을 제대로 처리하지 못해서 자신이 맡게 된 것처럼 굴었다. 일이 잘 해결되면 자신이 공을 전부 차지하고 문제가 발생할 경우 내 탓으로 돌렸다. 지난 몇 년 동안 내가 잘 처리한 일을 그는 요행으로 돌렸다. 내 능력 때문이 아니라 운이 좋았을 뿐이라고, 그냥 내 무릎에 떨어진 일이었다고. 하지만 이제 그가 처리해 줘야 하는 일이 생겼다. 우리는 퍼마 외곽 고속도로에서 벌어진 사건을 제대로 해결하지 못했었다. 내 생각에 레일러가 흐뭇해할 건 아무것도 없었다. 그때 우리를 구해준 건 옐로 나이프였다.

루이스

,

드디어 집으로

찰리 킥킹 우먼이 루이스의 머리에 담요를 덮어주고 있을 때 레이크 카운티의 레일러 경관이 마침내 도착했다. 루이스는 찰리 킥킹 우먼이 백인 경관에게 거짓말을 하는 동안 이가 달그락거리지 않도록 담요를 입에 쑤셔 넣은 채 조용히 있었다. 찰리는 루이스가 사건 현장에 있었다는 말조차 하지 않았다. 어둑어둑한 고속도로 옆에서 흩어진 자갈을 밟으며 찰리는 일자리를 잃을 위험을 감수하고 있었는데 루이스는 그 이유가 궁금했다. 찰리는 레일러 경관에게 사고 현장에는 백인 운전자만 있었다고 얘기했다. 루이스는 찰리가 자신을 집에 데려다준 뒤 스스로를 원망할 거라고 생각했다. 루이스가 처했던 위기일발의 상황, 해결하지 않고 있는 문제들, 무모함과 아래를 힐끔거리는 할머니의 시선으로 짙어가는 밤이었다.

할머니 집으로 가는 길, 그들이 지나친 차는 단 한 대였다. 루이스는 머리가 아팠다. 손의 뼈마디가 헐렁해져 덜렁거리는 기분이었다. 눈을 감고 쉬어보려 했지만 창문을 부수던 사슴의 성난 발굽, 뜨거운 기름 냄새와 남자의 향수 냄새, 차창 유리의 깨진 가장자리 사이로 흩어지던 기이하고 거친 빛이 머릿속에서 떠나지 않았다. 고속도로의 회전 구간이 느껴졌다. 타이어가 고르지 않은 도로에 닿아 계속 덜커덕거려 척추가 아팠다. 이따금 농부의 포치에서 나오는 빛이 차창으로 들어왔다. 루이스는 주위 상황을 띄엄띄엄 인식했다. 차량 계기판의 녹색 불빛. 찰리의 뻣뻣한 경찰복 옷깃. 찰리의 귀. 응급 출동 담당자의 지지직거리는 목소리와 확신에 찬 찰리의 낮은 목소리가 들렸다.

차가 얼마나 오랫동안 멈춰 있었는지 루이스는 알지 못했다. 차량의 불빛이 할머니의 집을 비추었고 차 뒷문이 열리자 할머니가 손을 뻗어 그녀를 안았다. 루이스는 양옆으로 찰리와 할머니의 부축을 받으며 조심조심 걸었다. 달이 연못을 비추었고 어둡고 무지근한 그 빛 때문에 루이스는 비틀거렸다. "무엇보다도 루이스는 충격받은 상태예요." 찰리가 할머니에게 말했다. 그는 챙이 뻣뻣한 모자를 만지작거리며 문가에 잠시 서 있었다. 갑자기 정신을 차리고 원주민이 되기로 결심한 것처럼 루이스에게 미안해 보이기까지 했다. 그는 오래 머물지 않았다. 할머니가 루이스의 블라우스 단추를 끄르기 시작하자 수줍은 듯 고개를 돌리더니 간다는 인사도 없이 가버렸다. 그는 그곳에 있다가 사라져버렸다.

할머니는 잔디풀 찜질제를 루이스의 팔에 올려놓은 뒤 미루나무 근처로 그녀를 데리고 갔다. "저들이 다시는 너를 데려가지 못하게 할 거야." 할머니가 루이스에게 말했다. 루이스는 어깨와 다리 뒤에서 갑자기 힘이 빠지는 기분이 들었다. 머리 위로 차갑고 높은 강바람이 부는 소리를 들으며 나무 아래에서 잠이 들었다. 할머니와 플로렌스가 별 아래에서 함께 자준 덕분에 따뜻했다. 아침의 가느다란 햇살에 눈을 떠보니 할머니와 동생이 옆에 없었다. 루이스는 절뚝거리던 사슴과 낯선 남자의 여자아이 같던 기이한 비명이 떠올랐다. 그가 죽었을 거라고 생각하자 가슴이 저렸다. 팔에는 월귤나무 즙 색깔의 멍이 들어 있었다. 루이스는 머리를 긁으며 두피에서 작은 유리조각들을 뽑아냈다. 군데군데 유리가 할퀸 부위는 머리칼이 짧고 뻣뻣했다. 왼쪽 눈 위에 묻은 흙을 털어내다가 루이스는 자신이 아직도 피를 흘리고 있다는 걸 알아챘다. 이마는 부어 있었지만 할머니의 찜질제 덕분에 덜 쓰렸다.

루이스는 할머니의 작은 집 위로 솟은 언덕에 앉았다. 집은 나무에 가려 잘 보이지 않았다. 할머니가 언덕으로 올라오고

있었다. 할머니는 루이스에게 쌉싸래한 검은색 향나무 차를
가져다주었다. 차가 시럽이 될 때까지 밤새 향나무 열매를 끓
인 게 분명했다. "계속 보고 있었단다." 할머니가 말했다. 루
이스는 눈가를 문질렀다. "이틀 동안 자다 깨다 했어." 할머니
는 루이스에게 『로난 개척자』에서 오린 신문기사를 건넸다.
헤드라인에는 "도로에서 사슴을 만난 남자, 목숨을 부지하
다."라고 쓰여 있었다. 남자는 죽지 않았다. 그에게는 아내와
네 명의 자식이 있었다. 루이스는 사슴에게 차인 그의 팔, 부
어오른 턱, 귀를 긋고 지나간 발굽 자국을 다시 떠올렸다. 그
는 아내에게 이 이야기를 수백 번 할 터였다. 루이스의 이야
기는 뺀 채. 그가 자신을 기억하기나 할지 궁금했다. 루이스는
이제 그가 차를 거칠게 멈춰 세우고 고속도로 그림자와 길가
에 서 있던 여자를 향해 사팔눈을 뜬 그날 밤처럼 눈을 뜨고도
앞이 보이지 않은 상태로 잠들지 궁금했다. 남자를 차 밖으로
꺼내기 위해 톱으로 사슴을 잘랐다고 했다. 기사에는 햇빛을
받고 선 차의 사진이 실려 있었다. 후드는 구부러져 있었고 창
문 프레임은 유리 이가 달린 쩍 벌어진 입처럼 보였다. 루이스
는 사진을 자세히 들여다봤다. 희뿌연 사진의 표면을 내려다
보며 사고 현장에 있는 자신을, 자신이 그곳에 있었다는 사실
을 입증해줄 어떠한 흔적이라도 찾아보려고 했다. 잠시 루이
스는 자신의 삶이 기록에 남기는 할지, 자신의 고통스러웠던

순간을 누가 기억이나 해줄지, 아니면 그녀 역시 가난한 자의 식탁에 오르지도 못할 척추 부러진 사슴처럼 도려내지고 말지 궁금했다.

찰리 킥킹 우먼이 자신을 보호했지만 잠깐 찾아온 죄책감이 사라지면 그의 선의도 사라질 거라는 생각이 별안간 들었다. 찰리는 루이스를 잡으려고 부단히도 애를 썼는데 마침내 그녀를 잡아놓고는 스스로 놓아준 꼴이었다.

할머니가 루이스를 일으켜 세웠다. 루이스는 다리에 힘이 하나도 없었다. 안간힘을 써서 승리를 쟁취했는데 전부 물거품이 된 것만 같은 기이한 실망감이 들었다.

"이제 그만 가야 해." 할머니가 말했다. 할머니는 머리를 땋아 올린 상태였다. 할머니의 머리는 매끈했고 가을 햇살을 받아 윤이 났다. 할머니가 루이스의 팔을 쓰다듬었다. "어디에 너를 숨겨둘지 생각해뒀어." 할머니가 말했다.

그들은 퍼마로 향하는 길을 따라 걷다가 언덕 위에 자리한 무성한 수풀로 들어섰다. 빽빽한 덤불은 서늘했다. 나무 옆으로 할머니가 그녀를 위해 마련한 별채가 겨우 보였다. "플로렌스가 음식을 가져다줄 게다. 한동안 여기서 지내." 할머니가 루이스에게 말했다. 루이스는 할머니의 손을 잡고 잠시 가만히 있었다. 루이스는 할머니를 포옹해준 적이 한 번도 없었다. 할머니는 포옹을 하는 사람이 아니었다. 손을 잡는 것으로, 할머니의 눈을 들여다보는 것으로 충분했다. 루이스는 할머니가 오랫동안 못 본 사람처럼 양손을 잡고 흔드는 것을 좋아했다. "괜찮을 게다." 할머니가 루이스에게 말했다.

할머니는 그녀를 두고 돌아섰다. 루이스는 할머니가 저 멀리 언덕을 올라 집 쪽으로 방향을 트는 걸 바라보았다. 할머니는 덤불을 헤집어놓지 않았다. 조용한 잔디에 어떠한 흔적도 남기지 않았다. 할머니는 민첩하고 유연했으며 손가락 한 번 찔리지 않고도 월귤나무 열매를 땄다. 할머니는 옛 방식을 고수하는 존경할 만한 사람이었다. 루이스는 할머니가 자신에게 많은 것을 가르쳐주었지만 자신은 정작 아는 게 별로 없다는 사실을 깨닫고 부끄러워졌다.

루이스는 할머니가 도움을 요청할 때에도 뇌를 무두질할 때 나는 고약한 냄새를 피해 숨곤 했다. 동물 기름을 끓이고 산벚나무로 고기를 만들고 싶지 않았다. 최근 들어 루이스는 아메리카 낙엽송과 육포 냄새가 거북하게 느껴졌다. 핑거 아줌마는 루이스가 도착하자마자 그녀의 옷 냄새를 맡으며 옷가지를 전부 흰색 빨랫줄에 널었고 루이스는 얇은 수건을 몸에 두른 채 집에 앉아 기다렸다. 눈부신 창문을 통해 핑거 아줌마를, 몇 벌 안 되는 루이스의 옷을 너는 아줌마의 손에서 다이아몬드 반지가 하얗게 빛나는 걸 지켜보았다. 핑거 아줌마의 행동에 루이스는 자신이 더럽다고, 자신의 피부는 절대로 깨끗해지지 않을 거라고, 자신의 원피스는 늘 나무 태운 냄새를 풍길 거라 생각했다. 자신도 찰리 킥킹 우먼처럼 자신이 다른 이들보다 더 낫고 더 나쁘다는 생각을 품은 채 홀로 향수병에 시달리게 될지 궁금했다.

할머니가 가져다놓은 까끌까끌한 양모 담요 위에 누웠다. 날은 서늘했고 사슴 발굽 모양의 달은 하늘에 찍힌 흰색 먼지 자국 같았다. 해가 느릿느릿 강 위로 떠올랐고 부들이 낮은 들판을 긁는 소리가 났다. 루이스는 번질번질한 눈을 감은 채 머리 위에 그늘을 드리운 나뭇가지를 그려보았다. 저 멀리 고속도로를 지나가는 자동차 소리가 들렸다.

너무 푹 자서 손바닥이 물렁해진 기분이 들려는 찰나 나무가 갈라지는 소리, 나뭇가지가 옆으로 밀쳐지는 소리가 들렸다. 루이스는 왼쪽 어깨를 문지르며 자리에서 천천히 일어났다. 플로렌스가 언덕을 올라오고 있다고 생각했지만 아래를 내려다보니 바티스트 옐로 나이프였다. 흥분한 붉은 혀가 가슴을 훑고 지나가는 기분이었다. 바티스트는 그녀를 힘겹게 찾은 듯했고 술에 취해 있었다. 피부는 땀으로 번들거렸고 셔츠는 허리통까지 끄른 상태였다. 피부는 빛이 났고 머리는 먼지투성이였으며 허벅지에는 두꺼운 푸주 칼이 가죽 끈으로 묶여 있었다. 잠시 루이스는 그가 사냥을 나섰다가 자신을 우연히 발견한 건 아닐까 생각했지만 그럴 리가 없었다. 그는 루이스를 찾기 위해 어머니의 집에서 수 킬로미터를 걸어온 거였다. 루이스는 불안했다. 바티스트 옐로 나이프는 술에 취하면 다른 사람이 되었다. 그가 루이스 위로 올라서며 그녀를 보고 웃었다. 그는 비틀거리고 있었다. 술에 취하면 바티스트 옐로 나이프는 성질이 나빠졌다. 드러난 그의 이가 큼지막했다. 루이스는 그가 남색 잉크로 자신의 손에 루이스의 이름을 새겨 넣은 걸 보았다. 널찍한 블록체로 큼지막한 문신이 새겨져 있었다. 파란 색소가 그의 피부를 그녀의 이름으로 영원히 물들일 것만 같았다. 루이스는 바티스트가 잉크에 담근 바늘을 갈색 손에 계속해서 찌르는 모습, 그의 피부 아래로 잉크가 고이는 모습, 자신의 이름이 그의 피에 묻히는 모습을 상상했다.

바티스트는 루이스 옆으로 다가와 담요 위에 앉았고 잠시 그녀는 누가 함께 있는 것에 감사했다. 하지만 아무리 지루하더라도 술에 취한 바티스트 옐로 나이프는 환영할 만한 방문객이 아니었다. 그는 루이스에게 아무 말도 하지 않았고 그녀 역시 그에게 말을 걸지 않았다. 루이스는 바티스트가 무언가를 찾아내는 방식이 엄마의 주술보다는 자신의 욕망과 관련 있다는 사실을 불현듯 깨달았다. 그는 가면올빼미의 호각 같은 선명한 눈을 갖고 있었다. 그는 어둠 속에서도 루이스를 찾아낼 수 있었다. 루이스는 자신을 찰리에게서 숨겨준 대가를 그가 바라는 건지 궁금했다. 그를 너무 믿었다는 생각이 들었다. 바티스트는 술을 끊을 사람이 아니었다. 바티스트 옐로 나이프는 잡초와 높게 자란 잔디에서 루이스의 발자국 형태를 기억했기 때문에 그녀를 찾을 수 있었다. 그는 루이스의 손이 월귤나무 덤불과 야생 장미를 훑고 지나간 흔적을 알았다. 그는 루이스가 지나갈 때 잎이 바뀌는 모습, 루이스의 냄새가 스피어민트와 샐비어에 섞이며 나는 냄새를 알았다. 그는 루이스의 숨소리와 바람이 그녀를 스칠 때 나는 소리를 알았다. 그는 루이스를 원했기 때문에 그녀를 쫓을 수 있었다. 그는 냄새로 루이스를 찾을 수 있었다.

루이스는 그가 목에 묶어둔 주머니를 보지 않으려고 했다. 검은 머리칼이 가죽 끈과 튼튼한 목 주위로 파랗게 말려 올라가 있었다. 루이스는 바티스트가 정말로 변할 수 있을지 궁금했다. 숲에서 지내다 보면 옛 생활 방식을 청산할 수 있을지도 몰랐다. 바티스트는 땅이 우리를 다시 최선의 모습으로 돌려놓는다고 그녀에게 말한 적이 있었다. 루이스는 그가 괜찮은 사람이 될 수 있을지 궁금했다. 그의 피부가 따뜻해 가까이 다가가고 싶었지만 루이스는 다리를 턱으로 끌어당긴 채 상상만 해보았다. 그의 옆에 무릎을 꿇고 그를 향해 블라우스를 열어젖히는 모습을, 미루나무의 시원한 그늘 속에 젖꼭지가 단단해지고 팔에 닭살이 돋는 모습을, 그가 원하는 것을 취하도록, 자신을 빨도록 내버려두는 모습을. 아무도 모를 터였다.

어두운 나무에 숨어 있으면 그들의 냄새는 공기 중을 떠돌다가 사라질 터였다. 아무도 모를 거다. 루이스는 자신의 신발을 내려다보았다.

바티스트는 루이스 위로 올라섰다. 서 있는 그에 비해, 그의 튼튼하고 호리호리한 다리에 비해 루이스는 왜소해 보였다. 바티스트는 느릿느릿, 조심스럽게 그녀 주변을 걷기 시작했다. 루이스는 부츠의 무자비한 발끝이 자신의 엉덩이를 스치는 걸 느끼며 혼자만의 생각에서 깨어났다. 그는 루이스에게서 돌아서 바지 지퍼를 내렸다. 루이스는 조용히 앉아 있었다. 바티스트에게 자신의 두려움을 들키고 싶지 않았다. 자신이 그에게 끌렸다는 사실도 그가 모르기를 바랐다. 바티스트는 그녀에게서 멀어지며 낮은 목소리로 말했다. "걱정 마." 그가 말했다. "네 운은 이제 다 됐어." 루이스는 그게 무슨 말인지 생각해보았다. 그의 발이 계속 자신의 등에 있으면 싶었다. 돌아보기가 두려웠다.

루이스는 두꺼운 오줌발이 후두두 떨어지는 소리를 들으며 팔로 다리를 꼭 감싸 안았다. 바티스트가 천천히 걸어와 그녀 주위를 빙빙 돌더니 영역을 표시하는 개처럼 오줌을 누었다. 루이스는 무릎에 얼굴을 묻고 싶었지만 계속해서 고개를 들고 있었다. 담요를 꼭 끌어당기고 싶은 걸 가까스로 참은 채 가만히 있었다. 오줌 줄기가 보였고 메마른 땅의 냄새가 나더니 갑작스런 물 기운에 화들짝 놀란 솔방울 냄새가 났다. 그의 오줌은 흐릿한 흙먼지로 천천히 스며들며 짙은 회색 얼룩을 남겼다.

루이스는 바티스트의 깡마른 엉덩이를 언덕 아래로 밀어 버리고 싶었다. 그의 머리를 한 대 치고 그를 쫓아내고 싶었다. 고속도로를 내려다보며 필사적으로 도망칠 수 있기를 바랐지만 바티스트에게서 달아날 수는 없었다. 담배를 피우고 위스키에 절어 있어도 바티스트는 고등학교 육상 선수들보다 빨랐다. 그가 한 번도 휘청이지 않은 채 줄달음치는 걸 본 적이 있었다. 바티스트는 가시철조망을 사슴처럼 쉽게 뛰어넘었다. 그는 단단한 지면에 갑자기 멈춰선 뒤 영양처럼 고등학교 울타리를 뛰어오를 수 있었다. 그는 아쉬울 게 없는 사람처럼 전속력으로 달아나곤 했다. 루이스가 그로부터 달아나려 할 경우 그는 퓨마처럼 그녀에게 뛰어오를 거였다. 할머니는 그가 무섭더라도 그에게서 천천히 물러나라고 했다. 루이스는 전에 그에게서 달아난 적이 있었고 그때 동생이 방울뱀에게 물렸었다. 루이스는 한숨을 쉰 뒤 기다렸다.

바티스트는 그녀를 돌아보더니 오줌을 털었다. "겁먹었어?" 그가 씩 웃으며 말했다. 루이스는 그가 바지의 지퍼를 채우는 걸 바라보며 자신에게 그를 협박할 힘이 있기를 바랐다.

바티스트는 루이스 옆에 앉아서 속삭였다. "동물들이 인간의 냄새를 무서워하는 거 알아?" 그는 손가락 끝으로 그녀의 어깨를 툭 쳤다. "스컹크가 침대에 나타나는 건 원치 않을 거 아니야." 루이스는 모기를 잡는 것처럼 자신의 귀를 찰싹 때렸다. 루이스는 자신이 술을 마시고 온 날 밤 할머니가 자신을 보던 눈빛으로 바티스트를 바라보았다.

바티스트는 루이스에게 가까이 다가오더니 미처 피하기도 전에 그녀의 귀 윗부분을 이로 깨물었다. 그가 너무 세게 깨물어 귀가 따끔거린 루이스는 그의 턱을 잡고 밀쳤다. 담요 옆에 두었던 가지를 집어 들어 그를 향해 휘둘렀다. 루이스의 공격을 피해 잽싸게 뒤로 물러난 바티스트는 그녀가 뒤에서 세게 밀칠 때까지 깔깔대며 웃었다. 그가 허리에 손을 올리자 루이스는 나뭇가지로 그의 얼굴을 세게 때렸다. 물러난 그의 뺨에는 긁힌 자국이 하얗게 부어올라 있었다.

루이스는 바티스트의 얼굴을 바라보았다. 그가 때릴까 봐 무서웠다. 그는 루이스를 한참 동안 빤히 바라보다가 루이스가 목 뒤를 긁자 시선을 거두었다. 루이스는 두꺼운 가지를 손에 쥔 채 자리에 앉았다. "나를 떠나지 말았어야 했어." 그가 말했다. "나한테서 벗어날 수 있다고 생각한 거야?"

바로 그때 덤불에서 탁탁 소리가 들렸다. 동생이 언덕을 올라오고 있었다. 나뭇가지가 스친 부위가 부어오르고 있었지만 바티스트는 움찔하지 않았다. "너를 갖고 말 거야." 그가 루이스에게 말했다. "반드시 갖고 말 거야, 내 사랑." 그는 루이스의 심장을 만질 수 있는 양, 그걸 맛볼 수 있는 양 말했다. 루이스는 그의 말이 들리지 않는 척 그에게서 몸을 돌렸다. 그가 자신의 마음을 움직였다는 걸 알려주지 않을 거였다. 그가 자신을 아찔하고 수줍게 만들었다는 걸, 호흡이 빨라지게 만들었다는 걸. 루이스는 그를 너무 싫어한 나머지 자신이 그로 가득 찰 수 있다는 걸 그가 몰랐으면 싶었다. 바티스트는 잠시 불어오는 시원한 산들바람, 뜨거운 날 홀연히 나타난 어두운 덤불 같았다.

동생이 루이스의 이름을 부르자 바티스트가 몸을 펴더니 쭈그리고 앉았다. "언젠가" 그가 속삭이는 듯한 낮은 목소리로 루이스에게 말했다. "널 가질 거야." 그는 언덕 너머로 향했고 곧 모습을 감췄다. 언덕으로 올라온 플로렌스는 숨이 차 보였다. 튀긴 빵 한 봉지와 작은 설탕 종지를 가져온 동생은 루이스 옆에 앉아서 빵을 꺼내놓았다. 루이스는 언덕을 올려다봤다. 바티스트가 보이지 않았다. 자리에서 일어나 바라보았지만 그는 사라지고 없었다. "왜 그래?" 플로렌스가 말했다. 루이스는 고개를 저으며 도로 앉았다. 배가 고팠다. 플로렌스는 튀긴 빵 한 조각을 펼친 뒤 그 위에 설탕을 뿌리고 있었다. 루이스는 플로렌스를 바라보았다. 플로렌스는 뼈대가 굵었지만 기골이 장대하지는 않았다. 맥파이 할아버지를 닮아 코가 우아했고 눈은 크고 검었다. 피부는 건강했고 광채가 났으며 곳곳에 주근깨가 뿌려져 있었다. 머리칼은 보통 긴 편이었지만 지금은 무릎 아래 정도까지밖에 오지 않았다. 할머니는 그냥 기르라고 말했지만 플로렌스는 매년 여름 늙은이수셋에게 가서 머리를 잘랐다. 단단하게 땋았지만 여전히 너무 긴 머리칼은 이제 두껍고 무거워서 성가셔 보였다. 플로렌스는 땋은 머리칼을 뒤로 묶었다.

플로렌스는 아직 어렸지만 도끼를 쉽게 다뤘다. 동생의 웃는 모습, 움직이는 모습에는 힘이 실려 있었다. 루이스는 플로렌스가 아름답다고 생각했으며 할머니 곁을 떠나지 않는 동생에게 질투가 났다. 웃기게도 플로렌스는 쉽게 겁에 질렸으며 작은 소리에도 깜짝 놀라곤 했다. 플로렌스는 어둠을 무서워했고 한번은 할머니의 텐트에 성냥으로 불을 붙이기도 했다. 플로렌스는 어두워서 질식할 것 같다며 텐트를 무서워하는 아이였고 할머니는 동생의 두려움을 이해했다. 플로렌스는 텐트에 불을 지른 것에 대해 벌을 받지 않았다. 루이스는 확 타오르는 붉은 불길, 짙은 연기 자국, 뜨겁고 역한 냄새, 텐트가 하늘을 향해 타오를 때 정전기처럼 딱딱 튀기던 불꽃을 기억했다. 플로렌스는 집 뒤에 서서 이를 덜덜 떨며 불길을 바라봤었다. 루이스는 옆에서 튀긴 빵을 먹고 있는 동생을 바라보았다. 플로렌스에게는 바티스트를 봤다고 말하지 않을 참이었다.

강 가장자리가 흐릿하게 빛나고 있었고 수등의 광택 속에 해 질 녘의 나무들이 전부 또렷했다. 바람이 덤불 사이로 요란하게 지나가고 매끄러운 달이 창백한 언덕 위로 고개를 들기 시작하는 가운데 플로렌스는 계속 재잘댔다. 루이스는 바티스트 옐로 나이프가 자신에게 오는 모습을 혼자 상상했던 건 아닌지 궁금했다. 그를 때렸던 가지를 집어 들어 그가 오줌을 누었던 흙을 찔러보았지만 땅은 말라 있었다. 그의 흔적은 없었다. 루이스는 얼굴에서 머리칼 한 가닥을 뒤로 쓸어 넘기며 언덕을 올려다봤다. 이파리 몇 개가 산들바람에 흔들렸다. 바티스트 옐로 나이프는 루이스에게서 멀리 있었다.

"다들 언니를 찾고 있어." 플로렌스가 말했다. 루이스는 흥미를 느끼며 허리를 곧추세우고 앉았다. "브래드록 씨조차 언덕을 샅샅이 뒤지고 있어. 할머니랑 내가 봤어. 그 아저씨는 들판을 건너지도 못했는데 얼굴이 붉으락푸르락해졌지 뭐야." 루이스는 브래드록 씨를 생각했다. 턱살이 늘어진 시큼하고 축축한 얼굴을. 그는 절대 루이스를 찾을 수 없을 터였다.

"찰리는?" 루이스가 물었다.

"찰리는 할머니한테 화가 났어. 언니가 여기서 죽을 거래. 언니를 병원에 데리고 가야 한다고 말하고 있어."

"찰리는 나를 다시 톰슨 폴스로 데리고 갈 거야." 루이스가 말했다. 그는 루이스를 다시 찾고 있을 거였다. 루이스는 찰리가 순찰차에 탄 채 도로변의 배수구와 덤불을 환히 비추는 모습을, 엉뚱한 언덕을 기어오르고 숨이 찬 채로 돌아서는 모습을 그려보았다. 찰리는 절대로 루이스를 찾지 못할 거였다. 다른 사람은 몰라도 찰리는 아니었다.

플로렌스가 자리에서 일어났다. "물 좀 더 가져왔어." 동생이 말했다. 플로렌스는 머리카락에서 잎사귀를 털어냈다. 루이스는 동생의 손을 꼭 잡은 채로 있고 싶었지만 그러지 않았다. 루이스는 플로렌스를 향해 웃은 뒤 자리에서 일어나 돌아가는 길을 바라보았다. "잘 버티고 있어." 플로렌스가 돌아보며 말했다. 루이스는 다시 자리에 앉아 자신의 소망을 생각해보려 했다. 하지만 그녀에게는 더 이상 아무런 소망이 없었다.

밤 추위가 루이스를 에워쌌다. 추위가 담요를 뚫고 스며들어 등허리가 아팠고 척추가 부서질 것 같았다. 루이스는 무릎의 연한 멍과 팔에 난 깊은 상처의 윤곽을 느끼며 찰리의 말이 옳았을지 생각해봤다. 흰색 거즈에 꽁꽁 싸인 채 길쭉한 무균 침대에 누워 있는 자신의 모습을 그려본 뒤 엉덩이 아래 깔린 까슬한 담요를 바라보았다. 바티스트가 자신 주위로 오줌을 갈기던 모습이 떠올랐다. 배 속에서 작게 꾸르륵 소리가 났지만 배가 고프지는 않았다. 팔에 힘이 하나도 없었지만 루이스는 밤을 맞을 준비를 해야 했다. 자리에서 일어나 할머니가 가르쳐준 방법대로 샐비어와 잎이 달린 가지를 주워 모은 다음, 담요를 세로로 접어서 그 위에 덮었다. 달콤한 가지 아래 누워 담요를 머리까지 끌어올린 뒤 곧장 잠들었다. 바람과 신음하는 나무 둥치, 울부짖는 코요테 따위는 아랑곳하지 않을 만큼 깊은 잠이 그녀를 불렀다. 달이 너무 가늘어 빛도 비추지 않는 밤이 그녀를 감쌌다.

산들바람이 가지를 흔들며 머리 위에서 딸깍 소리를 냈다. 곰의 엉덩이 냄새가 루이스를 옥죄어왔다. 가까운 곳에서 들리던 바스락거리는 익숙한 소리, 힝힝거리는 소리가 멀어졌다. 냄새가 뒤로 물러났다. 루이스는 고개를 들고 바티스트를, 그가 자신 주위로 원을 그리며 오줌을 갈기던 모습을 떠올렸다. 그러고 나자 그에 대한 생각이 사라졌다. 루이스는 바티스트 옐로 나이프를 생각하지 않았다. 축축하게 가라앉는 냄새만 날 뿐이었다. 루이스는 눈을 감고 거미줄의 어슴푸레한 은색 빛을 그려보았다. 빛처럼 자신의 머리 위를 떠다니는 천 개의 가지에서 날아오르는 기적 같은 나방의 고치를.

루이스는 들판 위로 저 높이 지나가는 달이 잔잔한 물에 빛을 반사시키는 걸 바라보고 있다. 계곡의 잔잔한 연못이 깜빡인다. 물이 반짝인다. 들판은 바싹 말랐다. 달빛을 받은 구름은 흐르는 물이다. 곧 추수다. 루이스는 달 아래에서 할아버지의 꿈을 꾼다. 할아버지의 까치 깃털 모자가 하늘을 향해 납작하게 눌려 있다. 사물의 움직임이 확실히 느껴진다. 가만한 밤 공기조차 무게가 있다. 물기를 머금은 목에서, 피부에서 밤이 느껴진다.

저 멀리 그는 차분한 빛 속에 따분한 표정을 짓고 있다. 루이스는 바티스트 옐로 나이프가 자신에게 다가오지만 자신을 만지지는 않는 꿈을 꾼다. 그는 루이스를 보고 있다. 밤공기가 계곡 물처럼 차갑다. 바티스트는 저 멀리 있지만 루이스는 그의 숨결을 느낀다. 그는 따뜻하다. 루이스는 그의 말이 뜀박질을 한 뒤 거품을 무는 것처럼 그가 지나가면서 남긴 열기를 느낀다. 루이스는 그의 냄새를 맡는다. 그에게서 루이스가 무의식적으로 사랑하는 모든 것들의 냄새가 난다. 그 냄새는 어린 시절처럼 그녀를 스친다. 강 냄새, 번개 치기 전의 봄 샐비어 냄새, 향나무와 방크스 소나무 냄새, 겨울이 지난 뒤 나는 먼지와 벌레의 짙은 냄새, 애기백합과 카밀레 냄새, 할머니의 손 냄새.

여름 내내 바티스트는 말을 돌본다. 그는 샴페인의 갈기를 빗긴다. 샴페인의 꼬리를 고르게 자르고 실크로 매듭을 묶는다. 낮은 소리가 들린다. 누군가 노래를 부른다. 태양이 하얗게 타오른다. 루이스는 달이 기억나지 않는다. 이제 그녀는 벌거 벗은 채 메마른 잔디에서 한숨을 쉰다. 바티스트는 그녀에게서 멀리 있다. 흐르는 듯한 비단 옷을 입은 그는 결혼할 준비를 마쳤다. 루이스가 손을 들어 올리지만 그는 말을 타고 그녀에게서 멀어진다. 루이스는 팔을 흔들며 그에게 소리친다. 그는 루이스를 떠나고 있다. 이제 그녀는 안다. 루이스는 뛴다. 그의 허벅지가 말에 닿을 때 나는 둔탁한 소리, 발뒤꿈치로 세게 차는 소리가 들린다. 들판 가장자리에 먼지가 일고 하늘 위로 열기가 솟구친다. 루이스는 열기 속에 땀을 흘리며 눈을 가늘게 뜨고 바라본다. 바티스트는 바위 크기의 세일을 향해 말을 몰고 있다. 그는 루이스에게 소리친다. 높은 소나무 위로 빠르게 부는 바람 소리 때문에 그의 목소리가 들리지 않는다. 흙먼지로 떨어지는 그의 셔츠만 보일 뿐이다. 녹과 피 냄새가 난다. 바티스트가 나한테서 달아났어, 루이스는 생각한다. 그는 사라졌다. 루이스는 몸을 돌려 그가 어두운 고속도로로 달아나는 걸 본다. 그의 넓은 등이 햇빛을 받아 반짝인다. 이제 그의 어깨 위에서 반사되는 흰색 빛밖에 보이지 않는다. 들판과 잔디는 태양과 수 킬로미터 너머까지 이어진 울타리로 하얗다.

　루이스는 어둠 속에서 숨을 헐떡이며 일어났다. 눈이 창백한 달에 가닿았다. 팔꿈치를 짚고 몸을 일으켰다. 다리 위에 덮인 두꺼운 나뭇가지 더미를 보자 그제야 자신이 어디서 잤는지 기억이 났다. 루이스는 바티스트를 생각하며 다시 누운 뒤 호흡을 가다듬었다. 눈을 감았다가 갑자기 생각이 떠올라 위를 올려다봤지만 머리 위에는 어두운 나뭇가지만이 뒤엉켜 있을 뿐이었다.

집에 돌아온 루이스는 바티스트 옐로 나이프 생각밖에 나지 않았다. 톰슨 폴스에서 보낸 시간은 루이스에게 바티스트 옐로 나이프보다 더 무서운 게 있음을 가르쳐주었다. 바티스트를 무시하고 그에게서 시선을 돌리고 눈길도 주지 않고 그를 지나치고 그를 미워하고 그를 밀고 그를 벌주고 그를 이용했음에도 바티스트는 끈질겼다. 그는 자신을 놓아주지 않을 터였다. 바티스트는 심술궂을 때도 있었지만 루이스를 사랑할 뿐 그녀에게 사랑을 갈구하지는 않았다.

루이스는 줄스 바트를 생각했다. 잠시나마 그가 자신의 슬픈 인생을 구제해줄 거라고 생각했지만 그는 심장이 쿵쿵거리며 가슴이 뛸 시간은 있을지언정 그녀를 생각할 시간은 없었다. 게다가 그는 아쉬울 것 없는 외로운 술주정뱅이에 불과했다. 최소한 바티스트는 자신을 원한다고, 루이스는 생각했다. 루이스는 마른 침을 삼켰다. 목 안이 건조했다. 동생이 가져다준 물병을 향해 손을 뻗었지만 차가운 맥주가 마시고 싶었다. 물을 너무 빨리 들이켜고 나자 술에 취한 것처럼 잠시 어지러웠다. 마음을 다잡기 위해 손바닥을 옆으로 쫙 펼쳤지만 몸이 흔들렸다. 날것의 열망이 솟구쳤다.

루이스는 자리에 도로 누웠다. "가 버려", 하고 큰 소리로 외치고 싶었다. 언제까지고 바티스트를 외면할 수 있었지만 이제는 그가 언제나 자신의 곁에 머물지 궁금했다. 밤새도록 혼자 있게 해달라고 기도했는데 이제 정말로 혼자였다. 루이스는 혼자였고 아침이 천천히 밝아오자 헐벗은 향나무의 굽은 가지만이 보였다. 고속도로가 뻗어나가는 그곳은 루이스를 품어주지 않을 터였고, 그녀를 감싸는 외로움을 향해 굽어 있었지만 더 이상 그녀의 존재를 규정하지 못했다. 루이스는 두 번 다시 달아나지 않기로 했다. 집으로 갈 거였다. 무릎 위로 갑자기 뛰어오르던 사슴의 무게와 아름다움, 참담한 고통이 다시 떠올랐다.

루이스

타는 들판

브래드록 씨가 새벽 4시에 문을 두드렸고, 할머니와 플로렌스가 자리를 비우려고 창문으로 향하는 동안 루이스는 차분하게 서 있었다. 바닥에서 원피스를 집어 들고 신발 끈을 조였다. 브래드록 씨가 문가에 서 있는 소리가 들렸다. 새벽 4시에도 그는 제복 차림일 테고 기름 바른 가는 머리카락이 으스스하게 빛날 거였다. "도망갈 생각 마. 루이스." 브래드록 씨가 문 너머에서 소리쳤다.

"아무 데도 안 가요." 루이스는 차분한 목소리로 말하며 브래드록 씨가 문가에 귀를 바짝 댄 채 귀 기울이고 있는 모습, 문을 두드리고 다시 귀 기울이는 모습을 떠올렸다. 할머니는 달아나라고 했지만 루이스는 싫다고 했다. 할머니와 동생은 지금쯤 언덕에 도착했을 거였다. 할머니와 동생의 숨결이 어둠 속에서 솟아날 터였다. 브래드록 씨가 떠나는 걸 보기 전까지 둘 다 돌아오지 않을 거였다.

루이스는 문을 열고 브래드록 씨를 맞았다. 이 순간을 오랫동안 생각했기에 더 이상 두렵지 않았다. 가슴이 묵직하게 내려앉는 기분은 이제 사라지고 없었다. 목에도 다시 힘이 생겼다. 루이스는 브래드록 씨를 마주할 준비가 되었다. 그는 문가에 서서 몸을 살짝 돌렸다. "또 달아날 수는 없어." 그는 루이스의 팔에 난 멍을 바라보았다. 루이스가 차 사고를 당했다는 걸 그는 몰랐다.

"자, 이제." 그가 말했다.

"저는 안 가요." 루이스가 말했다. "다시는 당신이랑 가지 않을 거예요."

루이스는 브래드록 씨가 이 싸움을 즐기려는 듯 손가락 끝으로 이마 선을 문지르는 걸 바라보았다. 루이스가 그에게서 물러나자 그는 그녀의 팔을 움켜쥐었다. 그의 뭉툭한 손가락이 팔을 죄어왔지만 루이스는 아픈 걸 티 내고 싶지 않았다.

"안 간다고요." 루이스가 말했다.

브래드록 씨가 턱을 문지르자 뺨에서 까칠한 수염이 파삭거리는 소리가 들렸다. 루이스는 그의 얼굴에 바싹 몸을 갖다 댄 뒤 그의 눈을 들여다봤다. 그는 가스레인지를 봤다가 바닥에 놓여 있는 부들 침대를 봤다가 그녀의 눈을 본 뒤 다시 시선을 거두었다. 루이스는 브래드록 씨에게 나지막한 소리로 말했다. "저는 결혼할 거예요." 그는 그녀의 숨결이 간지러운 듯 어깨를 귀 아래로 바짝 끌어올리더니 루이스를 올려다봤다. 루이스와 눈이 마주치자 얼굴에 음흉한 미소가 떠올랐다. 살집이 두툼한 이마와 관자놀이가 그늘진 부엌 빛을 받아 녹색으로 빛났다. 브래드록 씨는 루이스가 거짓말을 하고 있다는 걸 안다는 듯 그녀를 바라보았다. 그는 미소인지 비웃음인지 알 수 없는 표정을 지으며 엉덩이에 손을 올려놓았다. 루이스는 기다렸다.

"누가 너랑 결혼하는데? 결혼 상대가 누군데?" 그가 마침내 말했다.

루이스는 분노가 치솟는 걸 느꼈지만 그를 이긴 듯했다. 루이스는 그를 향해 딕슨 바에서 술 한 잔 얻어 마시기를 바랄 때 상대 남자에게 던지는 나른한 미소를 지었다. 브래드록 씨는 주머니에 손을 넣었지만 루이스에게서 시선을 떼지 않았다.

"말해주면 가도록 하지, 루이스."

루이스는 부엌 의자를 당긴 뒤 그 위에 발을 올려놓았다. 원피스를 허벅지까지 단단히 접어 올린 뒤 몸을 숙이고 신발 끈을 조였다. 생각해야 했다. 브래드록 씨는 주머니에 든 잔돈을 만지작거렸다. 그가 눈을 가늘게 뜨고 바라보자 루이스는 원피스를 당겨 내렸다.

"누가 너랑 결혼하는데, 루이스?" 그는 주머니에서 25센트 동전을 두 개 꺼낸 뒤 쓱쓱 맞비볐다. 루이스는 머리카락을 얼굴 너머로 쓸어 넘기며 의자에서 발을 내렸다. 루이스가 입가를 만지작거리자 그는 손에서 잔돈을 놓은 뒤 허벅지를 철썩 때렸다.

"아무도 너랑 결혼하지 않을걸." 그가 말했다. 방에 침묵이 내려앉았다.

"저는 결혼할 거예요." 루이스가 다시 말했고 그는 씩 웃었다. 브래드록 씨가 제복 상의를 살짝 꼼지락거리자 루이스는 가슴팍에 욕지기가 치미는 걸 느꼈다. 헐렁한 바지를 입은 이 늙은 남자, 새벽 4시에도 배 속이 음식으로 가득한 이 남자, 루이스의 아빠보다도 나이가 더 많은 이 남자는 아무도 그녀와 결혼하고 싶어 하지 않을 거라고 말하고 있었다. 그는 문틀에 기댄 채 자동차 열쇠를 바라보고 있었다.

"저는 바티스트 옐로 나이프랑 결혼할 거예요." 그렇게 말하는 순간 그 말이 그녀를 움켜쥐었다. 그 순간 그게 사실임을 깨달았기 때문이었다. 루이스는 바티스트 옐로 나이프와 결혼할 생각이었다.

브래드록 씨는 허리띠 고리에 손을 걸치며 헛기침을 했다. "루이스. 나는 너를 구하려고 무지 애썼어." 그는 신발 끝을 바라본 뒤 창문으로 시선을 거뒀다. 바지를 허리춤 위로 지나치게 높이 끌어당길 뿐 그녀를 보지 않았다. "시간을 들일 가치가 없는 일이었군." 그는 단단한 주먹에 맞은 것처럼 얼굴이 하얗게 부어 있었다. 집을 나서다가 문설주에 발이 걸리자 그는 셔츠 주머니에서 손수건을 꺼내 흔들었다. 그는 그녀에게 항복했다.

루이스는 자리에 앉아서 할머니와 동생을 기다렸다. 브래드록 씨는 루이스의 대답에 토를 달지 않았다. 거짓말이 아닌지 확인하려고 그녀를 압박하지도 않았다. 그는 체념한 듯 루이스의 대답을 있는 그대로 받아들였다. 바티스트와 결혼한다는 생각은 설령 거짓말일지라도 너무 끔찍한 일이라는 듯이. 이제 바티스트와 결혼한다는 생각이 그녀 주위를 맴돌았다. 루이스는 기다렸다가 할머니에게 말할 생각이었다. 아직 바티스트에게는 알리지 않았다.

집에 들어가자 할머니는 루이스에게 무슨 일이 있었냐고 묻지 않았다. "어디 안 가는 거지." 할머니는 그렇게 말할 뿐이었고 루이스는 웃으며 고개를 끄덕였다. 플로렌스가 뒤에 나타나 속삭였다. "나는 언니가 영락없이 갈 거라고 생각했어."

"그럴지도 모르지." 루이스가 대답했다.

차가 들판으로 들어오는 소리가 들렸다. 찰리와 아이다 킥킹 우먼이 낡아빠진 트럭에 잠시 앉아 있는 것을 보자 루이스는 마음이 놓였다. 이제 찰리도 더 이상 그녀를 찾아오지 않을 터였다. 그가 브래드록 씨에게서 자신의 결혼 소식을 들었을지 궁금했다. 찰리는 트럭에서 나와 매년 하는 일을 준비하기 시작했다. 그는 무언가 각오한 사람처럼 확고한 표정으로 휘발유가 담긴 통을 날랐다. 플로렌스는 창문틀에 기대서 그들을 지켜보았고 할머니는 루이스와 함께 창문을 내다보았다. "매년 똑같지." 할머니가 말했다.

새벽 5시였고, 대지에 다시 색이 칠해지고 있었다. 루이스는 정말 오랜만에 그 누구에게서도 달아나고 있지 않다고 느꼈으나 자신이 바라던 느낌은 아니었다. 이제 아무도 자신을 다른 곳으로 보내지 않을 터였다. 아무도 어두운 밤에 자신을 찾지 않을 터였다. 아무도 길가에서 자신을 찾지 않을 터였다. 찰리 킥킹 우먼은 이제 다른 원주민을 찾아 나설 것이다. 루이스는 가만히 앉아 찰리와 아이다가 처음으로 솟아오른 불길을 사이에 두고 서로를 향해 외치는 소리를 들었다. 루이스의 도망은 끝나지 않을 테지만 이제 아무도 그녀를 쫓지 않을 터였다.

찰리는 루이스의 할머니 집에서 가까운 들판을 태우기 시작했다. 들판은 날름거리는 빨간 불꽃 아래에서 쉭쉭거렸다. 삽시간에 열기가 솟아올라 땅 가까이에서는 불과 잔디가 쌕쌕거리는 것처럼 헐떡이는 소리가 났다. 루이스는 할머니와 함께 포치로 나가 언덕을 따라 불이 번지는 장면을 지켜보았다. 시뻘건 불길은 연기보다도 빨리 번졌다. 할머니는 불길이 넘실대는 들판을 바라보았다. "저들이 뭘 알고 하는 건지 모르겠구나." 할머니가 말했다. 루이스는 포치 계단에 앉아서 타오르는 불꽃을 바라볼 뿐 아무 말도 하지 않았다.

아이다 킥킹 우먼이 불길을 쫓아 들판으로 달려가자 불이 성난 뱀처럼 방향을 바꿔 그녀를 쫓았다. 뭉툭한 머리를 땋은 그녀는 날름거리는 불꽃 위를 폴짝 뛰어오르는 어린아이처럼 보였다. 찰리가 결국 그녀의 코트 깃을 잡아 트럭 쪽으로 끌어당겼다. 불길 너머로도 찰리 킥킹 우먼의 목소리가 들렸다. "몇 번이나 얘기해야 해, 자기야. 제발 트럭 옆에 있을래?"

아이다의 어깨가 축 처졌다. 트럭의 열린 문 옆에 서 있는 그녀는 작아 보였고 낙심한 듯했다. 루이스는 갑자기 그녀가 안됐다고 생각했다. 아이다는 플랫헤드 원주민이 아니었다. 아무도 그녀를 몰랐으며 파우와우나 다른 원주민들 행사에서 그녀에게 말을 거는 사람도 별로 없었다. 사람들에게 그녀는 찰리의 아내일 뿐이었다. 찰리가 출동하는 동안 아이다는 대부분의 시간을 혼자 보낼 터였다. 루이스는 아이다가 자그마한 파란 집에서 외로울지 궁금했다. 루이스가 알기로 그녀에게는 친구도 거의 없었다.

루이스는 들판을 바라봤다. 거센 바람이 높게 자란 잔디와 산쑥을 쫓고 있었다. 바람은 땅에 바짝 붙어 불었고 성난 듯 걸걸한 소리를 냈다. 루이스는 잡초가 갈라지는 소리에 귀 기울였다. 날름거리는 작은 불꽃이 늪 잔디를 집어삼켰고 지글대는 소리와 함께 연기가 피어올랐다. 연기는 들판 쪽으로 퍼졌고, 그녀는 산쑥의 덩굴손이 전부 붉게 타오르며 작은 잎 하나하나가 또렷해지는, 정지된 화면 같은 순간을 지켜보았다. 결국 잡초는 전부 타버렸고 산쑥은 불길에 함락되었다. 하늘은 불길 때문에 이제 장미색이었고 파우더 바른 점토처럼 은은해졌다. 붉게 번지는 색상은 기억처럼 아련해지더니 짙은 오렌지색이 되었다가 희미해졌다. 루이스는 불길이 잠잠해질 때까지, 연기가 잠잠해지고 무겁게 드리워질 때까지 계단에 앉아 있었다. 하루 종일 들판을 응시하더라도, 열기와 연기의 도움을 받더라도, 바티스트 옐로 나이프에게서 숨을 만한 곳을 찾을 수 없을 것 같았다. 바티스트는 루이스를 쫓아다녔고 이제 그녀는 그에게 가려 하고 있었다.

언덕 위를 떠다니는 연기처럼 밤이 짙어지더니 들판에 내려앉았다. 뿌연 화약 연무가 강을 뒤덮고 고속도로를 에워쌌다. 루이스는 들판에 있었을 온갖 뱀을, 속수무책으로 불에 타 죽었을 뱀을 생각했다. 바티스트 옐로 나이프를 생각하니 그가 어디에 있을지 궁금했다. 루이스는 며칠 동안 보이지 않던 그가 이 자욱한 연기 속에 숨은 건 아닌가 생각했다. 그날 아침 자신이 브래드록 씨에게 한 말을 바티스트가 어떻게든 엿듣지 않았을지 궁금해하며 불안한 마음을 안고 집으로 들어갔다. 자신의 말이 바티스트에게 더 큰 힘을 준 기분이었다. 자신이 한 말이 재잘거리는 새처럼 품에서 날아오른 기분이었다. 루이스는 바티스트가 어둠 속에서 자신을 향해 움직이고 주위를 맴도는 모습을 상상하다가 불쑥 힐끗 뒤돌아보았다. 창가에 놓인 낡은 친츠 옷감을 씌운 의자와 집을 감싼 접시꽃이 눈에 들어왔다.

동생과 할머니는 부엌에서 일하고 있었다. 루이스가 침대에 누웠을 때에도 바깥은 여전히 밝았다. 연기 때문에 눈이 흐릿했고 게슴츠레했다. 희뿌연 연기가 집 위에 내려앉은 데다 방 안에까지 들어오는 바람에 속이 울렁거렸다. 루이스는 바티스트를 향한 생각을 잠 속으로 끌고 갔고 그가 자신을 부르는 꿈을 꾸며 잠에서 깼다. 입으로 곤히 숨 쉬는 동생의 어깨에서 침대보를 들춘 뒤 조심스럽게 침대에서 나왔다. 빛이 보일 때까지 어둠을 바라보고 섰다. 달이 계곡을 훤히 비췄다. 부들과 늪 잔디 너머로 들판 곳곳이 붉게 빛났다. 달은 불그스름한 장밋빛이었고 비 오는 밤 술집 간판처럼 기이하게 빛났다. 루이스는 바티스트를 찾아 먼 곳으로 시선을 던졌고 산등성이를 따라 난 검은 향나무를 꼼꼼히 살폈다. 어두컴컴한 빛 속에서 잔디를 샅샅이 들여다봤으나 그는 보이지 않았다.

루이스는 바깥으로 나와 옥외 화장실로 갔다. 거친 판자에 한참을 앉아 담배를 피웠다. 바티스트는 보이지 않았다. 가슴이 살짝 조이는 기분이었다. 그조차 자신을 원하지 않는 것 같아 외롭고 마음이 아팠다. 루이스는 옥외 화장실에서 나와 집을 향해 걷기 시작했다. 연기 냄새가 났다. 들판은 까맣게 그슬렸고 붉은 잉걸불에 아직 불씨가 남은 곳은 군데군데 갈라졌다. 바람이 조금만 불어도 불길이 그녀 쪽으로 날아올 수 있었다. 맨팔이 열기 때문에 후끈했다. 잠시 가만히 서 있는데 순간 바티스트가 보였다. 그는 검게 타들어 간 잔디의 가장자리에 서 있었다. 그는 루이스를 보고 있었다. 그에게서 냉기가 느껴졌다. 그의 목소리가 들렸지만 무슨 말을 하는지 알아들을 수 없었다. 루이스는 집 쪽으로 조금 더 빨리 걸었다. 포치에 다다르자 바티스트가 자신을 부르는 소리가 들렸다. 거칠고 쉰 목소리, 그슬린 목소리였다. 루이스는 멈춰 서서 그를 돌아봤다.

들판의 열기가 느껴졌다. 흐릿한 불빛 속에서 바티스트의 윤곽이 보였다. 그는 머리 뒤로 팔을 쭉 편 채 웃고 있었다. 갑자기 루이스는 집 안으로 도로 들어가고 싶었다. 연기 냄새가 나는 담요를 머리 위로 끌어당긴 다음 눈을 감고 싶었다. 이 가장자리가 달가닥거렸다. 그가 무슨 말을 할지 궁금했지만 그의 느닷없고 못된 심성을 떠올리자 겁이 났다.

루이스는 잠옷의 맨 위 단추를 끄른 뒤 머리 위로 끌어올렸다. 바티스트를 가지고 놀 생각이었다. 그녀가 우위를 점할 수 있었다. 바람이 불었고 불꽃이 검은 땅 아래로 몸을 숙였다. 루이스는 이제 벌거벗은 상태였다. 등과 팔에 닭살이 돋았다. 춥기도 덥기도 했다. 바티스트에게 다가가자 들판의 열기가 느껴졌다. 자욱한 연기 위로 그의 냄새가 났다. 그에게서는 잔잔한 강물에서 나는 기름 냄새가 났고 루이스는 의지와는 상관없이 그 냄새에 이끌렸다. 그의 얇은 피부가 달콤한 밤 한가운데서 빛났다. 그는 번지듯 타오르는 기묘한 어둠 속에서 루이스를 보고 있었다. 루이스는 그의 눈을 볼 수 있도록, 그가 자신의 알몸을 똑똑히 볼 수 있도록 가까이 다가섰다. 루이스는 자신을 바라보는 그를 보았다. 바티스트는 루이스의 벌거벗은 몸을 보았고 그녀의 가슴을 오랫동안 쳐다보았다. 그는 루이스의 둥근 엉덩이, 단단한 배꼽을 바라보았다. 바티스트가 다리 사이의 어두운 음모에 시선을 두자 루이스는 잠시 그가 그곳을 만지는 건 아닐까 생각했지만 아니었다. 바티스트는 그녀를 바라보더니 붉은 들판으로 시선을 돌렸다.

루이스는 남자들을 안으로 끌어들인 뒤 으스러뜨리는 여자들에 관한 옛 이야기들을 알았다. 루이스는 그를 향해 천천히 다가갔다. 자신을 안으로 끌어들이는 건 바티스트였다. 그의 옆에서 그녀는 작아졌다. 벌거벗은 채 그 옆에 서자 루이스는 어린 여자, 그가 원치 않은 여자가 된 기분이었다. 몸을 가릴 만한 나이트가운이 있었으면 싶었다. 루이스는 그에게 더다가갔고 젖꼭지가 단단해지는 기분이 들었다. 바티스트는 루이스를 만지지 않은 채 어둠 속에서 이를 핥았다. 그는 브래드록 씨, 여자를 모르는 쉰다섯 살 된 남자와는 달랐다. 바지 안에서 묵직한 음경이 들썩였지만 바티스트는 그녀의 장난에 놀아나지 않았다. 루이스는 그의 체취를 풍기는 말쑥한 셔츠에 몸을 비볐다. 허벅지 옆에 놓인 그의 손이 움찔했지만 그는 루이스를 만지지 않았다. 그의 호흡은 고르고 따뜻했다. "너랑 결혼할 거야." 가슴의 차가운 무게를 느끼며 그녀가 말했다. 바티스트는 루이스에게서 뒤로 물러나며 웃었다. 루이스는 그가 자신에게서 몸을 돌릴 때 닭볏처럼 빳빳하게 솟은 머리카락을 보았다. 그는 언덕 위로 걸어 올라갔다. 긴 들판을 빠르게 가로질러 갔으며 어둠 속에서 발을 헛디디거나 비틀거리지 않았다. 그의 걸음은 확실하고 일정했으며 루이스는 잠시 그를 따라갈까 고민했다. 그는 고속도로 근처 울타리를 뛰어넘었다. 바람에 실린 연기가 그를 향했고 결국 그는 더 이상 보이지 않았다. 루이스는 그가 다시 돌아올 거라고 생각했지만 바티스트는 가버렸다. 부들에서 그의 기운이 느껴지지 않았다. 그가 바위투성이 산비탈에서 그늘에 숨은 채 자신을 지켜보고 있는 것 같지도 않았다. 루이스는 맨몸을 팔로 감쌌다. 바티스트는 루이스를 가질 수 없을 때에만 그녀를 원했다.

루이스는 딕슨 바에 있는 줄스 바트를, 그가 어떻게 자신을 외면했었는지를 생각했다. 바티스트도 그녀를 버렸다. 루이스는 그가 살고 싶은 자신의 욕망을 낚아챈 뒤 줄을 끊어버린 것처럼 그에게 걸려든 기분이었다. 그는 루이스가 갖고 있는 걸 원하지 않았다. 미루나무 위로 높이 솟구치는 바람 소리가 들렸다. 루이스는 자신의 모습을 내려다보았다. 피부에 재가 묻어 있었다. 발목에 뱀을 그린 채 전투에 뛰어드는 전사들이 떠올랐다. 어깨에서, 배의 낮은 곡선에서 고통스러운 웃음이 터져 나왔다. 루이스는 벌거벗은 채로 남자도 없이 혹은 남자가 찾아올 거라는 희망도 없이 별 아래 서 있었다. 한때 미워했던 남자에게 엉덩이를 보여줬지만 그는 자신을 원치 않았다. 루이스는 포치로 걸어가 앉았다. 마음이 약해져 웃고만 싶었다. 그녀는 바티스트 옐로 나이프보다도 어리석었다.

머리 위로 펼쳐진 하늘에 흰색 연기 냄새가 가득 퍼졌다. 연기 때문에 별들이 희뿌옇게 보였다. 산비탈 귀퉁이에서 흑삼릉과 엉겅퀴가 반짝였다. 루이스는 집으로 재빨리 들어가 펭거 아줌마가 준 원피스를 낚아챘다. 허리께가 꽉 조이는 옷이었다. 민트 그린 색상의 아름다운 원피스는 어둠 속에서도 빛이 났다. 딕슨 바에 가서 맥주를 한두 잔 마실 생각이었다. 깨끗하고 센 위스키의 타는 느낌이 떠올랐다. 그녀는 어두운 술집이 밝개질 때까지 춤추면서 마시고 또 마실 생각이었다. 루이스는 머리 위로 원피스를 밀어 넣은 뒤 옷매무새를 바로잡았다. 무릎과 발목에 묻은 재를 털어낸 뒤 신발은 신지 않았다. 날아갈 것 같은 기분으로 딕슨까지 맨발로 춤을 추며 갈 수 있을 것 같았다. 세상이 갑자기 아름답게 보였다. 루이스는 포치에서 살포시 내려왔다.

찰리 킥킹 우먼

/

들판을 태운 뒤

근무를 선 지 10분이 채 안 되어 호출을 받았다. 원주민 한 명이 덕슨 바에서 물의를 일으키고 있다 했다. 그런 호출이라면 진절머리가 났다. 몬태나주와 그 너머에 퍼져 있는 작은 바나 선술집 위에 걸려 있는 간판, 원주민이 살지 않는 곳에서도 '개나 원주민 출입금지'라고 써 있는 간판이 정말이지 지긋지긋했다. 경찰복을 입고 있지 않으면 나조차 바에 들어갈 수 없게 만드는 법을 시행해야 하는 책임자라는 게 신물이 났다. 내가 뭐라고 약간의 위안을 찾아 그곳에 간 형제를 끌어낼 수 있단 말인가? 수갑을 채워 끌어내기 전에 그 불쌍한 작자가 마음껏 마시기를 바라며 나는 술집을 지나쳤다. 최소한 그 정도라도 해야 했다. 우리가 전날 태운 들판을 확인하러 가는 길이라고 혼잣말을 했지만 사실이 아니란 걸 나도 알고 있었다.

나는 잠깐이라도 루이스를 볼 수 있기를 바랐다. 맥파이 할머니 집까지 가려면 아직 한참이나 남았지만 벌써부터 버드나무의 그슬린 냄새가 났다. 나는 차를 몰았다. 바람이 차창에 부딪히며 소리를 냈다.

가슴이 벅차올랐다. 레바이스 언덕 가장자리에서 아래를 내려다볼 때면 늘 그랬다. 마을 사람들은 루이스가 어디에 있는지 몰랐기에 루이스를 둘러싼 소문이 무성했다. 아이다조차 풍문을 들었다. 들판을 태우고 집으로 돌아가는 길에 아이다는 루이스가 차를 얻어 타고 윌리스까지 갔으며 아이다호주에 있는 매음굴, 유앤아이에서 일했다는 소문이 돈다고 했다. 아이다는 막 읽은 로맨스 소설의 이야기가 현실이 된 양 들떠 보였다.

"가게에서 모두가 루이스 얘기를 해." 아이다가 말했다.

"쓸데없는 얘기지."

"좋은 이야기야." 아이다는 항의하듯 말했다. "그렇지만 좋은 이야기라고." 결혼 생활은 숨이 막혔다. 아이다는 루이스가 나쁜 여자라고 말하고 싶어 했다.

죄책감이 들었다. 있어서는 안 되는 곳에 있다는 생각을 하며 맥파이 할머니 집을 지나갔다. 연기가 자욱한 그 집은 검댕이 앉은 들판을 배경으로 조용히 서 있었다. 차를 잠깐 댄 뒤 산비탈을 훑어보았지만 산들바람에 흩어진 재에서 연기가 천천히 사그라지는 모습만 보일 뿐 루이스는 보이지 않았다. 나는 차를 돌렸고 임무를 수행하기 위해 딕슨 바로 향했다. 들판을 태우기로 한 날, 아침 일찍 브래드록이 전화를 걸어와 루이스가 옐로 나이프와 결혼한다고 말했다. 나는 다리를 끊어버릴 기세로 들판에 불을 질렀다.

너덜너덜한 방충문 반대편으로 루이스가 카운터를 등진 채 높은 의자에 앉아 있는 게 보였다. 루이스를 볼 거라고는 생각도 못 한 나는 심장이 쿵쾅쿵쾅 뛰었다. 루이스의 머리는 천장에 매달린 알전구의 빛을 받아 반짝였다. 루이스는 누군가를 생각하는 것처럼 멍한 표정이었다. 처음 보는 화려한 원피스를 입고 있었는데 신발을 신고 있었더라면 어딘가 특별한 장소에라도 가는 것처럼 보였을 것이다. 루이스를 데려가라는 전화를 받을 거라고는 생각도 못 했다. 잠시 술집 안을 둘러보았다. 느낌이 좋지 않았다. 흰색 각다귀 한 무리가 내 머리 위에서 빙빙 돌았다. 뭔가 찝찝한 기분이 들었다. 술집 조명은 밝았다. 너무 밝아 그 안의 얼굴들이 몹시 날카롭게 보였다. 경찰로 지낸 세월을 통해 나는 그 분위기를 알 수 있었다. 비열함을 부르는 분위기, 악의 없는 농담이 싸움으로 번질 수 있는 분위기였다. 나는 몸을 낮춘 뒤 눈을 가늘게 뜨고 술집을 둘러봤다. 소란에 대비해 그곳에 누가 있는지 파악해야 했다. 오늘의 바텐더는 에디가 아니었다. 실라 오언스가 쭉 진 머리를 하고 얼굴에 립스틱 자국을 묻힌 채 카운터 뒤에 서 있었다. 누군가와 웃으며 담배를 피우고 있는 그녀를 보니 레일러가 했던 말이 기억났다. 그는 실라가 바텐딩을 조금 과하게 좋아한다고 했었다. 이제 알 것 같았다. 실라는 웃으면서도 혀 꼬부라진 소리를 냈다. 그녀 앞에 놓인 위스키 대여섯 잔 앞으로 키 큰 유리잔이 세워져 있었다. 실라가 누구와 얘기하는지 보려고 고개를 살짝 숙였다. 모험을 하고 싶지는 않았다.

카우보이는 아닌 걸로 보이는 한 남자의 반질반질한 부츠와 다림질한 바짓단이 보였다. 하비 스토너였다. 아내는 보이지 않고 그 혼자였다. 모두가 저마다 좋은 시간을 보내느라 내 존재를 알아채지 못했다. 방충문에 얼굴을 들이대니 스토너가 음흉한 표정으로 루이스를 바라보고 있는 게 보였다. 나는 스토너가 마음에 들었던 적이 없었다. 그는 가난한 원주민들에게 할당된 영토를 그들에게 되팔아 돈을 챙기는 역겨운 놈이었다. 그는 호수 주위의 땅을 팔아 돈을 벌었다. 해안가 땅의 절반을 갖고 있는 데다 이제는 내륙으로 탐욕스러운 눈을 돌리고 있었다. 스토너는 플랫헤드의 원주민 할당 영토를 너무 많이 소유하고 있어서 이곳을 스토너 자치 지구라고 부르는 원주민들도 있었다. 나는 그 농담이 전혀 웃기지 않았다.

스토너는 루이스에게 눈독을 들이고 있었다. 누가 봐도 알 수 있었다. 그 와중에 실라 오언스는 그의 관심을 사려고 애쓰고 있었다. 그 여자는 밤새도록 혼자 얘기할 수 있을 테지만 지금은 말동무가 있다고 생각해 그에게 계속해서 재잘댔다. 문제는 실라가 받고 싶어 하는 관심을 루이스가 가로채고 있다는 거였다. 스토너는 실라가 하는 말보다는 루이스에게 더 관심이 있는 게 분명했다. 나는 잠시 기다려보기로 했지만 루이스를 보고 있자니 가슴이 아렸다.

루이스는 술에 취해 있었다. 머리는 가슴 쪽으로 축 처졌고 들고 있던 유리잔이 뒤집어지면서 맥주 거품이 쏟아져 나왔다. 루이스는 카운터 뒤에 팔꿈치를 대고 똑바로 앉아보려 했지만 계속해서 미끄러지고 있었다. 나는 루이스를 돕고 싶었다. 루이스가 바닥에 쓰러질 때 스토너가 그녀를 구하도록 내버려두지는 않을 거였다. 그런 경우는 넘치도록 보았다.

내가 들어가려는 순간 바티스트 옐로 나이프가 화장실에서 나왔다. 피부가 너무 어두워 그 옆에 앉은 루이스가 상대적으로 창백해 보였다. 나는 어둠 속으로 걸어 들어가 그들을 지켜보았다. 루이스가 도대체 바티스트의 어떤 점에 끌리는지, 그의 매력이 도대체 무엇인지 알고 싶었다. 그는 루이스 옆에 앉은 뒤 원피스 뒷자락을 잡아 그녀를 바로 앉혀주었다. 그가 루이스를 차지하는 방식이 마음에 들지 않았다. 루이스는 그를 보고 잠깐 웃은 뒤 눈을 감았다. 바티스트는 담배에 불을 붙인 뒤 실라에게 손가락 두 개를 들어 보였다.

"술 췄잖아." 실라가 말했다. "이제 그만 가지. 문제를 일으키고 싶지 않다고."

"문제라니." 바티스트가 말했다. "그냥 딱 한 잔만 더 달라는 건데." 그가 말했다. "그것만 마시면 나가지."

"경찰을 불렀다는 걸 알라고." 실라가 말했다. "곧 도착할거야. 그만 가는 게 좋을걸."

"한 잔만 더 달래두." 바티스트가 목소리를 조금 더 높였다.

지금이 내가 들어갈 순간이었지만 무슨 일이 일어날지 보고 싶었다. 아직 아무 일도 일어나지 않았기에 나는 조금 더 지켜보기로 했다. 실라 오언스가 술을 벌컥벌컥 마셨다. "읽을 수 있나?" 그녀가 바티스트에게 물었다. 그가 고개를 들자 술기운으로 흐리멍덩한 눈이 보였다. "저 간판 말이야." 그녀가 다시 말했다. "읽을 수 있냐고?"

"이봐." 바티스트가 말하더니 간판을 다시 쳐다보듯 말했다. "나는 간판을 읽을 수 있을 뿐만 아니라 기억하기도 한다고." 실라는 그 답에 흡족해 보였다. "좋아. 하지만 알아두면 좋겠는데, 나한테는 책임이 없다고." 그녀가 말했다.

"그거 많이 듣던 말인데." 옐로 나이프가 말했다.

루이스의 몸이 옐로 나이프 쪽으로 기울었다. 그녀는 한 잔 더 마실 수 없었다. 이미 가라앉는 중이었다. 실라는 그의 앞에 잔 두 개를 내려치듯 내놓은 뒤 다시 스토너 쪽으로 갔다.

"줄을 세우고 있어." 바티스트가 루이스에게 말했다. 루이스는 알아들을 수 없는 말을 몇 마디 내뱉었다.

나는 옐로 나이프가 작은 잔들을 천장으로 쌓아 올리는 걸 바라보았다. 그가 잔들을 차곡차곡 포개는 동안 그의 목젖이 올라갔다 내려왔다. 루이스는 쓰러지기 직전이었고 바티스트는 어설프게 그녀를 떠받치려고 했다. 내가 안으로 들어가자 바티스트 옐로 나이프가 카운터에 마지막 잔을 내려놓고 있었다. 내 뒤에서 방충문이 쾅 닫혔다.

"조금 더 일찍 왔어야 했다고, 킥킹 우먼." 실라가 말했다.

옐로 나이프는 루이스를 잡아 일으켜 세웠다. 그는 팔로 그녀를 번쩍 들어 올렸고 그 순간 나는 멍청하게도 아이다의 로맨스 소설을 떠올렸다. 남자들이 여자들을 구하는 아찔한 표지를. 루이스의 머리가 뒤로 젖혀지고 붉은 머리가 빛에 반사되는 순간 그녀의 창백한 목을 보며 나는 망연자실해졌다. 먼지투성이 맨발조차 예뻐 보였다. 나는 다시 한 번 무기력해졌다. 무릎에서 뜨거운 피가 펄떡였다. "비키라고." 옐로 나이프가 말했다. 그의 시커먼 손에는 그녀의 이름이 새겨져 있었다. 루이스가 그에게 안겨 문 밖으로 나갈 때 그녀의 원피스가 나를 간질였고 머리카락이 내 손을 잠시 부드럽게 스쳤다.

실라 오언스가 카운터에 몸을 기대며 나를 노려보았다. 하비 스토너는 유리잔을 입술로 절반쯤 가져간 뒤 잔 안의 얼음을 빙빙 돌리며 역시 나를 바라보았다. "억수로 도움이 됐수다." 실라가 붉은 입을 찡그리며 말했다. 내가 쓸모없었다는 걸 인정할 수밖에 없었다. 내가 할 일이라고는 그곳을 떠나는 것뿐이었다. 문가로 향하는 내 뒤로 실라 오언스의 목소리가 들렸다. "염병할 원주민들." 하비 스토너는 코웃음을 칠 뿐이었고 나는 그 자식이 마시는 술이 기도로 들어가기를 빌었다.

순찰차로 돌아와 플랫헤드강 쪽으로 차를 몰았다. 구름에 높은 달이 비쳤다. 겨울이 다가오고 있었다. 냉기가 차량 좌석에 스며들면서 내 입김이 보였다. 여름이 멀게만 느껴졌다. 나는 아내를, 루이스를, 옐로 나이프를, 우리 주위로 어지럽게 돌아가고 있는 것처럼 보이는 세상을 생각하기 시작했다. 내가 어쩌다 외로운 아내와 결혼하게 되었는지, 내가 절대로 가질 수 없는 여자를 비정상적으로 갈망하게 되었는지 궁금했다. 아이다는 자업자득이라는 말을 좋아했다. 나는 아이다를, 그녀가 나에게서 무엇을 얻었을지를 생각하고 싶지 않았다. 도그 레이크에서 느긋하게 낚시하는 모습과 황혼 녘 분홍색으로 물든 하늘을 떠올렸다. 내가 꿈꿀 자격이 있는 건 물고기뿐일지 몰랐지만 때로는 그것만으로 충분했다. 이제 무엇이 나를 충족시킬지, 무엇이 나를 정주시킬 수 있을지 궁금했다. 익숙한 장소가 점점 낯설어지는 것처럼 나는 바뀌고 있었다.

내가 다르게 보였다. 나는 탁자 아래로 숨어들거나 뭐가 오나 살피러 창문을 내다봐야 할 것만 같은 섬뜩한 느낌에 사로잡혔다.

나는 안절부절못했다. 근무가 끝난 뒤에도 예전처럼 집에 가서 루이스 생각을 하며 즐거워할 수 없었다. 그녀와의 관계를 그만 끝내고 싶었다. 나는 경찰서로 가서 서류 뭉치들을 노려보았다. 아내를 그렇게 혼자 둔 것에 죄책감을 느끼며 오후가 한참 지날 때까지 서에 머물렀다.

아이다는 문가에서 나를 맞이하며 새로운 소식을 전했다. 루이스가 집에 다녀갔다고 했다. 무슨 일이 일어났는지 알고 싶은 욕망이 내 안에서 솟구쳤다. 나는 부엌 식탁에 앉아 관심 없는 척 행동하려고 식탁보의 바늘땀을 만지작거렸다.

"너무 피곤해." 내가 말했다. 경찰로 일하면서 알게 된 몇 가지 사실이 있었다. 사람들은 상대가 그들의 말에 너무 흥분하면 뭔가 재미있는 얘기를 하려다가도 까먹은 듯 즉시 입을 다물어버린다는 것도 그중 하나였다. 그건 쓸 만한 교훈이기도 했다. 역시 효과가 있었다.

"방금까지 밖에 있었어." 아이다가 숨찬 목소리로 말했다. "그 남자랑 같이."

나는 재킷을 벗어서 의자 등받이에 걸었다. 손가락으로 탁자를 톡톡 치며 소금 통과 후추 통을 바라보았다. 한참 뜸을 들인 후에 물었다. "나를 보러 온 건가?"

아이다는 어깨를 으쓱했다. "그냥 도망칠 곳을 찾고 있었던 것 같아. 둘이 싸우고 있었거든." 그녀가 말했다.

"루이스가 다쳤어?" 나는 최대한 차분한 목소리로 물었다.

"코에서 피가 흐르긴 했어. 그걸 묻는 거라면. 하지만 다치지는 않았어. 그 남자를 밀치고 있었거든." 나는 아이다를 바라보았다. 방금 머리를 감았는지 작은 물방울이 뚝뚝 떨어지면서 블라우스의 어깨를 적시고 있었다. "뒤로 물러나더니만 그 남자의 사타구니를 발로 찼지." 아내가 말했다. "마지막으로 봤을 때 그는 아파하고 있었어." 옐로 나이프의 상태는 내 알 바 아니었다. 루이스가 그를 잽싸게 한 대 걷어찼다니 다행이었다.

"루이스는 어디로 간 거지?" 나는 태연한 척 물었지만 걱정되는 마음을 숨길 수 없었다. 내 목소리는 한 옥타브 올라가 있었다.

"내가 어떻게 알겠어." 아이다가 말했다. "당신이 걱정하는 건 그 여자뿐이야?"

"무슨 말을 하는 거야." 나는 아내가 하는 말을 정확히 알고 있었지만 모르는 척했다. 하지만 주도권은 아이다에게 있었다. 아이다는 달걀 요리에 타바스코를 너무 많이 쳤고 나는 한 시간 동안 얼굴이 빨개지도록 기침을 해댔다. 그녀는 접시

를 일일이 열탕 소독하고 김이 모락모락 나는 개수대 선반에
쌓아 올리면서 높은 소리로 흥얼거렸다. 나는 밖에 나갈 수 없
었다. 아이다는 내가 어디에 갈지 궁금해할 터였다. 그 주말은
쉬는 주였다. 나는 이틀 동안 장작을 팼으며 자고 먹을 때만
하던 일을 멈췄다. 아이다는 창문에 서서 일하는 나의 모습을
지켜보았다. 노란 부엌 조명 아래에서 그녀의 작은 얼굴은 초
췌하고 텅 비어 보였다. 얼얼한 추위 속에서 나는 근심 걱정을
실어 도끼질을 했다. 등이 땀으로 흠뻑 젖었다. 나는 잊고 있
다고, 루이스를 잊고 있다고 혼잣말을 했다. 하지만 나를 속이
고 있었다. 나는 과거의 나를 잊으려고 애썼다. 긴 주말이 끝
나고 다시 출근한 나를 맞이한 건 루이스와 옐로 나이프가 결
혼했다는 소식이었다. 나는 평화의 담뱃대를 건네듯 그 소식
을 아이다에게 안겨주었다.

바티스트와 루이스

결혼의 힘

바티스트는 루이스를 위해 어머니의 집에 자신의 냄새가 잔뜩 밴 미끌미끌한 침대보를 깔아 혼례용 잠자리를 마련했다. 루이스는 재단하는 것처럼 보이지 않으려 애쓰면서 그의 방을 쭉 훑어봤다. 팔을 문지르며 얼굴에 손부채질을 했지만 바티스트는 그녀를 보지 않았다. 작은 방이 루이스를 에워싸는 듯했다. 바티스트는 몸을 숙여 침대보를 틀 안에 쑤셔 넣었다. 이부자리를 펴는 동안 그는 루이스에게 한마디도 하지 않았다. 방은 지하 저장실처럼 서늘했지만 그의 흰색 셔츠 등짝에 땀이 묻어났다. 바티스트는 묵묵히 일했다. 침대보의 모서리를 쫙 펴고 베개를 주먹으로 쳤다. 그는 군인처럼 일만 했으며 루이스에게 도와달라고 하지 않았다. 잠자리 정돈을 마친 뒤 그는 방을 나서며 문을 닫았다.

방 안에는 잡동사니도 상자도 병도 종이나 성냥첩도 없었으며 벽에 쭉 달린 갈고리에는 셔츠조차 걸려 있지 않았다. 루이스는 홀로 남겨졌다. 옷도, 옷장도 없었다. 먼지투성이 바닥에 담배꽁초가 버려져 있었으나 오래되었는지 바짝 말라 있었다. 루이스는 어떤 여자가 여기서 담배를 피웠을지 궁금했지만 립스틱 자국을 확인할 생각은 없었다. 바티스트가 이 방의 주인임을 말해주는 유일한 물건이라고는 침대 기둥에 걸린 방울뱀 꼬리 네 개뿐이었다. 루이스가 손가방을 올려놓자 침대 스프링이 가볍게 떨렸다.

루이스는 문가에 잠시 서서 바티스트와 더티 스왈로의 목소리에 귀 기울였다. 살리시어가 몇 마디 들렸다. 그는 한동안 방에 들어오지 않을 거였다. 루이스는 남편이 자신을 신방에 남겨둔 채 어머니와 있다는 사실이 놀랍지 않았다. 시어머니의 차가운 입김, 그녀가 새 신부와 여자를 다루는 방법에 대해 아들에게 해줄 이야기들을 상상해보았다. 침실 창밖으로 기어나가 퍼마에서 맥주를 마시거나 맬릭네 가게에서 탄산수를 마실까 생각했다. 선선한 저녁인지라 바깥에 앉아 있고 싶었고, 모르는 이의 차를 얻어 타고 바티스트에게서 먼 곳으로 달아나고 싶었다. 바티스트는 루이스의 관심을 샀지만 그녀를 붙들 수는 없었다. 그를 향한 루이스의 감정은 이미 소멸하고 있었다. 루이스가 바티스트에게 끌렸던 건 집요한 추적 때문이었다. 그는 그녀를 원했다. 중요한 건 그의 갈망뿐이었다. 이제 그는 자신의 남편이었기에 루이스는 기다렸다.

루이스는 더티 스왈로의 집에 있었다. 이곳에서 뱀들은 별다른 힘을 발휘하지 못했고 느긋했다. 뱀들은 더티 스왈로의 며느리인 루이스를 공격하지 않을 터였다. 그건 자신들을 공격하는 거나 다름없었다. 루이스는 뱀의 피를 지닌 남자와 결혼했다. 창문을 들여다보니 나무틀은 비에 맞아 갈라져 있었고 경첩에는 녹이 슬어 있었다. 루이스는 먼지가 자욱이 낀 창문틀에 손가락을 문지르며 저 너머 희뿌연 산허리를 바라봤다. 바티스트의 침대 아래 있을 뱀, 가지처럼 길고 매끈한 뱀이 똬리를 푼 채 먼지투성이의 차가운 바닥에서 자고 있는 모습이 그려졌다.

바티스트와 더티 스왈로의 목소리가 들리자 루이스는 문가까이 기대섰다. 열쇠 구멍을 통해 작은 발 받침대와, 벗겨지고 있는 누런 벽지가 엿보였지만 모자는 보이지 않았다. 자신의 이름이 들릴 거라 생각했지만 그들의 말을 들어보려고 할수록 대화 소리는 점점 더 이른 아침 코요테 울음처럼 들리기 시작했다. '밤'이라는 단어가 두 번 들렸고 할머니의 이름이 나왔다. 귀를 바짝 기울일수록 그들의 목소리는 바람이나 물, 동물의 쌕쌕대는 소리와 비슷해졌다.

바티스트의 방에는 허옇고 슬픈 빛이 있었다. 바닥 가장자

리를 따라 난 틈새로 이곳저곳 빛이 스며들었고 작게 파인 구
멍에 태양 빛이 고였다. 루이스는 프레리도그나 땅다람쥐, 이
집 아래를 파고들 만큼 멍청한 온갖 작은 동물들, 등에 마름모
꼴 무늬가 있는 방울뱀의 단단한 목 안으로 들어갈 만큼 멍청
한 동물들을 생각했다.

루이스는 침대 기둥에 걸린 방울뱀의 꼬리들을 다시 한 번
바라봤다. 각 꼬리의 길이를 셀 수 있을 만큼, 뱀의 수명을 가
늠할 수 있을 만큼 가까이 다가간 뒤 침대에서 꼬리를 집어 들
어 작은 무늬가 보일 정도로 얼굴에 가까이 갖다 댔다. 목의
맥박이 빠르게 뛰었다. 꼬리는 가볍고 매끈했다. 루이스는 꼬
리를 하나씩 눈에 담았고 손바닥에서 돌려가며 그들의 공허
함을 느껴보았다. 각 부위가 조화롭게 움직이며 작은 몸체를
무게감 있게 들썩였다. 꼬리들은 마치 그녀에게 속삭이듯 수
군댔고 루이스는 귀 기울였지만 남편이 지게식 요람 안에 누
워 있을 적 그를 지켰던 힘을 알아낼 수는 없었다. 자신의 거
친 숨결만, 어둠이 짙게 드리운 작은 방에서 자신의 이가 부딪
히는 희미한 소리만 들릴 뿐이었다.

루이스는 신랑이 신부를 기다리는 이야기를 알고 있었다.
신부가 화장실에서 볼을 꼬집는 동안, 신부가 허벅지에 향수
를 뿌리고 가슴에 파우더를 바르는 동안, 신부가 새로운 남편
을 위해 장미처럼 달콤한 냄새를 풍기길 바라며 몸을 씻고 뜨

거운 물로 또다시 씻는 동안 신랑은 홀로 남겨진다고. 하지만 기다리는 쪽은 루이스였다. 루이스에게서는 담배 연기와 맥주 냄새가 났다. 팔목에 뿌린 향수 냄새는 짙어졌다. 그녀는 몇 번이고 흔들어 마침내 침대 기둥에서 방울뱀 꼬리를 떼어 냈고 그 소리에 놀란 남편이 자신을 구출해주기를 바라며 작고 맹렬한 종처럼 꼬리를 가슴팍으로 들어올렸다. 하지만 문은 열리지 않았다. 루이스는 이 꼬리로 늙은 남자가 메마른 손을 맞비빌 때 나는 소리만 낼 수 있을 뿐이었다. 방울뱀이 동생을 공격하기 전에 바스락거리는 거친 종이가 잔디에 맞닿는 소리가 들렸던 게 기억났다. 침대에 걸터앉아 담배에 불을 붙였다. 바티스트가 그들의 결혼 소식을 전할 때 할머니는 큰 소리를 내지 않았다. "너희 둘 다 불행해질 거야." 할머니는 그렇게만 말했다. 그는 흰색 셔츠를 입고 할머니 앞에 서 있었다. 풀을 먹여 너무 빳빳해진 탓에 셔츠는 그가 움직일 때마다 세바스찬 수녀님이 교회에서 속삭일 때 나는 소리를 내며 그의 목을 쓸었다. 어스름한 빛 속에 바티스트의 손은 너무 어두워 핏줄이 보이지 않았다. 그는 눈살을 찌푸렸고 루이스는 할머니가 진실을 말했다는 걸 그가 알았을지 궁금했다.

루이스는 이제 옛 결혼 제도의 일부였다. 피로 엮인 결혼이었다. 바티스트를 향한 자신의 감정이 그가 자신에게서 가져간 것을 되찾고자 하는 조급함만은 아니었는지 궁금했다. 루이스는 바티스트 옐로 나이프를 향해 사랑의 감정을 느끼지 않았다. 그녀는 바티스트가 자신을 변화시킬 수 있다고 생각했다. 바티스트가 옆에 있을 때면 그윽한 뿌리 향이, 묵직한 가슴이, 자궁의 무지근한 곡선이 느껴졌다. 자신의 몸에서 여자의 피 냄새가 나자 루이스는 그의 손길을 갈망하면서도 그에게서 멀어지고 싶은 욕망을 느꼈다. 그를 향한 욕망이 자신 안에서 농익자 부정한 여자가 된 기분이었다. 바티스트는 루이스의 뜨거운 다리 사이에 눕기를 바랐지만 그녀와 자고 싶어 하는 남자는 많았다. 그들은 루이스 안에서 짓눌리기를, 어떻게든 그녀를 차지하기를 바랐다. 바티스트와의 사이에는 섹스 같은 단순한 욕망을 넘어서는 무언가가 존재했다. 집을 떠나기 전날 밤 할머니는 바티스트가 루이스를 얻기 위해 자신의 가장 좋은 모습을 팔았다고 말했다. "바티스트가 쓴 주술이 그에게 반발할 거야. 언젠가 그에게 도로 달려들 거야." 할머니는 말했다.

루이스는 사랑의 묘약에 관한 얘기를 기억했다. 사랑의 묘약은 너무 강력해 상대를 거머쥐었다. 사랑의 묘약은 너무 강력해 남자들은 다른 여자, 치아 없는 못생긴 여자, 가슴에 무사마귀가 있는 여자에게 빠져 아내와 가족을 버리곤 했다. 루이스는 이 같은 얘기를 우습게 생각했다. 할머니가 근엄한 표정으로 앉아 사랑과 욕망에 관한 옛 이야기를 들려줄 때면 배를 움켜쥐고 웃으며 다리를 꼬곤 했다.

루이스는 언니의 남편과 사랑에 빠진 여자의 이야기를 좋아했다. 여자는 형부를 너무 사랑해 그에게 사랑의 묘약을 썼다고 했다. 그의 척추에 들어간 사랑의 묘약은 너무 강력해서 심장의 피부를 벗겨냈고 그의 뼈에 그녀의 이름을 새겼다. 그는 어두운 겨울 밤, 자고 있는 아내를 떠났다. 얇은 반바지를 입고 선 그는 처제를 향해 몸이 끌어당겨질 정도로 단단하게 발기했다. 3월의 잡초가 부들부들 떨며 그를 막아섰지만 그는 처제를 향해 계속해서 달렸다. 그는 처제가 다른 남자와 있는 것을 보고 그 남자를 언덕으로 몰아내며 다시는 돌아오지 말라고 했고, 처제는 너무 행복해 형부를 침대로 들였다. 사랑의 묘약은 그녀의 바람보다 효력이 강했다. 그는 그 어떤 남자보다도 훌륭했다. 그는 밤새도록 사랑을 나눌 수 있었다. 그녀가 돌아서도 그는 계속해서 달려들었다. 그녀는 천국을 만났다. 하지만 어느 순간부터 지치기 시작했다. 새벽 서너 시에 깨어보면 형부가 자기 위에 올라타 있곤 했다. 그의 음경은 쇠뿔처럼 단단했고 전날보다도 단단해져 있었다. 그는 먹지도 않았고 그녀가 식사를 하려고 식탁에 앉으면 의자 뒤에서 다가와 몸을 비벼대는 바람에 때려서 물리쳐야 했다. 개도 그보다는 덜할 정도였다.

아내는 동생의 집 밖에서 남편을 기다리기 시작했다. 바람이 그녀의 긴 머리를 헝클어뜨렸지만 그녀는 울부짖는 어린 자식들과 함께 몇 시간이고 바깥에 서서 남편을 부르고 동생을 불렀다. 하지만 그는 바깥을 내다보지 않았고 잠시 커튼을 들어 올리지도 않았다. 그녀는 형부에게 이제 그만 가보라고, 언니가 그를 기다린다고 말했다. 그는 해진 반바지가 너덜너덜해지고 벗겨질 때까지 이 방에서 저 방으로 처제를 졸졸 따라다녔으며 그녀가 친척들을 방문하러 가자 그녀의 바지나 원피스를 찾아 입었다. 그는 처제의 사촌 집을 서성이며 창문에 손을 올린 채 바깥에서 그녀를 기다렸다. 그는 언제나 발기한 상태였고 눈에는 눈물이 고여 있었으며 울먹이면서 입술을 떨었다. 친척들도 그녀를 별로 좋아하지 않았다. 그들은 보자마자 사랑의 묘약을 썼음을 알아챘다. 그녀는 언니의 남편을 훔친 사람이었다. 언니의 남편을 훔칠 수 있다면 그들의 남편도 훔칠 수 있을 터였다.

잘생긴 형부에게 질리고 만 처제는 언니에게 남편을 좀 데려가라고 애걸했다. 하지만 언니는 이미 괜찮은 짝을 만난 뒤였다. 처제는 결국 형부를 꾀어내 밖으로 내보낸 뒤 문을 전부 잠근 다음 창문에 판지를 댔다. 사흘이 지나도 그는 여전히 집밖에 서 있었다. 문 자물쇠에 얼굴을 바짝 갖다 댄 뒤 판지 사이에 틈이 없나 찾고 또 찾았다. 촉촉하고 어두운 눈이 처제를 향해 끔뻑였다. 그는 목소리가 쉬고 희미해질 때까지 그녀의 이름을 부르고 또 불렀다. 그는 이틀 걸러 잠이 들곤 했는데 그때에만 문을 두드리는 소리나 집 옆을 마구 치는 소리가 멈췄다. 그녀는 형부가 잠든 틈을 타 몰래 도망가려고 했지만 그는 언제나 그녀를 찾아냈다. 그는 처제에게 다가가며 그녀의 곁에 있는 친구들을 내쫓았다. 처제의 낡은 원피스를 입고 단단히 발기된 상태로 그들에게 저리 가라고 말했다. 처제는 고양이에게 하듯 그를 몰아냈지만 그는 계속해서 쫓아왔다. 그녀는 한때 그가 아끼던 의자에서 찾아 모아둔 그의 머리카락 다발을 형부를 향해 던졌고 그의 빨랫줄에서 가져왔던 옷가지를 도로 주었다. 처제는 형부를 자신에게 구속시키는 모든 것을 돌려주었지만 그것들은 이제 스스로 힘을 지녔다. 그녀는 그를 떠나보낼 수 없었다.

그는 몇 년 동안 처제를 쫓아다녔다. 그녀는 집을 떠나야 했고 사랑하는 사람들을 전부 떠나야 했지만 그래도 형부는 그녀를 쫓아왔다.

루이스는 자신을 무시한 로데오 챔피언에게 복수하려고 사랑의 묘약을 쓸까 잠깐 생각했었다. 할머니에게 사랑의 묘약으로 쓰이는 약초와 피에 대해 묻자 할머니는 웃으며 말했다. "너는 사랑의 묘약이 필요 없단다, 루이스. 네가 남자에게 사랑의 묘약을 쓰면 그 남자는 죽게 될 거야." 루이스는 할머니가 자신을 꾸짖고 위험을 경고할 거라고 생각했지 웃을 거라고는 생각하지 못했다. 할머니는 사랑의 묘약이 스스로 닳아 없어진다고, 단단한 매듭이 당겨지는 것처럼 부서진다고, 사랑의 묘약은 그렇게 일생을 마친다고 말한 적이 있다. 루이스는 바티스트 옐로 나이프가 자신에게 사랑의 묘약을 썼다고 생각하지 않았다. 하지만 할머니는 더티 스왈로가 약을 썼다고, 루이스를 바티스트에게 묶어두려고 자신이 가진 모든 약을 썼다고 말했다. "바티스트는 너에게 맞는 남자가 아니야, 루이스. 너에게는 남자가 아예 필요하지 않을지도 모르지. 그것도 괜찮아." 할머니는 말했었다. "싸워라. 사랑의 묘약에 걸려든 사람은 누구도 자신의 상태를 알지 못해."

루이스는 자신이 원해서 바티스트 곁에 남은 거라 생각했다. 자신이 욕망해서 바티스트의 방에 있는 거라고. 주술에 걸렸다면 자신은 그걸 알아챌 만큼 똑똑하다고. 자신에게는 없는 힘이 그에게 있기 때문에 그와 함께하기로 한 거라고 믿기로 했다. 바티스트는 원주민인 걸 부끄럽게 여기지 않았다. 수녀들은 등유로도 그의 머리에서 정령의 연기 냄새를 씻어내지 못했다. 그들은 그의 원주민 혀를 비누로 씻어낼 수 없었다.

세바스찬 수녀는 예전에 루이스에게 그녀 자신을 위해, 부족 전체를 위해 할 수 있는 가장 좋은 일은 백인과 결혼해 자치 지구를 떠나는 거라고 말했다. 루이스는 백인과 결혼한 원주민 여자들을 떠올렸다. 그들은 얼굴 가득 경계심과 두려움이 서린 혼혈 자식들을 데리고 자치 지구를 찾곤 했다. 남편이 원주민 아내와 결혼한 다른 백인 남자들을 만나 이 부족의 어리석음에 대해, 술 취한 원주민들에 대해, 제대로 할 줄 아는 게 없는 원주민들에 대해, 게으른 원주민들에 대해, 멍청한 원주민들에 대해 얘기하는 동안 피부 하얀 혼혈 자식들은 공터 가장자리의 따뜻한 톱밥에 쭈그리고 앉아 있거나 티피[북미대륙의 중서부 평야에 살던 유목 원주민들이 사용하던 이동식 텐트]에서 멀찍이 떨어져 서서는 튀긴 빵을 파는 가판대를 보고 눈살을 찌푸리곤 했다. 루이스는 혼혈인으로 사는 게 어떤 건지 알았다. 그녀는 평생을 자치 지구에서 살았다. 이곳이 자신의 고향이기는 했지만, 자신도 원주민이지만, 루이스는 바티스트와는 달리 이곳에서 자신의 자리를 찾을 수 없었다. 바티스트는 루이스가 바라는 무언가를 갖고 있었다. 자신은 절대로 가질 수 없을, 의술을 넘어서는 힘을.

루이스는 11월의 은백색 날을 기억했다. 출석을 부르던 세바스찬 수녀의 살구색 얼굴이 단단하게 굳어지던 날을. "존." 수녀가 말했다. "바티스트 존." 모두가 의자에 조용히 앉아 연필통을 만지작거렸다. 책상 아래 손을 숨기고 눈을 아래로 내리깔며 자신의 이름이 불리지 않기를, 수녀의 비웃음거리가 되지 않기를 바라고 있었다. 머리를 풀어 헤친 바티스트 옐로나이프, 동물 가죽을 걸치고 발목이 높은 모카신을 신은 바티스트 옐로 나이프는 벌레 먹는 바티스트 존, 이가 득실대는 바티스트 존이 되었다. 더러운. 더러운 원주민. 팔 아래로 축축한 열기를 느낀 루이스는 심장이 갑자기 쿵 내려앉는 기분이었다. 더티 스왈로가 그가 여덟 살이 될 때까지 우르술라 수녀원에 다니지 못하게 하는 바람에 바티스트는 3년을 유급한 셈이었다.

바티스트는 그날 작은 책상에 남자처럼 앉아 있었다. 더러운 옷을 입고서 학교가 파할 때까지 아주 오랫동안 기다렸다. 그는 멍하고 졸린 듯했으며 텅 빈 잉크통에 펜을 달그락거리며 몇 분마다 한 번씩 루이스를 흘낏 봤다. 어니 맷이 바티스트의 책상에 연필 깎은 부스러기를 던졌다. "먹어." 그가 속삭였다. 하지만 바티스트는 가슴에 턱을 댄 채 책상 위를 손가락으로 끼익 긁을 뿐이었다. 그는 농담을 이해하지 못해, 바티스트 존이 자신이라는 걸 이해하지 못해 너무 오랫동안 앉아 있었다. 그 농담을 이해한 다른 아이들은 바티스트를 돌아봤다. 그를 보면, 그를 내려다보면 바티스트 존이라는 이름을 찾아낼 수 있다는 듯. 그들의 얼굴에는 안도감이 엿보였다. 모두가 그의 엄마가 지닌 위대한 힘을 잊은 듯했다. 루이스는 무언가 오고 있는 걸 느꼈다. 무언가 복도를 따라 움직이고 있었다. 그녀는 나무 바닥에서 발을 들어 올리고 다리를 쭉 뻗었다. 세바스찬 수녀가 바티스트의 책상으로 몸을 숙인 뒤 속삭였다.

"바티스트, 바티스트 존." 루이스는 귀가 멍해졌다. 소리가 돌진하듯 그녀를 지나갔다. 수녀의 거친 머리칼과 검은색 베일 아래에서 고동치는 붉은 정수리가 떠올랐다. 수녀의 묵주가 바티스트의 책상에 떨어지며 딸각거렸다. 수녀는 가장자리가 하얀 입술을 앙다문 채 바티스트의 귀에 가까이 갖다 댔다.

교실의 빛이 바뀌었다. 기이하게 무르익어 가는 늦은 오후의 빛, 낮이 끝날 무렵의 소강하는 빛. 아주 찰나의 시간 동안 그 빛이 세바스찬 수녀의 반달 모양의 안경에 고였다. 바티스트는 작정한 듯 품위 있게, 낄낄대는 학생들보다 세바스찬 수녀보다 많은 것을 알고 있음을 암시하듯 오만한 태도로 자리에서 일어났다. 그는 세바스찬 수녀를 똑바로 바라보며 한참을 서 있었다. 수녀는 자리에 앉으라고 조용히 말했지만 그가 말을 듣지 않자 길쭉한 분필 지우개 두 개를 들어서 그의 얼굴을 후려쳤다. 수녀는 그의 코를 겨냥했다고, 루이스는 생각했다. 분필 가루가 작은 뭉게구름처럼 떠다니다가 바티스트 위에, 그의 머리칼과 얼굴에, 그의 어깨에 내려앉았다. 그는 전투에 나서기 전, 흰색 물감으로 칠한 아름다운 전사의 얼굴을 하고 있었다. 입술은 창백했고 속눈썹에는 분필 가루가 묻어 있었다. 그가 입을 열자 어두운 입 안이 보였다. 세바스찬 수녀는 바티스트에게서 천천히 물러났다. 너무 천천히 물러나 그가 그녀에게서 멀어지는 것처럼 보였다. 수녀는 그가 지나갈 수 있도록 훨씬 더 뒤로 물러났다. 바티스트는 어깨를 딱 벌린 채 교실에서 걸어 나갔다. 뒤돌아서 루이스를 보지도 않았다. 그가 사라지는 모습이 너무 강렬해 루이스는 창문에 서서 그를 바라보았다. 다른 학생들 몇몇이 그녀 옆으로, 창문에 모여들었다.

바티스트는 메마른 겨울 잔디를 따라 성큼성큼 걸었다. 검은 굴뚝새가 그의 앞길에서 날아오르더니 갑자기 공중을 빙빙 돌았다. 죽은 흰독말풀이 그를 향해 계속해서 흔들리며 손가락을 스쳤다. 바티스트 옐로 나이프는 세찬 바람에도 어깨를 딱 벌린 채 걸어갔고 한 번도 뒤돌아보지 않았다. 루이스는 세바스찬 수녀가 앉으라고 말한 뒤에도 창가에 서서 그가 떠나는 걸 지켜보았지만 바티스트는 그녀를 돌아보지 않았다.

오후 내내 바람이 들판을 휘몰아치며 회색 분필 가루를 창문 쪽으로 내몰았다. 회전초와 나뭇가지가 창문에 부딪혔다. 하늘은 은색으로 바뀌었지만 눈은 내리지 않았다. 경첩에 매달린 무거운 문이 흔들리자 루이스는 발을 아래로 끌어당겼다. 아이들은 그날 하루 종일 귀를 쫑긋 세웠다. 세바스찬 수녀의 말과 그녀가 지질학 수업에서 막대기를 딱딱 치는 소리가 아니라 바티스트 옐로 나이프가 엄마와 함께, 그들 모두가 잃은 힘을 갖고 돌아오는 소리에. 마지막 종소리가 낮게 윙윙거릴 때에도 바티스트는 남자 기숙사로 돌아오지 않았다. 그는 학교로 돌아와 딱딱한 학생용 책상에 앉지도 않았다. 마침 내 그가 학교로 돌아온 건 루이스를 찾기 위해서였다.

학교로 돌아온 바티스트는 광 나는 긴 복도를 따라 걸었다. 방울뱀이 부츠 위쪽에 묶여 있었다. 그는 옛 방식대로 혀를 딸 깍거렸다. 바티스트는 조심스럽게 주위를 살폈지만 더 이상 문제를 피하지 않았다. 그는 이제 땀범벅에 팔뚝이 단단히 조 이는 셔츠를 입는 남자가 되었다. 그는 다른 사람이 아닌 자신 을 위해 옷을 입었다. 상대가 말을 걸었다고 답을 하지는 않았 다. 바티스트는 인디언이 되는 것을 두려워하지 않는 인디언 이 되었다. 최악의 부류, 다른 인디언도, 백인도 좋아하지 않 는 부류, 상대가 좋아하든 말든 신경 쓰지 않는 그런 인디언이 었다. 바티스트는 좋은 인상을 주기 위해 애쓰지 않는 사람이 되었다. 그는 거칠어 보였고 루이스는 그를 피하고 싶었지만, 가까이 다가가 그의 가슴팍에서 나오는 열기를 느끼고 싶은 욕망을 외면할 수 없었다.

루이스는 그의 움찔하는 턱, 손톱이 노란 손가락, 찡그리는 미소, 움푹 꺼진 단단한 배, 일자 모양의 입술에 반응했다. 그 의 뒤통수, 검은 머리칼과 셔츠 깃이 만나는 목덜미를 자꾸 떠 올렸다. 그가 자신의 이마 선에 키스하다가 갑자기 뒤로 물러 나 공기를 벌컥 들이키는 모습, 호흡을 가다듬기 위해 언덕이 나 땅을 바라보는 모습 속에서 욕망을 느꼈다.

바티스트는 이제 루이스의 남편, 루이스가 결혼한 남자였다. 루이스는 침대에 걸터앉아 스타킹을 벗었다. 주술에 썰거라면 그걸 못 쓰게 만들 수 있었다. 그거야말로 그녀가 가장 잘하는 일이었다. 옛 결혼이라는 생각이 머릿속을 휘저었다. 할머니는 바티스트가 그녀를 사로잡을 수 있는 온갖 방식에 대해 경고했었다. 그는 날카로운 이빨을 가진 오소리를 루이스의 발목 근처에 갖다놓고, 곰의 발톱을 이용하고, 새더러 그녀의 머리카락을 낚아채게 하고, 까치를 이용해 그녀의 생각을 읽고, 물고기가 반짝이는 물에 그녀의 욕망을 빠끔거리게 하고, 독수리가 그녀 주위를 빙빙 돌게 하고, 그녀의 꿈에 뱀이 등장하게 할 수 있었다. 그의 주술이 자신의 외로움을 간파했음을 눈치챈 루이스는, 바티스트를 궁지로 몰아넣어 그를 쫓아내고 그의 피 안에 든 독이 자신의 심장을 불보다도 빨리 쪼그라들게 하기 전에, 그에게 자신을 줌으로써 그의 욕망을 질식시키는 게 나을지도 모른다고 생각했다.

루이스는 바티스트에게서 벗어나는 유일한 방법은 그에게서 도망가는 대신 그와 결혼하는 거라고 굳게 믿었다. 달아나려고 할수록 그는 그녀를 더 쫓아왔다. 바티스트는 루이스의 가슴에 키스하고 그녀의 베개에 코를 박고 잘 거였다. 그는 루이스의 다리 사이에 손을 밀어 넣을 수는 있을 테지만 그녀를 가질 수는 없었다. 루이스는 이제 그의 갈망을 손에 넣었다.

바티스트는 다시 방 안에 들어와서는 집 안을 향해, 어머니를 향해 방문을 활짝 열어두었다. 그는 셔츠의 맨 위 단추를 끄른 뒤 머리 위로 당겨 벗었다. 풀 먹인 셔츠가 피부에 닿아 바스락거리는 소리가 들렸다. 그의 머리에 정전기가 일면서 파란색 작은 섬광이 방 안으로 들어왔으나 곧 그의 시커먼 어깨 말고는 아무것도 보이지 않았다. 그가 바지를 벗는 동안 루이스는 문을 바라봤고 바지 지퍼가 천천히 내려가는 거친 소리가 들리자 눈을 질끈 감았다. 루이스가 눈을 떴을 때 그는 그녀를 등지고 있었다. 단단한 장딴지 근육, 매끄러운 엉덩이, 넓은 어깨가 보였다. 그는 갈색 살갗 아래 근육이 아픈 듯 아주 천천히 옷을 벗었다. 루이스를 향해 돌아서자 그의 다리 사이로 어스름한 음모가 보였다. 사타구니에서부터 배의 얇은 피부에 이르기까지 파란색의 굵은 핏줄이 있었고 배는 어린아이처럼 부드럽고 살짝 솟아 있었다. 그가 다가오자 루이스는 창문 사이로 들어오는 흐릿한 빛을 향해 몸을 돌렸다. 이제 빛은 노란색이었다. 늦은 10월의 밤이 지고 있었다. 루이스의 남편이 된 바티스트가 가까이 기대서자, 그의 가슴을 길게 가르는 너덜너덜한 흰색 상처가 보였다.

예전에 찰리 킥킹 우먼이 루이스가 바티스트와 있는 걸 보고 그녀를 따로 불러낸 적이 있었다. 술과 묘약이 합쳐지면 비열한 영혼이 탄생하는데 바티스트는 자신의 피에 술까지 섞었다고 찰리는 말했다. 바티스트에 관한 얘기라면 이미 수차례 들었지만 찰리는 목소리를 내리깔고 다시 한 번 그 얘기를 했다. 자신을 걱정하는 목소리였기에 루이스는 귀담아 들었다. 레스터 배드 로드가 플레인의 한 술집 바깥에서 바티스트를 푸주 칼로 찔렀다고 했다. 바티스트의 가슴에서 엄청나게 많은 양의 피가 흘러 나왔다. 그 정도로 심하게 칼에 찔리면 죽어야 마땅했지만 그는 휘청이는 다리로 다시 일어섰다. 하지만 루이스가 유심히 들은 부분은 그렇게 일어난 바티스트가 한 행동이었다. 바티스트가 레스터에게 한 짓은 루이스도 여러 차례 들었다. 맥주나 버번을 너무 많이 마실 때면 백인들조차 서로 주고받는 이야기, 술집에서 지껄이는 이야기, 아이들이 잠자리에 든 뒤 어른들끼리 은밀하게 속삭이는 이야기, 기이하고도 웃긴 이야기였다.

바티스트는 레스터에게 피가 섞인 침을 뱉었다. 그는 침을 뱉었어, 찰리는 말했다. 온 힘을 다해서 뱉은 침 때문에 레스터의 얼굴 전체가 붉은색으로 칠해진 듯했다고. 레스터는 술집 안으로 들어가 얼굴을 씻으려고 했지만 피를 아무리 문질러도 피는 씻기지 않았다. 기름을 써도 표백제를 써도 마찬가지였다. 봉사, 펠스 나프타, 박하유, 바셀린, 등유, 휘발유 등 그 어떤 것도 소용이 없었다. 사람들은 뱀의 피이자 주술의 힘이라고 수군대기 시작했다. 찰리 킥킹 우먼은 루이스에게 그건 미신일 뿐이었다고 했다. "그렇기는 하지만" 그가 덧붙였다. "바티스트 옐로 나이프는 함부로 건드릴 만한 사람이 아니야."

이제 루이스는 바티스트의 가슴팍에 난 상처를 만져보고 싶어졌다. 그는 그녀의 마음을 사로잡았다. 등줄기에 힘이 빠진 루이스는 마음을 다잡기 위해 허리춤에 손을 동그랗게 모아 쥐었다. 이제 아무도 그녀를 해치지 않을 것이다. 루이스는 더티 스왈로의 아들과 결혼했다.

세찬 바람이 불어와 조용한 집의 문이 소총탄 소리처럼 쾅하고 닫혔다. 잠시 더티 스왈로가 노래하는 소리가 들렸고 그 다음에는 잠잠했다. 루이스는 벽 반대편에서 손가락 관절을 움켜쥐고 있는 더티 스왈로와 그 옆에 똬리를 틀고 있을 뱀의 모습을 상상했다.

바티스트는 벌거벗은 채로 루이스 앞에 섰다. 이 결혼식에는 소란한 장단치기[신혼부부를 위해 냄비나 주전자를 두드리는 행위]도, 시트를 반으로 접어 까는 관례나 쌀도, 음악이나 춤도, 장난이나 웃음도 없었다. 그는 웃지 않았다. 루이스는 원피스를 벗어 뱀의 꼬리 위에 걸쳐놨다. 방에서는 땅거미 냄새, 여름 뿌리, 메마른 잎과 익은 산딸기 냄새가 났다. 루이스는 그의 냄새를, 남편의 냄새를 맡았고 그의 앞에 누운 뒤 눈을 감았다. 그녀의 배에 닿은 그의 배는 서늘하고 미끈했으며 루

이스는 그 아래로 가라앉는 기분이었다. 침대 스프링이 압력
에 못 이겨 무너졌다. 목에서 그의 숨결이 느껴졌고 척추가 아
렸다. 바티스트는 사랑한다고 속삭이지 않았다. 루이스는 그
를 느낄 수 있을 때까지 더 가까이 끌어당긴 뒤 놔주었다.

루이스

/

도로

　루이스는 바티스트와 결혼한 지 나흘 만에 달아났다. 더티 스왈로의 고약한 둥지에 갇혀 평생을 보내는 자신의 모습이 상상되기 시작했다. 그녀는 남편의 품에서 벗어나려고 발버둥 치는 자신을 뱀이 찾아내는 꿈을 꾸다가 밤중에 깼다. 바티스트와 더티 스왈로는 이른 아침 서로를 방문했다. 모자는 의 좋은 친구처럼 웃고 농담을 던지며 옛 이야기를 주고받았지만 루이스가 대화에 끼려고 하면 바티스트는 자리에서 일어나 말들을 확인하러 갔다. 더티 스왈로는 부엌에서 바삐 몸을 놀렸고 홀로 거실에 남은 루이스는 하루를 어떻게 보내야 할지 고민에 빠졌다. 남편의 집에서 손님조차 되지 못하는 쓸모없는 존재가 된 기분이었다.

　어느 날 밤 루이스는 갑자기 잠에서 깨 바티스트 옆에 가만히 누워 있었다. 그는 어둠 속에서 담배를 피우고 있었는데 담배 끝에서 길게 나부끼는 붉은 원호를 보고 있자니 루이스는 외로워졌다. 그가 얼마나 오래 깨어 있었는지 궁금했다. 한숨 짓는 듯한 숨소리가 들리자 루이스는 자는 척하면서 그를 지켜보았다. 바티스트는 침대에서 일어나 차가운 먼지 바닥에 한참을 서 있었다. 그는 창문을 내다보고 있었다. 그의 피부에 달빛이 비쳤다. 그는 뒷덜미를 문지르더니 루이스를 보려는 듯 몸을 돌렸다. 어둠 때문에 그의 표정을 읽을 수 없었다. 바티스트는 바지를 입고 셔츠를 낚아채더니 방을 나섰고 조용히 문을 닫았다. 문 아래로 잠시 희미한 빛줄기가 보였으나 곧 사라졌다. 루이스는 침대에 걸터앉았다. 포치에 닿는 바티스트의 가벼운 발소리가 들렸다. 창문으로 가 바티스트가 어디로 가는지 보고 싶었지만 자리에서 일어나려고 다리를 움직이자 바닥에 바짝 붙어 움직이는 찬바람이 느껴졌다. 바티스트의 가라앉은 침대 아래로 뱀이 긴 곡선이 만드는 소리에 귀를 쫑긋 세웠다. 바티스트는 그녀를 떠나버렸다.

루이스는 한동안 가만히 누워서 태양이 뜨기를 기다렸다. 귀 기울여보니 더티 스왈로가 자신의 방 안에서 움직이는 소리가 들렸다. 루이스는 한쪽 팔을 기댄 채 자리에서 일어났다. 더티 스왈로의 루틴은 뻔했다. 옥외 화장실에서 볼일을 본 다음 강가로 가서 얼굴을 씻을 터였다. 바닥에 발을 대기가 꺼려졌지만 민첩하게 움직여야 했다. 벽 후크에 걸린 바티스트의 해진 허리띠가 보였다. 루이스는 침대를 밟고 서서 그걸 잡으려고 버둥댔다. 근육이 너무 뻣뻣한 바람에 네 번 만에 간신히 은색 버클을 낚아챘다. 침대 아래로 허리띠를 밀어 넣었다. 분명히 성난 뱀이 있을 거라 생각해, 바닥을 옆걸음질 치고 있을 뱀을 찾아보았지만 침대 아래에는 아무것도 없었다. 짝을 잃어버린 양말이나 속옷 한 벌 없었다.

루이스는 딱딱한 먼지 바닥에 한 발을 내려놓은 뒤 다른 발도 마저 내려놓았다. 방을 휙 훑어보며 자신이 방에 떨어뜨린 옛 잡지 아래를 확인하는 것도 잊지 않았다. 창백한 녹색 벽 때문에 방은 축축하고 이끼로 뒤덮인 듯 보였다. 루이스는 원피스를 머리 위로 끌어당겨 입은 뒤 신발을 움켜쥐었다. 남편의 목소리가 들리지 않나, 더티 스왈로가 돌아오지는 않았나 귀 기울여보았지만 집 안은 조용했다.

바닥을 내려다보니 새삼 자신의 발목과 장딴지가 너무 가늘어 보였다. 루이스는 이 집에서 혼자가 아니었다. 할머니는 더티 스왈로의 집에 사는 방울뱀은 단열재로 쓰는 신문에도 둥지를 틀고 허리춤까지 벽을 기어오른다고 말했다. 루이스는 부엌 서랍을 조심스럽게 열어보고 국자로 먼저 두드려본 뒤 찬장을 열었다.

바티스트의 허리띠로 바닥을 철썩 때리며 예상치 못한 그림자, 숨어 있는 뱀을 경계하며 한 걸음씩 앞으로 나아갔다. 부엌을 지날 때 작은 방울뱀의 둥지가 장작 난로 뒤에 웅크리고 있는 게 보였다. 더티 스왈로는 뱀들이 무해한 막대기라도 되는 양 그들의 존재를 인식조차 하지 않았다. 루이스는 벽에 등을 바짝 댄 채 뱀들을 지나갔다. 마침내 밖으로 나오자 안도의 한숨이 나왔다. 집 안에 코트를 두고 온 걸 깨달았지만 되찾으러 갈 생각은 없었다.

바티스트가 집 바로 바깥에서 말들에게 먹이를 주고 들판을 둘러보고 있을 거라 믿고 싶었지만 졸린 말들은 부들 옆에 서 있었고 태양이 그녀를 향해 다가오고 있었다. 루이스는 바티스트가 자신에게 올 거라고, 엄마를 떠나 그들을 위한 집을 마련할 거라고 생각했다. 그렇게 믿었다. 그는 결국 루이스를 찾으러 올 테지만 그녀는 바티스트가 지금 어디에 갔을지 궁금했다. 아마 그는 헤마우쿠스 쓰리 드레시스의 집에 있을 거였다. 헤마우쿠스를 더 좋아해서가 아니라 루이스를 불안하게 만들어 우위를 점하는 걸 즐겼기 때문이었다. 루이스는 바티스트의 이런 성향을 이제 막 이해하기 시작했다. 그는 늘 방황하는 사람이었지만 루이스는 그가 자신을 찾기 위해 배회한다고 생각했었다. 루이스는 그에게 버려지는 사람이 아니라 그를 떠나는 사람이 되고 싶었다.

날은 서늘했다. 바람이 너무 세게 불어와 차가 지나갈 때마다 원피스를 꼭 붙들고 있어야 했다. 할머니의 집까지는 한참을 걸어야 했지만 기꺼이 그럴 만했다. 루이스는 금빛 들판을, 저 멀리 언덕 위로 드리우는 구름의 그림자를 바라보았다. 이따금 바티스트가 자신을 따라오고 있지 않나 뒤돌아보았지만 그럴 리 없다는 걸 알았다.

"바티스트한테서 도망치다니 영특하네." 루이스가 집 안에 들어서자 할머니가 말했다. 달콤한 나무 연기 냄새, 산벚나무의 즙 냄새가 났다. 루이스는 바티스트에 관해 할머니가 하려는 말을 기다리지 않았고 맬릭네 가게에 들어서면서 바티스트를 향한 자신의 감정을 이해해보려고 했다. 할머니는 바티스트가 아직 그녀의 몸 안에 남아 있다고 말할 터였다. 하지만 루이스는 그의 존재가 지닌 힘을 받아들이지 않을 생각이었다. 바티스트가 자신에게 영향을 미친다는 사실을 할머니에게 인정하고 싶지 않았다.

바티스트가 자신의 코트를 발견하는 모습을 상상했다. 그가 자신을 홀로 남겨둔 걸 후회할 거라고 믿고 싶었다. 바티스트가 작은 창문을 바라보며 자신이 남긴 또 다른 흔적을 찾는 모습을 상상했다. 그가 할머니 집을 향해 메마른 들판을 달려가는 모습을 상상했다. 그녀의 상상 속에서 그는 허리께까지 올라오는 잡초를 가로지르고 있었다. 단단한 돌멩이 위를 뛰어오르고 있었다. 그녀를 찾으러 오고 있었다. 루이스는 바티스트 옐로 나이프에게 자신을 홀로 남겨둬서는 안 된다는 걸 가르칠 생각이었다.

맬릭네 가게 계산대에서 루이스는 하비 스토너를 보았다. 루이스가 다가가자 그가 그녀를 흘낏 돌아보더니 카운터 위로 몸을 수그렸다.

"불 더럼." 그가 말했다. 몸을 돌려 담배를 사는 그의 모습을 보고 싶었지만 루이스는 그쪽으로 눈길조차 주지 않았다. 전에 그를 본 적이 있었다. 자신의 다리 뒤, 엉덩이의 곡선에 닿는 시선이 느껴졌는데 그게 싫지는 않았다. 그는 루이스를 보고 있었다. 뻣뻣한 눈을 앞으로 향한 채 무관심을 가장한 눈빛이었지만 루이스는 알았다. 높은 선반에서 콩이 담긴 캔을 집어 든 뒤 뒤꿈치를 내린 다음 잠시 가만히 있었다. 그가 루이스를 보고 있지 않은 척 몸을 돌리자 루이스는 손가락을 한 번 핥은 뒤 캔의 은색 뚜껑에 쌓인 먼지를 천천히 닦아냈다.

루이스는 하비 스토너를 몇 년째 알고 있었지만 그는 이제야 그녀를 알아채기 시작했다. 루이스가 그를 지나가자 그는 가게에서 산 담배를 은색 케이스에 넣었다. 그는 엉덩이에 손을 올리고는 그녀의 존재를 깨닫지 않은 척 저 너머를 바라보았다. 작은 일들을 지나치게 과장해서 했다. 자동차 후드를 들어 올리면서 그녀 쪽을 힐끗 보았을지도, 묘지에서 차를 돌릴 때 백미러로 그녀를 봤을지도 몰랐다. 루이스는 열기처럼 그를 느낄 수 있었다. 하비 스토너. 그는 마흔여덟 살로 딕슨에 살고 있는 부유한 백인 남자였다. 모두들 그가 거물이라고 했다. 그는 매일 정부 업무차 미줄라까지 90킬로미터를 이동했으며 자신이 원해서, 광활한 땅 때문에 원주민 자치 지구에 살았다. 그는 큰 차를 몰고 작은 마을을 돌아다녔다. 루이스가 걸어서 돌아다니려면 몇 시간이 걸리는 마을들이었다. 하비 스토너에게 몇 킬로미터쯤은 아무것도 아니었다. 그가 가지 못하는 오지는 없었고 그가 환영받지 않는 곳은 없었다. 루이스는 바티스트를 생각했다. 그가 환영받는 방식, 그러니까 그의 주먹과 술김에 빌린 거친 말들을.

루이스가 기름 자국이 묻은 차가운 라드 상자를 들고 밖으로 나왔을 때 하비 스토너는 차에 기댄 채 담배를 말고 있었다. 얇은 담배 속이 종이 안에서 부스럭거리더니 갑자기 불어온 바람에 흩어졌다. 그는 루이스를 올려다보지 않았다. 루이스는 그를 여러 번 봤지만 그가 그렇게 저렴한 담배를 피우는지는 몰랐다. 하비 스토너는 시가를 피우는 남자였다. 루이스는 그 앞에 멈춰 섰다. 기름을 너무 많이 바른 머리에 빗 자국이 보였다. 그에게서 여자처럼 달콤한 냄새가 났다. 루이스는 그에게 가까이 다가갔다.

"제가 하죠." 루이스가 말했다. 그의 이름을 알았지만 말하고 싶지 않았다.

그녀는 손바닥을 동그랗게 모아 쥔 뒤 그의 손에서 무명 주머니를 집어 들었다. 긴 손가락으로 종이를 감은 뒤 푹 파인 곳에 담배를 붓고 엄지손가락으로 종이를 누른 다음 앞으로 말아 속을 숨겼다. 종이의 길쭉한 부분을 핥고 나서 단단하게 말고 다시 핥고 끝을 꼬아 하비 스토너에게 건넸다.

"자, 됐어요." 루이스가 말했다. 그는 담배를 내려다보았다. 그의 분홍빛 손바닥 안에 놓인 가는 담배는 우아해 보였다.

"여자애 같군." 그가 말했다.

그는 손에 굵은 금반지를 끼고 있었다. 정사각형의 붉은 보석이 그녀를 향해 깜빡였다. 손톱은 아주 깨끗했다. 루이스는 바티스트의 손을, 자신의 배와 가슴을 주무르는 그의 검은 손톱을 생각했다. 아주 잠시 루이스는 하비 스토너가 그의 기름진 머리를 자신의 가슴 사이에 갖다 대는 상상을 했다. 하비는 새로운 담배 개비 끝에 불을 붙이고 있었다. 종이가 불길에 빠르게 말려 올라가는 소리가 들렸고 그의 입에서 맨 처음 나온 향긋한 흰색 연기는 점차 사라졌다. 루이스는 그에게서 돌아섰다.

루이스는 고속도로로 향했다. 팔꿈치 주름을 스치는 바람이 느껴졌다. 비가 올 것처럼 날이 찼다. 루이스는 바티스트가 여전히 자신을 떠났다고 생각했다. 그는 그녀를 떠났다. 그는 다른 여자를 기다리고 있을 거였다. 지금쯤 헤마우쿠스를 만났을지도 몰랐다. 헤마우쿠스의 남동생이 부엌에 앉아 있는 동안 그녀의 집 창문 바깥에 서 있을지도 몰랐다. 헤마우쿠스의 까만 피부를 보려고, 그녀의 팬티가 바닥에 떨어지는 걸 보려고, 들어가려고 기다리고 있을 터였다. 루이스는 바티스트가 더 이상 자신을 원하지 않는다고 생각했다. 그는 루이스에게 원하던 것을 이제 전부 가졌다. 그는 그녀의 신비를 본 터였다.

뒤에서 기침 소리가 들려 몸을 돌려보니 하비 스토너가 마음을 다잡듯 한 손을 차량 후드에 얹은 채 서 있었다. 그는 허리를 굽힌 채 연기를 내뿜었다. 손에 들린 담배 개비가 작아 보였다. 그는 고개를 들어 자신을 바라보는 루이스를 한 번 본 뒤 차에 올라탔다. 마루 엔진 소리, 먼지 자갈에 타이어가 닿으며 작은 바퀴 자국을 내는 소리가 들렸다. 그는 한 손을 운전대에 걸치고 입에 담배를 문 채 반질반질한 눈을 번뜩이며 루이스를 지나갔다. 메마른 길에 비가 지글지글 소리를 내며 떨어지더니 하늘을 향해 연기가 피어올랐다.

루이스는 가능한 먼 길을 내려다봤다. 숨을 고르며 그가 다시 돌아오는 건 아닌지 살폈다. 그의 연노란색 차는 빗속에서 윤이 났다. 하지만 그가 루이스를 지나 반대쪽으로 빠르게 지나가자 코요테처럼 이글거리는 그의 두 눈이 찰나의 시간 동안 백미러로 자신을 보는 모습밖에 보이지 않았다. 놀란 그녀는 도로에 가만히 서서 먼지가 자욱하게 내려앉은 향나무를 향해 소리 내어 웃었다. 번개 치는 하늘에서는 먼지가 호우를 갈망하는 냄새가 났다. 루이스는 스토너의 자동차 크롬 발판에 연못 잔디가 반사되는 모습을, 태양의 깔끔한 가장자리를 배경으로 물처럼 빛나는 조용한 갈색 잔디를, 게으르고 덩치 큰 그 차의 조수석에 앉아 차창을 내리는 자신의 모습을 상상했다.

하비 스토너는 곧 돌아와 차를 세웠다. 자동차 타이어가 비로 미끌미끌한 도로를 가르는 순간 루이스에게 물이 튀었다. 그는 매끄러운 좌석 시트 너머로 몸을 기울여 조수석 문을 열었다. 뜨거운 태양이 구름을 가로지르는 가운데 루이스는 조수석으로 미끄러지듯 들어갔다. 드레스가 땀으로 축축했다. 할머니 집에 가는 동안 하비 스토너와 말을 주고받지 않아도 되었다. 계속해서 웃느라 말을 할 틈이 없었다. 하비 스토너는 좌석 사이로 손을 뻗어 주석 상자에서 맥주를 꺼내더니 선물처럼 루이스에게 건넸다. 루이스는 이런 기분을 느껴본 적이 있나 싶을 정도로 몇 년 만에 처음으로 마음이 가벼웠다. 하비 스토너는 그녀를 이곳에서 아주 멀리 데려갈 수 있었다.

루이스가 멈추라고 말할 새도 없이 그는 할머니 집을 지나가 버렸다. 그는 너무 빨리 차를 몰았다. 차가 커브를 지날 때마다 루이스는 등 뒤의 작은 근육이 조이는 기분이었다. 날개가 자신의 배를 들어 올리는 기분이었다. 비는 창유리에 닿자마자 날아가 버렸다. 루이스는 그렇게 빠른 속도로 도로를 질주하는 차는 타본 적이 없었다. 하비는 맥주병을 입에 갖다 댄 뒤 재떨이를 탁 눌러 열었다. 그는 작은 마술을 시연하는 듯 라이터를 툭 쳤다. 그의 루비 결혼반지가 반짝였다. 라이터가 도로 튀어 오르자 그는 그걸 잡아채는 대신 앞으로 몸을 숙이더니 들썩였다.

"여기 있는 내 지갑을 꺼내 봐. 뒷주머니에 있어."

루이스는 재빨리 지갑을 그러쥐었다. 지갑은 두툼했다. 바티스트의 주머니에서 찾은 지갑처럼 엉덩이에 눌린 모양도 아니었다.

"열어 봐." 그가 말했다. 루이스는 웃었다. 그의 부탁에는 자신이 한 번도 경험하지 못한 친숙함이 묻어 있었고 루이스는 중요한 사람이 된 듯하면서도 수줍어졌다. 지갑을 연 뒤 돈을 보지도 않은 채 그의 무릎에 올려놓았다.

"어서. 세봐. 우리한테 얼마나 있는지 알고 싶다고." 그는 그 돈이 늘 그들의 것이었던 양 말했다. 루이스는 지갑에 그렇게 많은 돈이 들어 있는 걸 본 적이 없었다. 그는 정돈된 금전등록기처럼 돈을 보관했다. 한 장 그리고 다섯 장, 20달러짜리가 세 장, 50달러 지폐가 네 장이었다. 모두가 같은 방향을 향해 고개를 빳빳이 들고 있었다.

"얼마지?" 그가 물었다.

"몰라요." 루이스가 말했다. 그녀는 놀랍게도 그가 자신에게 그 돈을 줄 거라고 생각했으며 더 놀랍게도 그가 그랬으면 좋겠다고 생각했다. 루이스는 너무 당황해서 지갑을 들여다볼 수 없었다. 그는 루이스가 그 돈을 바란다는 걸 눈치챘다.

"대충?"

"대충 300달러 정도 되겠네요." 루이스는 이렇게 말하면서 그에게 지갑을 돌려주었다. 그녀가 말리기도 전에 그는 루이스의 손을 세게 쥐더니 축축한 혀로 그녀의 손가락에 키스를 했다. 차의 무게가, 좌석 아래로 부드럽게 굴러가는 바퀴들이 느껴졌다.

"오늘 밤 왈라스에 함께 가지 않겠어?"

"저는 결혼했어요." 바티스트보다는 결혼을 더 의식한 채 그녀가 말했다.

그가 라디오를 켜자 음악 소리가 선명하게 들렸다. 그는 루이스가 모르는 노래를 불렀지만 목소리가 깊었고 쫀득쫀득한 캐러멜처럼 그의 목에 착 감겼다. 그는 루이스를 향해 노래를 불렀고 루이스는 피가 서늘해지는 기분이었다. 그는 반지를 빼서 삼키는 척했다.

"사라졌어."

"그러다 이 깨져요." 루이스는 말하면서도 그의 장난이 싫지는 않았다.

그는 그녀 쪽으로 조금 가까이 다가갔다. "손 좀 줘봐."

루이스는 무릎 위로 손을 바짝 당겼지만 그는 그녀의 왼손을 움켜쥐었다. 루이스는 그가 입에서 결혼반지를 빼서 다시 그녀를 놀리기를 기다렸지만 그는 루이스의 손을 자신의 입으로 가져갔다. 그가 묵직한 반지를 그녀의 중지에 밀어 넣자 손가락 사이에서 그의 혀가, 그의 이가 부드럽게 밀리는 느낌이 들었다. 눈을 감고 싶었지만 참았다.

"거기서 담배 좀 건네주겠어, 자기?" 그는 앞좌석 사물함을 쳤다. 루이스는 그의 느릿느릿한 목소리와 영민함, 신발이 너무 윤이 나서 그의 발에 꼭 맞아 보이는 게 마음에 들었다.

"하나 말아 드려요?" 루이스는 잠시 그에게서 눈을 가렸다. 번쩍이는 섬광이 하늘을 갈랐고 하늘은 보라색이 되었다가 회색이 되었다. 10월에 드물게 치는 번개였다. 루이스는 왈라스에 딱 한 번밖에 가보지 못했다. 그곳의 가파른 산허리, 휘파람 부는 광부들을 그녀는 좋아했다. 루이스는 자신의 손에 끼워진 반지를 내려다보았고 하비 스토너가 하고 싶은 대로 하도록 내버려두었다.

그는 루이스에게 무릎 아래까지 내려오는 원피스를 사주

었다. 적갈색과 흰색의 백합 무늬가 아래로 내려가면서 소용돌이를 그리는 원피스였다. 그는 루이스를 미용실에 데려갔고 미용사는 그녀의 머리를 라나 터너[미국 배우]처럼 꼬아 올리고 그녀의 입술에 진홍색 립스틱을 발라주었다. 루이스가 그를 위해 옷을 차려입고 그가 사준 하이힐을 신고 속이 비치는 다이아몬드 무늬 스타킹을 신고 발목에 라인석 발찌를 끼자 그는 루이스를 스테인 클럽에 데려갔다. 그곳에서는 남자들이 따뜻한 갈색 정장 상의를 걸치고 버번을 스트레이트로 마셨다.

그들은 등이 높은 칸막이 자리에 앉았다. 스토너는 루이스를 향해 몸을 숙인 뒤 그녀에게 너무 깊이 키스를 했고 그 바람에 루이스는 그의 술에서 나는 열기를 확 느꼈다. 그는 어니언 링을 곁들인 티본스테이크, 버터와 차가운 사워크림을 바른 구운 감자, 마요네즈를 바른 붉은 사탕무를 주문했다. 루이스는 그렇게 많은 음식은 처음 보았으며 그렇게 많은 사람이 먹고 웃고 떠드는 것도 처음 보았다.

루이스는 클럽의 부드럽고 짙은 나무가 마음에 들었다. 카운터는 유리잔과 아름다운 술병들로 빛이 났다. 크리스털 병은 은은하게 반짝였다. 싸구려 소시지나 절인 달걀, 족발, 땅콩 껍질, 암모니아나 소변 냄새는 없었다. 손톱이 지저분한 광부도 없었다. 여자 화장실에 지저분한 비누나 불쾌한 물비누통 따위는 없었다. 이곳을 찾는 여자들은 조개껍데기 모양의 비누를 사용했다.

남자들은 무관심한 듯 아무렇지 않게 루이스를 대했지만 그녀가 담배에 손을 뻗으면 언제든 은색 라이터를 대주었다. 젊은 남자 하나가 그녀를 보고 미소 지었고 칭찬의 뜻으로 고개를 끄덕였다. 루이스는 줄스 바트를 떠올렸지만 이 남자는 흰색 셔츠에 아가일 무늬 양말을 신고 있었으며 올리브를 곁들인 진을 천천히 마셨다.

피아노를 치는 남자도 있었고 구석에서 톱밥을 살짝 터는 남자도 있었다. 여자들은 먼지 속에서 아름다운 신발을 또각대며 한 박자도 놓치지 않았다. 남자들은 완벽한 순간에 턴을 하려고 타이밍에 더 많은 신경을 썼으며 등 뒤로 여자들의 손을 우아하게 잡은 채 나란히 서서 춤을 추었다.

하비 스토너는 탁자 옆에 서더니 예의를 갖춰 루이스에게 춤을 신청했다. 그녀는 담배의 잉걸불을 전부 끈 뒤 어깨를 똑바로 편 채 조심스럽게 일어났다. 새 하이힐을 신고 있어 그런지 키가 커진 기분이었다. 남자들이 자신을 보고 있었기에 걸음걸이에 신경을 써서 똑바로 걸으면서 몸을 살짝 흔들었다. 놀랍게도 이곳에서는 여자들이 루이스에게 심술궂게 굴지 않았다. 그들은 하비 스토너가 그녀와 느릿느릿 춤을 추자 미소를 지었으며 루이스가 입은 옷, 그녀의 몸짓을 인정한다는 듯 고개를 끄덕였다. 하비 역시 즐거워 보였다. 그는 루이스가 춤을 꽤 잘 추는 데다 빙글빙글 돌면서 균형 잡힌 자세로 그의 눈을 바라보자 흡족해했다. 그들은 곡이 세 개 흐를 때까지 댄스 플로어에 있었다. 피아노 연주자가 〈인 더 무스〉를 연주하자 줄스 바트를 떠올리게 했던 남자가 하비의 어깨를 두드린 뒤 루이스와 춤을 출 수 있겠냐고 물었다. 하비 스토너는 고개를 끄덕였다.

남자는 루이스를 돌려서 멀리 보낸 다음 다시 가까이 끌어안았다. 그의 속삭임이 귓가를 간질였다. 루이스는 하비 스토너가 무슨 생각을 하든 개의치 않았다. 춤을 추고 싶었고 얼굴이 붉어질 때까지 춤을 추었다. 춤을 추다가 바라본 하비 스토너는 시가를 피우고 있었다. 그가 버번 잔을 그녀에게 들어 올릴 때 루이스는 숨어야 한다는 말도 안 되는 생각을 하기도 했다. 하지만 그는 건배를 할 뿐이었다. 루이스는 머리 위로 팔을 들어 올린 뒤 머리를 풀었다. 젊은 남자의 타이는 이제 느슨해졌고 루이스는 그의 팔 끝에 있었다. 루이스는 딕슨 바에서 수많은 남자와 춤을 췄었다. 새로운 스텝을 수백 번 연습했지만 퍼마나 플레인에서 함께 춤추던 남자들은 뻣뻣하고 서툴렀다. 이 남자는 춤을 출 줄 알았다.

댄스 플로어에 있던 커플들이 뒤로 물러나 그들이 춤추는 걸 바라보며 미소 지었다. 여자들은 스피어민트 냄새가 나는 옅은 녹색 음료를 홀짝이며, 남편이라고 하기에는 너무 자상한 남자들에게 몸을 기대고 있었다. 이곳에는 아름다운 남자와 여자, 잠처럼 달콤한 음악만 있을 뿐이었다. 루이스는 자신이 욕망의 대상이 되었다고 생각했다. 물론 자신은 임자가 있는 몸이었다. 집에 돌아가면 바티스트 옐로 나이프가 그녀를 기다리고 있을 터였다.

하비 스토너와 루이스는 집으로 가는 길에 라디오를 들었다. 그는 딕슨을 벗어나자마자 그녀를 내려주었다. 루이스는 그에게 결혼반지를 돌려주었고 그는 달러 모양의 초콜릿이 한가득 담긴 그물주머니를 그녀에게 던진 뒤 목에 키스했다. 제일 먼저 집어 든 달콤한 초콜릿이 입 안에서 살살 녹을 무렵 찰리 킥킹 우먼이 보였다. 루이스는 그를 향해 손을 흔들며 미소 지었다.

찰리 킥킹 우먼

/

파우와우

혀에 불이 붙는 기분이었다. 스토너와 루이스를 둘러싼 말들. 바티스트와 헤마우쿠스를 둘러싼 이야기들. 그런 이야기들을 듣자 목 언저리의 혈관이 펄떡였다. 그러한 이야기들은 사람들을 화나게 만들었다. 그런 이야기들을 들으면 사람들은 나쁜 일이 일어나기를 바랐다. 그런 이야기들은 그 자체로 나쁜 주술이었다. 나는 그러한 일에 관여하고 싶지 않았다.

집으로 차를 몰았다. 고속도로 200에서 방향을 틀자 도로에서 약간 벗어난 곳에 멈춰 선 스토너의 차가 보였다. 결혼한지 2주도 채 안 된 루이스가 그의 차 안에 있었다. 루이스가 문을 열자 스토너가 그녀를 향해 몸을 숙이는 게 보였다. 루이스는 그에게서 뺨을 돌렸지만 이미 키스를 한 후였다. 루이스는 조수석 문을 밀면서 스토너에게서 벗어나려고 했다. 루이스

는 그가 지겨워진 듯했지만 문이 활짝 열리자 그녀의 갈색 맨
다리가 보였고 스토너가 그녀를 다시 끌어당겼다. 루이스의
목이 활처럼 휘어지더니 그의 입술이 그녀의 입술을 덮었다.
그들이 키스하는 모습을 너무 골똘히 바라보는 바람에 내 입
술이 오므라드는 기분이었다. 스토너가 손으로 루이스의 머
리를 받친 상태로 그들은 너무 오래 키스를 했고 그녀의 에너
지가 빠져나가는 게 내 사타구니에서 고스란히 느껴졌다. 이
제 스토너의 크고 노란 뷰익은 고속도로로 들어서고 있었다.
차가 너무 윤이 나서 그 뒤로 먼지가 떠다니는 게 보였다. 루
이스는 떠나는 그를 쫓아 도로를 내려다보았다. 나는 질투 비
슷한 감정으로 떠나는 그를 바라보았다. 이제 하비 스토너는
모든 것을 가진 듯했다.

　나는 이 남자를 언젠가 현장에서 검거할 거라고 늘 생각하
고는 있었지만 감옥에 처넣을 만한 위법 행위 때문일 거라고
생각했지 또 다른 불륜 때문일 줄은 몰랐다. 돈이 남자를 매력
적으로 보이게 만들다니 참으로 기이했다. 스토너는 잘생긴
남자가 아니었다. 하지만 말끔한 사람이었고 유난히 깔끔을
떨었다. 이발소에서 남자들의 치장이 대화의 주제인 양 그가
사용하는 모발유, 매캐하고도 달콤한 그 기름에 대해 사람들
이 얘기하는 걸 들은 적이 있다. 스토너가 맬릭에게 자신의 부
츠가 반짝이는 비결은 여자라고 말하는 걸 들은 적도 있었다.

그들은 무언가를 공유한 사람들처럼 낄낄대며 웃었다. 나는 스토너를 절대로 신뢰하지 않았다. 백인치고 그는 너무 많이 웃었다. 혼자서도 즐거운 시간을 보내고 있는 양. 나는 경찰 제복을 입고 있어야 그나마 그를 만나도 기분이 괜찮았다. 그때에만 그는 나에게 관심을 보였다. 그는 힘을 담아 악수하며 눈을 가늘게 뜨고는 씩 웃곤 했다. 그는 나에게서 무언가를 바랐지만 나는 그게 뭔지 잘 몰랐다. 스토너는 자신에게 무언가를 줄 수 있는 원주민에게만 관심을 보였다.

그는 루이스에게 관심을 보였다. 지난달부터 하비 스토너는 루이스가 지나갈 때면 목을 쭉 빼고 바라봤다. 아이다와 나는 교회에서 그의 자리 몇 줄 뒤에 앉곤 했다. 매주 일요일, 나는 하비 스토너가 미사에 집중하지 못하는 모습이 신경 쓰였다. 그에게서 나 자신의 불편함이 엿보였기 때문일 거다. 그를 보지 않으려고 반대편에 앉아보기도 했지만 스토너가 천장 벽화를 응시하는 모습이나 코를 너무 자주 푸는 모습, 리넨 손수건을 작은 사각형으로 접어 주머니에 넣었다 빼는 모습을 지켜보았다. 햇빛이 느릿느릿 스테인리스 창문을 적시는 걸 하비 스토너가 바라보는 모습을 지켜보기도 했는데, 이따금 그는 예배가 영원히 끝나기를 바라는 사람처럼 움찔하면서 콧등을 꼬집기도 했다. 우리는 서로를 의식했다. 하지만 나는 스토너에게 속지 않았다. 스토너는 교회에 다니는 다른 남자

들, 아내 때문에 혹은 자신의 구원을 위해 교회를 찾는 이들과
는 달랐다. 하비 스토너는 자신이 커뮤니티의 일원임을 보여
주기 위해 교회에 나갔다. 그는 자신이 돈에만 관심이 있는 사
람이 아니라고 사람들을 속이고 싶어 했다.

일요일, 스토너는 굳은 얼굴을 한 아내와 함께 세 번째 줄
에 앉아 있었다. 그는 아내에게 기대다시피 했고 아내는 그를
계속해서 밀쳐내며 똑바로 앉게 했다. 그가 뒤통수를 문지르
자 커다란 반지가 번뜩였다. 그는 버터플라이 스웨이드 재킷
을 입은 채 사각형 모양으로 끝을 손질한 손톱을 살피고 있었
다. 문을 부드럽게 두드리는 사람처럼 무릎 위로 주먹을 꼭 쥐
고 있었는데, 그날은 하비 스토너가 관심을 가질 만한 게 아무
것도 없었다. 바로 그때 좁은 엉덩이에 녹색 눈을 반짝이는 루
이스가 그의 곁을 지나갔고 스토너는 자리에 똑바로 앉아 지
나가는 그녀를 바라보았다. 하비 스토너는 땅다람쥐 구멍에
들어간 덩치 큰 고양이였다. 교회가 그의 행동을 축복하기라
도 하듯 그가 태연하게 루이스를 바라보자 스토너 부인의 얼
굴이 점점 더 굳어졌다. 그녀의 빰은 날카로워 보였다. 확실했
다. 스토너는 루이스에게 걸려들었다.

루이스가 어쩌다 할머니와 동생을 따라 교회에 올 때면 나
는 절대로 졸지 않았다. 루이스는 모두가 당당한 모습을 보이
고 싶은 여자, 아내를 무시하게 만드는 여자, 남자들이 줄 서

서 보려고 애쓰는 여자였다. 하비 스토너가 루이스를 눈여겨 보자 나는 중요한 사람이 된 듯한 기분에 사로잡혔다. 이유는 알 수 없었다. 가슴이 단단해지는 기분이 들었는데 루이스가 깃발이고 그녀의 모든 것이 나의 일부인 양 가슴이 세차게 고 동쳤다.

스토너는 루이스와 결혼해 그녀를 차지할 수 있었다. 하지 만 루이스가 원주민이라는 사실은 변하지 않을 터였다. 루이 스는 우리와 같은 원주민이었다. 백인 여자가 예뻐 보일 때도 있었고 그중에는 루이스보다 더 아름다운 여자도 있었지만 루이스에게는 그들에게 없는 무언가가 있었다. 루이스는 뭔 가 다른 것, 우리 같은 사람들보다 나은 무언가에 관심을 보 였다. 하지만 하고 많은 사람 중 루이스는 하필 바티스트 옐로 나이프와 결혼했고 이제는 은밀히 스토너를 엿보고 있었다.

내가 만난 많은 원주민 여성은 자신들이 백인 남성과 결혼 해 원주민 자치 지구를 떠나면 내가 상처받을 것처럼 말했다. 나는 그렇게 해서 그들이 더 나은 삶을 누리게 된다면 괜찮다 고 했다. 유감스럽지만 그게 사실일지도 몰랐다. 백인과 결혼 하면 그들의 문제가 해결될지도 몰랐다. 그 여자들은 금방이 라도 무너질 것 같은 집에서, 너무 많은 아이들과 스톡맨 바 에서 딴 몇 달러를 집에 가져다주는 남자와 사는 일을 피할 수 있을지도 모른다. 하지만 이런 대화, 이런 언쟁이 죄다 무슨 소용이란 말인가? 우리가 논쟁하는 사이 하비 스토너가 씩 웃는 얼굴을 한 채 우리의 침실로 스리슬쩍 들어오고 말았는데.

루이스가 스토너를 만난다고 생각하자 가슴에 구멍이 뚫린 기분이었다. 내가 이 상황에서 얻을 수 있는 유일한 위안은 루이스가 그보다 똑똑하다는 사실뿐이었다. 내가 생각해야 할 삼각관계는 한 개가 아니었다. 그저께 나는 특별 파우와우의 치안 담당자로 선정되었다는 얘기를 들었다. 나는 계절 끝에 열리는 파우와우가 문제를 불러일으킬 것임을 직감으로 알았다. 겨울에 열리는 행사는 괜찮았다. 추위가 오기 직전의 파우와우가 문제였다. 8월 이후 찾아오는 파우와우는 우리를 전부 늙은 원주민, 굶주린 곰, 겨울 추위를 헤쳐 나가는 데 의지할 만한 단 한 사람을 찾는 가을 다람쥐처럼 인색하게 만들었다. 바티스트와 루이스는 서로에게 질투를 불러일으키려고 발악했다. 질투는 질투를 낳았다. 나는 파우와우에서 벌어지는 온갖 삼각관계에 익숙했다. 삼각관계는 가을에 순환했다. 옛 여자 친구와의 죽은 로맨스에 다시 불이 지펴지고, 새롭게 연애를 시작할 기미가 보이고, 남자들은 으스대고 사내아이들은 뽐내고 다녔다. 이가 딱딱거릴 만큼 늙은 남자들은 말싸움을 벌였다. 남자 여자 할 것 없이 모두가 머리통이 날아갈 만큼 분노가 폭발할 때까지 먼저 잽을 날릴 기회를 엿봤다. 내가 중재해야 하는 싸움들이었다.

하지만 내가 쫓아내야 하는 주정뱅이가 단 한 명도 없는 드문 경우도 있었다. 그럴 때면 춤과 웃음만 넘쳐나 나는 보호자마냥 튀긴 빵을 먹으며 구경만 하면 되었다. 별일이 없기를 바랐지만 그렇지 않을 때가 더 많았다.

스토너가 분명 루이스를 보러 올 거라 생각했다. 정말로 그랬다. 그는 파우와우 축제가 열리는 현장을 그냥 지나치지 않았다. 그는 차에서 나와 현장을 쓱 둘러보았다. 그는 새로운 불운을 껴안은 채, 스틱 경기 앞에 쭈그리고 앉아 있는 사람들을 내려다봤다. 루이스를 눈에 담기 시작한 이후로 그는 상태가 좋아 보이지 않았다. 얼굴이 초췌하고 핼쑥했다.

스토너는 이니아스 빅터에게 너무 붙어 앉았고 그 바람에 흙을 한가득 먹고 말았다. 이니아스는 흙을 파서 한 움큼 집어 던지고 흙 묻은 손가락으로 머리를 긁었으며 몸을 씻는 사람처럼 널찍한 맨배에 흙을 문질렀다. 고개를 숙인 채 코웃음을 치던 그는 다른 선수들을 조금 따라잡았다. 그는 자신보다 잘하는 상대가 자신이 들고 있는 뼈에 관심을 보이지 않도록 늘 으르렁거리며 고개를 흔들었다. 그는 스토너를 향해 으르렁거렸고 스토너는 그곳에 가만히 선 채 부드러운 가죽 주머니에 주먹을 깊이 찔러 넣고 어깨를 귀에 바짝 붙인 채 능청스레 좌중을 둘러보았다. 그는 루이스에 대해, 그녀의 갈색 피부와 향나무처럼 붉은 머리칼에 대해, 그녀의 아름다움이 어떻게 그가 있는 곳과는 다른 곳, 그는 절대로 갈 수 없을 곳에서 왔는지 궁금해하고 있었다. 그는 두려워하고 있다고, 나는 생각했다.

스토너는 음료 가판대 옆에 서서 눈을 가느스름하게 뜬 채 담배를 피우고 있었다. 그는 춤추는 사람들, 구슬과 캔디를 파는 가판대, 요리 텐트를 지나 로지 기둥의 뼈대 위에 캔버스천을 팽팽하게 당겨 만든 수십 개의 티피를 바라보았다. 열기가 빠져나가도록 뚫은 작은 개구부를 제외하고 캔버스 천이나 사슴 가죽으로 만든 문은 전부 닫혀 있었다. 문득 그의 눈에 우리가 어떻게 보일지 궁금했다. 사슴 가죽과 깃털을 걸치고 있는 이들, 스틱 경기를 하려고 줄을 서 있는 이들, 펜들턴 담요, 밝은색 스카프를 두르고 있는 늙은 여인들, 긴 머리를 한 어린 소녀들, 짧고 검은 머리에 붉은 립스틱을 바른 채 사슴처럼 초연하게 경기장에서 멀찍이 떨어져 서 있는 젊은 여자들, 치아 없는 사람들, 술 취한 사람, 미녀들, 온갖 곳에서 나는 작은 종소리를 그가 어떻게 생각할지.

나는 하비 스토너가 춤추는 사람들, 톱밥 경기장, 북소리를 가르는 높고 선명한 목소리, 북, 춤추는 이들을 위한 노래 소리를 어떻게 생각할지 궁금했다. 그가 경기장에 들어서면서 바티스트를 생각했을지 궁금했다. 그는 한동안 바티스트를 바라보며 서 있었기 때문이었다. 나 역시 바티스트가 정신이 말짱할 때, 춤을 추기 위해 옷을 차려 입을 때면 늘 그에게서 멀찍이 떨어져 섰다. 바티스트가 등장하자 어안이 벙벙해진 나는 매끈한 근육이 드러나는 옷, 목 근처에 두른 어두운 실크, 가슴뼈에 걸친 흰색 엘크 뼈, 발목에 매단 종에서 나는 귀에 거슬리는 소리, 우리의 피를 꿰는 바늘처럼 모두를 향해 위로 솟은 깃촉, 견갑골에서 반짝이는 천 개의 깨진 유리 염주를 바라보았다. 모두들 바티스트에게 거리를 둔 채 그에게 주목했다. 다른 춤꾼들이 물러나며 그의 주위에는 원이 형성되었다.

바티스트는 위대한 매처럼 춤을 추기 시작했다. 그가 팔을 들어 올리자 모두가 앞으로 몸을 숙인 채 빠르게 돌다가 갑자기 휙 수그리는 그의 몸짓을 지켜보았다. 그의 머리가 부드럽고 빠른 동작으로 바닥 아주 가까이에 내리꽂히는 바람에 그의 귀에 조용한 먼지의 속삭임이 들릴 것만 같았다. 우리는 그가 까마귀, 까치, 독수리, 매 따위의 새 같다고 수근댔다. 그는 자기만의 음악에 맞춰 자세를 바로 했고 우리는 그가 사슴, 엘크, 버팔로 등 온갖 동물로 변신하는 마법을 지켜보았다.

아이들은 이따금 울거나, 웃는 부모의 가슴에 얼굴을 파묻었다. 하지만 나는 사촌 바티스트가 몸을 돌려 나를 마주하자 척추가 찌릿했다. 뜨거운 춤사위 속에서 그는 기도하는 사람처럼 손바닥을 펴서 들어올렸다. 검게 칠한 얼굴이 보였다가 흰 눈동자가 보이더니 다시 암흑이 내려앉았다. 춤추던 다른 이들은 동작을 멈추었는데, 그들이 무슨 힘을 알아챘기 때문이라고, 나는 생각했다. 그건 주술의 힘이나 우리가 누군가를 뱀으로 공격할 때 이따금 지닌 힘이 아니었다. 춤추던 사람들이 멈춘 건 옛 방식을 존중하기로 한 바티스트를 감싸는 청명한 빛을 인정하기 위해서였다. 우리는 그날의 무대를 장악한 그를 바라보았다. 모두가 바티스트와 순식간에 사랑에 빠진 듯했다.

나는 스토너를, 그가 보았을 온갖 것들을 생각했다. 하지만 그는 그런 무용수를 본 적이 없었을 뿐더러 앞으로도 다시는 보지 못할 터였다. 그는 그것이 무엇을 의미하는지 절대로 모를 거였다. 슬프게도 나 역시 그게 무슨 뜻인지 확신할 수 없었다.

하비가 무용수들을 바라보고 있을 때 기이한 일이 벌어졌다. 바티스트가 무대로 들어서더니 아주 천천히 움직였다. 박자에 정확히 맞지는 않았지만 대충 맞춰서 들어갔던 것 같다. 바티스트는 매의 깃털을 들고 있었는데 그에게 그 깃털이 있는 건 알았지만 춤을 출 때 그걸 들고 추는지는 몰랐다. 무대 바닥 가운데로 갑자기 성난 먼지바람이 불었다. 바람기둥이 억세게 휘몰아치자 나는 총에 손을 갖다 대고 싶어졌다. 연장자들 중에는 춤을 멈춘 이들도 있었지만 바티스트는 아무 일 없는 양 춤을 추었다. 어린 아이들 몇 명도 계속해서 춤을 추었다. 아무도 얘기하지 않았지만 작은 드라마가 펼쳐지고 있었고 나는 내 머릿속 상상인지 의아해졌다. 하지만 분명 무언가 흥미로운 일이 일어나고 있는 듯했다. 그리고 그 일은 일어났다.

무대 한쪽으로 커다란 뮬사슴이 들어왔다. 신기하게도 처음에는 아무도 사슴이 들어온 걸 눈치채지 못했다. 사슴은 무턱대고 무대 중앙으로 돌진했다. 고개를 수그리며 무용수들을 발로 찼지만 그들은 웃으며 계속해서 춤을 추려고 했다. 사슴이 날뛰자 가지처럼 뻗은 뿔이 보였다. 관객들 사이에서 작은 함성과 박수 소리가 들렸다. 사슴은 혼란스러워 보였고 코에서 피를 내뿜었다. 나는 권총집에 손을 찔러 넣은 채 무대로 들어갔다. 춤추던 사람들이 무대 밖으로 나오기 시작했지만 바티스트는 계속 춤을 췄다.

나는 권총집의 상단을 끌렀다. 관객들과 춤을 멈춘 사람들의 시선이 느껴졌다. 낮은 드럼 소리와 사람들이 외우는 슬픈 기도문이 들렸다. 귀가 뜨거워진 나는 어쩌다 이런 상황에 놓이게 됐는지 답답했다. 다리에 닿는 총의 감촉이 묵직했다. 나는 이 총을 사용하고 싶지 않았다. 이곳의 위험인물은 나였다. 이곳은 내가 있을 곳이 아니었다. 나는 찌에 걸린 민물고기처럼 쓸모없는 인간이었다. 사슴은 바티스트의 주위를 빙빙 돌기 시작했고 바티스트는 머리를 숙였다. 사슴은 순식간에 무대 끝으로 껑충껑충 달려갔고 언뜻 꼬리가 기이한 은색으로 빛나는 것만 같더니 곧 사라졌다.

나는 스토너를 다시 돌아봤다. 나는 그 누구보다도 그를 의식했다. 그가 나를 보고 웃는 게 느껴졌다. 그는 씩 웃으며 소리 없는 박수를 쳤다. 사슴이 우리 원주민들이 연출한 일종의 쇼라고 생각하는 게 분명했다. 그가 제대로 보이기 시작했다. 그를 향해 고개를 살짝 기울이자 별안간 웃음이 나왔다. 그에게는 나보다 더 큰 문제가 있었다. 나는 여름 끝자락의 먼지처럼 메마른 그의 얼굴을 보았다. 스토너는 이런 삶, 루이스에게 버림받는 삶을 갈망한 게 아니었다. 하지만 남자는 욕망만으로 한참을, 늙은 남자의 일생을 살 수 있다. 그는 파우와우 현장을 떠났다. 그의 커다란 차가 도로에 난 구멍을 밟고 지나갔다. 돌아봤더라도 나의 모습, 권총집을 잡고 있는 내 손, 내 뒤로 펼쳐진 파우와우 축제 현장, 짙은 노란 불을 받아 차례로 빛나는, 그가 가까이 갈 수 없는 티피밖에 못 봤을 것이다.

그날 나는 루이스를 보지 못했다. 헤마우쿠스는 일찌감치 춤을 춘 뒤 캠핑장으로 돌아갔다. 아직 오후였지만 파우와우 축제 현장 위로 묵직한 오후가 드리워졌다. 열기 때문에 우리는 하늘에 짓눌리는 기분이었고 파우와우 축제 현장 위로 보라색 구름이 낮게 걸리기 시작했다. 북쪽으로는 저 멀리 작열하는 태양이 비를 뿌리고 있었다. 나는 바람이 캠프 텐트와 티피를 공격하기를 기다렸다. 바람에 사탕 껍질과 종이컵이 날리기를. 하지만 바람은 불지 않았다.

강물이 시계처럼 똑딱거리며 지나갔다. 익숙한 냄새가 났다. 젖은 종이 냄새나 불 냄새와 비슷한 좋지 않은 냄새였다. 떨어지는 메마른 잎이나 도로변 배수구보다 짙은 냄새도 났다. 나는 차에 앉아 호출이 오기를 기다렸다. 하지만 160킬로미터 너머로 지지직거리는 소리밖에 들리지 않았다.

루이스

/

맹점

루이스는 하비 스토너를 몰래 만나기로 했다. 그녀는 높게 자란 잡초 사이에 앉아서 그의 차 소리가 들리기를 기다렸다. 그러고 있자니 찰리를 피해 숨어 있던 때가 생각났다. 물론 지금은 그때와는 달랐다. 이제 루이스는 하비의 차에 타면 라디오 키를 손으로 탁 쳐 얼음처럼 차가운 맥주를 꺼내 마셨다.

하비 스토너는 차 문을 열고 루이스를 향해 몸을 기울이며 미소 지었다. "우리 이쁜이." 그가 말했다.

딕슨 바의 남자들은 루이스가 바라보면 시선을 거두곤 했다. 톰슨 폴스의 남자들은 잔돈을 거슬러주면서 루이스의 눈을 너무 오래 쳐다보기도 했다. 하지만 하비 스토너처럼 루이스를 바라보는 남자는 없었다. 그는 폭포를 보듯 그녀를 바라보았다. 하비는 루이스가 할머니와 동생과 월귤나무를 찾아 걸어서만 다녔던 딕슨 외곽 길로 루이스를 데리고 갔다. 차에서는 가볍고 달짝지근한 가을 냄새가 났다.

둘은 차에 앉아서 라디오를 들었다. 루이스는 순식간에 나른한 기분을 느끼려고, 좋은 시간을 온몸으로 느끼려고 빠른 속도로 맥주를 들이켰다. 그들은 차창을 내리고 하늘을 바라보았다. 하늘은 추수감사절 장막처럼 어두컴컴했지만 비는 내리지 않았다. 그들은 한동안 말없이 앉아 있었다. 루이스는 게으른 태양이 느릿느릿 맴도는 오후가 좋았고 머리 위로 지나가는 구름의 보라색 배가 좋았다. 하비 스토너는 루이스를 집에 데려다주며 다음번에는 그녀를 놀라게 해주겠다고 말했다. 다음번에는. 이번에도 그는 키스하거나 만지려 하지 않아 루이스를 놀라게 했다. 그는 루이스와 함께하는 시간을 즐기는 듯했다. 하비는 루이스의 담배에 불을 붙이고 그녀의 맥주를 따주었다. 루이스는 자신을 다시 보고 싶어 하는 그를 보며 행복했다. 자신을 집에 데려다주고 숙녀를 대하듯 할머니 집 바로 앞에 차를 대는 남자가 있어서 행복했다.

루이스는 태양이 하비 스토너의 차창으로 그렇게 갑자기 기울어질 거라고는 생각도 못 했다. 남편이 번질번질한 눈의 맹점에 숨어 있을 거라고는 상상도 못 했다. 하비가 그녀에게 문을 열어주려고 차에서 막 내린 참이었다. 루이스는 차 문을 열고 자신에게 손을 내미는 게 하비 스토너일 거라고 생각했다. 하지만 태양을 피해 얼굴을 가리며 위를 올려다보니 바티스트가 스토너의 차에서 자신을 끌어내리고 있었다. 바티스트가 팔꿈치를 너무 세게 꼬집어서 뼈가 따끔했다. 루이스는 웃음이 나올 뻔했다. 바티스트가 자신을 찾으러 와줘서 기쁘기까지 했다. 할머니의 집에 들어서자 바티스트의 그림자 때문에 눈이 부셨다.

바티스트는 부엌문을 닫고 자물쇠를 걸었다. 하비 스토너의 차가 떠나면서 낮게 우르릉거리는 소리가 들렸다. 하비 스토너조차 그녀를 구해줄 수 없었다. 루이스는 바티스트에게 아무 말도 하지 않았다. 할 말이 없었다. 바티스트의 호흡이 고르지 않았다. 루이스는 입을 다물고 있으면 바티스트가 진정하지 않을까 싶어 가만히 서 있었다. 방의 무딘 어둠, 불 때문에 칙칙해진 커피포트, 개수대의 둥그런 입술, 동생이 카탈로그 종이 인형을 오릴 때 쓰는 작고 두꺼운 가위가 느껴졌다.

바티스트는 위안 같기도 한 열기를 담아 그녀의 정수리를 손으로 내리쳤다. 루이스는 십자 모양의 잉크펜 자국과 바티스트의 갈색 손에 새겨진 자신의 이름을 보았다. 그를 세게 깨물면 그의 피에서 술맛이 날 것 같았다. 바티스트가 손목을 발로 차자 루이스는 자신이 하비 스토너가 준 맥주를 아직도 들고 있다는 걸 깨달았다. 거품과 함께 흘러나온 금빛 맥주가 바티스트 위로 원호를 그리다가 그에게 튀겼고 시큼한 빛처럼 그의 주위로, 바닥에 쏟아져 내렸다. 바티스트는 쓰러질 만큼 취해 있었고 루이스가 멀리 있는 물건인 양 안개처럼 뿌연 눈을 가늘게 뜨고 그녀를 바라봤다. 바티스트는 깨진 병의 목 부분을 잡은 채 짓궂게도 위로 들어 올렸다 앞으로 찔렀다 좌우로 흔들었다.

루이스는 끔찍한 정적을 느꼈다. 딕슨에서 딱 한 번 본 적 있는 헛간에서의 권투 경기가 떠올랐다. 헛간이 너무 어두워서 관람꾼들은 차량의 헤드라이트로 권투 선수들을 비추었는데 삭막한 헤드램프 때문에 선수들은 영화배우처럼 보였다. 선수들의 피부는 빛을 받아 새하얗게 빛났고 몸 전체에서 은은한 광채가 났다. 선수들은 사랑이라 부를 만한, 유연함이 담긴 날카로운 시선으로 서로를 바라봤고 떨어져 있을 때에도 시선을 거두지 않았다. 처음 보는 침묵이었다. 축축한 침묵은 너무 무거웠고 선수들이 그곳에 서 있던 모두를 향해 묵직한 주먹을 쉭쉭 휘두르는 소리만 들렸다. 선수 한 명이 바닥에 쓰러질 때 그의 머리 위에 땀방울이 고통스럽게 어른거렸다.

루이스는 개수대를 향해 몸을 일으켰다. 방 밖으로 나가려고 몸을 세우며 바티스트를 향해 돌아서는 순간 그가 달려들었다. 가슴이 둔탁하게 아팠다. 맥주가 튄 바닥은 만 마리 뱀의 눈처럼 번뜩였다. 붉은 잠이 그녀에게, 반질반질한 바닥에 놓인 딱딱한 신발의 밑창에게, 향나무 옆에 묻은 병에 든 죽은 엄마의 머리카락에게, 빨랫줄에 매달린 채 바람에 흔들리는 앨리스의 흰색 양말에게 속삭였다.

얼마나 오래 바닥에 누운 채 바티스트가 꺽꺽거리며 흐느껴 우는 소리를 들었는지 알 수 없었다. 루이스는 할머니에게 바티스트의 입을 좀 다물게 해달라고 말했다. "그만 해, 바티스트." 그녀가 말했다. 플로렌스는 언니의 손을 잡으며 바티스트는 갔다고, 벌써 몇 시간이 지났다고 말했다. 바티스트는 겁쟁이처럼 달아났다고 했다.

"이제 그만 울어도 돼." 플로렌스가 말했다. "바티스트는 언니를 해칠 수 없어."

뺨에 들러붙은 모래, 머리에 생긴 새로운 틈이 기억났다. 그 틈으로 이제 바람이 울부짖었다. 말랑말랑한 머리에 붙은 살이 흐물흐물하게 느껴졌다. 그 부위가 화끈거리고 축축했다. 머리가 찢긴 것 같았다. 자리에서 일어나려고 했지만 왼쪽 다리가 말을 듣지 않았다. 다리에 부츠 자국이 나 있었고 정강이에는 파란 혈전이 고여 있었다. 몸의 왼편이 묵직하고 힘이 하나도 없었다. 가슴을 세게 꼬집힌 기분이었다.

아래를 내려다보니 축축한 피가 가슴을 조여 오고 있었다. 그녀는 피가 피부에 말라붙지 못하도록 피로 끈적해진 블라우스를 들어올렸다. 그곳에는 한쪽 젖꼭지 주위를 감싸며 머리 옆쪽을 향해 비스듬히 난 초승달 모양의 상처가, 바티스트의 손이, 그녀를 때리는 바티스트의 손이, 그녀의 머리칼을 잡아채는 바티스트의 손이, 그녀의 얼굴을 때리는 바티스트의 얼굴이 있었다. 그는 루이스를 깨우고 다시 잠들게 할 만큼 세게 때렸다. 바티스트가 창문에 있는 것만 같아 루이스는 이를 덜덜 떨었다.

플로렌스가 루이스의 어깨에 작은 분홍색 스웨터를 둘러주었고 루이스는 동생이 기도하고 있다고, 도와달라고 속삭이고 있다고 생각했다. 플로렌스가 차가운 수건을 목덜미에 올려놓자 루이스는 어지러웠다.

방의 조명은 노랬고 너무 밝아서 눈을 오래 뜨고 있을 수 없었다. 여름날이 거의 다 가고 있었다. 보라색 하늘에는 비 냄새만 실려 왔다. 세찬 바람이 미루나무를 그슬리듯 쓸었다. 바람이 너무 건조해 먼지와 집의 판자에서 늙은 여인의 목소리처럼 속삭이는 소리가 났다. 루이스는 지금이 겨울인 것만 같았다. 눈을 감자 눈 내리는 모습이 그려졌다. 난간에 눈이 쌓이고 소의 두꺼운 혀 위에 눈이 내려앉고 창문에 더디게 얼음이 어는 모습이.

루이스가 바티스트 옐로 나이프와 결혼하기 전 겨울, 할머니는 루이스에게 첫 번째 결혼 얘기를 해주었다. 할머니는 열세 살에 족장의 아들과 결혼했는데 그는 장자가 아니었다. 할머니가 결혼한 남자는 족장이 될 운명이 아니었다. 할머니가 결혼한 남자는 늙은이였다. 그는 입에서 담배 냄새와 찌든 옥수수 냄새가 났으며 그의 퀴퀴한 방귀 냄새 때문에 그들이 살던 티피에서는 악취가 났다. 그래도 그는 오랜 유산을 남기고 싶어 했다고, 할머니는 말했다.

할아버지는 다른 원주민 여자와 자려고 그 여자의 티피를 찾아갔고 할머니는 남편이 버팔로처럼 다른 여자에게 발정이 났다고 생각해 그를 쫓아갔다. 할머니는 남편이 그 여자와 함께 있는 소리를 들었다. 남편의 목소리를 알아챈 건 치아가 거의 깨져나간 탓에 그가 말할 때면 휘파람 소리가 났기 때문이었다. 할머니는 남편이 다른 여자가 함께 있던 티피의 입구를 들어 올려 그들의 냄새를 맡았다. 다른 여자의 매끄럽고 평편한 엉덩이에 올라타려는 남편의 축 늘어진 고환을 보자 티피를 열어둔 채 뒤로 물러나 기다렸다. 남편을 죽일 생각으로 드레싱 칼을 갖고 갔던 할머니는 루이스에게 다시 자유로워지는 꿈을 꿨다고, 이 늙은 남자와 그의 옛 삶의 방식에서 벗어나는 꿈을 꿨다고 말했다. 하지만 할머니는 이 이야기를 하는 동안 루이스를 지그시 바라보며 말했다.

"우리가 그들을 사랑하지 않을지라도 상대는 우리를 소유하지. 그건 그들이 우리를 사랑해야 한다고, 우리가 생각하기 때문이야. 바로 그렇게 그들은 우리를 가진단다."

다른 여자의 티피 옆에 서 있던 할머니는 가슴이 확 붉어지는 걸 느꼈다. 남편이 그 여자 안에 있는 소리가 들렸는데 그는 제대로 하지 못하고 있었다. 그 여자는 남편을 비웃으며 그의 물건은 죽었으며 도마뱀처럼 못생겼다고 말했다. 저녁이 오면서 나무가 식어갔고 입자가 고운 흙먼지 속에 서 있던 할머니는 남편과 자신이 부끄러워졌다. 할머니는 부끄러운 남편 생각에 너무 골몰했던 나머지 그가 티피에서 몰래 빠져나오는 소리를 듣지 못했다. 그는 만면에 미소를 띤 채 아내의 손에서 날카로운 칼을 빼앗으려고 버둥댔다. 할머니와 할아버지는 한동안 모래 속에서 발차기를 했고 결국 할아버지가 할머니를 올려다보며 말했다. "너무 질투가 나서 나를 죽이고 싶은 거면, 자, 어서 해."

할머니는 한참 동안 남편을 바라보았다. 무릎에 자리한 검버섯, 구멍 뚫린 귓불, 60년 동안 버팔로 고기를 먹어서 부은 얼굴을. 자신이 그를 비웃을 수도 있었다는 걸 그가 절대로 모르게 할 터였다. 나는 그를 미워했지, 할머니는 루이스에게 말했다. 루이스는 그 이야기를 가슴속에 담았다. 그 이야기를 이해했다고 생각한 다음 눈을 감았다. 할머니와 찰리 킥킹 우먼의 말소리를 들은 루이스는 찰리의 부츠에서 나던 빳빳한 밑창 소리가 들리는 것만 같아 동생의 스웨터를 얼굴 위로 끌어당겼다.

갑자기 빛이 들어오자 루이스는 손을 동그랗게 말아 쥐어 얼굴을 가렸다. 팔에 난 멍을 보고 싶지 않았고 파란 눈의 백인과 빛이 잘 드는 방 안에 함께 있는 자신의 피부가 얼마나 어두운지 보고 싶지 않았다. 남자는 손톱에서 빛이 났고 깨끗한 알코올 냄새가 났다. 숨 가쁜 목소리에 묻어나는 그런 알코올이 아니라, 허파에서 가르랑대는 그런 알코올이 아니라, 루이스의 팔 뒤에 난 상처를 꿰맬 때 손에서 반짝이는 알코올이었다. 잘 다린 바지를 입고 선 그는 자신 앞에 그녀를 앉혔다. 그와의 거리가 너무 가까워 그의 바지 지퍼 맨 위 세 칸이 보일 정도였다. 루이스는 손바닥의 축축하고 불룩한 부위에 체중을 실어 뒤로 기댄 다음 바닥을 내려다보았다.

간호사가 알코올과 거즈가 담긴 커다란 흰색 자기 통을 들고 들어왔다. 루이스는 의사를 올려다보았지만 그는 루이스를 보고 미소 지을 뿐이었다. 간호사가 루이스의 무릎 근처에 놓인 작은 탁자 위에 통을 내려놓았다. 의사가 루이스에게 가까이 다가왔다. 그가 허리 쪽으로 그녀의 머리를 끌어당기자 그에게서 말린 감초 뿌리 같은 냄새가 났다. 루이스는 뒤로 몸을 홱 뺐다.

"괜찮아요." 그가 말했다.

의사가 촉촉한 손으로 루이스 머리를 부드럽게 잡으며 앞으로 당기자 그의 사타구니에 루이스의 코가 닿았다. 루이스는 눈을 감았다. 숨결 때문에 코가 답답했다. 클로브 냄새, 목 안 뒤쪽에서 맛볼 수 있는 달콤하고 씁쓸한 냄새가 났다. 루이스는 자신도 모르게 펄쩍 뛰었다. 정수리를 살짝 쥐어짜는 느낌이 들더니 날카로운 냉기가 느껴졌다. 작은 불씨가 열기처럼 그녀의 사지를 헐겁게 만들었다. 피부가 부어올라 정수리가 두꺼워진 기분이었다. 혀가 헐렁하고 묵직했다. 황소의 혀처럼, 망치에서 미끄러지는 매끄러운 혀처럼.

루이스는 의사의 단단한 손아귀에서 벗어나려고 했지만 그는 그녀를 꼭 붙들었다. 싹둑 하고 잘리는 소리가 작게 들렸다. 긴 머리카락이 바닥에 떨어지고 있었다. 의사의 손에 피가 묻어 있었고 그가 개수대에 내려놓은 가위에도 마찬가지였다. 간호사의 뒤에서 누군가 신음을 냈다.

"루이스." 의사가 말했다. "이제 괜찮아요."

루이스는 가까이 다가오는 자신의 목소리를 듣다가 제 입에서 멈출 수 없는 격렬한 신음이 나오고 있음을 깨달았다.

의사는 차가운 손으로 루이스의 얼굴을 꼭 잡으며 옷을 벗으라고 말했다. 루이스는 팔로 가슴을 가리며 이를 악물었다. 헤집어진 상처가 보였다. 의사가 왼쪽 가슴에 난 깊은 상처를 보지 않기를 바랐다. 의사는 잠시 루이스를 바라보며 서 있었다. 깨끗하게 면도한 그의 얼굴은 처져 보였고 오른쪽 눈 아래가 살짝 떨렸다.

"이걸 받아요." 그가 말하며 루이스에게 흰색 거즈와 작은 갈색 병을 건넸다. "거기는 직접 하는 게 낫겠네요." 그는 루이스의 가슴을 가리켰다. "제가 직접 하기는 좀 그래서요."

의사는 달콤한 냄새가 나는 연고를 병에서 덜어 그녀의 다리에 난 상처에 문질렀다. 그는 루이스의 종아리를 들어 올린 뒤 양 엄지손가락으로 세게 눌렀다.

"이건 치료해볼게요." 그가 말했다. "아무래도 앞이마 쪽 머리가 골절된 것 같아요." 그의 성긴 머리칼 사이로 두피가 붉어지고 있었다. "그래서는 안 되는데 해볼게요." 그가 말했다. "무슨 말인지 이해해요?"

루이스는 그에게서 시선을 거뒀다.

"치료해줄게요. 여기에 흰색 깁스를 댈 거예요." 그가 말하면서 숨을 쉬었다. "괜찮을 거예요. 일주일 뒤에 오면 빼줄게요. 이렇게 심하게 다칠 경우 우리는 할 수 있는 게 많지 않아요. 보험 때문에." 그가 말했다.

간호사가 얼음주머니를 가져와서 루이스의 다리에 올려주었다. 의사는 방을 나갔다. 목덜미에 한기가 느껴졌다. 루이스는 다리가 얼음덩어리처럼 차가워질 때까지 한동안 가만히 누워 있었다. 어느새 잠이 들었고 잠에서 깨니 늦은 오후였다. 의사가 들어오는 소리가 들렸다. 뒤따라 들어온 간호사는 은색 쟁반에 가루가 묻은 가느다란 흰색 거즈 조각을 담아왔다.

눈을 감자 다리에서 묵직한 깁스가 느껴졌다. "누가 물으면" 의사가 말했다. "나한테 말하라고 해요." 그의 목소리에서 삐하는 소리가 들렸다. 바티스트와 의사가 권투 링 안으로 들어가는 모습이 그려졌다.

루이스는 창문 밖으로 세인트 이그나티우스 너머의 흰색 잔디 언덕과 고속도로로 이어지는 작은 길을 내다봤다. 잡초투성이 주차장에 서 있는 찰리의 순찰차가 보였다. 루이스는 다리의 깁스를 내려다본 뒤 탁자에 도로 누웠다. 찰리를 따돌릴 방법을 찾을 거였다. 만신창이에 어지러운 상태였지만 찰리 정도는 이길 수 있었다. 며칠만이라도 플랫헤드를 떠나야 했다. 루이스는 얼음주머니를 밀어낸 뒤 자리에서 일어나 손을 씻고 차가운 물로 입술을 적셨다. 잠시 기절할 것 같은 기분이 들었다. 7월 말에 대한 그녀의 기억보다도 뜨거운 손이 루이스의 뒤통수를 동그랗게 감싸 쥐었다. 루이스는 배에서 은은한 피를 느꼈고 더티 스왈로의 깨끗하고 차가운 독약을 느꼈다. 바티스트가 그녀 안에 있었다.

찰리 킥킹 우먼

*

꿈을 쫓다

루이스가 달아나 나는 그녀를 찾아야 한다는 생각으로 애가 탔다. 파견팀에 무전을 쳐 새빨간 거짓말을 했다. 바티스트엘로 나이프를 집요하게 추적 중이라고 말한 뒤 원주민 자치지구 경계선을 건너 미줄라로 향했다. 나는 루이스라는 꿈을 쫓고 있었다. 그녀는 분명 마을로 향했을 거였다. 그건 나의 일자리와 결혼 생활을 둘 다 위태롭게 만들 어리석은 도박이었지만 관자놀이가 열기로 지끈거리는 가운데 나는 마음을 먹었다. 나는 루이스를 찾기로 했다. 그녀를 구하기로 했다.

작은 가게를 배회하는 사람들이 보였다. 그들은 가게 앞에 딸린 공간에 기댄 채 떨어진 동전이 없나 찾고 있었다. 가을이 내려앉은 잔잔한 블랙푸트강의 반짝이는 등이 보였다. '마을로 향하는' 원피스 차림에 장갑을 끼고 립스틱을 칠한 채 아이스크림을 먹고 있는 여자들, 깨끗한 차를 모는 남자들, 철물점을 찾는 남자들이 보였다. 그들은 고개를 돌려 원주민 자치 지구 경찰복을 입고 있는 나를 흘낏 보았다. 나에게 어떠한 권한이 있는지 모르겠다는 표정으로. 나는 가게 앞 창문에 비친 내 모습을 보고는 돌아섰다. 지나치는 창문마다 씰룩거리는 어깨가 비쳐 보였다.

캐틀맨스로 들어가 긴 카운터의 한쪽 끝에 앉자 놀랍게도 바텐더가 나에게 음료를 내주었다. 긴 가을이 이제 막 시작되려 하고 있었다. 여름의 달그락거리는 꼬리라고, 가장 더운 날이라고, 술꾼들은 말했다. 인디언 서머라고, 그들은 맥주에 대고 나른하게 말했다. 느릿느릿 퍼지는 희뿌연 연기 속에서, 흔적을 남기기 위해 카운터에 동전을 긁어대는 술 취한 남자들의 시선을 받으며 나는 두 번째 잔을 털어 넣었다. 지금쯤 루이스가 바티스트만큼이나 성질이 나쁘거나 그보다 더 비열한 남자들이 득실대는 술집에 있지는 않을까 생각했다. 그렇게 생각하니 불안했다.

나는 옐로 나이프를 찾으며 골목을 돌아다녔지만 사실은 루이스를 찾고 있었다. 그곳에 사는 원주민들이 루이스를 보지 않았을까 싶어 히긴스 다리 아래도 찾아갔다. 아무도 그녀를 못 봤다고 했다. 나는 그들에게 싸구려 라이터를 몇 개 건네고 돌아섰다. 맥줏집을 지나갈 때마다 귀를 기울였다. 분명 그녀를 찾을 수 있을 거였다. 그럴 거라는 느낌이 들었다. 날은 오후로 넘어가고 있었고 나는 긴 도로를 걷고 있었다. 이제 나는 배회하는 사람, 결심한 남자였다. 드디어 루이스를 본 순간 심장이 덜컥 내려앉았다. 다리에 댄 깁스가 아니었더라면 분명 그녀는 나에게서 달아났을 거였다. 루이스는 소매로 턱을 닦았지만 미소를 감추려 할 뿐이었다. 그녀에게는 내 꼴이 영락없이 우스워 보였으리라. 이곳은 내가 있을 곳이 아니었고 루이스도 그걸 알았다. 루이스는 살짝 재미있어 하기까지 했다. 목발이 그녀의 키에 비해 너무 높았다.

"나를 찾고 있군요, 찰리?" 루이스가 허를 찌르듯 말했다.

"너를 찾고 있었어." 나는 그 말밖에 할 수 없었다.

그러고 나서 루이스는 나에게 한마디도 하지 않았다. 나는 그녀의 선명하고 슬픈 눈을 바라보았고 갑자기 그녀를 쫓는 것이 부끄러워졌다. 나의 욕망은 아침에 떠오르는 태양만큼이나 또렷했다. 나 역시 스토너나 옐로 나이프와 다를 바 없었다. 루이스도 그걸 알아차렸을 테지만 티 내지는 않았다. 그녀는 도로를 건너다봤다. 나는 실수를 깨달았지만 뒤로 물러나고 싶지 않았다.

"배고파?" 내가 말했다.

루이스는 햄과 달걀을 주문했다. 종업원은 우리에게 김이 모락모락 나는 해시 브라운과 버터 바른 흰색 토스트가 담긴 접시를 두 개 가져다주었다. 루이스는 그것들을 먹었다. 엄청 뜨거운 커피를 움찔하지도 않고 벌컥벌컥 마셨고 담배를 피우면서도 먹는 걸 멈추지 않았다. 나는 루이스를 지켜보다가 내 토스트를 먹으며 창문을 내다봤다. 내가 종업원과 얘기하는 동안 루이스는 설탕 통을 집어 들어 커피에 탔다. 루이스는 고개를 들더니 웃었고, 나는 이제 어떻게 되는 건지 궁금했다. 루이스의 가느다란 손가락에 칠해진 붉은 매니큐어는 벗겨져 있었다. 결혼반지는 보이지 않았다.

"그거 안 먹을 거예요?" 루이스가 묻자 나는 내 접시를 그녀 쪽으로 밀었다.

루이스는 식사를 마친 뒤 담배에 또 불을 붙였고 내 쪽을 피해 작은 연기를 내뿜었다. 원주민 자치 지구에서 벗어나 루이스와 함께하고 싶은 나의 욕망은 꽤 오래되었기에 그런 순간이 오자 나는 기꺼이 받아들이기로 했다. 겨드랑이에서 땀이 천천히 흘러내렸다. 늦가을이었지만 날은 뜨거웠다. 나는 그녀와 함께할 기회를 놓치지 않고 나의 욕망을 완전히 잠재우기로 했다. 바티스트가 루이스를 때린 사건이 나를 행동에 나서게 했을지도 몰랐다. 두 번 다시 그런 기회는 없을 거라는 두려움이 앞섰다.

나는 그녀를 호텔 방으로 데려갔다. 무더운 날이었지만 스팀파이프가 지글지글 끓고 있었다. 방은 축축했다. 나는 침대에 걸터앉아 이마의 땀을 닦았다. 루이스가 절뚝거리며 내 뒤로 다가왔다. 나는 천천히 재킷을 벗으며 그녀의 얼굴을 보았다. 루이스는 나에게서 시선을 거두지 않았다. 나를 두려워하지 않는 듯했다. 창문의 커튼이 늦은 10월의 태양을 막아주었다. 나는 숨죽였다. 그녀에게 요구하는 내 목소리가 마음에 들지 않았다. 나는 법을 시행하는 경찰로서 루이스에게 온갖 것을 명령했지만 지금은 남자로서 그녀에게 커튼 앞에 서서 나를 위해 천천히 옷을 벗으라고 말하고 있었다. 한 번에 하나씩, 여름 햇살에 바랜 원피스를, 한 짝밖에 없는 신발을.

"스타킹은 벗지 마." 너무 낮은 목소리로 말해서 루이스가 내 말을 못 들었을 거라 생각했지만 아니었다. 루이스는 머리 위로 원피스를 벗었다. 어색함. 침침한 방은 미역취처럼 빛났다. 루이스는 구멍이 너덜너덜 난 회색 면 속바지를 입고 있었다. 나는 그 구멍들을, 수백 개의 작은 체취를, 수백 개의 개구부를 좋아하기로 마음먹었다. 목발 한 짝이 바닥에 쓰러졌고 루이스는 한 발로 깡충깡충 뛰어 그걸 집었다. 루이스는 한 손을 펴서 가슴을 가리려 했다. 의사가 그녀의 왼쪽 가슴에 붕대를 감고 테이프를 둘러놓았다. 바티스트를 향한 묵은 분노가 가슴을 후벼 팠다. "그 자식이 너한테 무슨 짓을 저지른 거야?" 나는 그런 말을 내뱉은 걸 곧바로 후회했다. 루이스는 나에게서 등을 돌렸다.

"집에 브래지어를 두고 왔어요." 그녀가 말했다.

루이스는 얼굴을 가렸다. 어깨가 앞으로 굽어 있었다. 등은 쏙 들어가 있었고 척추 아래가 살짝 어두웠다. 커튼의 좁은 틈을 따라 빛이 들어와 그녀의 피부와 갈비뼈를 어루만졌다. 나는 낯선 나를 의식하며 그녀를 지켜봤다.

나는 바지를 벗고 재빨리 셔츠 버튼을 끌렀다. 덥수룩한 머리카락 위로 내의를 당겨 벗으며 전날 경찰복을 다려준 아내를 생각하자 갑자기 마음이 약해졌다. 나는 루이스 앞에 벌거벗은 채로 서 있었다. 욕망이 배를 뜨겁게 달궜다. 욕망이 너무 강한 나머지 나는 내가 하려는 짓을 용서할 수 있었다. 놀랍게도 루이스가 내 쪽으로 다가왔다. 나는 이를 딱딱 맞부딪히지 않으려고 턱을 떨고 있었는데 루이스가 그걸 알아채지 못하길 바랐다. 루이스에게 가까이 다가가 그녀를 내 쪽으로 끌어당겼다. 내 다리에 닿은 깁스는 차갑고 딱딱했으며 무거웠다. 나는 깁스 안에 있는 그녀의 가느다란 다리, 노란 멍 아래 있을 부러진 뼈를 생각하며 루이스가 그걸 침대에 들어 올리는 걸 도와주었다. 루이스는 가슴 위로 팔짱을 꼈다. 베개에 놓인 그녀의 머리는 묵직했다. 목덜미 근처의 머리칼은 축축했고 목에 바짝 말려 올라가 있었다. 나는 그걸 빗어 내리려 했지만 손가락이 더위 때문에 부어 있어 의도치 않게 그녀의 목을 찌르고 말았다. 루이스는 콜록거렸고 나는 서투른 손을 보고 웃으며 자세를 바로 하고 앉았다. 루이스는 웃지 않았고 나에게서 고개를 돌려 침대 옆 탁자에 꽂힌 해골 같은 갈색 물 얼룩을 바라보았다. 나는 그녀 옆에 누웠다.

높은 천장을 올려다보니 기다란 먼지가 우리의 숨결을 따라 흐르고 있었다. 햇빛이 차양의 가장자리에 후광을 비췄고 루이스가 의자에 벗어둔 원피스를 밝게 비췄다. 문틈과 수은 미닫이창으로 들어오는 산들바람에 얇은 천이 살짝 파닥였다. 어떤 까닭인지 할머니가 돌아가시던 날이 생각났다. 할머니는 평생 머리를 단단하게 땋으셨다. 하지만 할머니가 숨을 거두자 할아버지는 할머니의 긴 머리를 푼 뒤 집 안의 문과 창문을 모조리 열었다. 4월이었다. 바람은 서늘했고 라일락과 물 냄새가 났다. 밤새도록 할머니의 머리카락으로 바람이 불었고 머리카락은 창백한 회색 할머니 귀신처럼 침대 기둥 위를 떠다녔다. 할아버지는 아내의 시신 옆에 이틀 동안 앉아 있었다. 할머니 옆을 떠나지도 않고 먹지도 않은 채 아내가 정말 숨을 거뒀는지 확인하려고 그녀의 고요한 가슴을 지켜보았다.

나는 잠든 루이스의 깊은 숨소리를 들으며 그녀의 목 근처 맥박이 느려지는 걸 바라보았다. 그녀의 손은 왼쪽 가슴에 댄 거즈를 반쯤 끌어당긴 채 침대 위에 털썩 놓여 있었다. 나는 가까이 다가가 루이스가 가린 부위에 키스를 하다가 달짝지근한 썩은 냄새에 뒤로 물러섰다. 열린 가슴에서 노란 고름이 새어나오고 있었다. 루이스가 자해를 했다고 생각했다. 나는 테이프를 도로 덮고 그녀의 팔을 머리 위로 들어올렸다. 루이스가 계속 자고 있던 터라 자세히 들여다봤다. 비로소 어찌된 건지 알게 된 나는 가슴이 철렁했다. 옐로 나이프가 그녀를 벤 거였다. 그건 병에 베인 상처였다. 술집 싸움에서 그 상처를 본 적이 있었다. 틀림없었다. 들쑥날쑥한 살점, 군데군데 너무 깊이 파인 구멍. 피부가 물에 너무 오래 잠길 때 생기는 부은 흰색 가장자리. 감염의 흔적.

확실한 직감으로 나는 침대에서 일어나 몸을 살짝 뒤로 젖혔다. 재킷 안에는 노변 사고를 위해 보관해둔 위스키가 있었다. 나는 주머니에서 평편한 병을 꺼내 냄새를 한 번 맡고는 수건을 수돗물에 적셨다. 루이스가 깨지 않기를 바랐다. 입으로 숨을 쉬며 테이프를 천천히 벗긴 뒤 누더기가 된 그녀의 가슴에 뜨거운 수건을 갖다 댔다. 눈은 감고 있었지만 루이스는 긴장한 상태였다. 나는 상처를 살짝 누른 뒤 그 위에 수건을 대고 핏물을 빨아들였다. 다치기 쉬운 장미에 닿는 벌새의 혀처럼 살짝 누르고 또 눌렀다. 피를 다 닦아낸 뒤 천으로 그녀의 가슴을 덮은 다음 화장실로 가서 손을 씻었다. 차가운 자기 세면대에 손목을 대고 눌렀다. 손톱 아래에 그녀의 피 냄새가 났다. 나는 손가락을 비누에 쿡 찔러 넣은 다음 비누를 씻어냈다.

루이스는 눈을 반쯤 감은 상태로 침대에 가만히 누워 있었다. 나는 위스키 병을 열었다. 루이스가 눈을 떴을 때 그걸 어떻게 사용할 건지 말하지 않기로 했다. 손가락 끝이 따끔했다. 루이스의 눈물은 물보다도 깨끗했다. 부드럽고 한결같고 조용하고 깨끗했다. 나는 말하고 싶었다, 빌어먹을, 제기랄, 젠장이라고.

"찰리, 당신이 바티스트를 만나봐야 해요." 루이스가 말했다. 처음에는 무슨 말인지 알 수 없었다. 그 말은 농담처럼 들리지 않았다. 나는 아무 말도 하지 않았다. 불빛이 노란색에서 파란색으로 바뀌었다. 나는 내가 이곳에 온 이유를 잊은 채 루이스 옆에 누웠다. 잠자는 그녀의 숨소리 말고는 아무것도 생각나지 않았다.

흰색 달이 커튼 너머로 몸을 부풀리고 있었다. 블랙푸트가 블랙실버로 바뀌고 있었다. 루이스가 내 옆에서 자고 있었다. 나는 미줄라의 노던 퍼시픽 호텔에 있었다. 내 이름은 찰리라고, 찰리 킥킹 우먼이라고, 혼잣말을 했다. 방 안의 열기가 느껴졌다. 여럿이서 잔인한 태양 아래 가까이 붙어 서 있는 것처럼 기이하게 달콤한 열기였다. 기다림. 방 안에는 우리 말고도 다른 누가 있었다. 도대체 누구야? 두려워진 나는 속삭였다.

서늘한 산들바람에 커튼이 들렸다. 달빛이 물처럼 리놀륨 바닥을 따라 흘렀다. 소가 풀을 뜯는 곳의 개울 색깔 같았다. 데드 호수, 크레이지 우먼, 맥파이, 라이트닝, 레바이스, 나는 이름들을 중얼거렸다. 무슨 일이 일어날 것만 같았다. 넓은 강에 발을 담근 채 서 있는 기분이었다. 뭔가 끌어당기는 느낌밖에 들지 않았다. 끌어내리는 느낌밖에. 레일러가 나이라다 근처에서 불만 접수 사고를 조사하다가 클리어만에서 죽은 남자를 발견했을 때 했던 말이 떠올랐다. 그의 말이 침이 가득 고인 내 혀에서 지글거렸다. 우리는 다들 나타나기를 기다리고 있는 유령일 뿐이다. 나는 기다렸다. 손을 뻗어 루이스의 허벅지에 올려놓았다. 루이스는 더위 때문에 축축했고 쪼개진 감자 속 같은 냄새를 풍겼다. 머리 뒤로 태양이 붉었고 뜨거운 바람 때문에 두피가 건조해졌다. 나는 꿈꾸는 게 아니었다.

루이스를 찾으려고 자세를 바로 하고 앉았더니 작은 빛이 내 시야를 맴돌았다. 빛이 너무 밝아 눈을 뜰 수 없었다. 버둥거리며 잠에서 깨보니 루이스가 침대 발치에서 목발을 짚고 서 있었다.

"꿈꾸고 있던데요." 그녀가 말했다.

루이스는 머리를 빗은 상태였다. 머리칼이 어깨 위로 매끄럽게 쭉 뻗어 있었다. 그녀는 떠날 준비가 되어 있었다.

"누워." 내가 말했다. 이른 아침이라 나른했고 내가 뭘 보고 있는지 확신할 수 없었다. 나는 몸을 일으켜 세웠다.

루이스는 문가로 가서 재빨리 문을 열었다. 나는 자리에서 벌떡 일어나 그녀를 멈춰 세운 뒤 주먹으로 문을 쾅 닫았다. 루이스는 뒤로 물러났다.

"당신도 다른 남자들이랑 똑같다니 안타깝네요."

"아니야, 루이스, 제발 앉아." 루이스는 나를 바라보며 잠시 망설이더니 깁스한 다리를 반듯이 놓은 채 침대에 조심스럽게 걸터앉았다. 나는 내 쪽의 베개보를 당겨 찢기 시작했다.

"이제 원피스 벗어봐."

나는 화장실로 가서 깨끗한 수건을 집어 든 뒤 접어서 시트 조각에 감쌌다. 루이스는 어깨 위로 원피스를 벗었다. 10월의 구릿빛이 그녀의 피부에 고여 있었다. 가녀린 갈비뼈 선과 척추뼈가 보였다. 루이스는 손을 무릎 위에 가만히 놓은 채 똑바로 앉았다. 내가 자신을 그리기라도 할 것처럼 거의 알몸인 상태로 자세를 취했다. 루이스는 나를 믿었고 나는 그게 고마웠다. 루이스는 낡은 붕대를 뒤집어 다시 둘러놓았다. 붕대는 살짝 말라 있었지만 냄새만은 여전히 지독했다. 나는 테이프를 뗀 뒤 거미줄이 쳐진 천장을 향해 던졌다. 루이스는 내 시선을 피해 웃었다.

나쁜 놈이 된 기분이었다. 나는 그녀를 때린 남편보다도 더 나쁜 놈이 되었다. 나는 옐로 나이프보다도 루이스에게 많은 것을 바랐다. 나는 그녀의 고통을 기회 삼아 곁에 있으려 했다. 지독한 바보였다.

나는 루이스의 헤집어진 가슴, 가여운 가슴을 움켜쥐었다. 가슴은 멍으로 단단해져 있었고 구멍이 뚫려 있었다. 루이스는 이를 앙다물고 숨을 들이쉬었지만 울지는 않았다. 그렇게 아름다운 여자는 본 적이 없었다. 황토색 머리칼이 빛처럼 어깨에 닿았다. 나는 상처 부위에 수건을 댄 뒤 그녀더러 잡고 있게 한 다음 맨 위에 깔린 시트를 길게 쭉 찢었다.

"팔을 들어봐." 나는 루이스의 가슴을 시트로 단단하고 말끔하게 감싼 뒤 뒤로 물러나 그녀가 옷을 입는 걸 도와줬다.

"이제 가." 나는 말했다. 루이스는 목발로 밀어서 문을 열었고 작별인사도 없이 가버렸다.

이번에는 루이스를 쫓아갈 수 없었다. 무언가를 알아낼 때까지 호텔 방에 있기로 했다. 화장실에 경찰복을 건 뒤 뜨거운 물에 오래도록 샤워를 했다. 다시 옷을 입었을 때 당황스럽게도 후회가 치밀었다. 나를 벌한 긴 밤에 대한 대가를 치를 터였다. 슬픈 노란색 방을 둘러보자 내가 한 행동이 어리석게 느껴졌다. 가슴이 묵직했고 구역질이 났다. 간밤이 나쁜 꿈처럼 나를 찾아왔다. 수치. 되돌아가 내가 한 행동을 바꾸고 싶었다. 눈을 감고 수녀가 가르쳐준 대로 기도를 했다. 참회의 기도였다. 불현듯 새로운 기회를 깨달은 나는 시간을 확인했다.

이른 시간이었다. 집에 돌아가 아이다의 얼굴을 본 뒤 아침 근무를 시작할 수 있었다. 축복. 맹목적인 어리석음에 전율이 일었다. 바라는 건 이미 전부 내 손에 있었다. 그건 너무 단순한 답이었다. 호텔을 나서며 뛰기 시작했다. 가슴이 희망으로 쩽그랑거렸다. 길가에서 루이스를 볼 수 없기를 기도했다. 그녀가 보이면 차에 태워야 할 터였다. 스스로를 비난하는 마음 없이 집으로 향하고 싶었다. 나의 부정행위를 비밀로 하고 싶었고 나 자신에게 기회를 주고 싶었다. 차창을 내렸더니 가을이 성큼 다가온 듯했다. 서늘한 바람이 기분 좋게 불었다. 밝은 오렌지색으로 시든 잎을 보자 아찔해졌다. 계절의 변화는 하룻밤 사이에 일어났다.

루이스

/

집으로 향하다

루이스는 파라다이스 출신의 통통한 백인 여자와 여섯 명의 아이들이 타고 있던 칙칙한 파란색 뷰익을 얻어 탔다. 여자의 이름은 머나 마이클스였는데 그녀는 마치 점호를 부르듯 아이들의 이름을 하나씩 말해주었다. 버질, 번, 벨마, 베니스, 비다, 바이올렛. 마이클스라는 이름은 아는 사람 이름 같았지만 루이스는 너무 피곤해서 그게 누구였던지 생각하고 싶지 않았다. 차가운 맥주를 마시고 싶었다. 딕슨 바에서 즐겨 앉았던 높은 의자, 맥주병의 갈색 입구, 쉬익 소리를 내던 병뚜껑이 생각났다. 날은 더웠다. 너무 더워서 땀방울이 흉곽을 따라 흘러내리고 임시로 만든 붕대에서 열기가 솟아오르는 게 느껴졌다. 갈비뼈에 대놓은 축축하고 차가운 천 조각이 헐거워지고 있었다. 더위 때문에 다리가 붓자 루이스는 깁스의 열린 부위에 작은 손가락 끝을 간신히 밀어 넣어 보았다.

"불편해요?" 머나가 물었다.

루이스는 고개를 끄덕이고는 침을 삼켰다.

"있잖아요." 머나가 말했다. "예전에 한번 직접 깁스를 만든 적이 있어요. 팔이긴 했지만. 덕분에 돈은 굳었죠. 다용도 칼을 썼어요."

루이스는 머나를 바라보았다. 그녀는 웃고 있었다. 겨우 손바닥만 한 갓길이었지만 그녀는 도로에 차를 세웠다.

"에드가 트렁크에 전지가위를 뒀을 거예요." 머나가 차 밖으로 나가며 말했다.

"뼈를 자를 수 있는 그런 가위예요." 그녀는 매부리코 모양의 날이 달린 큼지막한 가위를 가져왔다. "금방 될 거예요."

루이스는 어찌 해야 할지 몰라 뷰익의 긴 좌석에 가만히 앉아 있었다. 달아나야 할 것 같았다. 플라스틱 좌석 커버에 닿은 등이 더위 때문에 부어오르는 기분이었다. 루이스가 목발을 짚고 일어서기도 전에 머나가 가위의 끝부분을 깁스 안에 쑤셔 넣었다. 깁스가 아니라 다리가 날카롭게 긁히는 것 같더니 갑자기 쿡 찌르는 느낌이 들었다. "제대로 된 것 같아요." 하지만 루이스가 내려다보자 깁스의 열린 부위에서 피가 새어나오고 있었다. 축축한 피는 발목으로 흘러내려 갔고 깁스 위에는 작은 피거품이 일었다.

"별로 도움이 안 된 거 같네요." 머나가 말했다. "정말 미안해요."

아이들이 뒷좌석에서 나와 강가를 향해 비탈 아래로 뛰어갔다.

"너무 멀리 가지는 마." 머나가 소리쳤다. 아이들이 돌아보지 않자 그녀는 루이스를 돌아봤다. "강가에 가서 몸을 좀 식히면 도움이 될 거예요."

"그럴 것 같네요." 루이스는 겨드랑이 아래 목발을 끼운 채 자리에서 일어났고 잠시 태양을 받으며 서 있었다. 태양 때문에 목덜미가 쓰라렸다. 꿰맨 부위가 두피를 팽팽하게 당겼다. 루이스는 물가로 향했고 머나는 길가에 서서 아이들에게 손을 흔들었다.

"이제 그만." 그녀가 소리쳤다. 아이들은 루이스를 지나갔고 그녀의 귀에는 부릉부릉 하는 뷰익의 시동 소리, 아이들이 고속도로에서 벗어날 때 자갈이 튀는 소리만 들렸다.

루이스는 강기슭에서 섰다. 태양 아래 서 있자니 어지러웠다. 여기에서 집까지 걸어갈 수 있었지만 묵직한 깁스를 한 채 목발을 끌고 걸어가기란 불가능했다.

루이스는 강둑에 앉아 물이 깁스 위로 흐르도록 내버려두었다. 강물은 차가웠고 다리는 진흙처럼 바닥으로 가라앉았지만 깁스는 흐트러짐 없이 뻣뻣해서 피부가 쓸렸다. 루이스는 졸음이 오면서 나른해졌다. 이마를 손에 기댄 채 강물이 발 주위로 하얗게 부서지는 걸 바라보았다. 강바닥에서 백악질 토양이 섞인 물이 소용돌이치자 깁스가 헐거워진 기분이었다.

루이스는 자리에서 일어나 다리 뒤를 문질렀다. 프론트 스트리트의 한 바에서 바티스트가 사과 따기 시즌에 맞춰 플랫헤드를 떠나 야키마로 갔다는 얘기를 들었다. 그의 존재가 자신을 짓누르고 있음을 깨달은 루이스는 그가 자신을 떠났기를 바랐다. 강가에 쭈그리고 앉아 차가운 물에 세수를 했다. 이제 집에 갈 수 있었다.

루이스는 찰리 킥킹 우먼을 생각했다. 그가 미줄라에서 어떻게 자신을 돌봐줬는지, 그의 눈이 얼마나 묵직했는지. 다음 날 아침 일어났을 때 그는 운 사람처럼 보였다. 찰리는 그녀의 손을 잡았고 그녀의 다리를 쓰다듬었다. 그가 자신을 보고 웃을 때 루이스는 그를 보지 않은 척했다. 찰리가 다른 남자와 다를 바 없다는 사실에 몸서리가 쳐지고 가슴이 쿵쾅거렸다. 다가오는 그에게 맞서기에 루이스는 마음이 너무 안 좋은 상태였다. 상심한 상태였다. 그의 알몸, 그의 두꺼운 몸, 그의 갈망이 떠올라 진저리가 났다. 루이스는 지난밤 아무런 일도 일어나지 않았던 척하기로 마음먹었으며 찰리 역시 그렇게 생각하기를 바랐다. 그들 사이에 아무 일도 없었던 양 굴 거였다. 실제로 아무 일도 일어나지 않았다. 정말로 아무 일도. 루이스는 간밤이 자신의 기억에서 사라지기를, 자신의 기억에서, 그의 기억에서 없어지기를 바랐다. 루이스는 집으로 돌아가는 길에 찰리 킥킹 우먼의 손이 자신의 상처 난 가슴을 닦아주던 모습을 떠올리고 싶지 않았다. 작은 발뼈와 손뼈를 바라보니 겨울이 끝나갈 무렵이면 늘 그렇듯 슬픔이 차올랐다. 다시는 겪지 못할 길고 험난한 시기를 건넌 기분이었다.

*

집까지 걸어가는 데 한참이 걸렸다. 길가에서 몇 번이나 쉬어야 했다. 루이스는 자신을 태워줄 또 다른 차를 기다렸지만 고속도로에는 차 한 대 보이지 않았다. 할머니가 보고 싶었지만 할머니의 집이 내려다보이는 산비탈에 도착하자 집 앞에 주차된 트럭이 보였다. 주춤했다. 그건 아빠의 낡은 트럭이었다. 아빠가 집에 왜 왔는지 궁금했다. 엄마가 돌아가신 뒤 로레타 올드 혼과 결혼한 아빠는 그 후로 좀처럼 집에 들르지 않았다. 가슴이 묵직하게 내려앉았다. 그녀는 아빠도, 아빠의 두 번째 부인도 마주하고 싶지 않았다. 루이스는 로레타가 싫었다. 로레타는 말을 멈추는 법이 없는 데다 누군가 말을 마치면 그게 웃기든 웃기지 않든 무조건 웃었다. 함께 있기 피곤한 사람이었다. 로레타는 윗송곳니가 빠졌고 나머지 이는 썩기 직전이었는데, 루이스는 도대체 아빠가 로레타의 어떤 면에 반해 엄마를 떠났는지 이해할 수 없었다. 루이스는 로레타의 치아를, 술 취한 그녀가 내는 혀짤배기소리를, 겨울이면 그녀의 더러운 머리에서 나던 무두질 냄새를 떠올리지 않으려 했다. "썩은 곰 기름을 머리에 바르거든. 그래서 그렇게 고약한 냄새가 나는 거야." 루이스는 로레타가 땋은 머리를 푼 모습을 한 번도 본 적이 없지만 동생에게 그렇게 말했었다. 점포나 원주민 행사에서 로레타를 우연히 볼 때면 둘은 낄낄거리곤 했다.

로레타는 옷매무새를 다듬고 머리를 만지며 그들을 향해 소심하게 웃곤 했는데 그 모습에 그들은 더 자지러지게 웃었다. 하지만 로레타는 누군가를 기다리는 사람처럼 그들의 어깨 너머를 볼 때도 있었다. 루이스는 그런 로레타를 미워했다. 로레타는 늘 루이스의 아빠를 기다리면서 저 멀리 바라보곤 했다. 로레타는 언제나 루이스 아빠의 사랑을 받는 듯했고, 머리에서 비버 고환 냄새가 나고 이가 전부 빠졌는데도 아빠는 그녀에게 한사코 다정했다.

루이스는 무슨 일이 생겼나 잠시 생각했다. 하지만 생각하고 싶지 않았다. 바람이 미루나무를 쉬익 스치고 지나가는 소리가 들리더니 노란 잎사귀 몇 개가 나무 사이로 떨어졌다. 로레타가 왔다 하더라도 루이스는 집에 들어갈 생각이었다. 가슴 위로 팔짱을 낀 채 아무 일도 없다고 생각하기로 했다. 할머니가 동생을 밖으로 내보냈기를 바라며 얼굴을 가린 채 동생을 찾아봤다. 플로렌스가 평소에 부들을 따는 연못 쪽을, 플로렌스가 앉아서 짭짜름한 진흙을 씹기 좋아하는 백토 언덕을 바라보았지만 동생은 그곳에 없었다.

　루이스는 따뜻한 널빤지에 귀를 가까이 대고 부엌 탁자에서 들려오는 희미한 목소리에 귀 기울였다. 로레타의 목소리가 들리지 않자 마음이 놓였다. 문틈을 따라 낮게 웅웅거리는 소리, 조용한 대화 소리가 들렸다. 느릿느릿 중얼거리는 아빠의 목소리가 들리더니 의자 다리가 바닥을 긁는 소리, 누군가 자리에서 일어나는 소리가 들렸다. 세찬 바람이 메마른 잔디를 스쳤다. 아빠가 그만 가려는 건지 궁금했다. 창문을 통해 몰래 엿보며 어둠 속으로 조심스럽게 다가가는 순간 빛이 눈으로 쏟아져 들어왔다. 손을 동그랗게 말아 쥐고 창문을 들여다보니 땀으로 범벅된 모자를 쓴 채 부엌 복도에 서 있는 아빠가 보였다. 루이스는 가만히 있었다. 더위 때문인지 심장이 조였다. 아빠가 기침을 하자 들키지 않도록 몸을 수그렸다. 침묵 속에서 한참을 기다렸다. 도대체 무슨 일인지 궁금했다. 그때 부엌에서 낮은 소리가 흘러나왔다. 처음에는 아무 소리도 아니었으나 점차 선명하고 커지면서 진창에 빠진 암소가 내는 것처럼 높은 소리가 났다. 아빠가 울고 있었다. 귀에서 피가 흐르는 기분이었다. 다리가 아팠고 무릎이 흐느적거렸다. 루이스는 갈색 신발, 다리에 난 단단하고 검은 멍을 바라보았다.

아빠는 집에서 나와 천천히 차를 몰았다. 루이스에게 안녕이나 잘 있어, 하고 말하지도 그녀 쪽을 보지도 않았다. 루이스가 손을 흔들었으나 부은 아빠의 눈은 멍한 상태로 도로에 고정되어 있었다. 루이스가 천천히 집 안으로 들어가자 할머니가 손을 포갠 채 부엌 탁자에 앉아 있었다. 집 안이 조용했다. 너무 괴괴했다. 새소리도, 바람 소리도 들리지 않았다. 할머니는 차분한 눈으로 루이스를 올려다보았다. "네 동생이 강에 빠져 죽었다." 할머니가 말했다. 루이스는 할머니에게서 시선을 거두고 계단을, 창문 너머로 구름이 태양을 가린 풍경을 바라보았다. 그럴 리가 없었다. "우리는 플로렌스를 잃었어." 할머니가 말했다. 부정할 수 없는 현실이 깊은 목소리에 담겨 있었다.

"아니에요." 루이스가 부정했다. "그냥 밖에 있는 거예요." 루이스는 동생이 가까이 있다고, 잠시 바깥에 있는 거라고 확신했다. 숨어 있을지 모르지만 어딘가에서 누가 찾아주기를 기다리고 있는 거라고. 할머니가 탁자에서 일어나 루이스의 손을 잡았다. 루이스는 할머니의 축축한 손을 하염없이 바라보았다.

"플로렌스는 오늘 아침 강가로 나갔어." 할머니가 말했다. "금방 돌아오지 않아서 내가 찾으러 갔지. 네 아빠한테 도와 달라고 한 거야."

"아니에요, 할머니." 루이스가 대답했다. "할머니가 못 찾으신 거겠죠."

"그 애는 아직 플랫헤드에 있어." 할머니의 목소리는 강하고 단호했다. 할머니는 플로렌스가 죽었다고 루이스를 납득시키려 하고 있었다. "이제 그 애를 꺼낼 거야."

"하지만 어떻게 알죠? 그 애가 강에 있다는 걸 어떻게 아세요?" 루이스가 물었다. 플로렌스가 죽었다는 사실을 믿고 싶지 않았지만 자신도 모르는 사이에 마지막으로 동생을 봤던 때를 떠올리고 말았다. 웃으려고 했지만 아랫입술이 떨렸다. 루이스는 이미 울고 있었다.

"루이스" 할머니가 루이스의 손을 그러쥐었다. "우리는 안 단다. 이제 그 애를 꺼내와야 해."

루이스는 할머니가 하려는 말을 이해하지 못했다. 세상이 갑자기 자신이 이해할 수 있는 범위보다 훨씬 더 커 보였다. 바티스트와의 문제는 그나마 이해가 가능한 작은 문제였다. 루이스는 할머니의 손에서 벗어나 포치로 향했다. 밝은 오후 빛을 받으면 정신을 차릴 수 있기라도 하다는 듯이. 멀지 않은 곳에서 플랫헤드강의 녹색 테두리가 보였다. 강물은 얕아 보였다. 강둑을 둘러싼 언덕은 허물어져 있었고 키 큰 소나무가 강물에 그늘을 드리우고 있었다. 루이스가 할머니와 이야기하고 있는 지금 이 순간에도 동생은 강 속에 있었다.

"네 아빠가 찰리 킥킹 우먼을 찾으러 갔어. 그들이 강바닥을 훑을 거야." 7년 전 목장 주인이 강에서 익사한 적이 있었다. 루이스는 드래그라인을 기억했다. 물에 들어간 커다랗고 날카로운 고리와 무자비한 후크에 착 달라붙어 있던 남자를. 할머니가 그녀 뒤에 섰다. 늙은 여인의 어깨에서 삶의 무게가 엿보였다. 엄마가 죽은 후 플로렌스의 머리를 땋아줄 때 할머니의 손가락이 고통스럽게 떨리던 게 기억났다. 할머니가 짊어진 슬픔의 무게가 느껴졌다. 물속 깊이 뻗어 내려간 진홍색 버드나무를 바라보자 동생의 죽음이 불러온 소름끼칠 정도로 무지근한 슬픔이 실감 나기 시작했다. 슬픔을 피할 방법은 없었다.

자신이 강에서 플로렌스를 꺼낼 수 있을지 알 수 없었다. 어설픈 행동은 할머니에게 더 큰 고통을 안겨줄 뿐일 테지만 찰리가 강바닥을 훑게 내버려둘 수는 없었다. 루이스는 도로를 바라보았다. 할머니에게 자신의 계획을 말하지 않았다. 가능한 일일지, 줄스 바트가 자신을 도와줄지도 알 수 없었다. 하지만 고리를 사용하지 않고도 동생을 강에서 끌어낼 수 있는 사람은 그뿐이었다. 루이스는 집 옆에 서 있는 할머니를 남겨둔 채 집을 나섰고 돌아보고 싶은 걸 가까스로 참았다. 저 멀리 긴 고속도로 끝에 보이는 촉촉한 빛, 닿을 수 없는 나붓나붓한 순수한 빛을 바라보며 동생의 죽음이 저 혼란스러운 빛처럼 진짜 같아 보이지만 꿈에 불과하기를 바랐다.

찰리 킥킹 우먼

/

잔잔한 강가

나는 도로를 태울 듯한 기세로 집으로 향했다. 경찰복을 갈아입고 그럴듯한 상태로 아침을 맞이할 수는 있었지만 내 결혼 생활을 지키지는 못했다. 나는 너무 늦었다. 아이다는 이미 떠나고 없었다. 호텔 방에 앉아 있을 때에도 나는 아이다가 나를 떠났음을 알았을 터였다. 남자는 그런 걸 알기 마련이다. 나의 작고 파란 집으로 차를 몰고 가는 동안 그 집에 아무도 없다는 걸 알았다. 정원으로 향하는 바위투성이 길에 정적이 내려앉았다. 라일락 덤불이 갈색으로 변하고 있었다. 라발리 힐의 언덕으로 차를 몰면서 나는 아이다가 떠나는 모습을 상상했다. 태양이 성긴 겨울 잔디 사이로 피처럼 번지는 동안, 하늘을 배경으로 선 버팔로 떼를 숨죽이며 바라보는 순간 아이다가 우리가 함께 살았던 집의 문을 닫는 모습이 그려졌다.

나는 아내를 뒤쫓는 대신 현관의 방충문을 열고 들어가면서 그녀의 소지품을 점검하기 시작했다. 현장에 가장 먼저 도착한 경찰의 일이었다. 내가 이어 붙일 단서들은 이미 알고 있는 사실과 별로 다르지 않을 터였다. 그럼에도 집요하게 내 일을 했다. 그건 나의 온갖 실패를 확인하는 일이었고 나에게 그 정도 의무는 있다고 생각했다. 아이다가 떠난 삶을 헤아리는 정도는 해야 그녀에게 면목이 선다고 생각했는지도 모른다. 누군가 두고 간 물건이 그들의 귀환을 암시하는 건 아니라는 생각이 불현듯 들었다. 사람들은 어딘가를 떠나면서 자신이 그러한 선택을 한 이유를 보여주는 물리적인 증거를 남긴다. 아이다는 많은 것을 두고 갔다. 식료품점 계산서 뒤에 갈겨쓴 아무래도 안 될 것 같다는 짧은 메모, 내가 만든 진열 상자 안에서 먼지가 쌓이고 있던 우아한 찻잔, 꿰맨 실크 스타킹 네클레, 아이다가 자랑스러워했던 우윳빛 신발, 세련돼 보일 거라는 나의 바람이 담겨 있던 H라인 치마, 샐비어 가지와 말린 야생 장미와 함께 서랍 가장 위 칸에 개켜 있던 흰색 교회 장갑, 아이다가 다이아몬드로 착각한 흔들흔들하는 크리스털 귀걸이. 이 모든 것들, 이 물건들은 아무것도 아닌 게 되었고, 이 모든 것의 총합이 바로 나였다. 묵은 죄책감이 아이다가 침대에 덮으려고 만든 다 해진 퀼트처럼 나를 감쌌다. 부엌 시계가 시간을 알리자 시계를 멈춰 내 삶의 그 순간을 표시해두고 싶었다.

나는 아이다의 물건들이 내 삶을 멎게 하도록 두고 싶은 충동을 억제해야 했다. 그녀의 소지품을 상자에 넣은 뒤 헛간에 갖다놓았다. 내가 출근한 동안 아이다가 나와의 사랑을 잊지 못해 집으로 돌아와서는 자신의 흔적을 발견하지 못해 상실감에 젖을지도 모른다는 뒤숭숭한 생각이 들었다. 그렇게 생각하자 괴로웠다. 아이다가 그리웠지만 그녀가 돌아오기를 바라지 않았다. 이 모든 것이 지긋지긋했다. 나는 그 죄책감이었다. 나는 다른 여자와 사랑에 빠졌다. 루이스와 사랑에 빠졌으며, 관심이 없다고 말하면서 하루에 두세 번 루이스의 이름을 아내에게 말했을 것이다. 루이스에게 관심이 없는 척 그녀의 이름을 아무렇지 않게 불렀을 것이다. 나는 일의 연장선인 양 퇴근하고 집에 와서 루이스 얘기를 했다. 나의 하루를 말해주겠다고 나를 속였지만 그 하루는 점점 더 루이스를 보거나 보지 않는 이야기가 되어갔다. 어리석게도 모면할 수 있다고 생각했다. 오만하게도 아이다가 나에게 돌아올 거라고 생각했다. 나는 아이다의 입장에서 생각하지 않았다. 아내의 소소한 일상에는 무관심한 채 그녀에게 낯설고 나에게도 여러 면에서 낯선 여자의 행방을 향한 열정만을 전시한 꼴이었다.

새로 빤 경찰복에 팔을 쑤셔 넣은 뒤 머리를 빗고 잇몸에서 피가 날 때까지 양치질을 했다. 내가 바꿀 수 있는 일들만 감당하고 싶었다. 나는 경찰서로 돌아가고 싶었다. 일이 있다는 사실이 감사했다. 나는 파견팀에 무전을 쳤고 아델린 톱 크로우의 무미건조한 목소리가 들리자 마음이 놓였다. 바뀐 건 아무것도 없는 듯 그녀의 목소리는 변함없었다. "옐로 나이프한테 소재 불명 지명수배를 시행하려고." 나는 그녀에게 말했다. "오후에 서에 들어가서 서장한테 승인받을 거야." 지지직 소리 뒤로 아델린은 끔찍한 소식을 전했다. 퍼마 외곽 마일 포스트 108과 109 사이에서 익사 사고가 일어났다고 했다. 나는 경찰서에 들러서 드래그라인과 고리를 가져와야 했다. 시신의 위치가 파악되었기 때문에 수색 보트는 필요 없다고, 그녀는 말했다. 누구의 시신인지 묻지 않았다. 자세한 건 알고 싶지 않았다. 머지않아 알게 될 터였다. 당장은 원주민 자치 지구에서 달아난 바티스트를 쫓는 일을 미뤄야 했다. 솔직히 말해 둘 다 생각하고 싶지 않았다.

나는 잔잔한 강가라 불리는 강줄기로 향했다. 예전에도 아이들이 그곳에서 빠져 죽을 뻔한 적이 있었다. 익사 사고가 발생할 것임을 눈치챘어야 했다. 조짐이 있었다. 여름은 누군가를 함께 데려가기를 기다리는 듯 플랫헤드를 떠나기를 거부했다. 몇 년째 원주민 자치 지구에서 익사 사고가 발생하지 않았다. 여름은 머물 것을 약속했다. 선선한 강이 부르고 있었다. 나는 아이의 익사 현장으로 향하고 있다고 확신했다. 안 그래도 힘든 날이 더 힘겨워지고 있었다. 기이하게 마음이 놓였다. 아이다를 생각하지 않아도 되었고 루이스를 향한 생각에서도 한 발 물러날 수 있었다.

하늘은 열기로 노랗게 변해 있었다. 브래드록이 고속도로 옆에 서서 항복하듯 머리 위로 손을 들어 올리고 있었다. 나는 먼지를 일으키며 갓길에 차를 세웠다. 브래드록은 건방진 챙모자를 쓰고 땀자국으로 짙어진 헐렁한 회색 정장을 입은 채 높게 자란 잔디 위에 어색하게 서 있었다. 나는 그에게서 시선을 거뒀다. 순찰차에서 나오자 기이한 냉기가 머리 바로 위로 쌩 하고 지나갔다.

강을 따라 걸었던 수많은 시간이 떠올랐다. 나는 겨울에도 가을에도 여름에도 이 강을 따라 걷곤 했다. 나는 물매화가 모여드는 진창을 알았다. 고속도로 표지판처럼 큰 바위들이 어디에 자리하는지 전부 알았다. 뚱뚱한 송어가 느린 물살에 몸을 맡긴 채 자고 있는 곳을 알았고 팔 길이만 한 강꼬치고기가 날카로운 이빨을 번뜩이며 파리를 향해 뛰어오르는 곳을 알았다. 처음에는 강에 모인 사람들을 보지 못했다. 작은 마을에서 내가 좋아하기도, 싫어하기도 하는 부분이었다. 이런 마을에서는 모두가 다른 이들의 삶에 참견하곤 했다. 브래드록 옆에 서서 역류의 매끄럽고 게슴츠레한 눈을 바라보자 무릎이 떨리면서 꺾이는 기분이 들었다. 나는 드래그라인을 가지러

순찰차 뒤쪽으로 향했다. 브래드록이 나를 따라왔다. "저들한테 다른 계획이 있는 것 같은데." 나는 그의 말을 무시했다. 나는 해야 할 일이 있었고 브래드록이 훼방 놓게 할 생각은 없었다. 어깨에 장비를 걸쳤다.

모두들 강가를 바라보고 있었다. 나는 가까이 다가가면서 등에 맺힌 번지르르한 땀이 메마른 태양 아래 소금으로 변하는 걸 느꼈다. 유리처럼 반짝이는 물 때문에 눈이 시렸다. 다들 아무 말 없이 사진처럼 조용했다. 처음에는 루이스를 알아보지 못했다. 방심한 사이 허를 찔리고 만 나는 새로운 무게에 짓눌려 발목이 갑자기 휘청거렸다. 루이스는 강가에 서 있었다. 할머니의 팔이 그녀를 감싸고 있었다. 루이스는 떨고 있었고 머리카락에서 물이 뚝뚝 떨어지고 있었다. 물에 젖은 원피스 사이로 어두운 젖꼭지에서 피가 흘렀다. 그날 아침 내가 갈비뼈에 대준 임시 붕대가 생각났다. 이성은 나를 배신했다. 지금 강가 옆에 서 있는 루이스의 모습은 내가 마지막으로 간직한 그녀의 이미지가 아니었다. 내 기억 속에서 그녀는 아직 미줄라에 있었다. 내 삶은 악몽이 되었고 일순간 그 안에 빠진 내가 보였다. 눈앞의 광경을 이어보려고, 이해해보려고 했지만 이건 낯선 꿈이었다. 날은 눈부실 정도로 화창했고 아름다웠다. 속이 울렁거렸다. 나는 루이스와 그녀의 할머니, 얼빠진 듯 바라보고 있는 작은 무리, 물가에서 올가미 밧줄을 휘두르고 있는 카우보이를 바라보았다. 무슨 상황인지 이해가 되지 않았다.

처음에는 태양에 탄 강 잔디나 해초일 뿐이라고 생각했다. 무언가 있을지도, 아무것도 없을지도 몰랐다. 강 버드나무의 가는 올이 매끄러운 수면 바로 아래, 두툼하게 휘감기는 해류에서 끓어오르고 있었다. 냄새나는 깊은 물속에서 검은 머리카락이 보였다. 나는 그 긴 머리카락을 알았다. 루이스의 동생, 플로렌스의 머리카락이었다. 내가 성인 남자를 낚아챌 수 있을 만큼 위험한 고리를 들고 서 있다는 사실이 불현듯 떠올랐다. 고리는 여전히 내 어깨에서 달랑거렸다. 끼익 소리를 내는 가죽 권총집 아래로 냉기가 흘렀다. 내 척추는 40피트 아래로 떨어진 바늘이었다. 나는 토사가 쌓인 강바닥에서 물살에 돌아가고 있을 플로렌스를 생각했다. 그녀의 큰 눈은 광물을 여과시킨 빛을 올려다보고 있을 터였다.

나는 엉덩이에 손을 올린 채 강에서 돌아섰다. 어두운 물속으로 직접 들어가 물을 머금어 묵직해졌을 플로렌스의 시신을 깊은 강물에서 끄집어 올릴 생각이었다. 내가 그 애를, 그 애의 차가운 머리칼을 물고기처럼 움켜쥘 때 물을 잔뜩 머금은 그 애의 뻣뻣한 손가락이 나를 건드리겠지.

브래드록이 내 뒤에 나타나서는 내 등 아래를 툭 쳤다. 나는 너무 재빨리 물러선 나머지 물에 빠질 뻔했다.

"잠깐 저기 가서 얘기 좀 할 수 있겠나?" 그가 높은 지대를 향해 고갯짓을 하며 말했다.

"왜 그러지?" 나는 긴장이 잔뜩 묻은 목소리로 물었다.

브래드록은 한동안 말이 없었다. 그는 모자를 벗어 바람을 맞더니 나를 똑바로 바라봤다.

"저들은 아이가 저 아래 살아 있다고 확신해." 그는 나를 계속 바라보았다. 그 역시 그렇게 믿고 있다는 생각이 들었다. 브래드록은 내가 수년간 알고 지낸 한 무리의 남자들을 가리켰다. 원주민과 백인 남자들이 낡은 퍼마 다리에 서 있었다. 샘 화이트 엘크가 보였다. 그는 강을 등진 채 도로 근처에 서서는 손에 쥔 밀짚모자를 뒤척였다. "가서 한번 보라고." 브래드록이 말했다. 나는 손으로 입을 만지작거리며 듣고 있었다. "그 아이가 눈을 뜬 채로 저기 서 있어. 저들은 그렇게 생각한다네." 그는 맥파이 할머니와 루이스를 돌아보았다. "그래, 해류가 아이를 붙들고 있을 뿐이지. 하지만 팔이 앞뒤로 움직이고 있어. 마치⋯⋯." 그는 이 말을 하면서 나에게서 시선을 거두고는 말을 멈췄다.

"마치 뭐?" 내 물음에 그는 한참 뜸 들이다 답했다.

"⋯⋯마치 누군가에게 좀 구해달라고 손짓하는 것처럼 말이야." 그는 가까이 다가와 나에게 속삭였다. "이걸 믿는 게 원주민들만은 아닐세." 혼란스러웠다. 나는 루이스에게 가고 싶었으나 그녀 옆은 내 자리가 아니었다. 샘 화이트 엘크가 강 중앙으로 갔다. 그는 몸을 수그리더니 무릎에 손을 얹고는 강물을 들여다보았다. 그는 한 대 얻어맞은 사람처럼 보였다. 어떤 이들은 다리 난간에 양쪽으로 다리를 벌리고 앉았고 또 다른 이들은 다리 옆을 자세히 들여다보았다. 늙은 목장 주인 중에는 카우보이모자를 벗은 사람들도 있었다. 경의를 표현하는 그들만의 작은 방식이었다. 원주민의 죽음은 아이의 죽음일지라도 보통 백인들에게 관심조차 받지 못한 채 지나가지만 모두가 이 죽음에는 관심을 보였다. 늙은 목장 주인조차 이 죽음에 대해 앞으로 수년 동안 얘기할 거였다. 귀신 이야기나 괴기한 이야기가 아니라 주제에서 다소 벗어난 불가해한 이야기로, 농담처럼 웃어넘길 법한 이야기였다. 나는 무거운 마음으로 다른 남자들이 있는 다리로 향했다.

깨끗한 녹색 물을 들여다보니 잔잔한 색상의 커다랗고 둥근 숫돌과 마침내 플로렌스가 다리 아래 수직으로 서 있는 게 보였다. 아이는 강물에서 춤을 추고 있었다. 우리의 귀에는 들리지 않는 노래에 맞춰 전통적인 춤, 한결같은 춤을 느릿느릿 추고 있었다. 나는 난간에서 물러났다. 등에서 고리가 철거덕했다. 눈앞의 광경을 보고 싶지 않았다. 이 사람들이 내가 갖고 있지 않은 답을 나에게서 바랄까 봐 두려웠다. 나는 논리적으로 말할 수 있었다. 그 애는 깊은 역류에 갇혔고 해류가 그 애를 끌어당기고 있었다. 하지만 내 안의 원주민은 이것이 의미하는 바를 이해하려고 애쓰고 있었다. 답을 찾을 수 있는 것마냥 강의 길이를 가늠해보았다. 바위 위로 한참을 유백색으로 흐르던 강물은 잠시 멈췄다가 루이스의 동생을 가둔 해협으로 이어졌다. 강물은 깊었고 기름처럼 두터운 표면은 잔잔했다. 바위들이 반짝였다. 나뭇가지가 어두운 녹색 해류 아래로 허리를 깊이 숙이고 있었다. 나는 플로렌스의 머리카락이 구불구불한 해류 속에 엉킨 지점을 보지 않으려고 애썼다.

나는 이곳에서 시작된 이야기를 생각했다. 플로렌스가 눈을 뜨고 팔을 뻗은 채 물에 서 있었다는 얘기. 그들은 플로렌스가 물에서 춤을 추고 있었다고 말하겠지. 그냥 춤을 추는 게 아니라 죽음을 춤췄다고. 이 이야기는 머지않아 불신과 불안을 낳겠지. 나에게도 이야기가 있다.

문과 창문이 전부 닫혀 있는데도 갑자기 불어온 바람이 너무 빠르게 소용돌이치며 목소리를 내는 걸 본 적이 있다. 바람은 아침까지 이야기하고 또 이야기했다. 할머니가 캠프파이어의 화염에서 솟아오르는 걸 본 적이 있다. 약장수가 사람들에게서 등을 돌린 뒤 다시 몸을 돌렸을 때 그의 눈이 은색 동전처럼 번뜩이는 걸 본 적도 있다. 나는 그해 내내 금전운이 좋았다.

경찰이 되자 배고픈 아이들로 가득한 작은 집이 현실로 다가오며 이 이야기들은 뒷전으로 밀렸다. 달빛 한 점 없는 도로에 헤드라이트를 비출 때나, 비가 너무 많이 내려 얼굴의 절반이 진흙으로 뒤덮인 채 백인 남자의 차 아래에서 자던 젊은 남자를 발견했을 때, 이 이야기들은 사라졌다.

나는 자식들이 나무가 부서진 집 안으로 냉기가 스며드는 아침을 맞이할 때에도 이러한 이야기에만 매달려 있는 사람들을 일깨워주고 싶었다. 그러한 안타까운 집에서 살고 있는 원주민 가족이 주위에 너무 많았다. 루이스와 그녀의 할머니, 이 불쌍한 아이도 그중 하나였다. 그러한 집들은 틈새가 바스러져 있었다. 집은 해진 천으로 채워져 있었고 아침 일찍 가보면 바닥에 눈이 한가득 쌓여 있었다. 가난이라는 이야기는 전해지지 않는 듯했다.

위를 올려다보니 레바이스만의 로데오 선수가 보였다. 나는 상황을 이해해보려고 했다. 그는 팔에 돌돌 만 밧줄을 걸쳤고 어깨에도 다른 밧줄을 맸다. 볼록한 엉덩이 부위에는 거무튀튀한 녹색 기름때가 묻은 무거워 보이는 두꺼운 케이블 밧줄이 매달려 있었다. 그제야 나는 그가 플로렌스를 물에서 끄집어내려 한다는 걸 깨달았다. 그가 호리호리한 팔로 밧줄을 길게 던지자 물에 던져진 밧줄이 빠르게 가라앉는 소리가 들렸다. 나는 감탄에 젖어 그를 바라보았다. 최소한 그는 무슨 행동이라도 하고 있었고 이 온갖 터무니없는 생각에 갇혀 있지 않은 듯했다. 나는 숨을 크게 들이쉰 뒤 천천히 내뱉었다. 무언가 줄의 끝을 당겼지만 밧줄은 아무것도 건지지 못한 채 당겨지며 물 위를 깡충깡충 뛰어갔다. 그는 재빨리 밧줄을 감은 뒤 단단하게 고리 모양을 만들었다. 고리에서 물이 뚝뚝 떨어졌다. 그는 손을 동그랗게 모아 쥔 뒤 물을 살폈다. 그러더니 엉덩이에 걸쳐 있던 무거운 케이블을 들어 올려 그걸로 고리 모양을 만들었다. 그는 올가미 밧줄을 머리 위로 올렸고 발꿈치에 체중을 실어 몸을 뒤로 젖힌 뒤 밧줄을 돌렸다. 그가 앞으로 몸을 숙이자 밧줄이 날아가더니 수면 위를 흐르고 있던 바람의 품에 걸렸다. 케이블이 공기를 가르자 바람이 윙 소리를 냈다. 그는 밧줄을 휙 당긴 뒤 물에 깔끔하게 집어넣었다. 강물이 고리형 올가미를 삼키자 카우보이는 줄을 단단히 조였다. 그는 무언가를 낚은 듯했다. 그의 어깨가 단단해졌다. 그는 한 손 한 손 끌어당기기 시작했다. 그의 바지 앞섶에서, 팔에서 물이 뚝뚝 떨어졌다. 나는 눈을 가늘게 뜨고 그가 끌어당기는 걸 바라보았다. 플로렌스의 머리가 물에서 솟아오르자 나는 서둘러 그를 도우러 갔다.

루이스

긴 하루

루이스는 동생의 이미지를 떨쳐버릴 수 없었다. 할짝거리던 얕은 물에 가만히 떠 있던 아름다운 플로렌스. 그리고 줄스 바트가 강물 앞에 무릎을 꿇던 모습이 자꾸 떠올랐다. 줄스 바트가 동생을 안아 강에서 끌어낼 때 동생의 머리가 뒤로 젖혀지며 긴 머리칼이 땅에 끌렸다.

줄스 바트는 다른 남자들이 할 수 없는 일을 해냈다. 그는 플로렌스의 시신을 아비의 떨리는 팔에 안겨줬다. 할머니는 구경꾼들에게서 손녀를 보호하려는 듯 손 그늘을 만들어 플로렌스의 얼굴을 가렸다. 루이스는 로레타도 떠올렸다. 루이스의 아빠 옆에 자그마하게 서 있던 모습, 로레타의 모카신 뒤축이 진흙에 파묻혀 가장자리가 어두웠던 모습이 생각났다. 로레타가 힐끔 쳐다보자 루이스는 미소를 짓는 동시에 울먹였고 엄마가 생각나 외로워졌다. 그들은 뾰족한 강 끄트머리에 다 같이 서 있었다. 할머니의 목소리가 그들 위로 기도처럼 펼쳐졌다.

루이스는 동생의 죽음 뒤에 따라올 온갖 것의 무게를 견딜 수 없었다. 가족 모두 경야에 참석할 준비를 해야 했다. 이모와 삼촌, 조카와 먼 친척들의 기나긴 행렬이 될 터였다. 찰리는 힘든 상황을 더 힘들게 만들었다. 그는 플로렌스를 미션에 있는 페론의 장례식장에 데리고 가서 경야 준비를 하자고 했다. 할머니는 그 제안을 거부했다. 할머니는 플로렌스에게서 떨어져 있고 싶지 않다고, 플로렌스가 집에서 멀리 떨어진 차가운 장례식장에 홀로 있는 걸 바라지 않는다고 했다. 찰리는 손에 모자를 쥔 채 할머니의 말에 귀 기울이면서 신중하게 고개를 끄덕였다. 그의 바지에서 강물이 후드득 떨어졌다. 결국 할머니는 찰리의 품에 플로렌스의 시신을 맡겼다. 루이스는 할머니가 찰리의 자존심을 지켜주기 위해 그의 말을 받아들인 건 아닌가 생각했다. 하지만 곧 할머니가 비탄에 빠진 데다 지쳤음을 알아챘다. 할머니는 사랑하는 사람들을 너무 많이 먼저 보냈다. 할머니는 죽음 곁에서 늙어가고 있었다.

루이스는 찰리 킥킹 우먼이 동생의 시신을 차 뒤에 실은 뒤 담요로 덮는 것을 지켜보았다. 움직이지 않는 동생의 갈색 손을 보며 그 애가 가만히 있는 거라고 생각해보려 했다. 찰리가 자신이 알던 조용한 동생의 이미지를 앗아가는 순간 루이스는 그가 자신이 품고 있던 플로렌스의 마지막 기억을 지워버렸음을 깨달았다. 동생이 영원히 사라지자 기억들이 여름비처럼 순식간에 루이스를 적셨다. 웃고 있는 플로렌스, 새파란 하늘을 향해 손을 뻗는 플로렌스, 8월의 들판에 서 있는 플로렌스. 구슬로 장식한 사슴 가죽을 몸에 두른 채 천천히 돌고 있는 플로렌스. 춤을 추려는 플로렌스.

찰리는 고속도로로 차를 몰았고 루이스는 화창한 찰나의 순간 차창에서 반짝거리는 태양을 보았다. 이제 동생은 영원히 여름을 살 터였다. 플로렌스는 죽었다. 플로렌스는 루이스가 가지 않는 방향으로 가는 차, 어두운 밤하늘을 가로질러 안전한 곳으로 가는 거위, 바람을 가르는 바퀴, 침묵의 경야처럼 사라졌다.

잘생긴 줄스 바트가 루이스 옆에 우뚝 섰다. 루이스는 그의 눈이 여름의 색인 민트색인지 미처 몰랐다. 그의 팔을 잡자 그의 목 근처에서 달콤한 말의 땀 냄새가 났다.

루이스는 줄스 바트가 모는 트럭의 서늘한 차창에 얼굴을 갖다 댄 채 숨을 들이쉬었다. 바티스트와 결혼한 다음 날, 그들은 함께 이 잔잔한 강가에 왔었다. 바티스트가 뒤쪽 덤불에서 소변을 누는 동안 루이스는 옷을 전부 벗었다. 루이스가 차가운 물에 발을 담그고 막 뛰어들려는 찰나 바티스트가 그녀를 말렸다. 그가 자신을 원한다고 생각한 루이스는 그의 손아귀에서 벗어나려고 했다. 루이스는 차가운 해류에 머리를 넣고 시원한 갈색 강물에 맨다리를 담그고 싶었다. 하지만 바티스트는 그녀를 바위에 앉히더니 변하는 물의 매끄러운 표면을, 할머니 집채만 한 잔잔한 수면 건너편에서 작은 파문이 이는 걸 보게 했다. 구름 그림자가 강 위를 지나갈 때 은색 해류가 치명적인 와류를 형성하며 물을 가로질렀다.

"저기" 바티스트가 가리켰다. "물이 배고파하고 있어."

바티스트는 그날 어떤 이야기를 해주었지만 루이스는 그의 말에 귀 기울이지 않았다. 이제 그 이야기, 경고의 말들이 담즙처럼 씁쓸하게 그녀에게 돌아왔다. 바티스트가 해줬던 물에 빠져 죽은 사람들의 이야기를 떠올리자 극심한 공포가 가슴을 죄어왔다. 이야기는 그녀의 바람과는 관계없이 루이스에게 돌아왔다. 줄스 바트가 라디오 다이얼을 만지작거리는 동안 바티스트가 그녀 옆에 있었던 것처럼.

찰리 킥킹 우먼

/

임무

미션으로 가는 길은 지독히도 길었다. 맥파이 할머니에게
플로렌스 화이트 엘크의 시신을 지키겠다고 약속했지만 우
선은 집으로 가야 했다. 내 임무를 다한 기분이었다. 플로렌스
의 죽음은 나의 온갖 실패를 떠올리게 했다. 나는 플로렌스가
방울뱀에게 물렸을 때 아이를 구해주었지만 아이는 결국 더
끔찍한 죽음을 맞이했다. 플로렌스가 그렇게 떠나고 나자 내
가 포기했던 다른 원주민 아이들이 떠올랐다.

몬태나주 북서부 도시 브라우닝 출신의 한 원주민 아이가
있었다. 어느 날 밤, 그 아이는 우르술라 수녀원의 지하로 내
려가 자살을 시도했다. 아이는 다리 뒤의 힘줄을 그은 다음 손
목을 그었다. 그 아이는 죽고 싶어 했다. 지금도 사슴의 내장
을 손질할 때면 그 아이의 번질번질한 피가 배수구로 흘러내

려 가던 장면이 떠오른다. 그 아이는 자살로써 무언가 전하려 했고 나는 그 아이를 살리지 못했다. 같은 날 밤, 나는 피스톨 만에서 하비 스토너를 마주쳤다. 그는 화려한 차에 몸을 실은 채 현장을 관측하는 중이었고, 나는 그 불쌍한 아이가 흑요석 처럼 날카로운 사슴 칼로 제 몸을 그은 것이 스토너의 잘못인 양 이 두 사건을 하나로 바라보았다. 그 아이가 눈물도 흘리지 않고 기도도 하지 않은 채 자신이 더 나은 곳으로 가고 있다고 믿으며 깨끗하고 메마른 얼굴로 시멘트 바닥에 한 시간 정도 누워 있던 건 스토너의 잘못이었다. 아이가 옆에 선다면 거의 흑인처럼 보일 정도로 스토너의 피부가 하얀 것도 그의 잘못 이었다. 하지만 그들은 나란히 서지 못할 것이다. 몬태나주의 작은 원주민 자치 지구에서 온 피부 검은 아이와 스포케인 출 신의 이 백인 남자는. 나는 그 아이를 스토너와는 별개로 생각 해보려고 했지만 그럴 수 없었다.

너무 많은 것이 사라진 지금 나는 스토너가 얼마나 더 많은 것을 취하려 할지 궁금했다. 그는 우리의 것을 전부 가져간 듯 했다. 하비가 주유하러 와서 25센트를 쥐어주면 맬릭은 그의 차량 후드를 윤이 나도록 닦았다. 바텐더 에디는 하비가 문을 열고 들어서기도 전에 무료 음료는 물론 그가 늘 마시는 술을 내어왔다. 여자들, 심지어 나이 많은 여자들까지도 그가 근처 에 오면 들떠서 어쩔 줄 몰라 했다. 그의 돈은 좋은 시절의 약속처럼 뒷주머니에서 툭 튀어나와 있었다. 하지만 스토너가 미래 세대를 위해 그렇게 많은 땅을 사들인 건 아니었다. 그는 자기밖에 모르는 사람이었다. 그의 탐욕스러운 모습에 나는 화가 났다. 얼마나 되었는지 알 수 없는 해묵은 분노가 내 안에서 솟구쳤다. 답을 찾고 있던 나는 그날 밤 혼자서 너무 많은 생각을 했다.

어려운 시기가 다가오고 있었다. 나를 버리고 멀리 가버린 아내도, 루이스에게 무슨 일이 일어났는지도 생각하지 않으려고 애썼다. 나에게 주어진 일만으로도 속이 탔다. 추위가 다가오고 있었다. 따뜻한 날들이 쉭쉭거리는 내 흰색 입김 속으로 녹아들었다. 나는 그것이 무엇을 뜻하는지 알았다. 예전에 엄동설한에 현관에서 자고 있는 원주민들을 본 적이 있다. 술에 취했다고 생각해 법 집행자로 다가가 보면 그들은 너무 가난해서 잠잘 집조차 없는 사람들일 뿐이었다. 그들은 머리칼에 이가 득실대고 천으로 만든 모카신을 신고 있었으며 너무 해져서 바람조차 막아주지 못하는 코트를 걸치고 있었다.

나는 모든 것을 그 백인 탓으로 돌리지는 않았다. 이곳에는 원주민의 피가 아주 조금밖에 섞이지 않은 사람들도 있었다. 잡종 중의 잡종, 모피를 얻기 위해 덫을 놓는 프랑스 사냥꾼에게서 떨어져 나온 이들, 우리에게 영향력을 행사하는 이들이었다. 그들은 우리가 서로 싸우느라 정신없는 사이 온갖 파이에 손가락을 찔러 넣었다. 우리가 종이로 단열한 집의 틈새를 덮히느라 녹초가 된 사이 그들은 백인과 함께 소를 몰았다. 그들은 얼음 저장고에 비프스테이크와 버터를 잔뜩 쌓아둔 채 우리에게 돈을 모으는 법을 처음으로 가르쳐준 부류였다. 원주민 스스로도 인식하지 못하는 그런 원주민, 필요할 때면 백인이기를 표방하는 그런 원주민.

이따금 나는 루이스가 옐로 나이프와 결혼한 이유가 그가 피부가 검은 원주민이기 때문이라고 생각했다. 바티스트는 어디에 가더라도 백인으로 취급받지 못했다. 그 어디에서도. 바티스트와 개는 출입 금지였다. 그는 백인들을 겁먹게 만들었다. 그가 반쯤 취한 채 거리를 걸으면 백인들은 대놓고 두려워하며 반대편 도로로 황급히 달아났다. 옐로 나이프가 술집에 들어가면 바텐더는 그를 감히 내쫓지 못해 술을 내주었다. 옐로 나이프가 다른 손님을 전부 몰아내더라도 상관없었다. 바텐더는 그에게 계속해서 술을 주었고 결국 누군가 그를 끌어내 달라고 우리에게 신고를 했다.

다행히 옐로 나이프가 야키마에 있다는 소문이 들렸다. 여기에서 800킬로미터면 갈 수 있었지만 그를 데리고 오려면 조심해야 했다. 몇 년 전 바티스트가 애쉬크로프트 플레이스 근방의 숲에서 자고 있는 걸 발견한 적이 있다. 그는 진처럼 달콤한 냄새가 나는 부드러운 스트로브잣나무의 자그마한 노두 아래 웅크리고 있었다. 나는 옐로 나이프를 깨우고 싶지 않았다. 특히 나 혼자 있을 때에는. 그가 죽은 건 아닌지 찔러보려고 몸을 돌려 막대기를 집어 들었는데 뒤돌아보니 그가 사라지고 없었다. 그날 바티스트를 진짜 본 건지 잘 모르겠지만 그의 모습만은 세세히 기억하고 있다. 바티스트는 붉은색과 흰색이 섞인 스카프를 목에 단단히 매고 있었다. 그는 움직이지도 않고 아무런 냄새도 풍기지 않은 채로, 마치 어린 염소처럼 잤다. 그를 보자 나는 속이 울렁거렸고 어지러웠다. 그의 신발은 흙바닥에 직직 끌렸는지 밑창이 나가떨어져 있었다. 숲에서 나올 때 나무의 윗부분에만 옅은 햇볕이 내리쬐었고 내 위치를 가늠할 수 없었다. 바티스트가 나에게 장난을 치고 있다고, 근처 덤불 뒤에 숨어 있거나 유령처럼 생긴 나무를 흔들어댄다고 생각했다. 그의 모습은 보이지 않았다. 바티스트는 그늘진 강가의 물고기, 먼지바람 속의 운모였다. 그는 사라졌다.

나는 루이스의 안전을 위해 루이스를 지켜보기로 했다. 옐로 나이프가 또다시 나를 속이도록 내버려두지 않을 거였다. 나는 계속해서 옐로 나이프를 감시했고 하비 스토너를 주시했다.

루이스

✦

죽음의 광경

플로렌스가 죽은 뒤 날씨가 변했다. 태양이 식었고 어두운 올빼미의 날들이 루이스의 삶에 드리웠다. 겨울 해가 할머니 집 창문 사이로 들어와 침대에 푹 쓰러져 있는 루이스를 비추었다. 태양이 너무 밝아, 루이스는 잠에서 깰 때면 손으로 얼굴을 가리곤 했다. 그녀는 포치에 앉아 늦은 오후가 올 때까지 기다리다가 침대로 돌아갔다.

장례식을 치른 지 2주가 지나자 할머니가 루이스의 손에 튀긴 빵 한 포대를 들려주며 말했다. "도와주신 분들에게 감사를 전해야지. 카우보이한테 갖다 줘라." 루이스는 집을 나서고 싶지 않았다. 머리를 빗거나 옷을 입고 싶지 않았다. 넓은 도로 너머로 미루나무를 바라보았다. 나무는 저 멀리 언덕을 뒤로 한 채 검은 몸을 꼿꼿이 세우고 있었다.

루이스가 집을 나설 무렵 저 멀리 있던 구름이 빠르게 움직이기 시작했다. 바람에 나무들이 삐걱댔다. 얼얼한 냉기가 느껴지자 루이스는 재킷을 걸치지 않은 걸 후회했다. 비가 우박처럼 퍼부었다. 루이스는 몸을 데우려고 달리기 시작했다. 고속도로를 건너 오래된 딕슨 산책로로 향했다. 산책로는 고속도로에서부터 1.6킬로미터 정도 이어져 있었다. 마이너스 힐에 도착한 루이스는 폭풍우를 피해 소나무 아래로 들어갔지만 바람이 가지 사이로 가는 바늘 같은 비를 뿌리는 바람에 다시 뛰기 시작했다. 루이스는 동생을 잊기 위해, 바티스트를 잊기 위해, 가슴을 채우는 공허함을 잊기 위해 달렸다. 들꿩이 덤불을 지나가며 내는 둥둥 소리가 가슴의 고동과 겹쳐졌다. 달리다 보면 차가운 바람이 더위를 식혀 정화되는 느낌이 든다는 걸 잊고 있었다. 원치 않았건만 생각보다 빨리 줄스 바트가 살고 있는 땅에 도착했다. 루이스는 경사면을 따라 올라갔다. 반대편 내리막길은 넓은 울타리와 이어져 있었고 그 옆에 흰색 헛간이 보였다. 말 몇 마리가 저 멀리 울타리 부근에서 달리고 있었다. 바티스트와 그가 애지중지하는 말들이 생각났다. 바티스트는 샴페인에게 말을 걸고 샴페인은 바티스트의 가슴에 주둥이를 문지르곤 했다. 이제 그의 엄마가 아들의 말을 돌볼지 궁금했다. 루이스는 달리다 지친 샴페인, 바티스트가 없어서 야생마가 된 샴페인을 생각했다. 언덕 위에서 보라색 폭풍우가 빠르게 일고 있었다. 바람이 그녀의 등을 떠밀었다. 바람이 잔디를 납작하게 누르자 말들이 줄달음쳤다. 루이스의 얼굴에서, 손에서 비가 흘러내렸다.

　루이스는 줄스 바트를 동생이 죽은 날 이후, 함께 그의 집에 간 날 밤 이후로 보지 못했다. 루이스는 그를 따라 어두운 복도로 들어갔었다. 벽에는 번득이는 박차가 가지런히 걸려 있었고 침대 위에 매달아놓은 먼지 자욱한 뿔에는 카우보이모자와 실크 스카프가 걸려 있었다. 창문 위쪽에 거미줄이 쳐져 있었지만 그의 집은 깔끔했고 질서 정연했다. 침실용 탁자와 서랍장 위에 놓인 레이스들이 눈에 들어왔다. 오래 전 그곳에 살았던 여성의 흔적이었다. 루이스는 기포가 맺힌 유리 액자에 끼워진 사진을 바라보았다. 팔자수염이 난 삐쩍 마른 남자와 새카만 드레스를 입고 웃음기 없는 젊은 여인의 사진이었다. 신문에서 오려낸 기사가 누렇게 뜬 상태로 벽에서 말려 올라가 있었다. 월드 챔피언이라는 머리기사 아래 실린 사진에서 줄스는 너무 활짝 웃고 있었다. 루이스는 이때가 언제인지 궁금했다. 카우보이 줄스 바트. 이제 동생은 페론 장례식장의 어두운 방 안에 잠들어 있었다. 그의 집은 그날 밤 너무 어두워 그의 모습 말고 다른 건 별로 보이지 않았다. 루이스는 줄스 바트를 향해 몸을 숙였고 그의 방을 바라보며 눈을 감았다. 그에게서는 향나무처럼 달콤한 냄새가 났었다.

지금 그의 집은 조용하고 차분했다. 루이스는 열린 문 뒤의 칙칙한 방충문에 얼굴을 갖다 댔다. 창문도 전부 열려 있어 날카로운 바람이 블라인드를 세차게 두들겼다. "여보세요? 아무도 없어요?" 답이 없었다. 루이스는 방충문을 열고 안으로 들어갔다. 개수대에 깨끗한 접시와 포크가 한 개씩 있었다. 부엌 탁자에 담배꽁초가 한가득인 재떨이가 보였고 한 뭉치의 고지서 위에 담뱃재가 흩어져 있었다. 블랙커피가 반쯤 채워진 컵이 탁자에 놓여 있었고 빈 버번 병이 담긴 봉지가 의자에 기대어 있었다. 안으로 더 들어가니 고지서가 잔뜩 보였다. 고지서마다 만기 초과, 미납, 최후 통지 따위의 붉은 도장이 찍혀 있었고, 탁자 구석에는 더 많은 고지서가 놓여 있었다. 뜯어보지도 않은 게 한 무더기였다. 루이스는 침을 삼켰다. "줄스." 루이스는 부드러운 목소리로 그를 불렀다. 튀긴 빵을 조리대에 올려놓고 나가려다가 부엌 너머 복도를 바라보았다. 그가 먼 들판에서 울타리를 수리하거나 겨울 들판으로 소를 몰고 있을 거라고 생각했다. 집은 그가 오랫동안 비운 것처럼 텅 빈 것 같았다.

이제 그만 나가야 했다. 그의 사생활 이상의 무언가를 침범하고 있다는 느낌이 들었다. 그런데 그건 루이스가 자신에 대해 알아가는 일이기도 했다. 그가 잠자는 방, 자신이 그와 함께 잤던 방을 다시 한 번 보고 싶었다. 그가 소유한 모든 것, 그가 홀로 꾸리는 삶을 보고 싶었다. 루이스는 시큼한 쥐 냄새를 맡으며 어두운 복도로 발을 디뎠다. 잠시 멈춰서 귀 기울이자 누군가 자는 소리가 들렸다. 줄스의 느리고 고른 숨소리였다. 이른 오후였고 자기에는 너무 늦은 시간, 목장 주인이 침대에 있기에는 너무 늦은 시간이었다. 심장이 빠르게 뛰자 루이스는 다시 달아나고 싶었으나 자신이 그곳에 있는 걸 그가 몰랐기에 다가가고 싶었다. 루이스는 잔디에 몸을 숨긴 채 가까이 다가가는 뱀처럼 그에게서 숨은 채 방 안을 가만히 들여다보았다.

줄스는 침대에 대자로 뻗어 있었다. 단잠에 빠져 눈을 반쯤 뜬 채 꿈을 꾸고 있었고 벌거벗은 채 이불도 덮지 않았다. 그의 옆에서 잔 적은 있었지만 지금까지 그의 벌거벗은 몸을 본 적은 없었다. 그가 옷을 벗기 전에 안 그래도 어두운 방에 블라인드를 쳐놓은 바람에 루이스는 살짝 실망하고 말았다. 황혼 무렵 그가 셔츠를 벗은 채 초원을 가로지르는 모습을 본 적이 있었지만 벌거벗은 모습을 이렇게 가까이에서 본 적은 없었다. 동생이 죽은 날 밤 그는 몸의 무게와 집요함으로 그녀를 짓눌렀지만 루이스가 자신의 몸을 만지는 걸 허락하지는 않았다. 루이스는 자신의 다리와 맞닿은 그의 다리에서 뿜어져 나오는 열기를 느꼈지만 줄스는 그녀의 어깨를 손바닥으로 밀어 거리를 유지했다. 흉곽 아래쪽의 날카로운 모서리가 그녀의 몸에 무자비하게, 거의 고통스러울 정도로 세게 맞닿았었다. 루이스는 숨을 돌리기 위해 그를 밀어내야 했고 그가 자신 안에 들어왔다 나갔는데도 그의 심장이 뛰는 것조차 느끼지 못했다. 사정을 마친 그는 겨드랑이까지 이불을 끌어당기더니 담배에 불을 붙였다. 그날 밤 그는 혼자 자는 사람처럼 보일 정도로 곤히 잤다.

루이스는 겁을 먹은 채 줄스를 바라봤다. 그의 다리는 길고 아름다웠지만 몸통에는 끔찍한 상처가 있었다. 로데오 카우보이의 얼굴, 작은 흰 선이 콧날을 가르거나 입술에 주름을 새겨놓은 모습, 엄지가 잘려나간 부위에 굳은살이 박인 모습이라면 익숙했다. 카우보이의 상처는 섹시해야 했으며 강인함의 상징이어야 했지만 줄스의 오래된 상처를, 그가 그녀에게 숨기고 있는 상처를 보니 그는 그 상처를 치유하지 못했으며 앞으로도 절대 치유될 수 없을 것만 같았다. 으스러진 흉곽을 제대로 치료하지 않을 경우 허리를 파고들어 결국 날뛰는 말에 두르는 뱃대 끈처럼 몸통을 단단히 조인다는 얘기를 들은 적이 있었다. 줄스 바트의 몸에는 그러한 상처와 그보다 더 많은 상처가 있었다. 갈비뼈 아래로 황소 뿔이 배를 뚫고 지나간 것으로 보이는 곳에 루이스의 주먹만큼이나 큰 소용돌이 모양의 상처가 점선으로 나 있었다. 줄스는 여러 이유로 홀로 숨어 지내며 잊기 위해, 잊히기 위해 술을 마시는 남자였다. 그는 자신을 소진시켜버린 세상과 단절된 남자였다. 줄스 바트는 루이스를 원한 적이 단 한 번도 없었다. 그는 홀로 남겨지기를 바랄 뿐이었다.

줄스 바트가 주먹을 쥐더니 잠결에 휙 움직였다. 그 모습에 깜짝 놀란 루이스는 갑자기 수치심을 느꼈다. 그는 자신이 상상한 남자가 아니었다. 거침없는 남자도, 걱정 없이 사는 남자도 아니었다. 가족도 없는 줄스 바트는 목장마저 곧 잃을 것 같았다. 루이스는 복도를 향해 돌아섰다. 그가 자신을 붙들지 않았으면 싶었다. 그에게서 재빨리 벗어난 뒤 뛰기 시작했다. 문이 루이스의 뒤에서 쿵 하고 닫혔다.

폭풍우가 잦아들면서 사위가 어두워지고 있었다. 루이스는 자신에게서 달아나고 싶었다. 언덕을 향해 달리고 잡초와 높게 자란 잔디 위를 껑충 뛰어올랐다. 튀긴 빵이 담긴 포대를 떨어뜨렸지만 멈추지 않았다. 줄스가 창문에서 자신을 바라보고 있지 않기를 바라며 뒤를 돌아봤다. 몸을 숨길 수 있을 만한 나무 쪽으로 향하며 저 멀리 언덕에서 눈을 떼지 않았다. 지금은 자신과 줄스 바트 사이에 거리를 두는 일만이 중요했다.

너무 빨리 달린 나머지 루이스는 돌부리인지 떨어진 나뭇가지인지 알 수 없는 것에 발이 걸려 앞으로 나동그라지고 말았다. 젖은 잔디에 얼굴이 파묻히고 뼈가 퍽 하고 땅에 부딪히는 소리가 들렸다. 루이스는 잠시 차가운 잔디에 가만히 누워서 거친 숨소리에 귀 기울였다. 무릎이 따끔했다. 날카로운 작은 돌멩이가 손바닥에 박힌 것 같았다. 심장이 고동치자 바보가 된 기분이었다. 자업자득이었다. 봐서는 안 되는 걸 본 결과였다. 루이스는 해야 할 일도 회피했다. 옆구리가 묵직했다. 다친 손을 내려다봤다. 세게 넘어진 게 분명했다.

달콤한 냄새가 공기를 맴돌자 루이스는 숨을 깊이 들이마시고 싶었다. 커다란 바위가 보여 그쪽으로 갔다. 흥분을 가라앉혀야 했다. 바람이 불면서 달콤한 냄새가 순식간에 무르익었다. 루이스는 킁킁거렸지만 산들바람은 이미 그녀에게서 돌아서고 없었다. 등이 뻣뻣했다. 루이스는 거친 바위에 앉아 피가 흐르는 무릎을 내려다봤다. 폭풍우가 검은딸기나무를 후려치고 있었다. 비는 계속 내렸다. 루이스는 젖은 머리를 뒤로 넘겼다. 가을 공기에 웃고 싶기도 울고 싶기도 했다. 어느 쪽이든 한번 시작하면 멈출 수 없을 것 같았다. 숨을 들이쉬려고 호흡을 가다듬으려 해봤다. 발가락 역시 비에 흠뻑 젖어 있었다. 신발 끈을 풀려고 몸을 숙이는 순간 잔디 사이에서 뭔가 보였다. 심장이 목으로 쑥 빠져나오는 기분이었다. 다시 들여다봤다.

무언가 잔디에 가만히 누워 있었다. 죽은 사슴이기를, 눈앞에 보이는 모습이 거짓이기를 바랐지만 그건 분명 여자였다. 헤마우쿠스 쓰리 드레시스가 쏟아지는 빗속에 눈도 깜빡이지 않은 채 누워 있었다. 탁한 눈은 부릅뜨고 팔은 머리 위로 쭉 뻗었으며 검은 머리는 잡초에 엉킨 채였다. 루이스는 벌떡 일어났다. 헤마우쿠스의 손톱 아래 흙이 박혀 있었다. 그녀는 죽었다. 등 근육이 목으로 말려 올라가는 기분이 들었다. 누군가 그녀의 시신을 이곳에 옮긴 게 분명했다. 루이스는 내내 달려와서 다리가 아팠지만 다시 뛰었다.

고속도로에 이르러서도 계속해서 뛰었다. 뒤에서 차가 다가오는 소리가 들리자 루이스는 배수로에 숨고 싶었다. 팽팽해진 손가락이 피로 근질거렸다.

운전사는 루이스 뒤로 난 갓길에 차를 세웠다. 뒤돌아보자 하비 스토너가 커다란 차의 열린 차창 너머로 그녀를 바라보고 있었다. 누군가를 봐서 그렇게 반가웠던 게 얼마만인지 몰랐다.

"꼴이 말이 아니네." 그가 입술을 핥으며 말했다. 루이스가 다가가자 그의 표정이 바뀌었다. "루이스, 괜찮은 거야? 꼭 유령 본 사람 같아."

루이스는 괜찮지 않다고, 언덕에 죽은 여자가 있다고, 얼마 전에 동생이 죽었다고 말하고 싶었으나 너무 피곤했다. 아무 말 없이 차에 올라탔다.

"저기 언덕에 여자의 시신이 있어요. 바로 저기에요."

하비는 무슨 말인지 모르겠다는 표정으로 루이스를 바라

봤다. 그는 그녀를 이상하게 쳐다봤다. 하비가 차에서 내리자 루이스는 차 문을 잠갔다. 차로 돌아온 그의 얼굴은 잿빛이었다. 그는 성긴 머리칼을 손가락으로 빗었다.

"휴, 네가 저런 걸 보다니." 그는 잠시 말을 멈춘 뒤 부드러운 목소리로 말했다. "동생 얘기는 들었어. 정말 유감이야."

루이스는 차량 계기판 위에 놓인 담뱃갑으로 손을 뻗었다.

"네 생각을 했어." 그는 손가락으로 루이스의 가슴뼈를 음흉하게 훑었다.

"신고해야 하지 않아요?" 루이스가 말하자 하비는 그녀에게 몸을 뗀 뒤 시동을 걸었다. 루이스의 머리카락에서 물이 뚝뚝 떨어지고 있었다. 그는 뒷좌석에서 가죽 코트를 낚아채 루이스에게 던졌다. "그렇게 몸이 젖어서는 안 되지." 루이스는 벌벌 떨면서 코트를 목까지 끌어당겼다. 헤마우쿠스 쓰리 드레시스는 차가운 은색 하늘 아래 입을 벌리고 있었다.

루이스가 어찌할 새도 없이 하비는 줄스 바트의 집으로 향하는 차선에 들어서고 있었다. "저 남자네 집에 전화가 있어." 하비가 말했지만 루이스는 문에 팔꿈치를 기댄 채 눈을 가렸다. "왜 그래?" 그가 루이스에게 손을 뻗으며 말했다. "도대체 왜 그러는데?"

"저 집에 가면 안 될 것 같아요." 하비는 그녀 쪽으로 고개를 젖혔다. 그는 루이스가 무언가를 숨기려고 하면 어김없이 알아채곤 했다. "여기에서 도대체 뭘 하고 있었던 거야?" 그가 물었다. 루이스는 아무 말 없이 하비의 코트를 더 끌어당겼다.

"무슨 일이 있었군." 하비가 말했다.

그들은 줄스 바트의 집 앞에 차를 댔고 하비가 경적을 울렸다. 그들은 잠시 기다렸고 하비가 차 문을 열고 나가려는 찰나 줄스 바트가 집 밖으로 나왔다. 그는 청바지 안에 셔츠를 집어넣고 있었으나 루이스를 보는 순간 멈춰서 카우보이모자를 고쳐 썼다. 루이스는 줄스가 자신이 조금 전에 왔다 간 걸 알지도 몰라 그에게서 고개를 돌렸다. 하비가 차창을 내렸다. "전화 좀 쓸 수 있겠소?"

"무슨 문제라도 있나요?" 줄스가 물었다.

"그런 셈이죠." 하비가 말했다. 줄스 바트는 눈을 비비고 루이스를 흘낏 바라봤지만 그녀를 알아보지는 못했다.

"저기 언덕에 여성의 시신이 있소." 하비가 말했다. "신고를 해야 해요." 줄스는 고개를 끄덕였고 하비 스토너는 혼자 집 안으로 들어갔다.

줄스는 그녀가 서 있는 쪽으로 걸어와 진흙을 발로 찼다. "비가 그쳤네." 그가 말했다. 루이스는 그의 얼굴을 봤지만 그는 루이스가 왔다 간 걸 모르는 듯했다. 루이스가 뭔가 말하고 싶어 그의 부츠를 바라보던 바로 그때 스토너가 차 문에 기대더니 그녀를 불렀다.

루이스는 하비가 경찰서에 전화한 거라고 생각했다. 하지만 놀랍게도 수화기 건너편에서 찰리의 목소리가 들렸다. "무슨 일이야?" 익숙한 목소리에 루이스는 가슴이 다시 바짝 조이는 기분이었다. 루이스는 울고 싶지 않아 침을 삼켰다. "그 남자랑 뭐 하고 있는 거야?" 찰리는 루이스를 꾸짖었지만 루이스는 그의 말에 귀 기울이지 않았다. 그가 말을 마칠 때까지 기다렸다가 그에게 나쁜 소식을 전했다.

"헤마우쿠스가 죽었어요." 그녀는 시신을 찾은 위치도 말했다.

"루이스" 그가 말했다. "네가 직접 발견한 건 아니지?" 찰리가 사과하기 전에 루이스는 전화를 끊어버렸다. 지금은 그의 친절함을 감당할 자신이 없었다. 비가 다시 내리기 시작했다. 세찬 비였다. 줄스의 카우보이모자 챙에서 비가 튀겼다. 루이스는 스토너의 차로 돌아갔고 차가 출발하는 순간 사이드미러로 줄스를 바라보았다.

차가 다시 고속도로에 들어서자 마음이 놓였다. 하비는 차를 멈춰 세우더니 그녀를 바라봤다. "이제 뭐 할 거야?" 하비가 물었다. 그는 자리에서 몸을 고쳐 앉곤 다리를 문질렀다. "우리 집에 가도 돼." 그는 루이스의 겨드랑이에 손을 밀어 넣은 뒤 그녀를 끌어안으려고 했다. 그의 엄지손가락이 그녀의 젖꼭지를 간질였다. 멀어져 가는 언덕 위로 하늘의 파란 틈이 보였다. 하비는 좌석 너머로 몸을 굽히더니 루이스의 귀에 키스했다. "보고 싶었어." 그가 속삭였다. 그의 혀가 그녀의 귀를 부드럽게 핥자 루이스는 어깨에 뺨을 비벼 그의 침을 닦아 냈다. 하비는 그녀에게 더 가까이 다가왔다. 그의 목소리가 날카로웠다. "좀 더 보여줘 봐." 그가 말했다.

하비는 루이스의 허벅지를 움켜쥐었고 그녀는 가슴 앞에 팔짱을 꼈다. 그냥 집에 가고 싶었지만 하비가 변명을 받아들이지 않을 거였다. "바티스트 집에 가야 해요." 루이스는 이렇게 말하면서 눈을 감았다.

"그놈이랑 다시 합칠 건 아니지?" 그가 물었다. 그는 남편의 소식을, 바티스트가 원주민 자치 지구를 떠났다는 소식을 아직 듣지 못한 게 분명했다. 하비 스토너가 퍼마에서 들리는 모든 소문에 관심을 갖지는 않을 거였다. 하비는 바티스트가 아직 근방에 있다고 생각했다.

"한 바퀴 돌려고요." 그녀가 말했다.

"좋은 생각이야." 하비가 그녀에게 윙크했다.

"말을 타겠다는 뜻이에요." 루이스는 그의 숨결을 피해 몸을 뒤로 뺐다.

하비는 움푹 파인 곳을 지나고 운전대에 루비 반지를 두드려가며 더티 스왈로의 집까지 빠르게 차를 몰았다. 그는 거침없었다. 그가 커브를 돌자 차의 무게가 바뀌는 게 느껴졌다.

하비는 루이스에게 화가 나 있었다. 루이스는 그에게 무언가를 줘야 할 것 같았다. 하비 스토너의 관심을 잃고 싶지 않았다. 그는 자신을 원주민 자치 지구에서 꺼내줄 수 있는 유일한 사람이었다. 루이스는 코트를 접어 무릎에 올려놓은 뒤 소매를 쓰다듬었다. "저는 그의 말을 사랑해요." 그녀가 말했다. "제가 그이 곁에 남은 이유죠."

"그의 말이라." 스토너가 콧방귀를 꼈다. 질투에 사로잡힐 때면 하비 스토너는 추악해졌다.

루이스는 아무 말도 하지 않았다. 바티스트의 말이 보고 싶었으며 어떻게 해서든 바티스트에게 가까이 있는 느낌을 느끼고 싶었다. 루이스는 바티스트만이 자신에게 정직하다는 사실이 불현듯 떠올랐다. 그에게는 비밀이 없었다. 바티스트는 그녀에게 아무것도 감추지 않았다. 하비는 갑자기 차를 세웠고 그 바람에 루이스는 몸이 앞으로 쏠렸다.

"후회할걸." 그가 말했다.

루이스는 문손잡이를 움켜쥐었다. "뭐라고 했어요?"

"후회하게 될 거라고…… 나랑 가지 않은걸." 하비 스토너는 시동을 끄며 다시 말했다. 그의 말이 협박처럼 느껴졌다.

엔진이 딸각하며 꺼졌다. 스토너는 손바닥을 좌석에 갖다 대고 눌렀다. 히터에서 털털거리며 씩씩대는 소리가 났다. 루이스는 관심을 사보려고 그의 납작한 손을 손가락으로 톡톡 두드렸다. 그의 얼굴은 팽팽했고 입술은 가장자리가 하얗고 건조했다. 하비 스토너는 뭐든 제멋대로 하는 남자였다. 그는 루이스 쪽을 보지 않았다. 하비는 그녀의 관심을 사는 데 너무 안달이 나 있었다. 숲에서 죽어 있는 헤마우쿠스 쓰리 드레시스를 보았지만 여전히 자신이 하고 싶은 일에만 관심이 있을 뿐이었다.

"자기야, 원하는 게 말이라면 당장이라도 그 망할 놈의 말을 사줄 수 있어." 그는 루이스를 지그시 바라봤다. 그녀가 자신을 선택해주기를 바란다는 듯. 하비 스토너는 루이스에게 백 마리도 넘는 말을 사줄 수 있을 터였다. 그는 대신할 수 없는 건 없다고, 교체할 수 없는 건 없다고 생각했다.

루이스는 스토너의 차에서 내렸다. 그는 루이스에게서 고개를 돌렸지만 샴페인이 그녀를 향해 들판으로 뛰어오는 것을 지켜본 뒤에 그곳을 떠났다. 잠시 모든 것에서 벗어나자 루이스는 기분이 좋았다. 더티 스왈로가 자신을 찾든 말든 신경 쓰지 않았다. 샴페인을 향해 손을 들어 올려 말의 목에 코를 비볐다. 샴페인은 루이스의 등에 목을 문질렀고 루이스는 그의 부드러운 털에 얼굴을 묻었다. 고개를 들자 하비 스토너가 여전히 자신을 보고 있었다. 약간 소름이 끼쳤다. 이 남자는 지나치게 많은 것을 바랐다. 불현듯 이 남자는 원하는 것을 얻기 위해서라면 자신이 사랑하는 것들을 가져갈 수 있는 사람이라는 생각이 들었다. 직감적으로 자신의 너무 많은 부분을 하비 스토너에게 보여줬음을 깨달았다. 루이스는 샴폐인에게서 한 발 물러나 높게 자란 잔디에 앉았다. 하비 스토너가 드디어 떠나자 샴폐인에게 다가가 말을 걸다가 자신이 바티스트와 얘기하고 싶어 한다는 걸 깨달았다. 헤마우쿠스 쓰리 드레시스가 높게 자란 잔디에 죽어 있던 모습이 머릿속을 떠나지 않았다. 헤마우쿠스가 바티스트와 걷는 걸 본 날이 떠올랐다. 헤마우쿠스가 살아서 웃던 날이. 루이스는 빗더미에 앉아 자포자기한 채 숨어 있는 줄스 바트를 생각했다. 전에는 몰랐던 많은 것들이 이해되기 시작했다.

찰리 킥킹 우먼

원주민 자치 지구 사망사건

루이스에게서 시신을 수색하기 위해 필요한 정보를 알아내야 했건만 그러지 못했다. 하비 스토너를 조심하라고 경고하느라 정신없던 나머지 신고 전화를 받고도 나는 경찰답게 행동하지 않았다. 스토너의 거슬리는 목소리, 힘든 시기를 보내고 있는 루이스 옆에 스토너가 있는 모습이 자꾸만 생각났다. 그들은 다시 만나기 시작했다. 스토너가 루이스를 위로하는 모습, 그녀의 머리를 쓰다듬는 모습, 그녀에게 달콤한 목소리로 속삭이는 모습이 그려졌다. 헤마우쿠스 쓰리 드레시스의 시신을 찾는 것보다 그 둘을 찾고 싶은 마음이 간절했다.

레일러는 폴슨 바깥에서 일어난 사고 현장에 파견된 상태라 현장에 즉시 출동하지 못했다. 레일러가 퍼마에 도착했을 무렵에는 땅거미가 지고 있었다. 나는 우선 아래쪽을 수색했다.

수색 범위를 좁히고 싶었고 레일러에게 상황을 제대로 파악하고 있다는 인상을 주고 싶었다. 레일러가 왔을 무렵 나는 언덕 아래를 서성이며 시신을 찾고 있었다. "우리가 뭘 찾고 있는 거지?" 그가 물었다. 나는 신고를 받았다고, 살인 사건일 수 있다고 설명하며 이미 수색한 지대를 가리켰다. 어둠이 들판의 가장자리를 따라 번지고 있었다. 구름은 걷혔으나 언덕 꼭대기에 살짝 걸쳐 있던 햇살은 서서히 자취를 감추고 있었다.

"스토너 씨가 시신이 정확히 어디에 있다고 했지?" 레일러가 나를 뚫어지게 바라봤다.

"여기 어딘가." 나는 팔을 닦으며 말했다.

"좋아." 레일러가 말했다. "좋군." 그는 언덕 위로 향했다. 나는 차에서 손전등을 꺼내 들고 그를 따라갔다. 코요테가 우리보다 먼저 헤마우쿠스의 시신을 찾을까 봐 걱정이었다. 그렇게 된다면 내 잘못일 터였다. 들판을 빠르게 걸으며 쭉 훑어봤다. 레일러는 들판의 저쪽 끝에 있었다. 그는 촘촘하게 난 잔디를 발로 차다가 이따금 멈춰서 엉덩이에 손을 올린 채 고개를 저었다. 나는 집중하려고 했다. 잔디가 파인 곳이나 확실한 자국 같은 단서를 찾아 땅을 꼼꼼히 살폈지만 돌뿐이었다. 서서히 잠식하는 어둠에 눈이 적응했다 싶었건만 이제 밤이 들판을 집어삼키고 있었다. 레일러의 손전등이 비추는 좁다란 길만 보였고 그것조차 보이지 않을 때도 있었다. 나는 나만의 기준에 따라 들판의 한쪽 끝에서 다른 쪽으로 이동했다. 아무래도 가망 없어 보였다. 레일러가 갑자기 뒤에서 나타나 내 어깨를 움켜쥐는 바람에 화들짝 놀라고 말았다. "놀라긴." 그는 모자를 벗어 다리를 툭 쳤다. "영 성과가 없군." 그가 말했다. "오늘 밤에는 그 여자를 못 찾을 것 같은데." 레일러는 작은 잔디밭을 향해 손전등을 비추었다. "새벽녘에 다시 찾아보자고. 하비 스토너에게 전화해야 할지도 모르겠어." 나는 얼굴을 찡그리지 않으려고 애썼다. 레일러를 따라 도로로 가면서 계속해서 땅을 살폈고 바위와 작은 덤불에 손전등을 비췄다. 레일러의 말이 옳다는 걸 인정하고 싶지 않았다. 우리는 오늘 밤 헤마우쿠스를 찾지 못할 터였다. 나는 벌써부터 피곤해져서 눈을 비볐다. 뱃속이 뒤틀렸다. 아침이면 까마귀가 찾아올 텐데. 나는 실패한 게 분명했다.

다음 날 아침, 태양이 떠오르기 전에 서둘러 현장을 찾았다. 어스름한 아침이었다. 11월답지 않게 춥지는 않았다. 들판에는 성에가 잔뜩 끼어 있었다. 이 무렵 사람들은 겨울 코트도 걸치지 않은 채 활기차게 밖으로 나왔다가 자신도 모르는 사이에 병에 걸리곤 했다. 계절이 바뀌는 이맘때면 많은 사람이 죽었다. 루이스의 엄마 애니 화이트 엘크의 목숨을 앗아간 것도 봄날처럼 갑자기 따뜻해진 날씨였다. 그녀는 남편을 찾아 맥파이만을 돌아다녔다. 단총과 육포 한 봉지만 들고 이틀 동안 밖에 있었다. 애니 화이트 엘크는 따뜻한 날들에 속았다. 그녀는 노란 사과로 가득한 흰색 지하 저장실을 꿈꾸며 오한에 시달린 채 집에 왔다고 맥파이 할머니는 말했다. 집으로 돌아온 지 일주일 만에 결국 그녀는 세상을 떠났다.

나는 살펴본 지역을 표시하고 싶어 줄자를 가져갔다. 두 시간 넘게 현장을 살피고 나자 레일러가 나타났다. 그는 커피를 홀짝이며 내가 잡초와 나무에 조심스럽게 묶어둔 핑크 리본을 향해 고갯짓을 했다. 그는 나의 노력을 재미있어 했다. "원주민만의 오래된 비법이라도 되나?" 나는 그를 무시했다. 그는 여유롭게 나를 지나쳤고 이따금 멈춰서 커피를 꿀꺽꿀꺽 삼켰다. 운 좋게도 그는 현장에 나온 지 10분이 채 되지 않아 나를 향해 소리쳤다. "이리 와봐. 여기 있어." 나를 놀린다고 생각했지만 그는 손을 들어 올려 이리 오라는 손짓을 했다. 농담이 아님을 깨달은 나는 그가 있는 쪽으로 달려갔다. 내 일을 제대로 못했다는 생각에 갑자기 숨이 찼다. 내가 너무 헐떡거렸는지 레일러가 말했다. "그렇게 흥미로운 볼거리는 아닌데. 죽은 지 며칠 된 거 같아."

헤마우쿠스 쓰리 드레시스의 얼굴을 내려다보니 그제야 현실감이 찾아왔다. 입은 벌어져 있었고 입술은 잘 익은 과일의 부드러운 껍질처럼 갈라져 있었다. 레일러가 그녀의 옆구리에 발을 올려놓고 시신을 뒤집자 나는 손을 뻗어 막았다.

"왜 그러는데?"

레일러가 반짝이는 검은 부츠로 그녀의 허벅지를 미는 것을 보며 나는 침을 삼켰다. 그가 그녀의 시신을 돌리자 헤마우쿠스의 얼굴, 느슨하게 묶인 긴 머리칼이 내려다보였다. 말총처럼 두껍고 반짝이는 머리칼이 잡초를 쓸고 있었다. 등에는 구멍이 나 있었다. 총알이 그녀의 산산조각 난 흉골을 관통했다. 25센트 동전 같은 동그랗고 마른 핏자국 하나가 시신 아래 고여 있었다. 헤마우쿠스는 다른 곳에서 총에 맞고 이곳으로 옮겨진 거였다. 셔츠가 풀어 헤쳐져 한쪽 가슴이 드러나 있었다. 그녀는 이미 진흙 요람의 품으로 돌아가고 있었다. 그녀의 부드러운 피부에 눌린 잔디는 꺼림칙하게도 따뜻하고 달콤한 냄새를 머금고 있었다. 죽음의 냄새였다. 레일러는 시신을 수송할 구급차를 불렀다. 우리는 헤마우쿠스의 시신을 담요로 덮은 뒤 길가에서 기다렸다.

강 위로 옅은 안개가 피어올랐다. 해가 떠오르자 눈이 부셨다. 너무 눈부셔 앞이 안 보일 지경이었다. 땅의 표면이 녹고 있었고 그녀의 시신을 들어 올리자 지푸라기처럼 잔디가 딸려 올라왔다. 시신은 무거웠다. 나에게 주어진 일의 무게가 느껴졌다. 옐로 나이프가 반경 160킬로미터 내에 있다면 그를 추적했겠지만 그는 아직 야키마에 있다고 했다. 그에게는 다행인 일이었다.

나는 머릿속으로 용의자를 떠올려봤다. 헤마우쿠스와 조금이라도 관련 있는 사람을 모두 떠올려봤다. 하지만 계속해서 옐로 나이프와 히죽거리는 그의 웃음, 싸움을 시작할 때 그가 뺨에 기름을 바르는 모습 따위만 떠올랐다. 나는 쉬운 답을 찾고 있었다. 머리 가죽이 팽팽하게 조이는 기분이었다. 옐로 나이프가 플랫헤드에 돌아왔다면 조사할 게 그리 많지 않을 터였다. 옐로 나이프를 범인으로 지명한다고 내 기분이 나아진 건 아니었다. 그나마 위안으로 삼을 만한 건 내 의심이 사실로 입증될 경우 스토너도 크게 당할 거라는 사실이었다. 돈이 얼마나 많든 옐로 나이프의 보복을 피할 수는 없을 터였다. 옐로 나이프의 '복수' 명단에는 나도 포함될 거였다. 나는 스토너와 같은 카테고리에 들어가고 싶지 않았지만 인정하고 싶지 않아도 루이스 문제에 있어 나 역시 스토너와 다를 바 없었다.

내가 알기로 옐로 나이프는 루이스를 때린 날 밤 헤마우쿠스와 함께 있었다. 그가 줄곧 야키마에 있었다는 소문을 들었지만 옐로 나이프가 어깨에 소총을 메는 모습이, 조준을 하는 모습이 머릿속을 떠나지 않았다. 헤마우쿠스는 이제 나에게 무슨 일이 일어났는지 말해줄 수 없을 터였다. 옐로 나이프가 플랫헤드로 돌아왔다는 직감이 들었다. 나는 직감을 믿었지만 뭔가 꺼림직했다. 나는 땀 흘려 얻은 지식을 원했다. 애매

모호한 확실성, 동물적인 감각을 믿고 싶지 않았다. 나는 증거를 원했고 증거를 찾아 나섰다.

바티스트 옐로 나이프는 맬릭네 가게 밖에 주차된, 상태가 그리 나빠 보이지 않은 검은 라셀 안에 있었다. 차 문은 열려 있었고 그는 한쪽 다리를 땅에 내딛은 채 조수석에 앉아 있었다. 자세를 보아하니 그가 소유한 게 차만은 아닌 것 같았다. 그는 사과만 딴 게 아닌 듯했다. 그는 내 쪽으로 담배를 던진 뒤 시선을 돌렸다. 옐로 나이프를 상대로 한 지명수배를 승인받지 않은 나 자신에게 화가 났다. 그가 헤마우쿠스를 죽였다는 사실을 입증하지 못할지라도 최소한 그를 원주민 자치 지구에서 끌어낼 수는 있었다. 나는 너무 안이했다. 옐로 나이프가 돌아온 것을 보자 책임감에 마음이 무거웠다.

"안녕 바티스트." 나는 약간 의기양양하게 말했다.

그는 아무 말도 하지 않았다. 나더러 가까이 오지 말라고 말하는 듯한 뻣뻣한 미소를 지은 채 길 건너편을 바라보았다. 나는 그의 신호를 너무 잘 읽었다. 그 신호를 눈치챈 내가 싫었다. 바티스트는 내 기억보다 호리호리했다. 팔에는 정맥이 드러나 있었고 근육이 단단했다.

나는 숨을 들이쉬었다. "여기서 뭐 하고 있는 거지?"

그는 팔을 앞으로 쭉 뻗어 가슴을 감싸며 손가락으로 갈비뼈를 톡톡 쳤다.

"아 진짜, 귀찮게." 그가 말했다.

나는 엉덩이에 손을 올린 뒤 인내심을 끌어올렸다. 그에게 화가 난 건지 그가 두려운 건지 알 수 없었다. 지원을 요청할까 생각했다.

바로 그때 식료품 가게에서 여자가 나왔다. 머리카락이 검은 그 여자는 원주민 장신구를 치렁치렁 매달고 있었지만 원주민이 아니었다. 좋은 코트를 걸친 그녀는 식료품 봉투를 손에 쥔 채 미소 지었다.

나는 고개를 숙였다. "지난 며칠 동안 어디에 있었는지 말해주겠습니까, 옐로 나이프 씨." 진술을 묻는 것이었다.

"그냥 편하게 묻지." 그가 말했다.

"나랑 있었어요." 여자가 당당한 자세로 말했다. "우리는 오늘 아침에 막 여기 도착했어요."

바티스트 옐로 나이프는 볼을 문질렀다.

"엄마는 아직 안 만나본 거지?" 나는 루이스의 안부를 묻고 싶었으나 그 정도로 어리석지는 않았다. 그는 나를 올려다본 뒤 자리에서 일어나 식료품 봉투를 집어 들었다.

"헤마우쿠스 쓰리 드레시스가 죽었어." 나는 무미건조한 목소리로 말했다.

그는 먼 곳을 바라봤다.

나는 여자를 향해 모자를 살짝 기울였으나 그녀의 떨리는 입에서 잔인하게도 무언가를 인정하는 모습이 엿보였다. 여자는 골칫거리에 막 발을 들인 참이었다. 나는 순찰차의 뒷문을 열고 옐로 나이프에게 타라는 몸짓을 했다. 아직 그에게 예의를 차릴 의향이 있음을 보여주는 정중한 몸짓이자 신호였다. 나는 직감으로 옐로 나이프를 몰아세우고 싶지는 않았지만 내 행동은 확실히 비겁했다.

"나는 아무 데도 안 가." 옐로 나이프는 내 발에 침을 뱉었다. 나는 아무짝에도 소용없는 총을 쥔 채 가만히 서 있었다. 레일러뿐일지라도 지원 요청을 하지 않은 게 후회가 되었다.

"엄마 집으로 가." 그가 말했다. "그 정도는 해줄 수 있잖아."

옐로 나이프는 차에 다리를 밀어 넣은 뒤 차 문을 닫았다. 둘은 함께 출발했다. 나는 주인을 따라가는 개처럼 그들을 따라갔다. 맬릭네 가게에서 행동을 취했어야 했다.

옐로 나이프와 여자는 한 패였다. 더 큰 문제였다. 다양한 인간군이 한데 뒤섞인 모습이 그려졌다. 옐로 나이프, 루이스, 낯선 여자, 스토너, 나. 나는 기름 가득한 냄비를 젓는 막대기, 그들의 화를 돋우는 심지였다. 내가 틀렸기를 바랐다. 그들이 서로 거리를 두기 바랐다. 하지만 나 같은 사람도 느낌이란 게 있었다. 게다가 나는 점점 똑똑해지고 있었다.

별일 없이 한참 차를 몰고 가고 있는데 길가에 루이스가 보였다. 나는 옐로 나이프가 여자 친구에게 차를 세우게 한 뒤 아내와 얘기하는 건 아닐까 싶어 바짝 긴장했다. 루이스는 우리가 지나가는 것을 바라보려고 멈춰 선 뒤 손 그늘을 만들어 눈을 가렸다. 남편이 다른 여자와 차를 타고 지나가면서 손을 들어 올리거나 그녀의 시선을 외면하지도 않은 걸 보며 루이스가 무슨 생각을 할지 궁금했다. 나는 잠시 그녀를, 그녀의 얼굴을 흘낏 본 뒤 내 일에 다시 집중했다. 옐로 나이프가 허튼수작을 부리게 내버려두지 않을 거였다.

나는 라셀을 따라 더티 스왈로의 집 진입로로 들어섰다. 집은 작았다. 몸통이 검은 향나무와 바위들 한가운데 자리한 널기와집, 방울뱀의 천국이었다.

나는 차에서 나와 그들을 태운 차량의 문을 연 뒤 가까이 섰다. 내가 임무 수행 중임을 알려주고 싶었다.

"지긋지긋한 놈." 바티스트가 말했지만 나는 아무 말도 하지 않았다.

더티 스왈로가 밖으로 나와 아들을 맞았다. 그녀는 나를 보고 놀라지 않았다. 더티 스왈로는 옐로 나이프의 손을 움켜쥐었고 나는 그들이 시간을 보내도록 순찰차로 돌아갔다. 파견팀에 무전을 보내 나의 위치를 알렸다. 검은 머리의 백인 여자는 더티 스왈로에게 고개를 끄덕였고 더티 스왈로는 나를 돌아봤다. 그녀가 뻣뻣한 무릎으로 천천히 차를 향해 다가오자 나는 차창을 내렸다.

"스템." 그녀가 말했다. 살리시어 인사였다. 그녀의 얼굴은 동그랗고 단단했다. 눈이 너무 짙어 표정이 읽히지 않았다.

"어서." 더티 스왈로가 말했다. "와서 커피 좀 들게나." 나는 권위를 발휘할 수 있는 순찰차에 앉아 있고 싶었으나 전통을 거부할 수는 없었다.

나는 더티 스왈로를 따라 집 안으로 들어갔다. 그녀는 기분 좋게 흥얼거렸다. 보이지 않는 누군가에게 회답하는 것처럼 보이기도 했다. 집 안으로 들어가자 외풍이 드는 흙먼지 바닥의 냉기가 느껴졌다. 산들바람이 들썩이며 발목을 스쳤다. 나는 모자를 벗고 자리에 앉았다.

더티 스왈로는 커피를 한가득 따라준 뒤 내가 마실 때까지 기다렸다.

옐로 나이프는 부엌 사이드보드에 기댄 채 바닥을 바라보았다. 그의 손에 짙은 납빛 잉크로 새긴 루이스의 이름이 보였다. 루이스의 이름은 그의 이마에도 있었는데 그건 금이 간 심장 안에 들어 있었다. 심장의 아래쪽에는 가시 돋친 일그러진 장미가 그려져 있었다. 파랗고 붉은색의 진짜 문신이었다. 나는 잘못된 장소에 들어온 거였다.

검은 머리의 백인은 웃음기 없는 예의 바른 얼굴로 나를 마주하고 탁자 건너편에 앉았다. 그녀는 반복해서 세는 것처럼 자동차 열쇠를 쥐고 있었다. 바티스트는 엄마에게 무슨 말인가 했고 나는 몇 마디밖에 알아듣지 못했다. 생각보다 알아들을 수 있는 말이 적었다. 그들은 옛 단어를 많이 사용했다. 나는 몇 가지 힌트만 이해할 수 있을 뿐이었다. 더티 스왈로는 "헤마우쿠스"라고 말할 때 고개를 저으며 눈을 가볍게 두드렸다.

긴 침묵이 찾아왔다. 근육을 꿈틀대게 하는 침묵. 잠든 뱀과 평편한 돌의 침묵, 더티 스왈로만이 만들어낼 수 있는 침묵이었다. 나는 뜨거운 커피를 목으로 넘겼다. 탁자 위에 손을 가만히 올려놓고 시계는 보지 않았다. 시간이 전혀 흐르지 않았거나 몇 시간이 흘러버렸을까 봐 두려웠다. 침묵이 조용하고 묵직하게 내 위로 내려앉았다. 그 침묵 속에서 나는 웃으며 고개를 돌리는 헤마우쿠스를 보았다.

옐로 나이프는 순찰차 뒷좌석에 조용히 앉아 있었다. 그는 손을 내려다보고 있었다. 굵은 머리카락에서 담배 연기 냄새, 술을 너무 오래 마시고 여자를 너무 많이 탐닉한 남자에게서 나는 시큼한 옷 냄새가 났다. 루이스가 이마를 문지르며 그에게 또다시 담뱃불을 붙여주는 모습이 그려졌다.

폴슨으로 향하는 길은 길었다. 그에 관해 들었던 소문들, 사실임이 분명한 소문들을 무시할 수 없었다. 그는 뱀처럼 빠르고 기이하게 움직였고 불쑥 다가왔다가 불쑥 멀어졌다. 차가 회전을 할 때마다, 빛이 바뀔 때마다 그의 피부가 번뜩였다. 나는 좌석 등받이를 통해 등으로 전해지는 그의 숨결을 느끼지 않으려고 애썼다.

옐로 나이프는 언젠가는 술을 그만 마시고 분노에서도 벗어날 거였다. 하지만 쉽게 간파할 수 없는 예민한 남자라는 사실은 변함없을 거다. 나는 플랫헤드에서 가장 위험한 남자를 뒷좌석에 태웠다. 그는 내 뒤통수를 바라보고 있었고 나는 머지않아 그의 숨결로 내 뇌가 폭발할 거라고, 그의 저주가 나를 향하고 있다고 생각했다. 이런 생각을 떨쳐버리려고, 그저 미신일 뿐이라고 생각하려 했다. 나에게 힘이 있다고 믿어야 했다.

그가 머리를 긁는 소리가 들렸다. "형편없군." 그가 말했다. "뭘 좀 먹을 걸 그랬네." 그는 또다시 다리를 긁었는데 이번에는 너무 세게 긁는 바람에 소리가 귀에 거슬렸다. 다행히 나는 옐로 나이프를 레이크 카운티에 넘겼다. 레일러를 포함한 다른 경관들이 그를 구금했다. 레일러는 옐로 나이프에게 수갑을 채운 뒤에도 뭔가 미심쩍어했다. 레일러는 권위를 잃은 나를 돌아보며 비웃지 않았다. 살인 사건은 내 담당 분야가 아니었으나 몇 가지 사항을 확인해볼 수는 있었다.

딕슨으로 가는 길, 레일러는 웃음기 가득한 목소리로 나에게 무전을 보냈다. "옐로 나이프에게는 혐의가 없다고 하네." 그가 말했다. "그 비열한 원주민 자식을 풀어줬어." 나는 무전기를 껐다.

　내가 집에 돌아왔을 무렵 동네 원주민들은 헤마우쿠스를 죽인 범인에 관해 저마다의 생각을 품고 있었다. 원주민 마을에 마술이나 힘이 있다면 그건 모카신 통신이었다. 레일러와 내가 헤마우쿠스의 시신을 구급차에 태울 때 내가 알기론 단 한 대의 차량만이 우리를 지나갔다. 내 일은 갑자기 더욱 힘들어졌다. 내일쯤이면 브라우닝에 살고 있는 천 명의 원주민 할머니가 헤마우쿠스 쓰리 드레시스의 살인에 관한 자신만의 의견을 나에게 알리려 할 터였다. 이모 역시 나에게 들러 자신이 아는 사실을 상세히 전해주었다. 헤마우쿠스가 어떻게 요리를 했는지, 어떻게 상을 차렸는지. 나는 피곤했지만 예의 바르게 고개를 끄덕였다. 나는 충분히 많은 조언을 들었다. 튀긴 빵을 만들려고 준비해둔 반죽이 조리대에 있었다고, 달걀이 담긴 냄비가 난로에서 끓고 있었다고, 이모는 말했다. 나는 이모 뒤로 아이다가 두고 간 요리책을 바라보았다. 헤마우쿠스의 소소한 일상들은 이제 하나의 이야기가 되어버렸다.

　이모는 헤마우쿠스가 어렸을 때 더티 코너스에서 어떤 남자를 위해 집안일을 한 적이 있다고 말했다. 나도 기억하고 있었다. 원주민 사무국의 일이었다. 원주민 여자아이 중 상당수가 여름이면 푼돈을 벌기 위해 가정부로 일했다. 혜마우쿠스는 운 좋게도 그의 집에 살 필요는 없었지만 샘 플로우맨은 혜마우쿠스에게 마음이 있었다. 그는 학교 운동장에서 기다리면서 혜마우쿠스가 어떤 남자애들과 얘기를 하는지, 어디에 가는지 지켜보곤 했다. 혜마우쿠스는 얼굴이 예쁘지는 않았다. 평범한 얼굴이었지만 차분한 분위기에서 느껴지는 당당함이 있었다. 그게 무엇이었든 샘 플로우맨은 최악의 방식으로 그걸 욕망했다. 꼬맹이 시절 친구들과 나는 그게 재미있다고 생각했다. 우리가 재미있게 생각한 건 누군가를 너무 간절히 원하는 창피한 마음이었고, 그가 입 냄새와 암내 나는 마흔세 살의 틱 장애가 있는 남자라는 사실은 중요하지 않았다. 아니 사실 그건 아주 중요한 부분이었다. 그에게는 외모만으로는 설명할 수 없는 달갑지 않은 구석이 있었다. 그는 슬픔을 타고난 사람이었다. 그건 사랑할 수 없는 부분이었다. 백인이어도 원주민 주술로도 그에게서 없앨 수 없는 거였다. 그는 결함이 있었다. 그의 안에는 외로움이 도사리고 있었고, 우리는 그걸 볼 수 있었다.

나는 나름대로 학교에서 힘든 시간을 보내고 있었다. 그 시절을 다시 떠올리고 싶지 않아 이모의 말에 귀 기울였다. 친구들은 나를 놀리며 '동성애자'나 '계집애'라고 불렀다. 하지만

늙은 샘 플로우맨이 샐쭉한 옷을 입고 스컹크처럼 학교 운동
장을 돌아다니자 나 역시 그를 비웃기 시작했다. 내가 열한 살
때 샘 플로우맨은 하나의 농담이 되었다. 나는 잠시나마 소속
감을 느꼈다. 나는 드디어 무리에 속할 수 있었다.

그러다 감정이 바뀌는 순간이 찾아왔다. 그를 욕할수록, 그
에게 더 많은 돌을 던질수록 그와 연결된 기분이었다. 그는 우
리 둘을 대신해 참았다. 그래서 나는 그를 향해 더 많은 돌을
던졌고 다른 사내아이들 옆에 섰다. 나는 그의 굽은 어깨를 겨
냥해 재빨리 힘껏 돌을 던졌고 그의 귀에 상처를 냈다. 우리는
그를 아프게 했다. 달아나는 내 뒤로 훌쩍이는 소리가 귓가를
울렸다. 그가 미션 계단에 앉아서 무릎을 문지르는 걸 본 적도
있었다. 헤마우쿠스는 보이지 않았다.

더 나이가 들어서야 나는 그가 웃긴 사람도 놀림을 당할 만
한 사람도 아님을 알게 되었다. 우리가 열네 살 때 그는 학교
밖에서 헤마우쿠스를 두들겨 팬 적이 있다. 열다섯 명 정도 되
었을까. 우리는 주머니에 손을 찔러 넣은 채 원을 그리고 서
있었다. 모두가 지켜보기만 할 뿐 아무런 행동도 취하지 않았
던 탓에 조금은 어색한 상황이었다. 그의 주먹은 날카로웠다.
그의 주먹질이 끝났을 때 헤마우쿠스의 눈은 작아졌고 암퇘
지처럼 가장자리가 붉었으며 피가 났다. 내가 알기로 아무도
나서지 않았다. 우리는 누구에게 말해야 할지 몰랐다. 헤마우

쿠스는 주먹만 한 코를 훌쩍이며 혼자 집으로 걸어갔고 그 후로 학교에 나오지 않았다. 사람들이 샘 플로우맨을 의심하는 이유를 알았지만 나는 계속해서 옐로 나이프를 용의자로 생각했다.

나는 야심 찬 계획을 품은 채 일찌감치 출근했다. 상관에게 내가 체계적이며 꼼꼼하고 객관적인 수사를 진행했다는 걸 보여줘야 했다. 최근에 헤마우쿠스가 미션 인근에서 울프 포인트 출신의 히다차족 카우보이와 있는 걸 봤다. 그는 리츠빌에서 열린 로데오 축제에 참석했기 때문에 사건이 발생했을 때 이곳에 있지 않았을 것이다. 나는 상관에게 그가 한동안 이곳에 있지 않았다고 말했다. 신중을 기해야 했으며 모든 각도에서 살펴봤기 때문에 옐로 나이프를 범인으로 지목할 만한 논리가 확실하다고 설득해야 했다. 상사는 원주민 사무국 권위자로 스토너처럼 뼛속까지 백인이었다. 그는 내 얘기를 듣고 몇 자 끄적이더니 나를 보며 말했다. "이 살인 사건에 자네가 왜 관심을 갖는지 아네. 자네는 쓰리 드레시스와 아는 사이지." 그는 이해한다는 듯 나를 바라보았다. 질투, 엇나간 복수, 나 같은 경찰을 다루는 게 그의 일이었다. 나는 고개를 끄덕였다. "자네의 논리도 그럴듯하지만 이 살인 사건은 자네 관할 구역이 아닐세. 이 사건은 곧바로 주에 이관되었네." 그가 말했다.

"그럼요. 도움이 되고 싶었을 뿐입니다." 나는 말했다. 옐로 나이프를 직접 수사할 생각이었다. 사무실에서 나와 조용히 문을 닫았다. 옐로 나이프는 헤마우쿠스를 쏜 뒤 몇 시간 후에 시신을 들판으로 옮긴 게 확실했다. 새로 사귄 여자 친구가 도와줬으리라. 나는 더티 스왈로의 집으로 다시 찾아가 자세히 살펴볼 생각이었다.

바로 그때 흰색 제복을 입은 남자 두 명이 내가 방금 나선 사무실로 들어가려고 했다. 나는 그들에게 고개를 끄덕였으나 그들은 나를 무시했다. 그렇게 높은 지위의 경관들은 도로 순찰관과는 말을 섞지 않았다. 그들은 나와는 활동 무대가 달랐다. 막 서를 나서려는데 상관이 문 밖으로 고개를 내밀었다. "킥킹 우먼 경관, 아직 여기 있어서 다행이네. 함께하겠나." 그가 말했다. 나는 그의 사무실로 다시 들어가 모자를 손에 쥔 채 문가에 섰다. 나는 특별 대우를 받았다. 내가 환영받는 자리임이 분명했다. 내가 자리에 앉지도 않았는데 두 남자가 말을 꺼내기 시작했다. 막다른 골목이라고, 그들은 말했다. 할 수 있는 일이 많지 않았다. 예전에도 그런 말을 들은 적이 있었다. 그들은 헤마우쿠스가 사흘 전, 10시 무렵 들판에서 총에 맞았다고 추정했다. 이것저것 알아봤지만 단서는 별로 없었다. 계속 수사 중이라고, 그들은 말했다. 이제 그들의 결정에 달려 있었다. 나는 상사를 바라봤다. 상황이 좋지 않았다. 그들이 사무실을 나서자 상사는 내 어깨를 꽉 잡더니 그만 철회하는 게 좋겠다고 말했다.

이틀 후 샘 플로우맨이 딕슨 바에서 체포되었다. 그는 서른여섯 시간도 안 되어 풀려났다. 그의 어머니가 그를 위한 확실한 알리바이를 찾은 거였다. 내 생각도 그랬다. 플로우맨 같은 사람은 평생 한 가지에만 집착한다. 하지만 개소리에 도박을 걸기는 싫었다. 내가 쫓는 건 옐로 나이프였다. 나는 할 일이 많았다. 내가 불어버릴 수 없는 두꺼운 구름이 잔뜩 껴 있었다.

나는 44 바에 들렀지만 옐로 나이프는 그곳에 없었다. 바텐더는 옐로 나이프가 누구인지도 몰랐다. 옐로 나이프가 남자를 협박했을 가능성을 생각해봤지만 그래 보이지 않았다. 바티스트에게는 다른 술집이 있었다. 스톡맨이었다. 스톡맨은 늘 어두웠고 술값이 저렴했다. 술고래만이 그곳을 찾았다. 아침 댓바람부터 맥주를 마시러 온 단골 몇 명이 문을 닫을 때까지 자리를 지켰다. 카운터 뒤에 숨은 미성년자는 없었다. 주크박스에 동전을 낭비하는 사람도 없었다. 스톡맨은 옐로 나이프가 들를 확률이 가장 높은 곳이었다. 다른 술꾼들은 원주민이 옆에서 술에 취하든 말든 별로 신경 쓰지 않을 터였다. 그들은 익명성을 원했다.

나는 스톡맨에 머리를 들이밀었으나 오후의 태양이 너무 눈부셔 눈이 적응하는 시간이 필요했다. 시야가 잠시 어지러웠다. 카운터에 있는 남자들이 보였다. 바텐더는 솔리테르를 하려는 것 같았다. 내가 바에 들어가자 그가 나를 흘낏 올려다봤다. 나는 그에게 몇 가지 질문을 하려고 했으나 그때 스토너와 로데오 카우보이가 뒤쪽에 놓인 탁자에 앉아 있는 게 보였다. 지린내가 가득한 술집에 그들이 함께 있는 모습을 보자 나는 주춤했다. 카우보이는 콧구멍으로 담배 연기를 뿜으며 부츠 뒤축을 바닥에 딱딱거리고 있었다. 초조하고 긴장한 발짓이었다. 그는 스토너를 별로 좋아하지 않는 듯 그에게서 멀찍감치 떨어져 앉아 있었지만 그의 말에 고개를 끄덕였다. 그는 입을 다문 채 스토너의 얘기만 들었다. 스토너는 무슨 규칙을 정하는 사람처럼 손을 쫙 펴 탁자에 내려놓았고 둘은 동시에 고개를 끄덕였다.

나는 바를 나서며 태양을 피해 눈을 가렸다. 스토너는 사람들 눈에 띄지 않게 술집 뒤쪽에 차를 대놓았다. 두 남자가 무슨 꿍꿍이인지 궁금했지만 나에게는 할 일이 있었다. 술집에서 씨부렁대는 두 백인 남자를 생각할 겨를이 없었다. 옐로 나이프가 활보하고 있었다. 루이스를 보호하려면 그녀를 주시해야 했다.

스스로에게 솔직해지기로 했다. 더 이상 나 자신에게 루이스를 향한 감정을 속일 수 없었다. 나는 그녀를 갖고 싶었다. 나 역시 여러모로 플로우맨이나 스토너와 크게 다를 바 없었다. 나는 남자가 여자를 원하는 온갖 자잘한 방식으로 루이스를 원했다. 샘 플로우맨이 헤마우쿠스를 원하는 것만큼이나 나쁜 방식일 수도 있었다. 내가 잘난 척할 수 있는 상황이 아니었다. 나는 여러 면에서 수치스러웠다. 오늘 아침 나는 백인 남자가 진흙이 묻은 부츠로 헤마우쿠스를 짓누른 채 총알의 궤적과 살인 동기에 대해 말하도록 내버려뒀다. 나는 예의를 차려 몸을 숙이고 그녀의 눈을 감겨줬어야 했다.

나는 여전히 루이스를 쫓고 찾았으며 그녀는 보살핌을 받아야 한다고 혼잣말을 했다. 한참 전에, 아내가 나를 사랑할 때 물러났어야 했다. 사랑에는 사랑할지 사랑하지 않을지 선택할 수 있는 시기가 있다. 본능이나 희망을 뛰어넘는 깊은 감정이 우리를 지치게 하고 너무 갈망하게 만드는 바람에 우리는 아침에 창문 너머를 바라보며 새로운 태양이 떠오르거나 잔디가 반짝이는 모습을 보지 못할 수도 있다. 우리 눈에는 삶에서 부족한 것만 보일 뿐이다. 기분 좋은 한숨을 잃고 초조함만 남은 기분처럼, 확신할 수 없는 것만 볼지도 모른다. 나는 이러한 상태에서 벗어날 수 있다는 희망을 품었는데 해결책은 결국 또다시 사랑이었다. 내 생각에 그건 더 많은 갈망일 뿐이었다. 5년 후에는 더 이상 행복한 미소처럼 보이지 않을 미소를 만면에 띤 채 이미 결혼식을 올린 사람이 드러낸 최악의 갈망이었다.

한동안 플랫헤드를 떠나 있을까 생각했다. 온갖 문제에서 벗어나 캘리포니아 같은 곳에 머무는 거다. 하지만 그냥 여기 있을 걸 알았다. 나는 절대로 갖지 못할 것을 꼼짝없이 갈망하고 있었다. 루이스는 나의 취약한 부분을 상기시키는 여자였다. 루이스는 내 부츠가 반짝이고 구멍이 없으며 권총집의 가죽에서 좋은 소리가 나는 것, 내가 도시락통에 질 좋은 고기를 넣은 샌드위치를 싸갖고 다니는 것만 보는 여자였다. 다른 원주민들도 전부 나에게서 그런 것만 볼지도 몰랐다. 나 역시 나에게서 그런 것만 볼지도 몰랐다. 다른 이들에게는 없는 아무것도 아닌 것들을.

마침내 바에서 술을 마시고 있는 루이스를 발견했다. 나는 그녀를 바에서 수백 번 끌어냈으며 수백 번 넘게 내버려두었다. 그날 밤 나는 그녀와 함께 같은 공간에 있고 싶을 뿐이었다. 옐로 나이프가 있든 없든, 법적이든 아니든. 루이스는 바람처럼 달콤한 미소로 나를 돌아보더니 아주 가까이 다가왔다. 머리칼에서 달콤한 냄새가 났다. 루이스는 내 어깨에 머리를 기대고는 거의 들을 수 없을 만큼 낮은 목소리로 말했다. "어디 가고 싶어요?" 나는 루이스에게 그런 말을 들을 거라고는 생각도 못 했기에 깜짝 놀랐다. 그 질문에는 여러 가지 의미가 담겨 있을 수 있었지만 그날 밤 그 질문이 나에게 의미하는 바는 무엇보다도 컸다. 그건 나를 그녀에게 끌어당기는 질문이었다. 밖으로 쫓겨날 수도 직장을 잃고 마을에서의 위신이 떨어질 수도 있었지만 나는 경찰복을 입은 상태로 그녀의 허리에 팔을 단단히 둘렀다. 우리는 한동안 조용히 있었다. 결국 나는 홀로 술집을 나섰다. 집에 다 와갈 무렵 배가 부르르 떨렸고 나는 떨쳐버릴 수 없는 내 안의 어리석음을 떠올리며 치를 떨었다.

욕망을 누르고 내 임무에 집중해야 했다. 루이스나 나 둘다에게 전혀 도움이 되지 않을 애매모호한 상황에 다시 놓여서는 안 됐다. 나는 조금 쉬고 싶었다. 하루 휴가를 내고 집에 있을 생각이었다. 잠을 좀 자고 싶었다.

이른 아침에 울린 전화벨 소리에 잠에서 깼다. 머리 위로 이불을 홱 잡아당겼다. 전화벨은 멈추지 않았다. 나는 몸을 펴고 전화를 받았지만 아무 말도 하지 않았다. "찰리? 당신 맞소?" 여자는 몇 마디밖에 하지 않았지만 누군지 확실했다. 더티 스왈로였다. 나는 부스스한 머리카락을 문지르며 창가에 어렴풋이 모습을 드러내는 어두운 아침을 향해 눈을 깜빡였다. "무슨 일이죠?" 나는 말했다. 우리 사이로 수화음이 낮게 윙윙거렸다. "직접 와서 보게나." 그녀가 말했다.

새벽 5시였다. 3시간밖에 못 잔 상태였다. 쉽게 잠을 떨쳐버리기 힘들어 세수를 하고 바지를 입었다. 더티 스왈로는 무시할 수 있는 사람이 아니었다. 그녀는 앙갚음을 하는 여자였고 나는 골칫거리 목록에 그녀의 이름을 추가하고 싶지는 않았다. 옐로 나이프와 관련된 문제일까 생각했다. "개자식." 셔츠의 단추를 채우며 말했다. "개자식."

날이 춥고 메말라서 차의 히터가 덜덜거렸다. 아침 태양 빛이 산의 모서리를 비추었고 별들이 반짝였다. 따뜻한 침대, 묵직한 담요 위에 누워 자고 싶었다. 눈이 고속도로에 얇게 내려앉았고, 추위 때문에 손가락 마디가 부었다. 저 멀리 더티 스왈로의 집이 보였다. 정신을 차려야 했다.

진입로에 다가가자 울타리에 원주민 담요만큼이나 무거운 동물의 생가죽이 걸려 있었다. 가죽이 벗겨진 동물. 안 좋은 꿈. 옐로 나이프가 자신이 가장 아끼는 말의 내장을 파낸 뒤 말리려고 걸어놨다는 생각이 들었다. 돈이 필요해서 이 같은 생각을 했다고. 하지만 좀 억지스러운 면이 있었다. 나는 차를 댄 뒤 잠시 머리를 굴려봤다. 도시락통의 뚜껑을 열고 껌을 찾아봤지만 껌은 없었다. 나는 피할 수 없는 상황을 마주하는 걸 미루고 있었고 상황을 더욱 악화시키고 있을지도 몰랐다. 노트를 집어 든 뒤 울타리 쪽으로 향했다.

더티 스왈로가 내 뒤에서 나타났다. 그녀는 사람들에게 몰래 다가가곤 했는데 그럴 때마다 나는 가슴이 철렁하곤 했다.

"무슨 일이죠?" 내가 말했다.

머리카락 몇 올이 그녀의 땋은 머리에서 삐져나와 있었고 입에서는 옅은 입김이 흘러나왔다. 그녀는 쉽게 말을 꺼내지 못했다.

"오늘 아침에 일어났더니 여기에 이게 있었다네."

나는 장갑을 찾아 주머니를 뒤졌다. 내 앞에 있는 건 접힌 말가죽이었다. 가죽을 뒤로 밀어보자 씁쓸한 연기가 머리 위로 솟아올랐다.

"바티스트가 그랬나요?" 내가 물었지만 더티 스왈로는 고개를 저었다. "누군가 바티스트의 말을 훔쳐간 게 분명하오."

"훔쳐갔다고요?"

"바티스트는 그렇게 생각하고 있다오. 지금 말을 찾으러 갔지."

"무슨 말인지 이해가 안 되네요." 나의 말에 더티 스왈로는 답답한 듯 팔짱을 끼며 목소리를 높였다. "이건 그 애의 말이 아니라고." 그녀가 말했다.

여전히 상황 파악이 되지 않은 나는 잠시 생각해보았다. 더티 스왈로는 누군가 옐로 나이프의 말을 훔친 뒤 그 자리에 가죽을 벗긴 다른 말을 가져다 놓았다고 말하고 있었다.

"누가 이 짓을 저질렀든 내 아들이 이게 자신의 말이라고 생각하게 만들고 싶은 거야."

상대가 아무리 옐로 나이프일지라도 사람에게 이런 짓을 저지르다니 너무했다 싶었다. 옐로 나이프에게는 적이 많았다. 그건 확실했다. 말은 방금 잡은 듯했다. 피가 눈밭으로 스며들고 있었다.

추위 때문에 발가락이 따끔했다. 들판을 바라보니 원주민 조랑말이 몇 마리 보였다. 옐로 나이프가 아끼는 말은 보이지 않았다.

가죽에서 낙인을 찾아보았지만 보이지 않았다. 나는 노트에 몇 자 끼적였다. 가죽에는 옐로 나이프의 말임을 보여주는 표식이 있는 것 같았다. 말의 이름을 떠올려보려 했지만 그건 중요하지 않았다. 루이스가 이 말을 좋아했다는 사실만 기억났다.

"바티스트가 원한을 산 사람이 누가 있을까요?" 나는 턱을 팽팽히 당기며 물었지만 답을 기다리지는 않았다. "보고서를 작성하지요. 몇 가지 확인 좀 해볼게요."

옐로 나이프를 둘러싼 문제는 내가 해결할 수 있는 수위를 넘어섰다. 나는 집으로 돌아가 잘 생각이었다. 이 사건을 잠시 잊으려 해봤으나 그럴 수 없었다. 집으로 차를 몰면서 옐로 나이프에게 복수하려는 사람이 누구일지 생각해봤다. 그를 충격에 빠뜨리는 게 목적일 터였다. 누군가 옐로 나이프의 말을 자신들의 목장으로 가져갔다고 생각했지만 그건 아무래도 말이 되지 않았다. 그 사람은 옐로 나이프가 볼 수 있도록 말의 생가죽을 일부러 전시해두었다. 이곳에 사는 사람이 분명했다.

루이스

/

기나긴 굶주림

바티스트가 준비하라고 말했던 겨울이 마침내 오고야 말았다. 냉기는 할머니 집 창문으로 슬금슬금 기어들어 와 한동안 떠나지 않았다. 사흘 내내 눈이 내렸다. 밟으면 바스락 소리를 내는 건조한 눈은 너무 높이 쌓였고 루이스는 낑낑대며 옥외 화장실 문을 열어야 했다. 플랫헤드강, 고속도로와 언덕이 전부 다 똑같은 흰색 평원이 되었다. 눈은 지하 저장실에 쌓이고 처마 아래에도 고였다. 건조한 눈은 벽 사이로 스르륵 들어왔고 비바람에 갈라진 마룻바닥 틈으로 스며들었다. 루이스가 잠에서 깨어보면 얼굴은 물론 턱까지 바짝 끌어당긴 담요 위에도 토사 같은 눈이 쌓여 있었다. 배가 시뻘건 난로조차 영하 15도까지 떨어지는 초겨울 추위를 물리칠 수 없었다.

맬릭네 가게에 갈 때면 할머니가 루이스의 발을 신문으로 겹겹이 싸는 바람에 루이스는 버둥거리며 아빠의 낡은 부츠를 신어야 했다. 카탈로그 종이로 열 손가락을 일일이 싼 다음 울 양말 속에 손을 깊숙이 찔러 넣었다. 루이스가 작은 눈에 눈물이 가득 고인 채 추위에 달아오른 얼굴로 가게에 들어서면 맬릭 씨는 그녀를 꾸짖곤 했다. 이렇게 바람이 세찬 날에는 10분 만에 얼어 죽을 수 있다고, 런더 슐츠는 집에서 차고로 걸어가는 그 짧은 길에 얼어 죽었다고, 맬릭 씨가 말했다. 그 자리에 누워서 죽었다고. 그 말을 들으며 루이스는 목도리를 입까지 끌어당겼다.

몇 주 전 루이스는 바람의 공격을 받았다. 집에 거의 다 왔을 때 바람이 갑자기 그녀를 덮쳤다. 언덕 꼭대기에서 늙은이의 쌕쌕거리는 숨소리 같은 산들바람 소리가 들렸다. 처음에는 별일 아닌 것 같았지만 산마루에 이르자 눈이 휘몰아치며 자욱한 안개처럼 시야를 가렸다. 도로가 더 이상 보이지 않았다. 깊은 흰색 강에 발을 디딘 것 같았고 숨을 제대로 쉴 수 없었다. 바람이 낮게 불며 머리 위를 쉬익 지나갔고 다리 뒤쪽을 강타했다. 루이스는 주머니에서 손을 빼 허리춤으로 코트를 바짝 끌어당겼다. 바티스트가 해준 얘기, 추위와 좋은 날을 기다리며 춤을 추던 원주민들에 대한 얘기를 떠올려보려 했지만 머릿속이 혼란스러웠다. 그녀는 딕슨에서 바티스트가 오만불손한 백인 여자와 함께 있는 걸 보았다. 그는 루이스에게 다가오려 했지만 그 여자가 셔츠 자락을 당기자 그 여자의 말을 들었다. 바티스트의 눈은 기이했는데 양을 잃은 사내처럼 눈 가장자리가 핼쑥했다. 그는 삐쩍 말라 있었다. 그는 그 여자 옆에서 전혀 다른 남자가 되어 있었고 할머니는 그를 잊으라고 말했다. 바티스트를 그만 놔주라고. 하지만 루이스는 그의 매몰찬 손을, 정수리의 무감각한 상처를 잊을 수 없었다. 바티스트는 루이스를 때렸고 루이스는 그를 잊을 수 없었다. 루이스는 그를 용서할 수도 없었다. 바티스트를 생각하자 괴로웠다. 루이스는 발을 내려다보며 도로의 바퀴 자국을 느껴보려 했지만 카탈로그 종이를 감아 쥐는 메마른 손가락밖에 느껴지지 않았다. 서서히 타들어 가는 기분이었다.

루이스는 울음을 삼키려 했다. 눈을 아래로 내리깔려고 했다. 발을 내려다보고 계속 걸어보려 했다. 모직 코트가 등을 긁었고 건조한 콧구멍이 따끔거리기 시작했다. 날카로운 눈 입자가 목을 긁었다. 목도리를 벗자 머리칼이 위로 흩날리며 은색 빛이 번쩍였다. 손가락이 너무 뻣뻣해 목도리를 다시 두를 수 없게 되자 루이스는 목도리 끝자락을 코트 안에 쑤셔 넣었다. 도로 위에 있는지조차 알 수 없었다. 익숙한 건 아무것도 없었다. 바람이 그녀 위로 눈을 얇게 뿌렸고 코트가 무릎에서 펄럭였다. 그 순간 느닷없이 찾아왔던 폭우가 느닷없이 걷히더니 눈앞에 할머니 집이 나타났다.

바티스트가 없더라도, 튀긴 빵과 콩으로 대부분의 날을 연명해야 할지라도 겨울을 잘 날 거였다. 루이스는 치마가 흘러내리지 않도록 허리띠를 매야 했다. 며칠 전 공중보건 담당 간호사가 루이스의 가슴팍에 두 손가락을 갖다 대더니 루이스의 귀에 뼈가 탁 하는 소리가 들릴 때까지 톡톡 쳤다. 간호사는 루이스가 결핵에 걸렸다고 생각하는 게 분명했다. 그녀는 굶주림이라는 병에 걸렸을 뿐이었다. 겨울 내내 루이스는 밤마다 깼고 사슴 고기를 먹는 무시무시한 꿈을 꾸며 부들부들 떨었다. 잠에서 깰 때면 좁은 협곡에서 자신을 쫓는 찰리를 피해 집어삼켜질 법한 바위 틈에 숨어 있던 때가 떠올랐다. 굶주림은 봄이 올 때까지 루이스를 놔주지 않을 터였다. 루이스를 예민하고 시기하게 만드는 배고픔은 인디언 샐러리가 꽃을 피운 지 한참이 지난 후에도 그녀의 곁을 떠나지 않을 터였다.

루이스는 한동안 하비 스토너를 보지 못했다. 그러던 어느 날 밤 그가 할머니 집으로 찾아와 집 바로 앞에 차를 댔다. 루이스는 코트를 걸친 뒤 그의 차에 올라탔다. 하비 스토너는 루이스를 딕슨의 바와 크게 다르지 않은 어두운 술집, 칼리스펠에 데리고 갔다. 루이스는 신발에 쌓인 눈이 녹아내렸는데도 코트를 벗지 않았다. 자신이 얼마나 말랐는지, 자신이 얼마나 굶주린 상태인지 스토너가 알게 될까 봐 두려웠다. 루이스는 그가 먹을 걸 좀 사주기를, 그래서 할머니에게 줄 음식을 가져갈 수 있기를 바랐지만 하비는 음식 얘기를 꺼내지 않았다. 12월 초였다. 카운터 위에 놓인 엔젤 헤어 파스타[매우 가늘고 긴 가닥의 파스타]에서 칙칙한 붉은 빛이 반짝였다. 붉은색 줄 전구와 녹색 줄 전구가 중심가가 내다보이는 좁은 창문에 매달려 있었다.

스토너는 바텐더와 얘기를 나눴고 루이스에게 50센트를 주며 주크박스를 켜라고 했다. 루이스는 25센트 동전 하나는 주머니에 넣고 하나만 기계에 넣었다. 하비가 주크박스를 흔드는 소리가 들렸다. 바텐더가 속삭이는 소리를 들으며 루이스는 하비가 자신의 등을 바라보도록 내버려두었다.

"땅콩 좀 사줘요, 하비, 네?" 자신의 목소리에 묻은 배고픔을 그가 알아차리지 못했으면 싶었다.

"아가씨가 내 거시기를 원하네." 바텐더가 말했고 두 남자는 웃었다.

그 순간 술집 문이 열리면서 순식간에 눈이 들이쳤다. 눈이 얇은 막처럼 깔리자 바닥에 냉기가 스며들었다. 루이스가 주크박스 목록을 읽으며 주먹으로 기계를 치고 있는데 누군가 그녀의 어깨에 손을 갖다 댔다. 깜짝 놀랐지만 루이스는 두려움을 드러내지 않았다. 그녀는 갑작스러운 공격에도 화들짝 놀라지 않는 법을 알았다. 고개를 들어보니 남편이 있었다. 심장이 몹시 두근거렸다. 여자 친구와 함께 있는 건가 싶어 그의 어깨 너머를 흘낏 보았지만 그는 혼자였다.

바티스트 옐로 나이프가, 더 이상 알아볼 수 없는 남편이 그녀 앞에 서 있었다. 그는 루이스의 기억보다 훨씬 더 말랐다. 바지 틈으로 여윈 몸이 고스란히 드러났다. 여름에 푹신했던 배는 이제 찾아볼 수 없었다. "좀 도와줘." 바티스트가 루이스에게 말했다. 루이스는 바티스트에게서 물러났는데, 놀랍게도 그에게 화가 나지 않았다. 그는 살짝 휘청거렸지만 술에 취한 상태는 아니었다. 그는 몹시 흥분한 듯 보였다. 바텐더가 뒤에서 나타났다.

"이 작자를 알아?" 바텐더가 바티스트를 바라보며 그녀에게 물었다. 루이스는 아무 말도 하지 않았다. "이 간판 보여?" 그가 이번에는 바티스트에게 말했다.

뒤로 물러난 루이스는 등 뒤로 손을 꼬고 있는 모습을 이 남자에게 들키지 않기를 바랐다. 루이스는 이 남자들의 시선으로 바티스트를 바라봤다. 피부에 분홍색 말버짐이 피었고 두피가 군데군데 벗겨져 있었다. 그는 굶주린 상태였다. 야키마에서 온 여자와 문제가 있는 게 분명했다. 와르르 쏟아진 돌더미처럼 그가 자초했을 문제였다. 여자를 때렸거나 다른 여자를 너무 오래 바라봤겠지. 바티스트 옐로 나이프를 떠날 이유는 하루에도 백 가지가 넘었다. 루이스는 바티스트가 길가에서 소변을 누는 모습을, 여자의 검은 차가 얼얼한 바람 속에 웅웅대는 모습을 상상했다.

"이봐," 바텐더가 바티스트에게 말했다. "그만 나가지."

바티스트는 주크박스 옆에 서 있었다. 엉덩이에 손을 올리고는 바지를 추켜올리려고 했다. 크리스마스 전구에서 나온 불빛이 그의 듬성한 머리칼을 비추었다. 루이스는 자신과는 상관없는 문제라고 중얼거렸지만 그 순간 그를 모르는 척하기는 힘들었다. 바텐더가 그의 팔을 낚아챘고 하비가 문을 열었다. 바깥 공기가 너무 차가워 루이스는 무릎이 무지근하게 쑤셨다.

"간판 좀 읽으라고." 남자가 계속해서 바티스트에게 말했다. "읽어봐."

"제발, 루이스." 바티스트가 말하면서 루이스에게 손을 들어올렸다. 주크박스가 레코드판을 돌리는 소리가 들리자 루이스는 곡을 골랐다.

"저 여자더러 읽어보라 하쇼." 바티스트가 말했다.

바텐더는 몸을 돌려 루이스를 훑어봤다. 루이스는 그에게 자신이 어떻게 보일지, 그가 자신에게서 원주민의 모습을 알아볼지 궁금했다.

"이 머저리를 알아?" 바텐더가 루이스에게 말했다. 그는 바티스트와 함께 그녀를 밖으로 내쫓으려 하고 있었다. 루이스는 잠든 나무, 가장자리에 얼음이 서린 호숫가를 따라 집까지 그 먼 길을 걸어가는 모습을 상상했다. 신발은 너무 얇았다. 루이스는 발가락이 시리지 않도록 꼭 말아 쥔 채 발치를 내려다보았다.

"아니요." 그녀가 말했다. 바텐더는 바티스트를 문 밖으로 밀어낸 뒤 걸쇠를 걸었다. 하비는 루이스더러 앉으라며 자기 옆자리 의자를 손으로 톡톡 쳤다. 루이스는 위스키를 꿀꺽 삼킨 뒤 남편이 지나가는 걸 보려고 좁은 창문 너머를 바라보았다. 그가 주먹으로 창문을 세게 칠 거라고, 그녀를 욕할 거라고 생각했다. 하지만 한참을 기다려도 바티스트의 모습은 보이지 않았다. 루이스는 바티스트를 사랑하지 않았다. 한 번도 그를 사랑한 적이 없었다. 하지만 그가 자신을 사랑할지도 모른다고 생각하니 가슴이 아팠다. 그녀는 이 어두운 곳에서 그에게 온기를 내어주지 않았다. 친절을 베풀지 않았다. 품으로 받아들이거나 함께하지도 않았다. 루이스는 집에서 160킬로미터나 떨어진 곳에 있었지만 바티스트는 그녀를 찾아왔다. 여름이 오려면 6개월이나 남았다. 방울뱀이 태양을 찾으려면 6개월이나 남았다. 집까지 혼자 걸어가면 덜 외로울지도 몰랐다. 스토너가 물 잔에 따른 탄산수처럼 마음이 처량했다.

루이스는 하비의 차량 좌석에 머리를 기댄 채 가만히 있었다. 춥고 청량한 밤이었지만 나뭇가지에 걸린 눈이 차창에 떨어져 그대로 얼어붙어 버렸다. 루이스는 자동차 헤드라이트 너머를 보지 않으려고 했지만 바티스트 옐로 나이프를 찾아 어둠 속을 들여다보고 있었다. 자신이 부인한 자아를 찾아. 루이스는 원주민인 것을 한 번도 부끄럽게 생각한 적이 없었다. 하지만 조금 전 그녀는 음식과 따뜻한 귀갓길을 위해 남편을 모른 척했다.

할머니는 사랑의 묘약이 확실히 사라졌다고 말했다. 하지만 이따금 할머니와 함께 부엌 탁자에 앉아 있을 때면 루이스는 동생이 살아 돌아오기를, 바티스트 옐로 나이프가 사슴을 어깨에 걸친 채 그들의 집 앞에 와 있기를 꿈꿨다. 그녀는 바티스트를 지켜보며 그가 자신에게 오기를 얼마나 기다렸는지 아무에게도 말하지 않았다. 루이스는 쉬익 하고 바람이 지나가는 소리에 귀 기울였다. 눈이 모래처럼 창가에서 부스럭댔으나 그는 오지 않았다. 루이스는 밤이면 얇은 담요 몇 개와 낡은 옷가지를 덮고 할머니 옆에 웅크렸으며 손바닥에서 나는 냄새를 맡으며 잠이 들었다.

배고픔이 텅 빈 가슴을 조여오자 루이스는 늙은 남자들이 자신의 몸을 파고들 때 그들의 부드럽고 따스한 배에 기대어 자고 싶었고, 그들의 축축한 입김에서 나는 달콤한 베이컨 기름 냄새, 음식으로 가득한 찬장, 이스트 단지, 달콤한 빵을 만들 수 있는 밀가루 포대, 바삭한 토스트에 매끄럽게 발린 금빛 꿀, 크림을 듬뿍 얹은 따뜻한 커피를 지독히 갈망했다. 하지만 배가 고플수록 남자들은 그녀에게서 멀어지는 듯했다.

*

집까지는 한참이 걸렸고 루이스는 하비 스토너라는 사람에 대해 생각하기 시작했다. 그는 다른 곳, 더 나은 곳, 루이스는 절대로 갈 수 없는 곳을 둔 사람처럼 굴었다. 가끔 그는 루이스에게 피스톨만보다 그리 크지 않은 텍사스의 리오 그랑데에 대해 얘기하거나 이탈리아의 산이 미션산처럼 보인다는 얘기를 했다. 루이스는 그와 거리를 유지하고 싶었다. 그가 자신과 가까워지지 않았으면 싶었다. 저녁이 끝나갈 무렵이면 그가 가버리기를 바랐다. 자신을 홀로 두기를 바랐다.

겨울이 너무 깊어져서 그랬을지도 몰랐다. 한때 천하무적이었던 남편의 볼품없는 모습을 보고 나자 자신의 생각을 이해해보고 싶어졌는지도 몰랐다. 루이스는 자신이 왜 하비에게 끌리는지 알고 싶었다. 그는 루이스에게 먹을 것을 주었다. 그와 함께하면 플레인에서 2달러짜리 음식을 먹을 수 있었고 핫 스프링스에 있는 시미스 호텔에서 따뜻한 밤을 보낼 수 있었다. 그는 루이스에게 소소한 물건들을 사주기도 했다. 그는 라인석 발찌와 끈이 달린 메리 제인 구두를 사주었다. 원피스도. 그녀에게 꼭 필요한 것들이었다. 그가 준 선물을 소중하게 생각하는 건 아니었지만 그에게는 힘이 있었다. 그와 함께할 때면 찰리 킥킹 우먼이 그녀를 내버려두었다.

루이스가 술집에서 벌떡 일어나 병째로 버번을 꿀걱꿀걱 들이켜도 찰리는 그녀를 바라볼 뿐 말리지 않았다. 하비 스토너와 있을 때면 안전한 기분이었다. 그는 어디에도 갈 수 있었고 어디에서나 환영받았다. 그는 단단한 문과 자물쇠가 달린 방을 빌릴 수 있었다. 차가 고장 나면 어디에서든 고칠 수 있었고 고칠 수 없으면 새로 살 수 있었다. 그는 수표를 쓸 수 있었고 한 달치 식료품을 현금으로 결제할 수 있었다. 그는 절대로 굶지 않았다.

하지만 힘이란 쌍방향으로 작용한다는 걸 루이스는 차츰 이해하기 시작했다. 그녀는 하비 스토너를 거절하기 시작했다. 인디언 서머 기간만큼은 데려다주겠다는 그의 제안을 기분 좋게 거절했다. 루이스는 그의 다리 사이에 허벅지를 올리고 그가 자신에게 몸을 비빌 때 싫다고 말하는 게 좋았다. 그에게는 없는 게 없는데도 그는 더 원했다. 더 많은 땅을, 더 많은 여자를. 이해가 되지 않았다. 그는 욕망에 눈이 멀었고 스스로가 욕망의 대상이 되어버렸다.

그의 차가 멀어질 때면 루이스는 부드러운 가죽 좌석에서 나던 거친 냄새, 어둠 속에서 분홍색으로 빛나는 차량 금속판만 떠올랐다. 그녀는 그가 아니라 달콤한 나무 냄새가 나는 모발유와 라벤더 샴푸를 기억했다. 검은색 실크 스타킹을 입혀준 그가 아니라 스타킹만 기억했다. 더러운 도로를 너무 빨리 질주해 속이 뒤집힐 것 같았던 덩치 큰 차의 부웅부웅 소리만 기억났다. 차를 몰던 하비를 생각한 적은 한 번도 없었다. 하비 스토너와 함께할 때면 돈으로 살 수 있는 사소한 것들을 전부 사랑해야 했다. 그는 루이스를 피곤하게 만들었다.

한번은 피부에서 나는 하비 스토너의 냄새를 없애려고 다른 남자와 잔 적도 있었다. 하비 스토너는 이제 그녀를 만질 수 있었지만 그건 더 이상 중요하지 않았다. 그가 사정할 때면 루이스는 피부가 살짝 당기고 배가 뜨거워지는 느낌만 들 뿐이었다. 루이스가 그를 그다지 중요하지 않게 생각할수록 하비는 그녀를 더 원했다. 그가 루이스를 원하면 원할수록 그녀에게 그는 덜 중요해져서 이제는 존재감이 아주 작아졌다. 루이스는 자신이 그에게 바라는 게 있기나 한지, 그렇다면 그게 무엇인지 알 수 없었다.

루이스는 라인석 발찌를 창턱 위에 먼지가 쌓이도록 올려놓았다. 실크 스타킹 한 짝에 올이 나가버리는 바람에 둘 다 벗어버린 상태였다. 바티스트를 다시 본 이후로 루이스는 하비에게서 마음이 떠났다. 그가 그녀에게 줄 수 있는 것들이 갑자기 아무것도 아닌 듯 느껴졌다.

"루이스, 날 사랑해." 그가 반쯤 물어보듯 말했다.

루이스는 반짝이는 차량 계기판을 바라보았다. 자주색 금속에 비친 자신의 얼굴, 검은색과 은색으로 빛나는 자신의 얼굴을 바라보며 눈을 깜빡였다.

"그럴 필요는 없지, 안 그래?"

"그렇죠." 그녀가 말했다.

"뭐가 그렇다는 거야?" 그는 루이스에게 가까이 다가와 턱으로 그녀의 어깨를 가볍게 두드렸다.

그가 어떤 대답을 듣고 싶어 하는지 알았다. 열린 차창으로 샐비어 냄새가 희미하게 풍겼다. 길을 잃은 남자들의 얼굴이 거기에 있었다. 눈만 봐서는 알 수 없지만 느껴졌다. 더 이상 혼자 설 수 없게 된 것처럼 이 세상에서 그들의 자리가 바뀐 것만 같은 모습. 처음에 그들은 무릎을 안쪽으로 향했고 곧이어 점점 더 그녀 쪽으로 몸을 기울였다. 그들의 질문은 전부 루이스에게로 향하기 시작했다. 루이스는 그들에게서 무엇을 원했던가? 루이스는 그들에게 어떠한 감정을 느꼈는가? 루이스는 그들을 어떻게 생각했는가? 하비는 그녀를 밀어붙였다. 그는 답을 알고 싶어 했다. 자신이 루이스의 마음을 얼마나 차지하고 있는지. 그 모습에 루이스는 속이 울렁거렸고 숨을 쉬기 위해 상대를 밀어내야 하는 희생자처럼 목이 졸리는 기분이었다.

"좀 놔줘요." 루이스가 말했다.

"나를 사랑하는지 말해봐." 그가 말했다.

루이스는 도로를 바라봤다. 그는 눈 더미 가장자리에 차를 댔다. 타이어가 휙 방향을 틀면서 눈을 빨아들였다. 하비가 그녀의 손을 잡았다. 루이스는 몸을 뒤로 뺐지만 그가 손목을 너무 세게 잡는 바람에 잡힌 부위가 뜨거웠다.

"소변 좀 봐야겠어." 루이스는 고개를 끄덕였다. 하비 스토너가 진정하도록 시간을 줘야 했다. 그는 시동은 켜뒀으나 불은 끄고 나갔다. 냉기 속에 도드라진 그의 윤곽, 주차등의 호박색 연무가 보였다. 바람이 차를 강타하자 은색 얼음 알갱이가 느껴졌다. 루이스는 뱀처럼 구불구불한 좁은 길을 알았다. 도로변의 배수구가 푹 꺼지는 곳, 산비탈로 이어지는 곳. 이런 눈 속에서 그곳으로 달려간다면 하비 스토너를 따돌릴 수 있었다.

"나를 사랑했으면 좋겠어." 차로 돌아온 그가 말했다. 머리칼에서 씁쓸한 시가 냄새가 났다. 그는 루이스의 허벅지를 만지기 시작했다. 루이스는 가만히 있었다. 그는 그녀를 향해 몸을 수그리며 속삭였다. "나를 사랑해줘."

루이스는 도로를 바라봤다. 저 멀리서 다가오는 또 다른 차의 헤드램프가 보였다. 루이스는 기다리며 지켜봤다. 하비가 엄지손가락으로 자신의 팬티를 만지작거리도록 내버려뒀다. 그가 바지 단추를 풀자 루이스는 팔을 양옆에 딱 붙인 뒤 문을 발로 차서 열었다. 그는 루이스와 함께 차 밖으로 나동그라졌다. 루이스는 그의 무게를, 그의 집요한 시선을 느꼈다. 얼어붙은 도로에 신발이 미끄러졌다. 다가오는 차의 헤드램프에 눈이 동그랗게 쌓이면서 희미한 빛이 그들을 감쌌다. 차가 그들을 지나가자 하비는 그녀의 손목을 등 뒤로 비틀며 험악한 표정으로 고개를 까딱였다. "가지가지 하는군." 그가 말했다.

그는 차 문에 루이스를 밀쳤다. 추위에도 루이스는 얼얼하지 않았다. 척추를 따라 피가 흐르는 게 느껴졌다. 하비가 그녀의 원피스 아래에 손을 넣어 엉덩이를 움켜쥐자 루이스는 감은 눈을 손으로 문질렀다. 루이스의 다리 사이로 자신의 거기를 만지는 그의 단단한 손가락 관절이 느껴졌다. 바람이 너무 세게 불어와 머리칼이 정수리에 딱 달라붙었다. 뼛속 깊이까지 아팠고 허벅지가 찌릿했다. 하비가 그녀의 어깨에 잠시 머리를 갖다 대자 루이스는 그의 고환을 움켜쥔 뒤 손톱이 그의 피부를 파고들 때까지 꼭 쥐어짰다. 그는 남자가 남자를 때릴 때처럼 그녀를 때렸다. 팔을 뒤로 가져갔다가 돌진하면서 손가락 관절이 번쩍할 만큼 세게 그녀의 가슴을 가격했다. 루이스는 은색 별이 빙빙 도는 것 같은 충격적인 암흑을 느꼈다. 루이스는 그에게서 손을 뗐다. 허파가 둔탁하고 묵직했다. 하비가 후드 위에 푹 쓰러지는 걸 본 루이스는 언덕을 향해 미친 듯이 달아났다.

하비는 고양이가 다친 새를 기다리는 것처럼 황량한 길가에서 그녀를 기다렸다. 루이스는 버드나무 덤불 아래, 여름 잔디가 작고 단단하게 뭉쳐 있는 눈 아래로 재빨리 몸을 숨겼다. 루이스는 차가운 눈에 발을 넣은 뒤 가지 사이에 쭈그리고 앉았다. 할머니에게 배운 몸을 따뜻하게 유지하는 법, 살아남는 법이었다. 루이스는 할머니를 생각하며 손을 비볐다. 계속해서 움직여야 했다. 하비 스토너는 차 문에 기댄 뒤 열린 차창으로 손을 뻗었다. 그는 고속도로를 따라 들판을 향해 조명을 비추었다. 부드러운 풍경을 향해 음울한 빛을 쏘았다. 언덕의 곡선은 전부 루이스가 되었다. 그는 그녀를 볼 수 없었다.

루이스는 추웠고 피부가 납빛이 되었다. 하비는 너무 오래 기다린 나머지 루이스에게 애걸하기 시작했다. 그는 무릎을 꿇고 청혼을 했다. 춥고 졸린 상황이었지만 루이스는 속마음을 드러낼 뻔했다. 하비 스토너가 그녀가 자신과 결혼하기를 바란다고 생각하니 웃음이 나올 뻔했다. 그가 마침내 자리에서 일어났다. 바지에 묻는 눈뭉치를 털어낼 생각도 하지 않았다. "너는 아무것도 아니야. 사람들이 너를 괜히 퍼마 레드라고 부르는 게 아니지." 루이스는 사람들이 자신을 퍼마 레드라고 부르는 걸 알았다. 하지만 면전에서 그렇게 부르는 사람은 없었다. 하비는 그녀를 불러내려고 그렇게 말했을 뿐이었다. 어디 한 번 나타나 보라며 자극하려고. 퍼마 레드, 하비는 언덕과 강을 향해 입김을 내뿜으며 말했다. 그의 축축한 입김 속에 그 이름은 반짝였다가 희미해졌다. 그건 그들이 그녀를 부르는 가장 어두운 이름이었다. 목장 주인과 남학생들, 맬릭 씨와 에디 테일러, 학교 운동장 뒤에서 쉬쉬거리는 원주민 사내아이들, 부엌 탁자에 앉아 축축한 입술로 커피를 홀짝이는 여자들. 그건 예의 바른 사람들이 쉬쉬거릴 수 있는 온갖 나쁜 이름을 상징했다. 홍등가. 창녀. 루이스는 그 이름이 무엇을 뜻하는지 알았다. 자신은 원주민에 불과하다는 일종의 꼬리표였다. 그녀는 퍼마 출신이었고 자신의 인생을 바꿀 수는 없었다. 하지만 루이스는 그 이름이 자신을 집어삼키게 내버려 두지 않을 작정이었다.

루이스는 자리에서 일어나 하비가 떠나는 걸 지켜보았다. 그는 딕슨으로 향하는 완만하게 굽은 도로를 한참 운전해갔다. 그가 시야에서 거의 사라졌을 때 붉은 브레이크 등이 번쩍이며 그녀 쪽으로 갑자기 쏟아졌다. 투광조명은 언덕과 들판을 향해 번쩍였고 도로의 한쪽에서 다른 쪽까지 쓸고 지나갔다. 엄청난 그림, 충격적인 빛이 그녀를 찾아 땅을 더듬었다.

루이스는 하비 스토너가 빽빽한 나무 사이를 샅샅이 뒤지는 모습, 평편한 들판을 노려보는 모습, 길가에서 반짝이는 우단담배풀을 보고 눈을 깜빡이는 모습을 상상했다. 그는 루이스가 추위 속에 몸을 감추고 있기를 바랐다. 그는 루이스를 얼린 뒤 다시 녹이고 싶어 했다. 자신의 욕망에 침묵으로 일관한 인형처럼 그녀를 다루려는 거였다.

루이스는 집에서 몇 킬로미터 떨어진 곳에 있었다. 찰리 킥킹 우먼의 담당 구역이 들판을 비추는 빛 속에 반짝였다. 냉기에 발목이 시렸다. 루이스는 아이다의 정원을 에워싼 울타리 위로 펄쩍 뛰어올랐다. 덫에 걸리지 않아야 했다. 순간 과수원의 사과나무에 몸이 부딪혔다. 잠시 사과나무 가지에 올라탈까 생각했지만 그러다가는 가지가 부러질 터였다. 조심스럽게 앞으로 걸어가니 하비의 차량 불빛이 찰리의 집 진입로를 비추고 있는 게 보였다. 루이스는 눈을 밟으며 집 옆으로 달려갔다. 숨을 쉴 수가 없었다. 달빛이 크리스털처럼 번쩍였다. 포치의 조명이 켜지자 루이스는 집의 그림자에 등을 납작하게 갖다 댔다. 하비는 집 앞에 차를 바짝 댔다. 울타리 기둥에 눈이 모자처럼 쌓여 있었다. 하비는 차 문을 열고 집으로 들어가려는 듯 그녀 쪽을 바라보았다. 하비를 부르는 찰리의 목소리는 자다 일어났는지 쉬어 있었다. 루이스는 그가 자신에게 말을 거는 건 아닐까 잠시 생각했지만 찰리는 몸서리치며 집밖으로 나와 하비 스토너와 얘기를 나눴다. 찰리가 뒷문에 걸쇠를 걸어놓지 않아서 루이스는 그의 집에 몰래 들어갈 수 있었다. 집으로 다시 들어온 찰리의 소리를 듣지 못한 채 창문에 서서 차로 돌아가는 하비를 지켜봤다. 헤드라이트가 너무 눈부셔 자신의 모습이 들킬 것만 같았다. 그는 진입로에서 천천히 멀어졌고 그의 고통을 집어삼키려는 듯 차바퀴 아래서 눈이 마구 휘돌아가고 있었다.

찰리 킥킹 우먼

문제

언젠가 스토너와 언쟁을 벌이게 될 거라고 생각은 했지만 새벽 2시에 그가 우리 집 문간에 나타날 거라고는 상상도 못 했다. 나는 하루 종일 집에서 자고 있었다. 북부 한랭전선이 계곡을 휩쓸면서 몇 시간 만에 기온이 영하로 뚝 떨어졌다. 집 벽 사이로 날카로운 냉기가 파고들었다. 난로 옆에 한참 동안 앉아 피치[석탄에서 나오는 검고 끈적한 물질]가 내는 쉬익 소리에 귀 기울였다. 자고 있을 온갖 동물의 숨결이 살짝 올라가는 모습을 그려봤다. 조코강은 하얗게 소용돌이치며 흘렀고 바삭한 눈이 고속도로에 사르륵 쌓이고 있었다. 집에 있어서 다행이었다. 이런 날씨에 밖에 있지 않아도 되는 것만으로도 다행이었다.

나는 잠시도 가만있지 못해 요금을 내고 신문을 읽었다. 시간이 남아돌았다. 옐로 나이프의 말 이름이 생각났다. 루이스를 생각하며 "샴페인" 하고 중얼거렸다. 옐로 나이프는 엉뚱한 곳에서 그 말을 찾고 있을 거였다. 나는 눈보라 속에서 그의 얇은 셔츠가 바람에 팔락거리는 모습을 상상했다. 바티스트가 복수를 꾀하며 정직한 남자의 목초지로 살금살금 다가가는 모습을. 나는 추위가 내려앉고 있을 뿐이라고, 창문에 성에가 끼고 있을 뿐이라고 혼잣말을 했지만 감시당하고 있다는 느낌을 떨쳐버릴 수 없었다.

그 순간 내 뒤에서 느닷없이 빛이 번쩍이더니 벽에 가 부딪혔다. 누군가 내 진입로를 쌩 하고 지나간 듯했다. 창문에 빛이 반사되었다. 무슨 일이 벌어진 게 분명했다. 자정 무렵 시골집을 지나가는 사람이 희소식을 가져올 리가 없었다.

나는 양말 위에 고무장화를 신은 뒤 포치로 나가면서 손을 들어 빛을 가렸다. 은색 눈 때문에 빛도 은색으로 물들어 있었다. 남자가 차에서 나와 그 옆에 섰다. 하비 스토너였다. 그가 손을 동그랗게 말아 쥐자 그 사이로 붉은 담배 끝이 보였다.

"스토너?" 내가 외쳤다. "도대체 무슨 일이오?" 그의 입에서 담배 연기가 새어 나오고 있었다. 스토너는 턱을 문지르더니 휘몰아치는 빛을 피해 눈을 가느스름하게 뜨고 나를 보았다. 나는 몇 걸음 가까이 다가갔지만 너무 가까이 가지는 않았다. 그가 술에 취했다고 생각했다.

"루이스를 찾고 있소." 스토너가 말했다. 목소리가 나의 신경을 건드렸다. 그는 나를 빤히 바라봤다. 루이스를 찾지 못해 마지막으로 나한테 들른 것 같았다. 그의 고충이 살짝 고소했지만 감정을 내비치지는 않았다.

"루이스는 다 큰 성인이오." 나는 말했다. 이런 대화는 진절머리가 났다. 나는 이 남자의 문제에는 관심이 없었다. 그는 담배를 땅에 버린 뒤 손에 입김을 불어넣었다. 눈가가 촉촉했다. 아무리 돈이 많은 남자도 불쌍해질 수 있었다.

"루이스한테 문제가 있는 것 같소." 그가 나에게 미끼를 던지려는 듯 말했다. 나는 그 말에 넘어가지 않았고 집으로 들어가려고 돌아섰다.

"루이스한테 무슨 일이 일어나든 신경 쓰지 않는가 보오." 그가 나를 붙잡으려고 목소리를 높였다. "루이스는 옐로 나이프를 찾고 있소." 그가 말했다. "그 작자가 루이스를 또다시 죽도록 팰 거란 말이오." 목소리에 비난이 담겨 있었다.

"왜 루이스가 여기에 있을 거라고 생각하오?" 나는 돌아서서 말했다.

스토너는 가슴 위로 팔짱을 끼며 시선을 돌렸지만 나는 그의 얼굴에 떠오른 얄궂은 웃음을 놓치지 않았다. "나를 속이는 건 아니겠지." 그가 말했다. 가슴에서 갑자기 열이 솟구치고 등 근육이 단단해지는 기분이었다. 가까이 있었더라면 그의 금니가 달그락거릴 만큼 한 방 세게 주먹을 날렸을 텐데. 비번인 날 밤, 내 진입로에서 이 작자를 상대하고 싶지는 않았다. 나는 그를 내버려둔 채 집으로 들어왔다.

스토너를 뒤로하고 문을 닫자 한숨이 나왔다. 차가 출발하는 소리가 들렸다. 헤드라이트 불빛이 방 안을 흠뻑 적셨다. 빛은 벽과 갈라진 리놀륨 바닥을 훑고서 창문 옆에 가만히 서 있는 루이스를 비추었다. 루이스는 뛰어오다가 방금 멈춘 것처럼 배에 손을 갖다 댄 채 헐떡이고 있었다. 스토너는 가고 없었다. 방은 어스름해졌고 난로는 붉게 타올랐다. "이제 무슨 일인지 말해줄 거야?" 내가 말했다.

루이스는 소파에 앉아 허리에 팔을 둘렀다. 나는 탁자 램프를 켜고 그녀 옆에 섰다. 루이스의 갈색 얼굴에 창백한 동상의 흔적이 있었다. 추위에 훨씬 더 오래 있었으면 진짜 무슨 일이 일어났을지도 몰랐다. 내 따뜻한 손으로 얼굴을 감싸 그녀를 낫게 해주고 싶었다.

"요새 좀 힘들어요." 루이스가 말했다. 순간 눈에 물기가 고였지만 루이스는 울지 않았다. 그녀는 앞으로 기대더니 신발의 발가락 부위를 움켜쥐고 발을 녹였다.

"한동안 여기서 지내. 최소한 이 추위가 가실 때까지라도."

루이스가 고마워하기를 바랐지만 그녀는 체념한 사람처럼 보였다. "알았어요." 그녀는 이렇게 말하더니 "그럴게요."

하고 덧붙였다. 방이 갑자기 따뜻해 보였다. 나는 창문을 열고 환기를 시켰다.

"침실을 쓰도록 해." 내가 말했다. 루이스는 나를 보더니 갑자기 시선을 돌렸다. "나는 여기서 잘게." 루이스는 그다지 크지 않은 소파를 바라봤다. "괜찮아." 어차피 잠은 다 잤지 싶었다. 이제 스토너와 옐로 나이프 두 남자를 상대해야 했다. 나는 손으로 뜬 아이다의 작은 베개를 머리 아래 쑤셔 넣었다.

문이 달리지 않은 방은 거실을 향해 훤히 열려 있었다. 부드러운 달빛 아래 루이스의 모습이 또렷이 보였다. 나는 호흡을 늦추며 잠을 자는 척했지만 실은 그녀를 보고 있었다. 루이스는 빛 아래에서 옷을 벗었다. 목 부위의 똑딱단추를 끄르는 가늘고 매끄러운 손은 아름다웠다. 나는 그녀의 손이 블라우스 버튼을 풀고 치마의 지퍼를 내리는 걸 바라보았다. 얇은 속옷이 팔랑거리며 바닥에 떨어졌다. 나는 숨을 참았다. 루이스가 내 집에서 벌거벗은 상태로 서 있었다. 빛이 그녀의 어깨 위로 먼지처럼 떠다니며 루이스의 머리칼을 연기 색으로 바꾸고 있었다. 루이스의 갈색 피부가 비처럼 옅은 회색으로 보였다. 나는 루이스의 볼록 솟은 젖꼭지, 엉덩이의 둥근 곡선을 바라봤다.

루이스가 발끝으로 살금살금 걸으며 나를 지나 화장실로 들어가자 나는 이불을 머리 위까지 끌어당겼다. 대야에 물이 떨어지는 소리가 들렸다. 그녀는 방으로 돌아가 탁자 전등을 켰고 나는 이불을 끌어내렸다. 새로운 빛에 적응하기 위해 눈을 비빈 뒤 가늘게 떴다. 루이스는 내가 자신을 볼 수 있는 것에 개의치 않는 듯했다. 내가 자고 있다고 생각하는지도 몰랐다. 상관없었다. 나는 몸을 살짝 일으켜 루이스가 내가 아내와 함께 썼던 침대 옆에 벌거벗은 채로 서 있는 것을 바라보았다. 침대 협탁에 놓인 냄비에서 김이 올라오고 있었다. 전등 빛 아래로 그녀가 전부 보였다. 루이스의 왼쪽 가슴 위에 보라색 피멍이 나 있었다. 허벅지 위쪽으로는 움켜쥔 듯한 검은 자국이 보였고, 그걸 보자 옐로 나이프의 손이 떠올랐다. 엉덩이에 난 멍은 주먹으로 내려친 흔적이 손가락 관절을 셀 수 있을 만큼 깊이 나 있었다. 부드러운 가슴은 가장자리가 온통 연보라색이었다. 거기에도 옐로 나이프의 흔적, 왼쪽 젖꼭지를 일그러지게 만든 상처가 있었다. 나는 그 젖꼭지에 입을 맞추고 싶었으나 가만히 앉아서 그녀를 지켜봤다. 루이스는 의자에 발을 올리고 발바닥의 움푹 들어간 데부터 긴 허벅지까지 다리 안쪽을 씻기 시작했다. 수건은 사용하지 않고 기름처럼 반짝이는 손으로만 다리를 닦았다. 나는 계속 그녀를 바라봤다. 거기가 단단해져 이불이 불쑥 솟아올랐다. 루이스의 피부 냄새가 났다. 얼마나 많은 사람이 벌거벗은 그녀를 봤을지 궁금했다. 하비 스토너가 그녀를 만지는 모습을 상상하니 배가 당겼다.

루이스는 침대에 앉아 있었는데, 얼빠진 듯 그녀의 몸을 바라보느라 정신없던 나는 루이스가 감정을 억누르려고 애쓰고 있다는 걸 알아채지 못했다. 루이스는 손을 떨고 있었다. 불을 끄고 천천히 누운 그녀는 너무 조용했다. 울음소리가 들리지는 않았지만 루이스는 분명 울고 있었다. 나의 단단해진 그곳과 욕망이 부끄러워졌다. 나는 그녀에게 차마 가지 못한 채 소파에 똑바로 앉았다. "루이스?" 나는 달빛에 다시 눈을 적응하며 말했다.

"괜찮아요, 찰리." 그녀가 말했다. 산처럼 슬프고 어두운 얼굴의 윤곽이 그림자에 담겼다. 나는 도로 누운 뒤 이 모든 것, 루이스의 슬픈 얼굴과 긴 밤을 생각하며 눈을 감았다. 차가운 산들바람이 커튼을 들어 올릴 무렵 그녀는 잠이 든 것 같았다.

뒤척이는 루이스의 움직임에 자다 깨다를 반복한 나는 마지못해 자리에서 일어나 세수를 했다. 야간 근무가 있었다. 루이스가 종일 자서 다행이었다. 루이스는 늦은 오후까지, 내가 옷을 차려입고 출근 준비를 마칠 때까지 깨지 않았다.

추운 밤이라 긴급 출동이 잦았지만 나는 옐로 나이프를 찾겠다고 여느 때보다도 단단히 각오한 상태였다. 그를 영원히 길거리로 내몰 작정이었다.

내가 집을 나설 무렵 루이스는 아이다의 로맨스 소설을 무릎 위에 펼쳐놓고 커다란 의자에 앉아 있었지만 책을 읽고 있지는 않았다. 루이스는 커다란 검은 창문 너머로 내 눈에 보이지 않는 무언가를 바라보고 있었다. 내 눈에는 내 얼굴과 창문에 반사되어 번뜩이는 나의 튼튼한 배지, 아름다운 여자가 나의 시선을 외면하는 모습밖에 보이지 않았다.

운전하기 쉽지 않은 날이었다. 부드러운 흙이 무덤 위에 내려앉는 것처럼 눈이 길가의 바퀴 자국 위에 쌓였다. 그날 밤 나 말고 다른 차량은 보이지 않았다. 눈이 쌓인 뒷길은 조용했고 자동차 바퀴에서는 아무런 소리도 나지 않았다. 눈은 너무 가벼워서 내 차에 닿자마자 흩어져버렸다. 주위의 침묵이 나를 초조하게 만들었다. 옐로 나이프는 저기 어디에선가 나를 향해 뛰어들려고 했다. 나는 그를 열심히 찾고 있었지만 내가 찾은 건 골칫거리, 온갖 사소한 골칫거리들뿐이었다.

이동하면서 계속해서 무언가를 찾아야 할 것 같은 날도 있었고 꼬인 날도 있었다. 오밤중에 신고가 접수되어 기껏 차를 몰고 가보면 싸움꾼조차 지쳐 잠자리에 든 이후였다. 커튼이 닫힌 조용한 집 안을 보고서도 나는 접수된 불만 신고를 수사해야 했다. 문을 두드리면 잠에서 깨다 만 신고자가 반쯤 열린 문 너머에서 나를 뚫어져라 바라보았다. 여자는 목까지 잠옷을 바짝 여미고 그 뒤에 선 남자는 축 늘어진 속옷을 입고 나를 향해 눈을 껌뻑였으며 그들이 마신 술은 후회와 두통이라는 흐릿한 꿈으로 바뀌어 있었다. 그날은 그런 날들 중 하나였다. 나는 허탕 친 신고지를 뒤로하고 다음 장소로 향했다. 퍼마에서 핫 스프링스로 향하면서 플로렌스가 익사한 분기점을 지났다. 초승달이 뜬 밤이었다. 강물은 부드러운 돌처럼 빛을 반사했다.

옐로 나이프를 찾기 위한 계획을 세웠어야 했다. 나는 감으로 그를 쫓고 있었다. 바티스트가 있는 곳으로 가고 있을 수도 있었지만 그에게서 완전히 멀어지고 있는지도 몰랐다. 블루버드 로드로 향하는 트럭이 몇 대 보이자 그들을 따라갔다. 길은 황무지의 봉우리를 지나 크게 한 바퀴 돌아 강으로 이어졌다. 그 불모지에는 소가 풀을 뜯고 있었지만 사람이 사는 집은 더 이상 찾아볼 수 없었다.

일상의 풍경에서는 아무것도 찾을 수 없을 터였다. 어두컴컴한 도로에 숨은 바람난 연인 정도는 찾을 수 있을지 몰랐다. 입김이 서린 차를 향해 탐조등을 비추다가 깜짝 놀란 연인의 얼굴이나 허둥지둥 몸을 가리는 그들의 번뜩이는 피부를 얼마나 자주 마주했는지 모른다. 어떤 연인에게는 질식의 위험을 경고하기도 했다. 예리한 기지가 아니라 사교력이 필요한 일이었다.

순찰차의 헤드라이트가 움푹 파인 도로를 비췄지만 나는 계속해서 차를 몰았고 체플러 영지에 우연히 다다랐다. 원주민 영토에 지어진 유기된 정부 공여 농지이자 바람난 연인들의 성지였다. 집과 별채는 바람이 휘몰아친 것 같은 꼴이었고 나무가 부식되어 회색이 된 출입구는 하늘을 향해 뻥 뚫렸다. 그것만이 까맣게 잊은 가족의 꿈을 간직한 유일한 유산이었다. 체플러 집안사람들이 정부에서 땅에 묻어둔 쟁기 날을 모조리 깨부쉈다는 얘기를 들었다. 우리의 땅이 절대로 쟁기에 굴복하지 않을 거라는 사실에 나는 감사하기까지 했다. 정부 소유의 들판은 바위의 맨엉덩이로 뒤덮여 있었다. 담당자들은 날을 포기한 채 맨손으로 땅을 팠지만 돌만 더 많이 나올 뿐이었다. 깊숙이 박힌 커다란 돌이 한가득인 들판. 그들이 수확한 것은 돌이었다. 무수한 돌 더미.

이곳의 눈은 깊었다. 플랫헤드에 선벨트가 있다면 이곳에는 스노우벨트가 있었다. 가득 쌓인 눈은 이 집을 목초지 위에 찍힌 점 하나로 만들어버릴 수 있었다. 이제 별채는 박쥐와 참새의 집이자 오랜 소망이 떠도는 귀신 들린 곳, 농장 아이들이 깔깔대며 달아나는 곳이 되었다.

차 한 대가 별채 뒤로 향한 듯 타이어 자국이 보였다. 또 다른 타이어 바퀴 자국은 노두로 이어지는 듯했다. 나는 길가 바로 옆에 차를 댔다. 눈 때문에 오도 가도 못하게 되고 싶지는 않았다. 언덕에 둘러싸인 형세 때문에 환해 보였지만 손전등을 챙겼다. 우선 소변을 눠야 했다. 흘러내릴 것만 같은 별채 옆에 서는 순간 동물 소리가 들렸다. 사슴이 엉덩이를 긁힐 때 내는 씨근덕거리는 소리였다. 뒤를 살피며 낡은 헛간에 발을 디디자 워싱턴 번호판을 단 라셀 한 대가 보였다. 나는 천천히 호흡을 가다듬었다. 무슨 장면을 마주할지 알 수 없었지만 루이스와 옐로 나이프의 모습이 떠올랐다. 총의 안전장치를 풀었다. 준비를 마칠 무렵 주먹을 휘두르는 소리가 들렸다. 남자의 주먹이 다른 남자의 몸에 닿는 둔탁한 소리, 한 번 들으면 절대로 잊을 수 없는 소리, 어떠한 행동도 취할 수 없게 만드는 소리였다. 그 소리를 듣고 있노라면 누구든 주먹이 자신의 내장을 깊숙이 파고든 것처럼 심장이 오그라들기 마련이며 우리를 아프게 하거나 중독시키는 술처럼 아드레날린이 뜨겁게 솟구치게 된다. 나는 차로 돌아갔다. 총 한 정만 든 채 바티스트 옐로 나이프를 상대하고 싶지는 않았다.

차를 후진한 뒤 가속도를 이용해 앞으로 돌진했다. 눈 더미에 차를 댄 뒤 그들을 향해 스포트라이트를 쐈다. 조명을 쏘면 상대를 겁줄 수 있을 거라 생각했다. 무전을 쳐야 했지만 그러지 않았다. 나는 행동을 취했다.

눈밭이었지만 차를 타고 있는 나에게 유리한 상황이기를 바랐다. 눈이 이처럼 많이 쌓인 길에서는 회전력이 필요 없었다. 차를 빠르게 몰기만 하면 되었다. 나는 헤드라이트를 끈 채 앞으로 나아갔다. 몇 센티미터 앞으로 갔을까, 차의 뒷부분이 좌우로 움직이며 속도가 충분히 붙었다. 나는 눈 더미를 헤치며 언덕 위로 재빨리 차를 몰았다. 헤드라이트와 사이렌을 켜며 달아나는 두 남자 앞에 차를 세운 나는 차에서 내려 그들에게 멈추라고 소리치는 동시에 공중에 대고 사격했다. 어깨 너머로 누군가 나를 보고 있는 듯한 찝찝한 기분이 들었다.

스포트라이트로 언덕을 비추자 하비 스토너가 정수리 위로 손을 들어 올렸다. 그는 빛을 보더니 움찔했다. "누구랑 있는 거요?" 내가 물었다. 그의 이름을 부르고 싶지 않았다. 그가 누구인지 아는 티를 내거나 그에게 힘이 있다는 걸 인정하고 싶지 않았다. "또 만났군, 경관." 스토너가 말했지만 나는 시선을 돌렸다. 바닥에 누군가 쓰러져 있었다. 그 남자는 술이 떡이 되어 고기 마대처럼 뻗어 있었다. 남자에게 손전등을 비춰보았다. 그는 나를 향해 몸을 돌리더니 가까스로 몸을 일으켰다. 그 자세, 그만의 확실한 자세 때문에 나는 그가 누군지 알아봤다. 꽤 맞았는지 눈이 엄청 부어 있었다. 그 남자는 바티스트 옐로 나이프였다.

"찰리." 그가 말했다. "나를 구하러 온 거군." 멀리서도 그의 입에서 나는 향나무 냄새, 싸구려 진의 역한 냄새가 느껴졌다. 나는 바티스트를 바라봤다. 스토너가 그에게 제대로 한 방 날렸을지 모르지만 그게 다인 것 같았다. 옐로 나이프는 너무 취해서 누군가를 해칠 만한 상태가 아니었다. 그는 자동차 사고를 당한 술꾼, 팔다리가 느슨한 허수아비 같았다.

"또 누가 있는 거지요?" 또 다른 남자가 보였다.

"나요."

내가 손전등을 비춘 곳에는 줄스 바트가 있었다. 그는 손을 들어 올려 빛을 가렸다. "정산할 게 좀 있어서." 그가 말했다.

"나를 이 애송이들한테 두고 가지 말라고." 옐로 나이프가 말했다. "나는 여기 밤새 있을 테니까." 옐로 나이프를 보자 플랫헤드족에게 잡힌 블랙피트족 전사가 생각났다. 플랫헤드족은 블랙피트족 전사의 눈을 뽑고 손가락을 자른 뒤 그에게 낙인을 찍었다. 모든 고문을 이겨낸 뒤 블랙피트족 전사는 플랫헤드족 남자들을 비웃으며 남자도 아니라고 했다.

"찰리, 내 아내 냄새를 맡고 여기까지 온 거야? 나랑 한 편 하자고."

나는 몸을 쭉 폈다. 나는 섣불리 나서지 않는 법을 알았다. 분노를 드러내지 않고 참으며 차분하게 행동할 줄 알았다. 바티스트에게 맞아 할머니 집 바닥에 쓰러져 있는 루이스가 그려졌다. 아침에 본 그녀의 모습이 떠올랐다. 옐로 나이프는 최악의 방식으로, 남자가 여자를 때릴 수 있는 교묘한 방식으로 그녀를 또 때렸다. 멍처럼 눈에 보이는 증거를 남기지는 않았으나 그녀에게서 빛을 앗아갔다. 나는 헤마우쿠스 쓰리 드레시스를 떠올렸다.

나는 그들에게서 한 걸음 물러났다. 단순한 정의의 심판에 맡긴 채 터덜터덜 차로 돌아갔다. 후진 기어를 넣은 뒤 도와달라고 경적을 울렸다. 스토너가 다가오자 시동을 걸어 차를 앞뒤로 흔들었고 그 바람에 타이어가 빙그르 돌면서 나를 도우려는 그를 방해했다. 나는 바티스트 옐로 나이프가 루이스를 떠난 것처럼 바티스트를 떠날 거였다. 그들은 그저 옐로 나이프를 몇 대 더 때린 뒤 그만 돌아가겠지 싶었다.

하지만 고속도로에 들어서자 돌아가고 싶은 충동이 일었다. 귀신 들린 기이한 도로로 차를 돌려 백인들의 손에서 바티스트 옐로 나이프를 데려오고 싶었다. 머릿속으로 생각하고 또 생각했지만 결국 돌아가지 않았다. 눈이 차창에 들러붙자 압축 와이퍼가 쌕쌕거렸다. 옐로 나이프는 그런 대접을 당해도 쌌다. 다른 건 몰라도 한 방 호되게 맞을 만했다. 하지만 내가 그러한 판단을 내릴 만한 위치에 있는지는 확신할 수 없었다. 사실 나는 옐로 나이프가 스토너에게서 풀려난 이후 나의 신변이 위태로워질까 봐 그게 더 걱정이었다.

다음 날 아침 루이스가 내 집에 계속 있는 것을 보자 마음이 놓였다. 루이스가 정수리 위로 머리를 올려 묶자 삐쩍 마른 얼굴이 드러났다. 개수대에서 빤 듯한 원피스는 군데군데 주름이 잡혀 있었지만 루이스는 푹 쉰 것 같았다. 내게 아침도 만들어줬다. "며칠 머물러." 내가 말했다. 루이스는 대답하지 않왔다. "여기 있으라고." 나는 다시 말했다. "며칠만 허락하는 거야." 거짓말이었다. 집에 와서 루이스를 보자, 웃고 있는 슬픈 얼굴을 보고 그녀의 안전을 확인하자 마음이 가벼워졌다. 루이스는 내 방에서 잤고 나는 기꺼이 소파에서 잤다. 이제 루이스와 함께할 수 있었다. 드디어 그녀와 함께할 기회가 생겼다. 미소를 감추지 못한 나는 가벼운 마음으로 출근했다.

이틀 후 바티스트와 함께 있었던 검은 머리 여자가 사무실로 찾아와 신고를 하고 싶다고 했다. 얼굴은 예쁘장했으나 눈이 매서운 여자였다. 그녀는 여러 번 버림받아 본 사람처럼 보였다. 여자는 바티스트 옐로 나이프가 사라졌다고 했다. 옐로 나이프의 행방불명은 내 알 바가 아니라고 말하고 싶었다. 그는 루이스를 찾고 있을 터였다. 가슴이 내려앉는 것처럼 날카롭게 죄어왔다. 옐로 나이프는 지금쯤 루이스에게 돌아갔을 거였다. 그는 루이스를 찾고 있었고, 나는 그가 내 집에 있는 그녀를 찾았을지 궁금했다.

나는 여자를 바라보며 그녀의 말에 잠자코 귀 기울였다. 다른 직원을 불러 신고서를 접수한 뒤 여자가 서를 나서는 순간 쓰레기통에 버릴 생각이었다. 여자가 입술을 너무 자주 핥는 바람에 그걸 보는 나도 입술을 핥고 말았다. 문설주 틈새를 멍하니 바라보고 있는데 여자가 눈가를 닦았다. 옐로 나이프 같은 남자를 사랑하다니 안됐다고 말해주고 싶었다. 루이스 같은 사람이 그의 아내인데. 루이스처럼 아름답고 야성적이고 강인한 사람이. 나는 그 여자더러 포기하라고, 왔던 곳으로 돌아가라고 말해주고 싶었다. 옐로 나이프는 절대로 돌아오지 않을 거라고. 당신 같은 사람은 바티스트를 절대로 붙잡을 수 없다고. 하지만 그 여자의 이야기는 내 이야기이기도 했다. 루이스를 너무 좋아해서 나에게 향하지 않을 관심을 바라는 오래된 욕망에 관한 이야기. 그건 상대가 나에게 줄 수 없거나 절대로 주고 싶어 하지 않는 것을 원하는 마음에 상대를 억압하고 싶은 욕망이었다. 어머니는 상대가 나를 사랑하게 만들 수는 없다고 말했다. 몇 번이고 직접 경험한 끝에 나는 그 사실을 알게 되었다. 루이스가 내 집에 안전하게 숨어 있다고 해서 루이스를 내 마음대로 통제할 수 있는 건 아니었다.

연필로 다리를 톡톡 친 다음 여자가 하는 말을 듣기 시작했다. 여자는 경찰관인 나에게 무언가 말하고 있었다. 이제 그만 내 자신의 문제에서 빠져나와야 했다. 제대로 듣고 있는지 확신이 들지 않아 나는 자세를 바로 하고 앉았다.

"와서 보세요." 여자가 말했다. "제 말을 못 믿겠다면 말이에요. 와서 직접 보시라고요. 신고를 하려고 레이크 카운티에 갔는데, 제가 '바티스트 옐로 나이프'의 이름을 꺼내자 다들 저를 무시했다고요." 당연한 일이었다. 여자는 자리에서 일어나더니 밖으로 나가자는 몸짓을 했다. 나는 그녀를 따라갔다.

"일단 보시라고요." 여자가 말했다. "제가 조작한 게 아니라고요."

바깥바람은 세찼다. 바람에 그녀의 코트가 휘날렸다. 안으로 들어가 코트를 가져오고 싶었지만 여자가 아까 나에게 하려던 말을 귀 기울여 듣지 않아 왠지 미안했다. 여자의 목소리는 체념이 묻은 것처럼 무미건조했다. 바보짓을 할 사람 같지는 않았다.

"어젯밤 바티스트가 제 차를 가져갔어요. 확실하지는 않지만요. 저는 술에 취했었거든요." 여자가 말했다. "기억이 잘 안 나요. 다음 날 바티스트는 안 오고 차만 돌아왔죠." 여자가 나를 바라봤다. 내가 그 이유를 설명해줄 수 있기를, 내가 바티스트 옐로 나이프와 얽힌 자신의 문제를 해결해줄 사람이기를 바라는 듯했다. 차라도 돌려받았다니 운이 좋았다. 차를 찾지 않아도 되니 나도 운이 좋았다.

"옐로 나이프는 원래 그런 사람이에요." 나는 바티스트라는 사람에 대해 그 여자보다 잘 안다고 생각하며 이렇게 말했다. 그 개자식과 인연을 맺어봤자 좋을 게 없다고 말해줄까 생각하다가 불알이 떨어져나갈 것처럼 추워서 그냥 안으로 들어가려고 했다. 뭔가 잘못됐다는 생각은 하지 않았다. 옐로 나이프가 여자와 함께 루이스를 찾아 시골을 샅샅이 뒤지다가 루이스를 찾자 그 여자를 버린 것 같았다. 바티스트 옐로 나이프는 그런 사람이었다. 여자는 차 문 쪽으로 가더니 보라는 듯이 손가락 끝으로 문을 밀어 열었다.

차랑 계기판에 피가 튀어 있었다. 차에서 구타 상황이 있었던 것처럼 보였다. 피가 특정한 방향으로 튀었는지, 그곳에서 무슨 일이 일어났는지 보여줄 단서가 남았는지 살펴보았다. 두 남자가 옐로 나이프를 흠씬 두들겨 팬 뒤 들판에 던져버린 것 같았다. 하지만 차 옆에 쪼그리고 앉아 좌석 아래쪽을 살피는 순간 스토너와 바트의 모습이 머리를 강타했다. 바티스트 옐로 나이프의 무게가 느껴졌다. 이 여자가 나에게 무언가를 덮어씌우려 한다고, 옐로 나이프와 함께 무슨 일을 벌이는 거라고 생각하고 싶었다. 바티스트가 백인들에게 맞도록 내버려둔 대가였다. 나는 죄책감 때문에 그렇게 생각하고 싶은 거였다.

차 안으로 더 들어가 보았다. 여자가 거짓말을 할 가능성을 여전히 배제할 수 없었다. 손바닥을 펼쳐 좌석을 눌러보았다. 끈적끈적한 피가 쇠 냄새를 풍기며 손가락 사이로 솟구쳤다. 스토너와 카우보이가 왜 여자에게 차를 돌려줬는지 의아했지만 감이 왔다. 우리는 바티스트 옐로 나이프를 절대로 찾지 못할 거였다. 그들은 시신을 옮긴 뒤 차를 버린 거다. 그렇게 생각하고 싶지 않았지만, 그의 죽음에 책임을 지고 싶지 않았지만 그건 내 책임이었다. 체플러 영지를 등질 때 나는 옐로 나이프가 죽어가고 있음을 알았다. 내가 떠나고 여자가 차를 발견하기까지 무슨 일이 일어난 거였다. 분위기와 냄새에서 옐로 나이프의 최후가 그다지 아름답지 않았다는 게 느껴졌다.

레이크 카운티와 연방정부에 연락하고 싶지 않았던 나는 자리로 돌아가 다른 계획을 궁리했다. 갑자기 생각이 하나 떠올랐다. 그건 나를 살릴 구명조끼가 될 수도, 나를 가라앉게 만들 납 조끼가 될 수도 있었다. 나는 옐로 나이프 사건과 관련된 보고서를 작성하지 않을 생각이었다. 넥타이를 고쳐 맨 뒤 목에 단단히 조였다. 옐로 나이프의 여자 친구가 나를 따라왔다. 책상 맞은편에 그녀를 앉혔다. 옐로 나이프가 스스로 자초한 일이라고 생각해야 했다. 옐로 나이프가 죽지 않았더라면 루이스가 죽었을 것이다. 나는 루이스를 살린 거였다.

바지 주머니에서 손수건을 꺼내 손을 닦았다. 나는 백인 여자에게 옐로 나이프를 잊으라고, 야키마로 돌아가라고 말했다. 여자의 얼굴을 바라본 뒤 시선을 돌렸다. 여자는 내가 어떻게든 바티스트 옐로 나이프를 살려주고 자신도 구하리라 믿고 있었다. 여자의 파리한 눈가와 집요한 눈빛을 이해할 수 있었다. 나의 직감과 의혹은 죄다 어설프게 보였다. 옐로 나이프를 둘러싼 나의 추론과 발상을 의심해봤다. 나는 그를 미워하고 있었다. 그는 내가 절대로 소유하지 못할 것을 갖고 있었기 때문이었다. 그에게는 루이스가 있었다.

나는 여자를 따라 차로 돌아갔다. 여자는 굳게 다문 입을 옆으로 당길 뿐 아무 말도 하지 않았다. 내 반응을 예상했다는 듯 트렁크를 열어 낡은 펜들턴 담요를 꺼내 좌석 위를 덮었다. 그 여자가 그곳에 남아 서성일 거라고, 미션의 백인들처럼 나를 따라다닐 거라고 생각했다. 하지만 그녀는 아무런 질문도, 아무런 대답도 없이 떠났다. 여자는 원주민만큼이나 힘이 없고 존재감이 약한 사람이었다. 아무도 자신의 이야기에 귀 기울이지 않았고 아무도 자신의 존재를 인정하지 않았으므로 금세 침묵하는 데 익숙한 사람이었다. 여자는 일주일 뒤 한 무리의 경관을 이끌고 돌아올지도 몰랐다. 변호사, 형사, 수사팀을 이끌고 돌아올 수 있었다. 1년 뒤에 마음을 바꿔 피비린내 나는 좌석과 의심이 되는 온갖 것들의 목록을 들고 레이크 카운티를 다시 찾을 수도 있겠지만, 결코 그런 일은 일어나지 않을 거였다. 나는 안전했다. 내가 안전한 대상은 별로 없었지만 그녀에게서만은 안전했다. 여자를 돌아보니 여자는 내 손에 묻은 피를 보고 있었다. 무미건조한 눈으로 바티스트 옐로 나이프의 최후를 받아들였다고, 이러한 최후를 기대했다고, 나는 생각했다. 이제 남은 건 슬픔을 처리하는 일뿐이었다.

집으로 돌아가 루이스를 만나기 전에 살인 현장을 다시 찾왔다. 체플러 영지에서 2킬로미터 정도 떨어진 곳에 차를 댄 뒤 옐로 나이프를 마지막으로 본 장소로 비틀거리며 걸어갔다. 옐로 나이프가 두 백인 남자에게 맞았던 곳에는 피가 너무 많이 남아 있었고, 그 모습에 무릎이 후들거렸다. 앞으로 이 피는 내 기억 속에 가장 선명히 남을 거였다. 옐로 나이프의 시신을 찾아보려 했지만 시신은 어디에도 보이지 않았다. 나는 2킬로미터 정도를 걸어서 차로 돌아갔고 트렁크에서 부삽을 꺼내들고 그곳으로 다시 갔다. 너무 빨리 걸어서 머리가 지끈했고 허파가 타들어 갈 것 같았다. 바깥은 추웠지만 나는 안개 속에 숨었고 소리가 들릴 때마다 몸을 휙 수그리고 기도를 했다. 수녀들이 가르쳐준 대로. 악마가 이 모든 일에 연루되어 있다는 생각에 악마를 몰아내려 했다.

나는 돌이 가득한 단단한 땅을 파기 시작했다. 날카로운 금속 조각이 튀고 얼어붙은 땅이라도 개의치 않았다. 나는 사람을 구하기라도 하는 것처럼 다급한 마음으로 땅을 팠다. 나는 실제로 사람을 구하고 있었기 때문이었다. 나 자신을 구하고 있었고 내가 했던 모든 일, 내가 믿었던 선을 구하고 있었다. 나는 루이스를 구하고 있었다.

너무 열심히 땅을 판 나머지 굳은살이 떨어져 나가고 손은 또다시 피로 물들었다. 여름이었다면 방울뱀에게 내 죄를 숨기기 위해 피가 날 때까지 갯물 비누와 소금으로 손을 씻었을 것이다. 이건 미친 생각이었다. 나는 도망갈 수 없었다. 이제 이야기는 완성되었다. 이건 기만이나 배반이 아니라고 나를 속여야 했다. 나는 독으로 가득 차 이미 부어올랐으며 분노로 숨이 막혀가고 있었던 것이다. 바티스트의 피를 흙으로 덮은 뒤 깨끗한 눈을 퍼서 그 위에 부었다. 흙과 눈을 엄청 쏟아부어 하나의 언덕을 만들었다. 하지만 어리석은 자의 헛된 노력일 뿐, 눈 사이로 피가 다시 배어 나왔다.

바티스트의 죽음은 내가 오랫동안 기다려온 죽음이었다. 나는 루이스에게 옐로 나이프와 그의 주먹에서 이제 해방되었다고, 옐로 나이프는 술집에서 싸움에 휘말려 최후를 맞이했다고, 아니면 술을 진탕 마시고 교통사고를 당했다고 말하게 될 날을 손꼽아 기다렸다. 이런 걸 생각한 게 아니었다. 머릿속으로 옐로 나이프의 죽음을 설명하는 그럴듯한 이야기를 꾸며봤다. 나를 시나리오에서 배제한 이야기를. 하지만 루이스에게 남편의 사망 소식을 알리는 건, 그 힘겨운 임무는 결국 나의 몫이었다. 그것이 내 이야기의 시작이자 끝이었다.

집 안의 불은 켜져 있었다. 집에 다가갈수록 한숨이 나왔다. 루이스가 문가에서 나를 맞이했다. 나를 보고 기뻐하는 모습을 보자 소식을 전하지 말까 하는 생각이 들었다. 부엌 개수대로 가 물을 한 잔 마셨다. 흘끗 보니 루이스가 나를 기다리고 있었다. 물을 한 잔 더, 이번에는 가득 따라 마셨다. 목으로 꿀

껵 넘어가는 소리를 들으며 천천히 물을 마셨다. 루이스의 시선을 피해 부엌 창문 너머를 바라봤다. 늦은 오후 계곡 너머의 하늘은 맑았다. 저 멀리 안개의 작은 꼬리가 하늘로, 구름으로 올라가고 있었다. 무언가 떠나고 있었다. 갈비뼈가 묵직했다. 부엌에 앉아 좋은 날만 회상하고 싶었다.

루이스가 다가왔다. 그녀의 발걸음은 놀랄 정도로 가벼웠다. 루이스는 삐걱거리는 나무 바닥을 무용수처럼, 확신에 찬 사냥꾼처럼 사뿐히 걸었다. 루이스는 절대로 소리를 내지 않았다. "무슨 일 있어요?" 그녀가 물었다. 나는 가슴에 손을 갖다 대고 심장을 진정시켰다. 기도를 할까 했지만 기도라면 이미 했다. 나는 너무 오래 끌고 있었다. 말의 무게가 나를 짓눌렀다. 나는 루이스에게 전해줄 답이 없었다. 내가 아는 것, 내가 발견한 것만 말할 생각이었다. 그건 시신이 아니라 그의 죽음을 입증하는 다른 증거들이었다. 우리는 시신을 찾지 못할 터였다. 나는 엘로 나이프를 두고 간 뒤에 스토너와 바트를 계속 주시했다. 그들은 바티스트를 때려죽였을 테지. 나는 그들이 튀긴 닭처럼 그를 자르고 옥외 화장실에 내던지는 모습을 그려봤다. 그들은 들판에 나뒹구는 돌로 그를 흠씬 두들겨 팬 듯했다. 봄이 오면 뜨거운 햇살 아래 시신의 악취가 들판 위로 솟아오를 것이다. 그 냄새를 맡고 쥐가 찾아올 테고 발이 단단한 코요테 몇 마리가 돌멩이 주위에 코를 박고 킁킁댈 것이며 나는 결국 그의 냄새를 찾을 것이다. 그렇다. 봄이 되면 옐로 나이프는 오래된 악취로만 남을 거였다.

루이스의 손을 잡은 뒤 내 목에 갖다 댔다. 경험상 "안 좋은 소식이 있습니다" 같은 말로 소식을 전하는 건 좋지 않았다. 그렇게 말한다고 소식을 듣는 당사자가 마음의 준비를 할 수 있는 건 아니다. 나쁜 소식을 듣게 될 거라는 사실을 안다고 해서 충격이 무뎌지는 건 아니다. 힘든 얘기를 전하며 차마 루이스와 눈을 마주칠 순 없었다. 나는 시선을 돌려야 했다. 누가 옐로 나이프를 죽였는지는 말하지 않았다. 나는 방금 알게된 사실인 양 소식을 전했다. 내가 한 일이 아니라 내가 발견한 세부 정보만을 전했다.

루이스는 내 말을 듣고 울지 않았다. 내 팔에 쓰러지지도 않았다. 가만히 앉아서 무릎에 손을 올린 채 나를 바라봤다. 침통한 슬픔이 흐르는 가운데 나는 그녀가 겪은 온갖 일들에 대해 차마 얘기할 수 없었다. 루이스는 옐로 나이프의 죽음을 받아들였다. 나는 커피를 한 주전자 가득 끓인 뒤 자리에 앉았다. 밤을 맞을 준비를 해야 했다.

"내가 그 사람이랑 함께 갔어야 했어요." 루이스가 말했다.

나는 그녀에게 가까이 다가가 차가운 창문에 손을 댔다.

"너마저 죽을 수 있었어. 그게 무슨 소용이야."

"아니요. 애초에 그이를 떠나서는 안 되었어요. 그이에게 무슨 일이 일어날 거라는 걸 알았는데."

"안 좋은 일이 일어날 수밖에 없었어. 그렇게 살다간 말이지."

"당신이 생각하는 그런 사람이 아니에요." 나는 그 말에 반박할 수 없었다. 옐로 나이프는 성난 원주민, 성질 고약한 술꾼이었지만 이제 와서 그리고 그의 아내인 루이스 앞에서 그를 험담할 수는 없었다. 나는 입을 다물었다. 어쩜 나는 그를 몰랐을지도 몰랐다. 나는 늘 그를 평가했을 뿐이었다. 나는 내아버지와 그의 아버지가 돌아가시고 나서 들은 얘기들이 떠올랐다. 생소한 이야기가 너무 많았다. 모두들 내가 아는 남자가 아니라 다른 사람 얘기를 하고 있는 것만 같았다. 갑자기슬픔이 솟구쳤다. 내가 무언가를 놓쳤다는 확신이 들었다. 나의 어설픈 판단만으로는 옐로 나이프라는 남자를 온전히 설명할 수 없을 터였다. 이제 그가 내 눈앞에서 사라지자 나는그를 제대로 바라볼 수 있었다. 하지만 눈을 감자 절뚝거리는루이스, 그녀의 슬프고 처량한 가슴이 떠올랐다. 옐로 나이프에게 얻어터져 바닥에 쓰러져 있던 원주민들을 일으켜 세우던 때가 떠올랐다.

거기에 옐로 나이프의 모습이 다시 겹쳐졌다. 퍼마 우체국에 있던 옐로 나이프. 카운터에 10센트짜리 동전을 쿵 내려놓던 옐로 나이프. 비 오기 직전의 고속도로 먼지처럼 아릿하고 축축한 냄새를 풍기며 나를 돌아보던 옐로 나이프. 늘 나를 너무 오래 쳐다봐 내 등에 땀이 솟게 했던 옐로 나이프. 손바닥으로 문을 쿵 치며 방을 나서던 옐로 나이프.

옐로 나이프에 대한 기억은 어릴 적 본 영화의 한 장면처럼 꼭 다문 입 사이에 칼을 끼운 교활한 원주민, 싸구려 영화에 등장하는, 진짜 원주민을 겁먹게 만드는 원주민의 이미지로 돌아왔다. 그가 죽자 그 이미지는 우습게 보였지만 옐로 나이프 하면 이제 그 이미지밖에 떠오르지 않을 거였다. 비현실적이고 불변할 과장된 옐로 나이프의 이미지. 옐로 나이프의 유령은 벌써부터 나를 겁에 질리게 했다. 나는 침을 삼켰다. 그의 죽음에 연루된 탓에 겪게 된 온갖 문제에도 불구하고 후련했다.

루이스는 담배에 불을 붙였다. 숨을 천천히 내뱉다가 더듬더듬 들이쉬더니 코트를 입고 부츠의 신발 끈을 조였다.

"이런 날씨에 나가려는 건 아니지?" 내가 말했지만 루이스는 날카로운 눈으로 나를 바라보며 돌아섰다. "저리 가요." 그녀가 말했다. 나는 루이스를 말리려고 했지만 그녀가 재빨리 나에게서 팔을 빼내는 바람에 휘청거렸다. "당신은 바티스트를 도울 수 있었잖아요." 루이스가 말했다. "다른 사람은 몰라도 당신은 그럴 수 있었어요."

루이스는 무엇을 알고 있는 걸까. 루이스는 나가면서 문을 닫지 않았고 나는 그녀를 따라가지 않았다. 나는 그녀에게 이미 너무 큰 아픔을 주었다. 나는 옐로 나이프가 죽도록 내버려 뒀다. 체플러의 들판에서 맞아죽도록 내버려뒀든, 술집에서 싸우다 죽도록 내버려뒀든 나에게는 책임이 있었다.

이른 아침까지는 출근하지 않아도 되었다. 내가 할 수 있는 일을 생각해보았다. 없었다. 나는 부엌으로 가 물을 또 한 컵 마신 다음 차로 갔다. 앞 좌석 도구함에서 위스키를 꺼낸 뒤 싸늘한 도로에 올라섰다. 바라보는 이 하나 없는 가운데, 책임을 뒤집어쓴 나를 지켜보는 이 하나 없는 가운데, 나는 독한 술을 병째 들고 한 모금 넘겼다.

루이스

/

오래된 유령

루이스는 분노가 등을 따라 솟구치는 기분이었다. 서늘한 바람을 맞자 기분이 나아져 고속도로를 향해 빠르게 걸었다. 바티스트에게 무슨 일이 일어났다면 찰리 탓이었다. 그는 자신의 임무를 다하는 대신 루이스를 찾아다니느라 많은 시간을 허비했다. 루이스는 가슴에 손을 갖다 댄 채 바티스트의 부재를 느껴보려 했다. 하지만 그의 죽음에 뒤따르는 극심한 고통이 느껴지지 않았다. 바티스트가 떠났다면 분명 느꼈을 것이다. 그의 영혼이 떠나는 걸 느꼈을 터였다. 더티 스왈로의 집에 가보면 그가 분명 여자 친구와 있을 거였다. 그는 시기하는 표정으로 그녀를 비웃을 거였다. 바티스트는 그녀를 안고 한 바퀴 돌 터였다. 찰리가 잘못 알고 있는 것이다. 루이스는 다가오는 차를 향해 엄지를 치켜들었다. 묵직한 타이어 아래로 파란 얼음이 깨지는 소리가 들렸고 환한 미등 속에 눈이 소용돌이쳤다.

밤이 언덕 위로 무겁게 내려앉고 있었다. 짙은 회색 얼굴 같다고, 달리는 거대한 말의 가슴과 앞다리 같다고, 구름 같다고 루이스는 생각했다. 루이스는 도로에 서서 칙칙한 강을 내려다봤다. 동물들이 구멍을 낸 빙판에 검은 물이 보였다. 날이 가라앉고 있었다. 헐벗은 나무 사이로 강의 소리, 제방 건너편에서 여자가 신음하는 듯한 소리가 들렸다. 루이스는 빙판일 뿐이라고, 손톱처럼 얇은 빙판이 해안가를 끌어당기는 소리일 뿐이라고 중얼거렸다. 눈을 가늘게 뜨고 세찬 해류가 흘러 철퍼덕거리는 강의 표면을 바라봤다. 동생이 지난여름에 빠져 죽은 잔잔한 강가였다.

루이스는 동생이 죽은 곳을 바라보며 한참을 서 있었다. 동생을 다시 부를 수 있으면 얼마나 좋을까 싶었다. 잠시 아무 소리도 들리지 않았다. 강기슭을 따라 겨울나무들이 늘어졌고 길가에 눈이 스르륵 쌓여갔다. 루이스는 눈을 똑바로 뜨고 바라봤다. 그 자리에 가만히 서서 하염없이 바라봤다. 심장이 더디게 뛰었다. 하루가 주위로 빠져나가는 기분이었다. 삶에 가까워질수록 죽음에 가까워진다고, 할머니는 말했다. 루이스는 지금이 그런 때인지 궁금했다.

뮬사슴 한 마리가 빽빽한 덤불에서 폴짝 뛰어나와 흐르는 강으로 들어갔다. 사슴의 공허한 발걸음 소리가 들리더니 발굽이 강의 표면을 순식간에 흐트러뜨렸다. 찰팍 물이 튀는 소리가 들리는 순간 사슴의 짙은 눈이 하얗게 바뀌었다. 강은 순식간에 조용해졌다. 곳곳에 난 검은 구멍만 보일 뿐이었다. 물이 피어올랐고 사슴은 사라졌다.

바람이 붉은 검은딸기나무에 부딪혀 딱딱 소리를 냈다.

루이스는 나른해져 길가에 앉아 잠시 쉬었다. 검은 언덕이 옅은 하늘을 배경으로 서 있었다. 루이스는 여름을, 새의 숨죽인 소리를, 뜨거운 날의 달콤한 둥지 냄새를 떠올렸다. 월귤나무, 채진목, 인디언 샐러리가 무르팍까지 쌓인 눈 아래 모습을 감추고 있었다. 루이스는 흰 손바닥에 입김을 불어넣은 뒤 주머니에 손을 찔러 넣었다. 손가락을 단단히 말아 쥐자 맥박이 빨라지는 게 느껴졌다.

*

루이스는 한기를 느끼며 눈을 감았다. 플로렌스가 오렌지 덤불에 반쯤 몸을 가린 채 높게 자란 잔디 한가운데 서 있었다. 동생은 루이스를 보고 있지 않았고, 루이스는 동생을 보고도 무섭지 않았다. 플로렌스는 강을 바라보고 있었다. 루이스는 고개를 기울인 채 자세히 바라봤다. 자신은 지금 죽은 사람을 보고 있었다. 동생은 죽었다. 루이스는 삶과 죽음에 관한 옛 이야기가 의심할 바 없는 확실한 사실, 하나의 과정을 보여주는 게 아니라 단순히 하나의 이야기에 불과하다고 생각하고 싶었다. 하지만 명백한 징후가 있었다. 물에 돌을 던지면 돌은 가라앉는다. 배가 붉은 난로에 손을 갖다 대면 손을 덴다. 죽음에 근접할 때면 망자를 본다. 루이스는 거센 바람의 첫 단계에 마주한 기분이었다. 바람은 지금 발목 근처에서 쉬익거렸다.

루이스는 플로렌스를 쫓아갈까 생각했다. 키 큰 나무의 기단을 감싸고 끈적끈적한 덤불 위에 깊이 쌓인 눈에서 나와 강으로 도로 뛰어들까 생각했다. 동생을 쫓아가면 동생을 잡을 수 있을 터였다. 동생의 끄트머리를 잡고 끌어당길 수 있을지도 몰랐다. 하지만 루이스가 플로렌스를 보려고 애쓰는 동안 동생은 울타리에 걸쳐놓은 낡은 표지물인 목장 주인의 찢어진 셔츠로 변했다. 루이스는 이마를 문질렀다.

루이스는 길옆에 한참 앉아 있었다. 한 시간쯤 지났을까 바티스트가 나타나서 그녀 옆에 앉았다. 그를 보고도 루이스는 놀라지 않았다. 그가 자신을 찾아올 거라는 걸 알고 있었다. 하지만 그가 어디에서 왔는지는 알 수 없었다. 바티스트는 그녀 옆에 있었고 루이스는 그의 온기를 느낄 수 있었다. 루이스는 그들이 함께한 과거를 받아들이며 손으로 머리를 떠받쳤다. 야키마 여자는 보이지 않았다.

"우리는 실패한 것 같아." 루이스는 바티스트가 자신의 목소리에 담긴 무게를 감지하지 못하기를 바라며 코트에 대고 얘기했다. 바티스트는 고개를 끄덕일 뿐이었다. 처음으로 바티스트는 그녀의 말을 비꼬듯 되받지 않았다. 가만히 그녀 옆에, 차가운 길가에 앉아 있었다. 그는 가까이 앉아 있었지만 그녀를 만지지는 않았다. 루이스는 그가 실제로 옆에 앉아 있는 건지, 자신의 소망일 뿐인지 의아해졌다. 루이스는 그를 보고 싶지 않아, 그가 안겨줄 새로운 시련을 마주하고 싶지 않아 옆길을 흘낏 봤다. 그는 게으른 남자가 기도할 때처럼 두 손을 맞잡았다. 그의 피부에는 루이스의 이름이 영원히 새겨져 있었다.

바티스트 옐로 나이프처럼 그녀를 사랑하는 사람은 두 번 다시 없을 거였다. 방울뱀을 데리고 다니며 그녀를 쫓아다닐 사람도, 그녀를 찾으려고 옥외 화장실의 옹이구멍을 살필 사람도, 어디에서든 그녀를 기다릴 사람도, 그녀가 누구를 좋아하는지 신경 쓸 사람도, 구석구석 그녀를 찾아다닐 사람도, 그녀를 집에 데리고 갈 사람도 없을 터였다. 바티스트처럼 루이스를 사랑할 사람은 없었다. 루이스가 평화를 갈망하게 할 만큼 증오를 가득 담아 그녀를 사랑할 사람은. 루이스는 고무장화의 뒤축을 자갈에 비빈 뒤 코트를 머리 위로 끌어올렸다.

다행히 가슴은 따뜻했다.

잠시 바티스트의 답을 기다렸다. 길은 고요했다. 고인 빙판에 금이 가는 소리가 들린 것도 같았다. 이렇게 외로운 적이 있었던가. 루이스는 나무에서 잘려나간 채 길에서 멀찍이 떨어진 뿌리와 덤불처럼 외로웠다. 저 멀리 산이 구름처럼 보였다. 루이스는 코트에서 머리를 쭉 뺐다.

바티스트는 더 이상 그녀 곁에 없었다. 루이스는 주위를 둘러봤다. 더티 스왈로가 살고 있는 집 쪽으로 난 간선도로를 바라봤지만 그는 없었다. 그는 가버렸다. 바티스트에 대한 생각으로 목 안이 차오르던 때가 생각났다. 이제 그에게서 희미해지는 기분이었다. 땋은 머리가 느슨해지고 해진 옷이 가루로 변한 것만 같았다. 다시 눈을 감자 태양이 흐릿해졌다.

루이스를 살린 건 줄스였다. 새파란 트럭을 몰고 나타난 줄스와 그의 헤드라이트였다. 그는 길가에 누워 있던 루이스를 들어 올려 트럭에 태웠다. 루이스는 그에게 화를 냈다. 기분 좋은 꿈이 이제 막 시작되려는 찰나에 자신을 깨웠다며 그를 때렸다. 차창에 그의 입김이 서렸다. 달빛이 하얗게 빛났다. 줄스는 말에게 덮어주던 담요 두 개를 그녀에게 둘러주었다. 묵직한 양모가 얼굴에 닿자 달콤한 말 냄새가 났다. 줄스가 계기판을 쿵쿵 치며 깨웠지만 루이스는 눈을 뜰 수 없었다. 히터가 웅웅거렸다. 루이스는 다시 잠이 들었다. 줄스는 두피에서 열이 날 때까지 그녀의 얼굴을 때렸다. "맙소사." 그가 낮은 목소리로 말했다. "맙소사." 달이 하얗게 빛났다. 강을 따라 난 커브 길이 번쩍였다. 트럭이 느릿느릿 커브를 돌았다. 줄스가 속삭였다. 웅웅대는 바퀴 소리에 맞춰 속삭였다.

줄스는 루이스의 옷을 벗긴 뒤 소매에서 팔을 빼냈다. 루이스는 눈을 뜨고 그를 바라봤다. 그는 침대에 담요를 깔고 있었다. 잠이 루이스를 다시 집요하게 끌어당겼다. 루이스는 담요, 자신의 엉덩이를 그러쥐는 줄스의 손에서 뜨거운 열기를 느꼈다. 잠결에도 이가 딱딱거렸다.

"맙소사. 저기서 죽을 뻔했어." 그가 말했다.

루이스는 아침에 그가 집을 나서는 소리를 들었으나 작별 인사는 없었다.

찰리 킥킹 우먼

/

보다

나는 평소에 술을 마시지 않았다. 위스키를 마시면 말을 더
듬었다. 그날 밤 술이 필요한 건 아니었다. 나는 아픈 남자가
약을 삼키듯 술을 마셨다. 잠을 자려고 토닉을 마셨지만 잠이
오지 않았다. 루이스의 말, 옐로 나이프를 도울 수 있었다는
말이 머릿속을 떠나지 않았다. 나는 옐로 나이프의 죽음에 책
임이 있었다. 잘된 일이라고 생각했을지도 몰랐다. 세상의 골
칫거리를 없앴다고, 결국 죽었을 남자를 해결했다고. 루이스
를 구했다고 혼잣말을 했지만 하도 많이 말해서 나조차도 더
이상 믿어지지 않을 지경이었다.

방을 둘러보니 아이다의 물건들만 보였다. 치울 생각조차
하지 않은 물건들이었다. 면도할 때 사용하는 통 옆에 둔 약
상자 안에 아이다의 머리빗이 들어 있었다. 나는 빗을 바라보

고 그 사이에 끼어 있는 머리카락을 쓰다듬었다. 아이다의 머리칼이었다. 아이다가 아끼던 커피잔이 부엌 고리에 걸려 있었다. 아무런 장식이 없는 밋밋한 컵이었다. 우리가 함께했던 인생처럼 단순하고 편안한. 나는 틀렸다. 전에는 왜 몰랐을까. 왜 루이스를 쫓아다니느라 내 아내를 잊고 있었을까. 나무 난로 옆에 갖다놓은 의자에 앉았다. 열기 때문에 슬프고 나른해졌다. 가슴에 열기가, 내가 감당할 수 없는 묵직함이 고이는 기분이었다. 나는 트럭에 올라타 시동을 걸었다.

그날 밤 외로움에 너무 사무친 나머지 무모하게도 아이다에게 전화를 걸어야겠다고 생각했다. 아내에게 전화해 집으로 와달라고 애걸할 생각이었다. 너무 절박한 남자, 후회밖에 남지 않은 남자의 전화였다. 맬럭네 가게 앞에 차를 세운 뒤 얼어붙은 눈 위에 섰다. 수화기 위에 서린 입김은 내가 흘리지는 않을 눈물처럼 축축했다. 아이다의 동생 아넷이 전화를 받았다. "찰리예요." 그녀가 가족들을 향해 말하는 듯했다. 그들은 부엌 식탁에 둘러앉아 있을 터였다. 질질 끄는 발걸음 소리가 들리더니 아내가 속삭이는 소리가 들렸다. "여기 없다고 해." 아내와 너무 얘기하고 싶은 나머지 나는 순찰차를 끌고 그녀를 보러 갈까 생각했다. 사이렌을 울린 채 토페니쉬까지 차를 몰고 갈까 하고. 루이스를 잊고 싶었다. 루이스는 순식간에 내 안의 견고한 매듭이 되어버렸다. 내가 내린 최악의 선택, 아름다움이 추악해져 버린 결과였다. 루이스로 인해 나는 내 안에 도사리고 있던 두려움을 마주해야 했고 피해왔던 나의 모습을 바라봐야 했다. 그러지 말았어야 했다. 그건 정말 아니었다. 나는 옐로 나이프를 살릴 수 있었지만 그러지 않기로 했다. 루이스에게 비난받는 순간 내가 알던 모든 수녀들의 목소리가 되살아났다. 나는 부도덕했다. 나는 영원히 더럽혀졌다. 나는 친척인 옐로 나이프를 저버렸다. 나는 사촌동생의 아내를 탐했고 두 백인 남자가 동생을 때려죽이도록 내버려뒀다. 나는 충성심도, 자애도 없는 최악의 원주민이었다. 그런데도 아이다가 나를 다시 사랑해주기를 바랐다. 온갖 잘못을 저지른 나를 있는 그대로 사랑해주기를. "제발." 나는 아넷에게 말했다. "제발, 미안하다고 말하고 싶을 뿐이야."

아이다가 전화를 받았다. "찰리." 그녀가 말했다. 확신에 찬 안정적인 목소리였다. "찰리." 아이다가 다시 말했고 나는 절실한 마음으로 그녀의 말에 귀 기울였다. "당신은 문제가 많아. 나는 당신을 구해줄 수 없어."

나는 몬태나의 추운 밤 한가운데 서 있었다. 상실감 때문에 뼈가 아려왔다. 그 상실감은 나이가 들면 나를 더 짓누를 거였다. "집으로 돌아와." 나는 말했다. 가슴이 떨렸으나 최대한 안정적인 목소리로 말했다. "나한테 돌아와." 나는 말했지만 연결 상태가 좋지 않았다. 나는 혼자 말하고 있었다.

나는 집으로 돌아왔다. 어떻게 하면 아이다의 마음을 돌릴 수 있을지 생각하느라 머릿속이 바빴다. 파우와우에서 춤춘다면, 원주민 깃털을 차려입고 얼굴에 페인트칠을 하면 가능할지도 몰랐다. 아이다를 다시 데려올 수 있을 거였다. 위스키를 마시고 잠자리에 들었다. 출근하기 전에 잠을 좀 자고 싶었다. 나른한 어둠 속에서 어두컴컴한 달빛이 희망으로 보이기 시작했다. 하지만 한밤중에 잠에서 깨보니 내가 아이다를 누르고 있었다. 그녀의 부드러운 허벅지, 그녀의 열기가 느껴졌다. 나는 아이다의 목에서 움푹 들어간 부위에 얼굴을 파묻은 채 그녀가 신음소리를 내며 나를 향해 엉덩이를 들어 올리는 소리를 들었다. 내 엉덩이의 움직임에 따라 침대가 흔들렸다. 조금씩 느낌이 왔다. 사타구니가 뜨겁게 달아오르더니 눈이 두개골에서 팽팽히 당겨지는 기분이었다. 아이다의 배꼽에서 반지르르한 땀이 흐르는 걸 느끼며 나는 점점 더 절정에 다다랐다. 아이다가 나에게 돌아왔다. 복도에서 아이다의 발소리가 들렸다. 나는 아이다와 있었다. 나는 그녀를, 내 아내를 향해 미칠 듯한 사랑을 느꼈다. 나는 충격에 휩싸인 채 몸을 부르르 떨며 잠에서 깼다. 나는 혼자였다. 불을 켜고 눈을 비볐다. 꿈이었다. 밖으로 나가 아내의 이름을 불렀지만 메아리치는 내 목소리만 들릴 뿐이었다. 오줌이 닿은 눈밭에서 김이 모락모락 났다. 아내는 멀리 있었다. 달빛은 약했고 구름이 저 높이 내 머리 위로 지나갔다. 나는 내가 내린 선택에 발목이 잡혔다. 계곡을 내려다보니 안개가 두꺼운 매트처럼 짙게 깔린 채 음산하게 주위를 맴돌고 있었다. 발톱이 아플 만큼 추웠다. 맨발이 너무 아려 한 발로 껑충껑충 뛰어 침대로 돌아갔다. 내 몸의 열기로 이불은 아직 따뜻했다. 허파에서 알코올이 느껴졌다. 나는 씩씩댔다. 방이 너무 조용해서 안개가 나에게 쉿 하고 속삭이는 소리가 들리는 것만 같았다. 갑자기 두려웠다. 밤이었고 영원히 혼자일 거라는 두려움이 일었지만 유치하게도 누군가 나를 지켜보고 있다는 느낌이 들었다. 어두운 방 안을 천천히 둘러본 뒤 눈을 감은 나는 이불 안으로 기어들어가 숨을 크게 들이쉬었다.

누군가 내 이름을 부르는 소리가 들렸다. 옐로 나이프가 말하고 있었다. 오래된 유령 이야기가 가슴을 파고들었다. 나는 슬픔에 맞서는 대신 이불 안에 더 깊숙이 몸을 파묻었다. 무릎이 떨렸다.

누군가 침대 스탠드에 놓여 있는 전등을 켜는 소리가 들렸다. 그 위에는 권총집 안에 든 총이 놓여 있었다. 나는 이불을 내리고 바티스트 옐로 나이프로 보이는 남자를 봤다. 달아나고 싶었다. 총을 집어 들고 유령을 쏘고 싶었지만 그는 씩 웃으며 내 앞에 섰다. "놀랐나?" 그가 말했다. "그렇게 쉽게 나를 없앨 수 있을 거라 생각했어?"

나는 자리에서 일어났다. 심장이 고통으로 꿈틀댔다. 나는 가슴을 움켜쥐었고 바티스트는 방을 나섰다. "겁쟁이처럼 그러지 마." 그가 말했다. 내가 제대로 봤을 리가 없었다. 나는 깜짝 놀라 잠시 앉았다가 총을 집어 들고는 벽을 감싸 안았다. 숨을 만한 문이 있기를 바라며 조금씩 거실로 발을 옮겼다.

"진정하라고 친구." 옐로 나이프가 오래된 친구처럼 말했다. 나는 거실 불을 켠 뒤 총을 내려다봤다. 옐로 나이프는 너무 심하게 얻어맞아 얼굴이 두 배가 되어 있었다. 왼쪽 눈에서는 고름이 흘렀고 근육 힘이 없어 그런지 눈이 축 처져 있었다. 그렇게 놀라지 않았더라면 그가 가엾어 보였을 것이다. 바티스트는 정말 가엾어 보이기도 했다. 그는 나를 무서워하지 않는 듯했고 노인처럼 발을 질질 끌며 부엌 탁자로 향했다. 그의 뒤통수에 곪아 터진 검은색 상처가 보였다. 오른팔이 스카프로 만든 붕대 안에서 흔들렸다. 자리에 앉는 그의 다리가 떨리고 있었다.

그는 나를 똑바로 쳐다보려고 했지만 머리가 너무 무거워 보였다.

"나보다도 꼴이 더 안 좋네." 그가 말했다. "그 총을 사용할 거면 빨리 하라고. 나를 이 고통에서 그만 놔줘."

나는 양손으로 총을 쥔 채 사격 훈련장에 있는 사람마냥 다리를 넓게 벌렸다. 눈앞의 광경을 믿을 수 없었다. 나는 총을 내린 뒤 조심스럽게 탁자 쪽으로 걸어갔다.

"앉지." 그가 말했다. "보복하려고 온 건 아니니까."

나는 자리에 앉았고 내가 아직 꿈을 꾸고 있는 건 아닌지 의아해하며 뒷덜미를 문질렀다. 하지만 옐로 나이프는 진짜로 내 부엌 탁자에 앉아 있었다.

"맙소사, 찰리, 술이 좀 필요한 사람처럼 보여."

나는 정말로 술이 필요했다. 나는 위스키병을 집어 들고 천천히 한 모금 마셨다.

"보다시피 아내를 찾아다닐 상태가 아니라서 말이야. 내 아내가 어디 있는지 말해주겠어? 시간 좀 벌게."

나는 옐로 나이프의 말에 대답하지 않았다. 그가 다시 살아나서 나에게 말을 걸고 있는 거라면 무슨 꿍꿍이가 있을 게 뻔했다.

"루이스는 지금 위험해. 무슨 일이 벌어지고 있는지 안다고." 그가 말했다.

내가 죽인 남자와 얘기하고 있다는 생각에서 벗어날 수 없었다. 옐로 나이프는 코요테 같았다. 그는 죽음에서 계속 돌아왔다. "나는 도와줄 수 없어." 나는 루이스의 말을 떠올리며 말했다. 목소리가 갈라졌다. "나도 더 이상 모르겠어. 이제 정말 아무것도 모르겠어."

"스토너가 어떤 놈인지 알아." 그가 말했다. "내가 이 지경이 된 걸 네 탓으로 돌리려는 건 아니야."

나는 손에 턱을 괸 채 앉았다. 가슴이 아팠다. 옐로 나이프가 그만 갔으면 싶었다. 다리를 절뚝거리며 도로로 돌아갔으면, 나를 혼자 내버려뒀으면 싶었다. 배에서 술이 요동쳤다. 도대체 사람들은 어떻게 이런 걸 마실 수 있는지 알 수 없었다.

옐로 나이프는 한동안 조용했다. 몇 시간이 지났을까. 그는 배를 잡고 앞뒤로 움직였다. 내가 알던 옐로 나이프 같지 않았다. 다른 사람이 그 정도로 심하게 맞았다면, 나였다면 진즉에 죽었을 거였다. 그가 죽을지도 모른다는 생각이 들었다. 사악하게도 그 순간 내 머릿속에는 그가 내 집에서 죽지 않았으면 좋겠다는 생각뿐이었다.

내가 작업용 부츠 끈을 묶으려는데 옐로 나이프가 다른 사람에게 얘기하듯 말하기 시작했다. 하지만 바티스트 옐로 나이프는 나에게 말하고 있었고 처음으로 나는 가슴에 배지를 달고 있지 않았다. 그는 의식이 혼미한 것 같았다. 바티스트 옐로 나이프는 나에게 이야기를 하고 있었고, 목소리에는 그가 될 수도 있었을 남자의 추억이 담겨 있었다. 나는 이 원주민이 하는 말을 듣고 싶지 않았다. 아내를 데리고 와야 했다. 나는 머리를 굴렸다. 긴 밤이 내 앞에 펼쳐져 있었다. 나는 앞으로 몸을 살짝 숙여 옐로 나이프의 말에 귀 기울이려고 애썼다. 그의 목소리는 내 안의 빛이었고 그 빛은 우리 집 뒤에 자리한 바위투성이 절벽으로 나를 끌고 갔다. 계곡 너머가, 너머가 보였다.

루이스

/

집으로 가다

　루이스는 줄스 바트의 집에 있고 싶지 않았다. 그가 간밤에 자신의 목숨을 구해준 것 같았지만 그의 집에 몰래 들어갔던 날이 자꾸 떠올랐다. 루이스는 그를 배신한 기분이었고, 그는 이미 여러 번 아무 이유 없이 그녀에게 잘해줬다. 고속도로 끝 자락에 다다르자 루이스는 쿵쿵거리며 차가운 공기의 냄새를 맡았다. 허파가 기분 좋게 당겼다. 루이스는 다시 집으로 가고 있었다. 다행히도 걸을 수 있어서 계속 걸었다. 낮은 언덕에는 안개가 끼어 있었다. 도로의 엷은 안개가 얼굴에 닿는 기분이 좋았다. 그때 저 멀리 차가 한 대 보였다. 둥근 빛이 점점 다가오며 어둠을 밝혔다. 그건 하비 스토너의 차 소리였다. 하비 스토너가 언덕을 지나 그녀에게 다가오고 있었다.

　루이스는 도로 너머로 눈에 갇힌 언덕을, 눈이 소용돌이치는 언덕을 바라봤다. 그쪽으로 갔다가는 눈 더미에 허벅지까지 빠질 수 있었다. 그녀는 하비 스토너에게서 달아나지 않기로 했다. 스토너 정도는 언제든 따돌릴 수 있었다. 그 누구에게서도 달아나지 않을 터였다. 도로는 어두웠지만 루이스는 기이한 빛 속에 숨은 것처럼 안개의 입김을 헤치며 걸었다. 하비 스토너는 그녀를 못 봤을지도 몰랐다. 흐린 빛이 루이스를 숨겨줄지도 몰랐다. 하지만 그의 차가 도로의 안개 속으로 들어가자 루이스는 귀신처럼 으스스하게 빛났다. 손에서 빛이 나고 있었다. 루이스는 빛을 반사했고 스토너는 속도를 늦추더니 갓길에 차를 세웠다. 루이스는 속마음을 내비치지 않을 생각이었다. 그가 자신을 겁먹게 만들었다는 사실을 모르게 해야 했다.

"저한테 신세 지셨잖아요." 루이스는 그를 보며 웃으려고 했다. 입가가 씰룩댔다. 루이스는 떨리는 가슴을 진정시키기 위해 갈비뼈 위에 손을 동그랗게 말아 쥔 뒤 그가 보일 만큼만 몸을 숙였다. 루이스는 그에게 걸어가지 않았고 도로 한쪽에 계속 서 있었다. 안개를 뚫고 고속도로로 뻗어나간 차 불빛 너머로 무지갯빛 빙판이 보였다. 도로에는 아무도 없었다. 바티스트는 죽었다. 안 그랬으면 하비 스토너에게서 그녀를 구하러 왔을 거였다. 루이스는 이제 혼자였다.

루이스는 빛을 향해 눈을 가늘게 떴다. 하비는 모습을 들켜

서 민망한 듯 아래를 내려다보며 숱 없는 양 눈썹 끝을 찡그렸다. "여기 이러고 있다가는 얼어 죽어. 내가 데려다주지." 그가 말했다.

조수석 문이 열리자 줄스 바트가 씩 웃고 있었다. 그를 금방 알아보지 못한 루이스는 심장이 빠르게 뛰었다. 줄스 바트와 하비 스토너가 함께 있다니 처음부터 느낌이 좋지 않았다. 깊이 생각할 것도 없이 그들에게 무슨 꿍꿍이가 있는 게 분명했다. 줄스 바트 혼자서 그녀를 해칠 리는 없으며 그가 지금 당장 무슨 행동을 취하지도 않을 거였다. 하지만 줄스 바트와 하비 스토너가 손을 잡으면 상황이 달랐다. 스토너에게는 줄스 바트를 조종할 돈이 있었다.

하비 스토너에게는 그녀가 입 다물기를 바라는 사정이 있었다. 그는 무슨 일이 있어도 엠마 스토너에게 그들의 불륜이 발각되지 않기를 바랐다. 하지만 루이스는 하비 스토너가 원하는 모든 게 갑자기 그녀에게 부담으로 다가온다는 것을 깨닫기 시작했다. 그의 욕망이 그녀를 위태롭게 만들었다. 이 두 남자는 그녀에게 분명 바라는 게 있었다. 루이스는 달아날 생각이었다. 다리가 긴 줄스가 토끼 위에 올라탄 말처럼 자신 위로 뛰어오르는 모습을 상상했다. 우선 최대한 천진난만한 척해야 했다. 무지만이 그녀를 살릴 터였다.

"잘생긴 두 분이 여기 계시네요. 죽을 뻔했지 뭐예요." 루이스가 말했다.

줄스가 차 밖으로 나와 문 옆에 섰다. 루이스는 다리에 단단히 힘을 준 뒤 그에게 걸어갔다. 그는 루이스의 어깨에 팔을 두르더니 그들 사이로 그녀를 밀어 넣었다. "트럭은 어디 있어요?" 루이스가 물었다. 줄스는 대답하지 않았다.

"고장 났어." 하비가 말했다. "그 고물차가 고장 난 게 벌써 두 번째지. 저 자식을 도로에서 태워 온 거야."

하비는 지나치게 자세히 설명했다. 그녀가 알 필요가 없는 얘기들을 지껄였다. 루이스는 질문을 그만두고 다른 말을 했다. "히터 좀 틀어봐요." 루이스가 말하자 두 남자가 마주 보며 웃었다. 루이스는 양손을 비비며 그들을 번갈아 보며 웃었다. 두 남자가 시선을 주고받는 게 느껴졌다.

"술이요." 그녀가 말했다. "술을 좀 마시면 좋겠는데." 술집에서라면 안전할 터였다. 그곳에서 그들을 따돌릴 수 있을 거였다.

그들은 자욱한 안개를 헤치며 퍼마 술집을 지나쳤고 나른한 침묵 속에 파라다이스까지 달렸다. 루이스는 차가 커브를 돌 때 어느 한쪽으로도 기대지 않으려고 뻣뻣한 자세로 앉아 있었다. 이따금 타이어가 미끄러졌고 차는 도로 가장자리로 밀려났다가 다시 중앙으로 돌아왔다.

파라다이스의 앤글러 바는 춤추는 밤에 어울리는 곳이었

다. '라이브 음악'이라고 쓰인 표지판이 문에 붙어 있었다. 여름에 더 어울릴 것 같은 프린트가 그려진 드레스를 입은 여자 네다섯 명이 카운터에 앉아 있었다. 루이스는 그들을 보고 웃었지만 그들은 루이스를 보고 웃지 않았다. 하비 스토너가 포어 로제스와 함께 잔 세 개를 짤랑거리며 테이블로 들고 왔다. 그는 모두에게 한 잔 가득 따라줬고 루이스는 잔을 들고 위스키를 꿀꺽 마시며 콜록거렸다.

"쭉 들이키라고." 하비가 말했다. 그는 코트 주머니에서 담뱃갑을 꺼내 한 개비에 불을 붙였다.

루이스는 술을 입에 털어 넣으며 하비와 줄스를 따돌리고 술집에서 나갈 방법을 생각해봤다. 술집의 다른 남자들은 전부 여자가 있었다. 여자들은 남자를 꼬시려고 안달이 나 있었다. 혼자 온 여자들 무리는 못마땅하다는 표정으로 루이스를 바라보았다. 입을 앙다문 여자들은 남편 한 명으로는 성이 안차는지 또 다른 남자를 찾아 눈을 부라리고 있었다. 그들의 눈에 루이스는 남자를 둘이나 데리고 있는 여자처럼 보일 터였다. 그들은 입술을 삐죽거리며 입가를 만졌다. 루이스는 우르술라 수녀원에서 마지막 샌드위치를 먹는 여자애였다. 그녀는 술잔을 다시 들어 올렸다. 줄스가 주크박스를 틀러 갔다. 그는 소를 부르는 노래를 틀었고 루이스는 속에서 열은 술기운을 느꼈다.

하비 스토너가 테이블 위로 몸을 기울이며 루이스를 향해 윙크했다. "뭘 알고 있지?" 하비는 루이스를 놀리는 것 같았지만 루이스가 줄스를 바라보자 그는 루이스에게 중요한 말을 듣는 양 그녀의 대답을 기다렸다. 두 남자 모두 그녀의 답을 기다렸다. 줄스는 루이스에게 한 잔 더 따라줬고 루이스는 단숨에 마셔버렸다. 그는 자기 잔에도 가득 따라 빠르게 마신 다음 또 한 잔을 따랐다. 그는 발악하듯 술을 마시고 있었다. 그의 눈이 나른하게 축 늘어졌다. 루이스는 술집의 열기에 눈꺼풀이 부어오르는 기분이었다. 여자들의 담배에서 연기가 피어올랐다. 그들은 다리를 꼰 채 너무 헤프게 웃고 있었다.

"아무것도 몰라요." 그녀가 말했다.

루이스는 정신을 차리려고 코트를 벗었다. 그때 문이 열리면서 기타를 멘 두 남자가 들어왔다. 그들은 주크박스를 끈 뒤 반짝이는 작은 무대로 향했다. 루이스는 문을 바라봤다. 어떤 남자의 뒤통수가 보였다. 호리호리하고 다부진 키 큰 원주민이었다. 숱 많은 검은 머리는 뻣뻣했으며 빳빳한 바지는 더러워 보였다. 그는 얇은 흰색 셔츠에 모카신만 신고 있었다. 루이스는 속에서 올라오는 술기운을 느꼈다. 술집이 빙글빙글 돌았다. 루이스는 남자를 보았지만 그는 카운터에 선 채 술병 쪽으로 고개를 떨구고 있었다. 그는 바티스트가 아니었지만 루이스는 이상하게 어깨가 떨렸다. 그에게서 시선을 떼면 그가 사라질 것만 같았다. 하비 스토너도 그를 보았다. "남편한테서 무슨 얘기 좀 들었어?" 그가 말했다. 그는 바티스트에 대해 물은 적이 한 번도 없었다. 하비 스토너는 담배를 한 모금 세게 빤 뒤 그녀를 보고 웃었지만 그녀에게서 시선을 떼지 않았다. 줄스 바트가 고개를 들어 그들의 대화에 귀 기울였다.

"별로 들은 거 없어요." 그녀가 말했다. 줄스가 의자에서 몸을 뒤척이더니 술을 한 잔 더 마셨다.

"아무 말도 못 들을 거야." 그가 말했다. 하비가 재빨리 줄스와 눈을 맞췄다. 그는 무릎으로 줄스의 허벅지를 찔렀다. 줄스는 움찔하며 그에게서 몸을 뗐다. 루이스는 그들의 몸짓을 이해해보려 했지만 그때 하비 스토너가 자리에서 일어나며 말했다.

"그만 가지."

밤공기는 정말로 찼다. 정신이 번쩍 들 정도로 차가운 냉기가 루이스의 손과 얼굴을 파고들었다. 두 남자는 그녀를 부축해 차에 태웠다. 루이스는 눈을 감은 뒤 차 좌석 뒤에 머리를 기댔다. 자신을 지켜보는 그들의 시선이 느껴졌다. 그들은 그녀가 너무 취해서 자신들의 대화를 알아듣지 못할 거라고 생각했다. 둘은 연인처럼 음침하게 서로 속삭였다. 루이스는 웃음을 참을 수 없었다. 그녀의 웃음은 허파가 폭발한 것처럼 크고 거칠었다. "둘이 사귀는 거예요?" 그녀가 말했다. 루이스는 그들을 놀리려고, 서먹서먹한 분위기를 깨려고 그렇게 말했지만 그 말에 줄스가 그녀를 돌아봤다. 그의 얼굴에서 뿜어져 나오는 뜨거운 시선을 마주하는 바로 그 순간 그녀는 알았다. 루이스는 하비를 바라보았고 그는 그녀를 보고 웃으려고 했지만, 이제 루이스는 그 둘이 끔찍한 짓을 저질렀다는 걸 눈치챘다. 그들은 함께 일을 저질렀다. 두 남자 사이에 무언가 오가고 있었다. 하비 스토너가 라이터를 켠 뒤 얼굴에 갖다 대자 그의 이가 붉게 변했다.

술기운 때문에 머릿속이 어지러웠다. "당신들이 내 남편을 죽인 거죠." 루이스가 말했다. 소리 내어 말하기 전까지만 해도 말도 안 되는 생각에 불과했던 그 말은 입 밖으로 나오는 순간 날카로운 돌처럼 그녀 주위에 떨어졌다. 두 남자가 놀란 표정으로, 갑자기 공허한 눈으로 그녀를 돌아봤다. "루이스, 술에 취한 것 같네." 하비가 말했다. 루이스의 말에 그들은 동요했다. 안개가 차를 감쌌다. 안개가 너무 두터워 그곳에는 그들 셋밖에, 루이스가 내뱉은 말밖에 보이지 않았다. 그들이 그녀의 남편을 죽였다.

하비는 길가에 차를 세웠다. 루이스는 다리 근육을 단단히 조였다.

"뭘 하려는 거지, 하비?" 줄스가 물었다.

"뭘 한다고 생각하는데?" 하비 스토너는 기어를 주차에 넣었고 줄스가 뭐라고 대답하기도 전에 차에서 내렸다.

"자네도 도와야 해." 그가 줄스에게 말했다. 루이스는 기회가 오면 달아나려고 손으로 좌석을 짚고 있었다. 줄스가 눈을 크게 뜬 채 옆에 앉았다. 그는 계기판을 바라보더니 곁눈질로 루이스를 봤다.

"둘이 먼저 가." 스토너가 말했다.

줄스가 문을 열자 루이스는 자리에서 일어났다. 그녀는 차 앞으로 걸어갔다. 엔진이 식는 소리가 들렸다. 계획을 생각해야 했다.

"고맙네요." 루이스가 두 남자에게 말했다.

"무슨 말이야?" 줄스는 운동을 시작하려는 것처럼 손을 풀었다.

"바티스트를 처리해줘서요. 모두에게 큰 도움이 되었어요." 루이스는 한쪽으로 머리칼을 넘긴 뒤 고개를 숙여 스타킹을 허벅지까지 끌어당겼다. 자신을 보고 있는 그들의 눈에 떨리는 손이 보이지 않기를 바랐다. 루이스는 죽은 바티스트를, 수 킬로미터 내에 차 한 대 보이지 않는 탁 트인 도로에 남편을 죽인 남자 둘과 함께 서 있는 자신을 생각했다. 루이스는 재빨리 치마를 내린 뒤 하비에게 웃어 보이려 했다. 하비는 줄스를 보고 있었다. "이제 어떻게 해야 할지 알겠지." 그가 말했다. 그들의 암호를 루이스는 이해했다. 고개를 들어보니 줄스가 얼굴을 찡그리고 있었다. 그녀를 죽여야 한다고 생각한 게 분명했다.

줄스는 루이스를 바라봤다.

"왜 그래요?" 루이스는 최대한 가벼운 목소리로 말했다. "아무한테도 말 안 할게요." 무릎이 떨렸다. 줄스는 차에 기댄 뒤 손으로 머리카락을 쓸었다.

"그만 끝내지." 스토너가 말했다.

"못 하겠어요. 그럴 순 없어요." 줄스가 말했다.

그들의 계획이 그녀를 좁혀왔다. 스토너가 강물을 흘깃 보는 사이 루이스는 어둠 속에서 가장 확실한 길을 찾아 필사적으로 달렸다. 그 방법 말고는 살 길이 없었다. 루이스는 내달리며 기도했다. 차가운 바람을 가로지르며 달리는 그녀의 뒤로 기도문이 피어올랐다. 강으로 가기로 했다. 빙판에 운을 맡겨볼 생각이었다. 두 남자가 쫓아오는 소리가 들렸다. 한 명이 미끄러지고 넘어지는 소리가 들려 뒤돌아보니 줄스가 몸을 일으켜 세우며 쫓아오고 있었다. 루이스는 도로변의 배수구로 뛰어들었고 눈 더미 속에 잠깐 폭 빠졌다.

강가에 다다르자 숨을 고른 뒤 빙판 위에 발을 디뎠다. 달이 구름에 가려 있었다. 루이스는 그 아래 숨을 수 있기를 바랐다. 발이 닿자 빙판이 쫙 갈라지면서 낮게 신음하는 소리가 들리더니 빙판이 사라지면서 발 아래 검은 거미줄이 보였다. 발목에 갑자기 물이 고이고 있었다. 루이스는 불투명한 빙판 위로 폴짝 뛰어오른 뒤 강에서 벗어났다. 줄스가 그녀를 쫓아오고 있었다. 돌아보니 줄스의 다리가 검게 소용돌이치는 강물에 잠기고 있었고 그의 주위로 얼음이 부서졌다. 그는 하비에게 소리쳤으나 하비는 그를 지나쳐 계속 뛰었다. 그들은 그녀보다 훨씬 뒤에 있었다.

하비가 빙판을 밟으며 제방에 다다를 무렵 루이스는 속새 잡초를 움켜쥔 뒤 둑으로 올라갔다. 하비는 헐떡이며 속도를 늦추고 있었다. 쉽게 살아온 그는 그녀를 따라잡을 만큼 빨리 뛸 수 없었다. 루이스는 갑자기 힘이 세진 기분이 들었고 거만해지기까지 했다. 언덕으로 올라간 뒤 반대편으로 내려오니 눈이 깊이 쌓여서 가슴까지 차올랐다. 루이스는 높게 쌓인 눈더미 밖으로 나오려고 버둥댔으나 그 안에 꼼짝없이 갇히고 말았다. 눈은 토사처럼 입자가 고왔다. 눈을 쓸어내자마자 가슴에 눈이 또 쌓였다.

하비의 주먹이 순식간에 루이스의 정수리를 눈앞이 번쩍일 정도로 세게 내리쳤다. 그가 루이스를 눈에서 들어올렸다. 쌔근대는 그의 숨소리가 들렸다. 루이스는 갈비뼈가 아팠다. 그의 공격에 넋이 나가버렸다. 줄스가 제방 가장자리에 앉아 있는 게 언뜻 보였다. 그의 옷이 물에 젖어 어둑어둑했다. 하늘에 별들이 반짝였다.

"줄스, 차에 타."

"어떡할 건데?" 줄스가 물었다.

"일단 차에 타." 스토너가 대답했다.

줄스는 곡물 자루처럼 그녀를 들고 가는 하비를 따라갔다. 하비는 엉거주춤 차에 타더니 실내등을 켰다. 루이스는 의식을 잃은 척했다. 생각해야 했다. 피가 뚝뚝 떨어져 눈을 적시고 있었다. 얼굴을 만지고 싶었지만 참아야 했다. 줄스가 무릎을 꿇고 주저앉았다. 추위 때문에 옷에서 김이 모락모락 났다.

"젠장, 일어나." 하비가 돌아보며 말했다.

달이 구름에서 벗어나 밝고 선명하게 빛나고 있었다. 루이스는 잠시 눈을 감았다.

"일어나라고." 하비가 다시 말했다. "좀 도와줘. 체플러 영지에 데리고 가야 해. 이건 어쨌든 안 좋은 생각이었어. 길가에 그냥 서 있을 수는 없잖아."

"찰리 킥킹 우먼은 어떡할 건데?" 줄스가 물었다. 그의 목소리가 높아졌다. 루이스는 그가 겁에 질렸는지 궁금했다.

줄스가 차 뒷문을 열었지만 스토너는 그녀를 앞좌석에 던졌다. "우리한테서 달아나게 할 수는 없지."

"어쨌든 지금은 아니야." 줄스가 말했다.

스토너가 앞좌석 사물함을 여는 소리가 들렸고 손전등을 꺼내는 게 보였다. "트렁크에 밧줄이 있나 볼게." 스토너가 말했다. 줄스가 자신을 쳐다보고 있었기에 루이스는 좌석에 머리를 기댄 채 계속 눈을 감고 가만히 있었다.

"맙소사." 줄스가 말했다. "죽은 거 아니야? 밧줄로 묶을 필요까진 없을 것 같은데." 스토너는 밧줄을 찾느라 정신없어 줄스가 하는 말을 듣지 못한 것 같았다.

줄스가 루이스 옆에 다가오자 루이스는 그의 어깨에 푹 쓰러졌다. 코트를 통해 그의 냉기가 느껴졌다. 줄스는 이를 너무 달가닥거렸고 루이스는 몸이 흔들리지 않도록 턱을 악물어야 했다. 코에서 이마로 피가 흐르더니 얼굴에 차가운 천이 닿는 게 느껴졌다. 줄스가 그녀의 코에서 피를 닦고 있었다. 그의 손이 떨렸다. 루이스는 추웠고 초조해졌다. 그는 그녀를 향해 손을 뻗은 뒤 시동을 켰다.

"도대체 뭐 하는 거야?" 스토너가 외쳤다.

"너무 춥다고." 줄스가 외쳤다. 줄스가 투덜거리는 소리가 들렸다. 두 남자가 다투고 있었다.

차가 다가오는 소리가 들려 눈을 뜨니 트럭의 희뿌연 라이트가 보였다. 기회였다. 루이스는 줄스를 옆으로 홱 민 뒤 문 손잡이를 잡았다.

"젠장, 잡아." 하비의 다급한 목소리가 들렸다. 줄스의 주먹이 그녀의 턱을 갈겼다. 그가 그녀의 얼굴을 자신의 어깨 쪽으로 너무 세게 끌어당기는 바람에 루이스의 목에서, 콧구멍에서 피가 거품처럼 일었다. 루이스는 그를 밀어내려 했지만 그는 그녀를 더욱 세게 끌어당겼다. 얼굴에 코트의 거친 감촉이 닿자 열기 때문에 갑자기 어지럽고 나른해졌다.

모르는 남자의 목소리가 들렸다.

"아무 일 없어요." 하비가 말했다. "둘이 화해한 거 같네요."

차 문 옆에서 발걸음 소리가 들렸다. 줄스 바트는 그녀의 뒤통수에 손을 갖다 댄 뒤 그녀를 가만히 안고 있었다.

"사랑싸움이에요." 하비가 말했다.

차가 떠나는 소리가 들렸다. 줄스가 그녀를 놓아줬다. 운전석 문이 열렸고 하비가 타면서 좌석이 가라앉았다. 혀가 부어오르자 루이스는 침을 뱉고 싶었다. "이번에는 잘 붙잡고 있으라고." 하비가 말했다. 루이스는 줄스가 자신에게 기대는 걸 느끼며 피를 뿜은 채 가만히 있었다.

"이제 완전히 뺐어." 줄스가 말했다.

루이스는 그들을 두 번 속였다. 또 기회가 있을 터였다.

차가 출발했다. 그들은 강에서 솟아오르는 뜨거운 열기에 녹아들었다. 축축한 빙판에 타이어가 닿는 소리가 들렸다. 루이스는 마음의 준비를 했다. 곧 차의 왼쪽으로 그 다음에는 오른쪽에서 가파른 제방이 솟아나고, 길이 어둠 속으로 꺼지는 심한 커브가 나타날 터였다. 루이스는 정신을 차리려고 버둥댔지만 주위의 모든 것이 빙그르 도는 듯했다. 루이스는 고개를 든 뒤 눈을 떴다. 하비의 찡그린 얼굴이 보였다. 차의 뒷부분이 좌우로 미끄러졌지만 하비는 빠르게 차를 몰았다. 안개를 쫓으려는 사람마냥. 루이스는 집중하려고 했다.

줄스가 하비를 돌아봤다. "이제 어떡하지?" 그가 떨리는 목소리로 말했다. "염병할, 이제 어떡할 거냐고?" 그는 루이스를 보고 있지 않았다. 줄스는 하비 스토너에게로 몸을 기울였다. 그는 손가락 뒤쪽으로 손바닥을 툭툭 칠 뿐 그녀 쪽을 보지 않았다. 그 순간 루이스는 문손잡이를 향해 몸을 날렸고 줄스가 말리기도 전에 그가 앉은 쪽의 문을 열었다. "제기랄." 줄스가 말했다. 줄스를 밀칠 때 루이스는 공허하고 거센 바람 소리를 들었다. 그는 계기판을 붙들었다. 열린 문 때문에 차가 도로에서 휘청거렸다. 바람 때문에 루이스는 정신이 번쩍 들었다. 하비가 팔꿈치로 목을 찔러 콜록댄 루이스는 운전대를 움켜쥔 뒤 브레이크를 밟으려 했다. 그녀는 하비의 머리를 후려치고 손톱으로 그의 눈을 후볐다. 줄스가 손을 잡으며 그녀를 붙들려고 했지만 루이스는 차에서 나오려고 발악했다. 짙은 안개가 차량 후드를 감싼 뒤 밤을 향해 다시 떠올랐다. 하비가 소리쳤다. 줄스는 손으로 얼굴을 감쌌다. 빙판이 너무 미끄러워 그들은 날아가는 것처럼 보였고 실제로 그들은 날고 있었다. 순간 바람이 반짝이는 별을 스쳤다.

찰리 킥킹 우먼

/

거친 도로, 마일포스트 마커 104

나는 착한 사람이라면 그래야 한다는 듯 바티스트 옐로 나이프를 그의 어머니에게 데려갔다. 그는 내 도움이 필요했지만 거부했다. 나에게서 팔을 홱 빼는 그를 보니 어린 시절 황소고집이던 그가 떠올랐다. 그 성격은 변함없을 터였다. 그는 죽도록 맞아 만신창이였지만 내 도움을 거부했다. 나는 경적을 울린 뒤 더티 스왈로가 나와서 아들을 데리고 들어가기를 기다렸다. 그 짓을 저지르고도 나는 무언가 더 하기를 바랐다. 내가 그에게 줄 거라고는 늙은이의 도움뿐이었다.

루이스가 한 말이 떠올랐다. 나는 옐로 나이프를 모른다는 말. 그날 밤 루이스의 말이 옳았다는 걸 깨달았다. 나는 그를 몰랐고 앞으로도 절대로 모르겠지만 나 자신에 대해서는 뭔가를 알게 되었다. 내가 잘못 알고 있는 게 많았다. 죽을 만큼

423

두들겨 맞았지만 죽지 않은 옐로 나이프는 그날 밤 세상을 바라보는 나의 관점을 바꾸어놓았다.

크리스마스가 다가오고 있었다. 크리스마스가 지나면 다음 날은 더 힘들어졌다. 크리스마스의 꿈이 사라지고 나면 사람들은 겨울이 마지막으로 휘두르는 공격 속에 맥을 못 췄다. 사람들의 입에서는 희망이라는 단어조차 나오지 않았다. 사람들은 술을 너무 많이 마셨고 싸웠다. 남자들은 아내를 총으로 쏘고 자살로 위장했다. 전쟁에 나갔다가 몸이 상해서 돌아오거나 결혼에 신물이 나거나 여자를 때리는 남자가 너무 많았다.

크리스마스 이틀 전, 저 멀리 작은 창문 주위로 붉은 크리스마스 줄 전구가 보였다. 그 방향을 바라볼 때마다 나는 옐로 나이프가 살아서 버둥대고 있으며 나에게 희망이 있다는 사실을 떠올리곤 했다. 옐로 나이프는 나더러 반드시 루이스를 찾아오라고 했다. 나는 루이스에게 좋은 소식을 안겨주고 싶었고 과거에서 벗어나고 싶었다. 마음이 가벼워졌고 부인할 수 없는 희망이 가슴을 파고들었다. 크리스마스가 시작되면 며칠 쉴 생각이었다. 야키마로 가는 버스를 타야 한다면 버스에 올라타 아이다를 데려올 생각이었다. 나는 더 나은 남자가 될 거였다. 자존심 따위는 잠시 접은 뒤 나의 삶을 평온하게 만들어줄 꿈을 쫓을 거였다. 아직 기회는 있었다.

헤드라이트를 켠 뒤 먼저 맥파이 할머니 집으로 차를 몰았다. 안개에도 개의치 않았다. 마지막 회전 구간이 다가오자 전등을 껐다. 루이스의 할머니를 놀라게 하고 싶지 않았다. 미루나무를 비추던 헤드라이트가 깜박일 무렵 맥파이 할머니가 진입로에 서 있는 게 보였다. 불안했다. 환풍기를 켜자 얼음처럼 차가운 바람이 얼굴로 불어왔다. 얇은 목도리만 걸친 루이스의 할머니가 모카신을 신은 채 깊이 쌓인 눈밭에 서 있는 건 내가 보고 싶은 모습이 아니었다. "루이스의 소식을 가져온 건가?" 할머니의 입에서 축축한 구름 같은 입김이 세어 나왔다.

나는 할머니를 집으로 도로 모시고 들어가야 했다. 할머니는 커튼 없는 어두운 창문을 내다보며 루이스가 자신의 이름을 부르는 소리를 들었다고 했다. 잠을 잘 수 없다고 했다. 할머니는 침대에서 나와 커피를 한 주전자 끓인 뒤 루이스를 기다렸다. 루이스의 목소리가 밋밋했다고 했다. "내 손녀딸에게 무슨 일이 생긴 게야." 나는 할머니가 그러한 생각에서 벗어나도록 돕고 싶었지만 그럴 수 없었다. 아직 꿈을 꾸고 계신 거라고 말했다. 그럴 수 있었다. 할머니는 말도 안 되는 내 말을 믿지 않았다. 나는 할 수 있는 일을 했다. 장작을 패고 불을 땠다. 하지만 불조차 그다지 도움이 되지 않았다. 할머니는 뼈가 달가닥거리는 소리가 들릴 만큼 덜덜 떨고 있었다. 담요를 둘러드린 뒤 불가에 앉아 있으시라고 말했다. 나는 루이스를 집으로 데려올 거였다. 하지만 집을 나서는 순간 배가 떨렸다. 다리 신경이 곤두서 호흡을 골라야 했다. 운전대를 꼭 쥐었다. 낮게 깔린 구름 같은 자욱한 밤안개 때문에 시야가 가려 불편한 걸지도 몰랐다. 옐로 나이프가 했던 얘기, 나의 뻣뻣한 손을 아리게 하는 오래된 이야기 때문일지도 몰랐다. 하지만 자꾸만 불길한 느낌이 들기 시작했다. 나는 간신히 찾은 희망을 놓치고 싶지 않았다.

헤드라이트를 켰다. 안 좋은 생각이었다. 밝은 빛이 안개를 휘저었다. 으스스하게 휘몰아치는 모습을 보고 있자니 피 때문에 배수구가 막히는 광경이 떠올랐다. 길가의 빙판은 비늘 벗긴 물고기처럼 회색이었고, 너무 미끄러워 체인을 감았지만 바퀴가 갑자기 미끄러지는 사고를 막을 수 없을 것 같았다. 나는 도로 표지판이 보이기를, 차의 뒷부분이 좌우로 미끄러지지 않기를, 무사히 차를 몰 수 있기를 기도했다. 밤에는 언제든 사고가 발생할 수 있었다. 루이스를 찾는 것이 긴 밤의 목표였다. 루이스를 찾자마자 다른 무슨 일이 발생하더라도 서두르지 않겠다고 다짐했다.

잊고 있던 이야기가 머릿속을 어지럽혔다. 딕슨으로 향하는 길, 딕슨의 유령이 쫓아가자 겁에 질려 얼어붙었다던 어린 소녀의 이야기가 떠올랐다. 한 소녀가 할머니, 할아버지의 우마차 뒤에 타고 있었는데 조코 다리를 지날 때 늙은 백인 유령이 강에서 나와 그들을 따라갔다고 했다. 나는 아이처럼 겁에 질려 옆 차창을 바라보지 못했다. 백인 유령이 자기를 쳐다봐 주기를 바랄까 봐, 성에가 낀 차창을 두드리며 나를 부를까 봐 겁이 났다. 교회에 출몰한다는 미션 유령 이야기도 떠올랐다. 이른 아침에 기도하는 사람들 앞에 나타난다는 검은색 차림의 그 유령은 기도하는 사람들을 위해 교회 난로에 불을 비추는 걸 좋아했다. 불은 절대로 따뜻해지지 않았고 그저 펑 하거나 쉬익 하는 소리로 모두를 놀라게 했다. 여러 번 신고를 받아 간 적이 있는 울부짖는 무덤도 떠올랐다. 그곳에서는 높은 목소리로 칭얼대는 아이의 울음소리가 들렸다. 나는 사람들에게 저 먼 곳의 목소리가 바람에 실려 묘지까지 온 거라고 말했지만 그들은 내 말을 믿지 않았다. 그때가 생각나자 목 언저리가 오싹했다. 겁먹을 필요가 없다고 스스로를 진정시켜야 했다.

무전기에서 지지직 소리가 들리자 마음이 놓였다. 그 소리는 아무리 암울할지언정 확실한 현실과 나를 연결시켜주었다. 레일러의 목소리는 성가대원 소년의 목소리처럼 높았다. 사고가 났다고, 퍼마 외곽에서 발생한 끔찍한 사고로 하비 스토너가 다쳤다고 했다. 차를 돌려야 했다. 자업자득이라는 생각이 들었지만 스토너의 불운에 기분이 좋지는 않았다. 루이스를 찾아야 하는 시간에 그를 구하러 가야 한다는 생각에 짜증이 날 뿐이었다. 가고 싶지 않았으나 레일러에게 나의 위치를 알렸다. 어쩔 수 없었다. 레일러는 폴슨 바로 외곽에 있었는데 이런 날씨라면 현장에 금세 도착하기란 불가능했다. 내가 가야 했다. 어떠한 상황에서도 스토너를 보고 싶지 않았지만 이건 정말이지 최악의 상황이었다.

헤드라이트를 켰다. 스토너의 아름다운 차가 배수로나 길가의 툭 튀어나온 부위에서 구르는 모습이 생각났다. 스토너의 노란 뷰익이 라발리의 고철 처리장으로 견인되어 기념비처럼 블록 위에 놓이는 모습이. 길에는 안개가 자욱이 껴 있었다. 나는 어둑한 길가를 둘러보며 그의 차를 찾았다. 하이빔조차 백색 어둠을 뚫지 못했다. 눈가에 물기가 맺히자 나는 하이빔을 낮춘 뒤 느릿느릿 차를 몰았다. 걸어도 그것보다는 빠를 터였다. 아이다가 안전하기를, 친정에서 자고 있기를 기도했다. 바람에 날려 쌓인 눈 더미가 보였고 그 뒤로는 암흑뿐이었다. 스토너의 곤경은 내 알 바 아니었다. 그는 뿌린 대로 거둘 뿐이었다. 초조했지만 나는 서두르지 않았고 아무 일도 일어나지 않은 것처럼 으스스할 정도로 차분하게 일부러 아주 천천히 차를 몰았다.

처음으로 신고 전화가 걸려온 곳은 퍼마 바였다. 샌더스 카운티에도 전화가 걸려왔다. 근처에 있던 레일러는 지원을 하라는 무전을 받았지만 나는 그가 오지 않았으면 싶었다. 스토너의 어마어마한 영향력 때문에 모두가 그를 살리려고 나설 터였다. 하지만 스토너는 곧 받아 마땅한 벌을 받을 거였다. 옐로 나이프가 살아 있었으며 회복하고 있었다.

차의 헤드라이트가 연무를 휘저었다. 저 멀리 맥파이 할머니의 집에서 새어 나오는 불빛을 보자 루이스를 찾아야 하는 임무를 저버린 채 스토너를 도우러 가는 듯한 기분이 들었다. 화이트 엘크네 영토를 지나자 안개가 너무 짙어져 차창을 내렸다. 차가운 냉기에 얼굴이 아렸지만 사고 차량을 들이받거나 그보다 더 최악의 일이 발생할까 봐 걱정이었다. 표지물을 찾아 필사적으로 창문 밖으로 고개를 내미니 바퀴 자국이 보였다. 차가 지나가다가 그 아래 선로로 떨어진 것 같았다. 어떤 남자가 길가로 힘겹게 올라오고 있었다. 얼굴이 엉망진창이길래 스토너일 거라 생각했지만 아니었다. 나는 차를 세웠다.

"킥킹 우먼 경관입니다. 신고 전화를 받고 왔습니다."

"알아요. 내가 전화를 걸었소."

"가만히 있으세요. 제가 그쪽으로 가죠." 나는 말했다. 남자는 코트에 얼굴을 닦으면서 계속해서 내 쪽으로 왔다. 코를 너무 심하게 다쳐 지혈이 필요해 보였다. 그는 비틀거리며 내 쪽으로 왔고 그제야 나는 그가 줄스 바트라는 걸 알아차렸다. 몰골이 말이 아니었다.

"저는 도움이 안 될 것 같네요. 미안합니다." 그가 말했다.

그는 아래쪽을 향해 고갯짓을 했다. 나는 좌석 아래에서 응급 상자를, 트렁크에서 담요를 꺼내 줄스 바트에게 건넨 뒤 가파른 제방으로 내려갔다. 그러다가 넘어지고 말았고 날카로운 뭔가에 바지가 찢기면서 멍이 들었다. 나는 욕을 뱉으며 자리에서 일어났다. 차가 철로 앞부분에 놓여 있는 걸 보며 나는 내 다리의 상처를 걱정했다.

시계를 봤다. 펜드 오레일에서 오는 기차를 멈추게 해야 했다. 차의 한쪽 헤드라이트가 긴 선로를 비추고 있었다. 차의 계기판에서 흘러나오는 분홍색과 녹색 불빛은 아름답기까지 했다. 음악 소리가 들렸다. 처음 듣는 부드러운 음악이 라디오에서 흘러나오고 있었다. 멈춰서 무슨 노래인지 들어보고 싶었다. 스토너는 뷰익 옆에 누운 채 추위를 피해 귀를 막고 있었다. 나는 그의 어깨에 담요를 둘렀다. 그의 뺨은 붉게 타올랐고 동상에 걸리기 직전인 듯 가장자리가 하얬다. "머리 위에 둘러요." 내가 말했다. 그의 옆에 놓인 차는 선로 모서리에 옆으로 누운 채 위태위태해 보였다.

"그 여자가 저기 있소." 그는 얼굴을 찡그린 채 말했는데 씩 웃고 있는 것처럼 보였다.

"전화를 걸어야 해요." 내가 말했다. "기차가 오고 있어요. 기차를 멈추게 해야 해요."

스토너는 '지금 당장' 차가 오는 것처럼 선로에서 몸을 일으키려 했다. 그는 양쪽 선로를 바라봤다.

"당신이 와서 다행이오." 그가 말했지만 나는 아무 대답도 하지 않았다. 아첨이 아니라 무언의 의미가 담긴 말이었다. 나는 순찰차로 허둥지둥 올라가서 기차를 멈추라고 무전을 보냈다. 새벽 1시가 다 되어가고 있었다. 사고 현황을 파악하려고 스토너에게 돌아갔다. "그 여자가 저기 있다고." 그가 말하면서 내 팔을 그러쥐었다. "그년은 그냥 죽게 놔둡시다. 아는 게 너무 많거든." 나는 어떤 형체를 향해 손전등을 비춰봤다. 그들은 여자를 담요로 덮어두었다. 테두리가 붉은 파란색 펜들턴 담요였다. 나는 눈앞의 시신에 대해서는 아는 바가 거의 없었기에 조심스럽게 손전등을 갖다 댔다.

생각도 못 한 장면이었다. 담요 아래로 팔이 삐죽이 나와 있었고 손가락이 파르르 떨리고 있었다. 그리고 그 호흡. 담요 아래로 힘겨운 호흡이 느껴졌다. 얼어붙은 숨결이 은색 눈물 방울처럼 파란 담요 위에 알알이 모여 있었다. 나는 생각했다. 생각하지 않았을지도 몰랐다. 그들은 잔혹하게도 여자가 눈밭에서 죽게 내버려두었다. 여자는 철로에 평행하게 누워 있었다. 나는 스토너를 바라봤다. 그는 나에게서 등을 돌렸다. 그의 얼굴은 볼 수 없었지만 어둠 속에서 미소가 번지는 소리가 들렸다.

"기가 막힌 생각 아닌가?" 그가 말했다.

처음에는 아무것도 보이지 않았다. 밤하늘에는 나의 붉고 둥근 맥박이 보였다. 어둠 속을 몇 번 돌아보고 나서야 빛이 보였다. 여자를 눈 속에서 빨리 안아 올려야 했지만 이 여자에게 희망이 있을지 알 수 없었다. 별이 바스락댈 만큼 추운 날씨였다. 내 부츠가 닿자마자 끼익댈 정도로 눈은 단단하게 얼어 있었다. 나는 낑낑대는 여자의 얼굴에서 담요를 들어 올렸다. 여자의 손이 나를 밀어냈다. 머리가 뒤로 꺾인 여자가 잠시 눈을 떠서 나를 바라봤지만 정수리에서 피가 너무 많이 흘러내리고 있어서 얼굴이 보이지 않았다. 피 때문에 머리카락 색조차 알아볼 수 없었다. 바로 그 순간 내 이가 딱딱 부딪치며 욱신거렸다. 극심한 공포가 엄습했다.

"찰리." 스토너가 명령처럼 말했지만 나는 그다음 말이 들리지 않았다.

나는 떨리는 손으로 여자의 머리를 들어 올렸다. 그녀의 피로 손바닥이 뜨거워졌다. 피비린내 나는 숨결이 주위로 솟아올랐다.

"루이스는 다 알고 있다고." 그가 말했다.

"도대체 무슨 말을 하는 거야?" 나는 소리쳤다. 심장이 폭발할 것 같았다. 맥박이 거칠게 고동쳤다. 두 남자는 잘못된 판단으로 루이스를 죽게 내버려뒀다. "이 미친놈이. 루이스는 아무것도 모른다고." 나는 소리쳤다.

속이 울렁거렸고 손이 미친 듯이 떨렸다. 내가 가장 두려워하던 일이 현실이 되었다. 몇 년 동안 들었던 수녀의 잔인한 말이 사슴의 갈비뼈를 공격하는 말벌처럼 내 안에서 윙윙댔다. 나는 아무짝에도 쓸모없다는 걸 깨닫게 될 거라고, 그들은 말했었다. 심장이 쿵 하고 내려앉는 기분이었다. 루이스가 마지막으로 본 것은 나의 실패였다. 내 삶은 이 순간으로 귀결되었다. 눈 속에서 살갗이 너무 팽팽하게 당겨 뼈가 한데 붙는 느낌이었다. 나는 루이스 옆에 무릎을 꿇고 앉은 뒤 재킷을 벗어 그녀의 마른 어깨를 감쌌다. 바람은 불지 않았다. 루이스의 날카로운 숨소리, 끽끽대는 숨소리 말고는 아무 소리도 들리지 않았다. 매서운 추위가 그녀를 단단히 파고들었다.

어둠 속에서 루이스의 눈은 색이 없었다. 눈동자가 열리고 맥박이 꿈틀거리다가 다시 열릴 뿐이었다. 하지만 나는 햇빛을 받으면 루이스의 눈이 어떤 색으로 보이는지 알았다. 나를 돌아볼 때 갈색 눈동자가 어떻게 녹색으로 바뀌는지 기억했다. 루이스는 힘겹게 숨 쉬고 있었다. 침울한 우리 옆으로 검은 강이 해류를 끌어당기며 어슴푸레 빛나는 게 살짝 보였다. 이러고 있을 시간이 없었다.

루이스는 죽어가고 있었다.

루이스가 죽게 내버려둘 수 없었다. 루이스를 길가에서 죽게 내버려두지는 않을 거였다. 나는 손가락 끝으로 그녀의 허리를 움켜쥔 뒤 맥박을 확인했다. 살려는 의지 속에 심장이 강하게 뛰고 있었다. "버텨, 루이스." 나는 그녀에게 속삭였고 루이스는 내 손을 꼭 쥐었다.

차가 끼익 하며 미끄러지는 소리가 들리더니 스토너가 나에게 소리를 질렀다. "젠장 나 좀 꺼내줘." 그의 다급한 목소리에는 짜증이 실려 있었고 나는 만족스러운 동시에 힘이 났다. 개자식을 구할 시간이 없었다. 나를 살려야 했다. 루이스를 살려야 했다. 루이스를 가슴팍으로 끌어당겼다. 내 팔에 안긴 그녀의 몸은 바스라질 듯 가벼웠다. 죽은 그녀의 엄마를 아래층으로 옮겼을 때가 생각나 눈을 감았다. "제발 기회를 줘." 나는 기도하듯 말했다. 가파른 제방에서 루이스를 들어 올리며 내가 쓰러지지 않게 해달라고, 우리가 버틸 수 있도록 힘을 달라고 기도했다. 펑크 난 타이어에서 기름이 쉬익 흘러내리는 소리가 들렸다. 부서진 차의 프레임을 따라 기름이 꾸르륵 흘렀다. 빨리 움직여야 했다.

카우보이가 훌쩍이는 소리가 들렸다. 그는 울고 있었다. 나는 루이스를 그의 옆에 눕혔다. "좀 도와줘요." 나는 그에게 말했다. 지금은 그를 믿어야 했다. 카우보이가 팔을 벌려 루이스를 담요 안에 받아들었다. "미안해." 그는 루이스에게 말했다. "전부 다 미안해."

"저는 돌아가서 다른 사람을 구해야 합니다." 스토너의 이름을 말하고 싶지 않았다. "곧 지원이 올 겁니다." 그다지 안심시키는 어조는 아니었다. 나 자신을 일깨우는 말일 뿐이었다. 행동할 거라면 지금 해야 했다. 나는 부어오르는 상처를 느끼며 언덕을 내려갔다. 기름 냄새가 코끝을 찔렀다. 번들거리는 기름이 스토너를 향해 흘러가 버터처럼 부드러운 그의 재킷 소매를 적셨다.

"기가 막히게 맞춰서 왔군." 스토너에게 한 걸음 더 가까이 다가가자 기름이 내 가슴까지 타고 흘렀다. 그때 스토너가 내 다리를 움켜쥐었고 나는 그의 악력에 깜짝 놀랐다. 그는 필사적으로 나를 붙잡았다. "다 괜찮을 겁니다." 나는 말했다. "진정해요. 저를 놓아주지 않으시면 도와줄 수가 없어요."

"바로 그거지! 좋아!" 그는 나를 어르고 응원했다. "이제 이 시궁창에서 날 좀 꺼내주쇼."

그가 죽도록 내버려두겠다는 결심이 흔들렸다. 스토너를 팔에 안고 제방으로 느릿느릿 걸어가는 내 모습을 그려봤다. 레일러는 길가에서 초조하게 기다리고 있는 나를 보고 능글맞게 웃겠지. 마음이 가라앉았다. 나에게는 용기가 없었다. 나는 그 앞에 쭈그리고 앉아서 그를 끌어당길 준비를 했다. 적을 돕고 있던 나는 그의 뺨에 내 뺨을 갖다 댄 뒤 그를 끌어 올리기 시작했다. 내 어깨에 그를 걸친 뒤 그를 안전한 곳으로 끄집어내려는 찰나 그의 말이 귓가에 와닿았다. "그년은 아직

안 죽었나?" 잘못 들었을 리가 없었다. 다시 듣고 싶은 말이
아니었기에 나는 그를 안은 채 그 자리에서 얼어붙고 말았다.
"뭐라고 하셨죠?"

"들었잖아. 그년은 아직 안 죽었냐고."

스토너를 내려놓은 나는 그가 나를 못 잡을 정도로 뒤로 물
러섰다. 그는 나를 향해 허둥지둥 팔을 휘둘렀다.

"혼자 걸을 수 있으시겠죠?" 나는 그가 몸을 움직일 수 있
을지 확실치 않았지만 그렇게 말했다.

나는 허리띠 고리 끝에서 손전등을 빼들었다. 내 손은 차분
했지만 내 손에서 나오는 빛은 스토너의 몸을 더듬더듬 비췄
다. 그의 바짓단에서 피가 흘러내리고 있었다. 왼쪽 다리는 너
무 심하게 다쳐서 뼈가 바지를 뚫고 나와 있었다.

"내가 걸을 수 있을 것처럼 보이나?" 그는 조금 더 부드러
운 목소리로 말했다.

"아니요." 내 대답은 그것뿐이었다. 차분해지면서 뛰던 가
슴이 진정되었다. "나는 플랫헤드 인구 전체를 구할 수 있다."
혼잣말이었지만 스토너가 대답했다. "자네는 그냥 나만 구하
면 돼." 그의 목소리에 안도감이 서려 있었다.

나는 스토너의 얼굴에 손전등을 비춘 뒤 처음으로 그를 똑
바로 바라봤다. 파란 눈에 빛을 비춰보니 그는 적이 분명했다.
턱선 아래로 늘어진 살이 보이는 순간 시몽 수녀의 음산한 얼

굴이 겹쳐 보였다. 멍청한 원주민, 어리석은 원주민, 그녀는 그렇게 말했었다. 대답은 쉬웠다. 더 이상의 선택은 없었다. 나에게는 한 가지 임무, 한 가지 책임만 있었다.

"거기 있어요." 나는 없는 성냥을 찾아 가슴팍을 더듬어보다가 스토너에게 다가가 그의 앞에 다시 한 번 쭈그리고 앉았다. 내가 그의 코트 주머니를 더듬자 그가 내 손목을 움켜쥐었다. 스토너는 이글거리는 눈빛으로 나를 바라봤다. "도대체 뭐 하는 짓이야? 지금 불이나 땔 때가 아니라고." 그는 꽥꽥거렸다. 나는 스토너의 차가운 은색 라이터를 손바닥에 올린 뒤 그의 머리 위로 들어 올렸다. 그제야 그는 알아챘다. 확실히 그랬다. 스토너가 붙잡았으나 나는 가까스로 그에게서 물러났다. 그의 손아귀에서 영원히.

불길이 타오르며 내 가슴팍으로 튀었다. 파란색 불꽃은 내가 처음이자 마지막으로 보게 될 빛이었다. 순식간에 열기가 폭발하며 나를 뒤흔들었고 그 뒤로는 아무 소리도 들리지 않았다. 침묵. 맹렬한 바람이 휘몰아쳤지만 내 귀에는 들리지 않았다. 스토너의 비명이 솟구친 뒤 사라졌다. 갑자기 여름이 된 것처럼 강이 연옥처럼 붉게 타올랐다. 열기가 닿아 내 허리띠가 녹아내렸다. 경찰복 소매에도 불이 붙었고 셔츠 앞부분이 불길로 번쩍이며 흘러내렸다. 그슬린 머리카락에서 짙은 연기 냄새가 났다. 눈앞에 빛이 번쩍였다. 끝났다. 스토너는 죽었다. 불이 타들어 가면서 연기가 솟구쳤고 화염이 잠잠해지기 시작했다. 뷰익이 사그라지는 열기 속에서 탁탁거렸다. 그슬린 부위가 갑자기 따끔했다.

"이런 젠장." 카우보이가 아래를 내려다보았다.

"갑자기 폭발했네요."

나는 눈 한 번 깜빡이지 않은 채 말했다.

"그러니까요."

"루이스. 루이스는 괜찮은 거죠?"

"루이스는 강해요. 아직 살아 있어요." 카우보이가 말했다.

사이렌 소리가 들렸다. 이제 막 도착한 차량들로 제방이 붉게 번쩍였다. 불빛이 사방에서 쏟아졌다. 응급 구조 차량의 문이 쾅 닫히는 익숙한 소리가 들렸다. 모두가 저마다 할 일을 하고 있었다. 레일러가 나를 부르는 소리가 들리는 것 같아 돌아봤다. 사람들이 손전등을 들고 언덕을 내려오고 있었다. 눈꺼풀에 손가락 끝을 대보니 물집이 잡혔다.

"여기 경관이 다쳤다." 누군가 소리쳤다.

"여기다." 한 남자가 말했다. 그는 스토너의 시신 옆에 서 있었다. "방수포가 필요해."

누군가 내 얼굴에 손전등을 비췄다. 빛은 내 팔과 몸통을 따라 흘렀다. 배에 불룩하게 물집이 잡혀 있었다. "제길." 레일러가 누군가에게 말했다. "여기에 우리의 영웅이 있는 것 같 군."

어둠 속에서 다른 누군가의 목소리가 들렸다. 레이크 카운 티 보안관의 목소리였다. "경관, 당신은 최선을 다했소. 이제 부터 우리가 처리하리다." 그는 전에 들어본 적 없는 존중을 담아 말했다.

그들은 나를 들것에 실은 뒤 조심스럽게 응급차에 실었다. 카우보이가 레일러에게 진술을 하는 소리가 들렸다. "제가 아는 사실은 킥킹 우먼 경관이 목숨을 걸고 스토너 씨를 구하 려고 했다는 것뿐입니다."

그들은 내 들것을 루이스 옆에 밀어 넣었다. 루이스가 보였 다. 그녀의 가만한 얼굴에서 눈을 뗄 수 없었다. 루이스의 가 슴이 산소로 부풀어 오르고 있었다. 마침내 안개가 걷혔다. 밤 하늘은 아주 청명했고 연기가 반짝이는 먼지처럼 사고 잔해 에서 높이높이 솟아오르더니 사라졌다. 병원으로 향하는 길, 체인이 도로를 긁는 소리가 마치 작은 은색 종소리처럼 들렸 다. 나는 눈을 감았다. 이제 안전했다.

바티스트 옐로 나이프

/

선물

손과 발의 아주 작은 뼈들까지도 고통으로 찌릿했다. 바티스트는 더티 스왈로의 부축을 받아 침대로 이동해야 했다. 별들이 머리 위로 빠르게 지나갔다. 타오르는 별들이 그의 등뼈에서 반짝였다. 땅이 푹 꺼진 뒤 불쑥 다시 솟구치는 듯했다. 방향감각을 잃은 그는 뒤뚱거리며 걸었다.

더티 스왈로는 그의 방에 향모를 덧이었고 샐비어로 담요 안감을 댔다. 그녀는 옆에 앉아서 아들을 돌보고 싶었으나 염려하는 눈빛조차 그에게는 부담이고 고통이었다. 그는 혼자 있고 싶었다. 바티스트가 내버려달라고 말하자 더티 스왈로는 펄펄 끓는 쌉싸래한 향나무 열매와 검은 이끼 차가 담긴 병을 그의 침대 옆에 놓고 나갔다. 건조한 입술에서 소금 알갱이 맛이 났다. 축 처진 침대에 척추가 닿아 부어오르자 몸을 뒤집어야 했다. 잠은 오지 않았고 얕은 꿈만 몇 차례 꿨다. 바티스트는 더티 스왈로가 두고 간 차를 꿀꺽꿀꺽 삼켰다. 차는 차갑고 텁텁했다. 배가 떨렸다. 어두운 안개가 가슴을 눌러 숨을 쉬기 힘들었다. 귀 뒤쪽이 뜨거웠다. 뒤에서 어떤 숨결이 느껴졌다. 바티스트는 침대에 팔을 걸친 뒤 온 힘을 다해 몸을 일으켜 세웠다.

방이 그에게 다가오는 기분이었다. 창문을 열고 싶었다. 바티스트는 손가락 끝으로 나무틀의 창문 모서리 장식을 밀었다. 창문은 꿈쩍도 하지 않았다. 더 세게 밀자 마침내 낡은 페인트 조각에 금이 가는 소리가 들렸고 손바닥을 은색 유리에 갖다 대자 얇은 수은 유리 창문이 산산조각 났다. 한기에 정신이 번쩍 들었다. 더티 스왈로가 그를 불렀고 그는 유리가 깨졌을 뿐이라고 괜찮다고 말했다. 바티스트는 유리 조각을 피해 앞으로 걸어가 셔츠에서 담배를 꺼냈다. 방 안에 기이한 빛이 흘렀다. 그는 다친 가슴 깊숙이 담배를 빨아들였다. 바닥에서 번쩍거리는 유리 파편에 피가 묻어 있었다. 피 속에서 바티스트는 진홍색 도롱뇽을 보았다. 그는 엄지손가락으로 눈을 비빈 뒤 다시 바라보았다. 바닥에 도롱뇽 모양으로 피가 튀어 있었다. 루이스의 증조할머니가, 8월의 잔디에 있던 도롱뇽이, 돌연 빨간 꼬리를 윙윙거리던 도롱뇽이 보였다.

죽음이 가까이 있었다. 죽음은 그가 이해할 수 없는 사건들을 슬쩍 보여주면서 그에게 경고했다. 바티스트는 눈앞의 모습을 외면하고 싶었다. 그는 침대에서 거실까지 담요를 질질 끌고 갔다. 더러운 바닥에서 자고 싶었고 잠자는 먼지의 냄새를 맡고 싶었으며 심장이 흙에 닿는 둔탁한 소리를 듣고 싶었다. 죽음이 보려주려는 걸 보고 싶지 않았다.

그는 눈 덮인 들판에 다시 서 있다. 바람이 잡초를 스친다. 남자들이 그의 가슴에, 그의 배에 주먹을 날리고 있다. 팔이 작살나는 소리가 들린다. 날카로운 은색 부츠 끝자락이 그의 갈비뼈를 깨부순다. 허파가 반짝이는 물로 가득 차 있다. 바스라질 것 같은 추위 속에서 그는 유리와도 같다.

바티스트는 죽음이 온 걸 알았다. 죽음은 더티 스왈로의 집 창문을 톡톡 두드린 뒤 문을 쿵쿵 쳤다. 죽음은 가장 더운 여름, 파우와우가 열리는 곳 위로 솟아올랐다. 죽음은 은색 강이 퍼덕이는 고속도로 가장자리에서 기다렸다. 죽음은 은색 사슴처럼 윤이 나는 무대로 들어왔다. 죽음의 뼈는 스틱 경기를 하는 이들이 마지막으로 남은 10센트짜리 주화를 쏠까 고민하는 사이 그들의 손에서 달그락거렸다. 죽음은 사냥꾼들이 따르는 빛, 애니 화이트 엘크가 따라갔던 빛이었다. 죽음은 달콤한 월귤나무 덤불에서 기다리고 있는 마음 약한 냄새였다.

죽음은 루이스의 동생을 부른 강줄기를 따라 흐르는 은색 미소였다. 죽음은 청명한 빛, 저녁이 뒤로 물러나면서 치는 커튼이었다. 그날 밤 바티스트는 죽음이 계곡 위로 가라앉는 푸른 빛, 겨울의 신성한 빛이라는 걸 깨달았다. 그는 눈을 감고 연기가 피어오르는 플랫헤드강을 그려봤다. 골짜기 바닥 위에서 안개가 속삭였다. 고속도로에 흰색 빙판이 고여 있었다. 은색 나무의 가느다란 가지 위에 흰색 성에가 끼어 있었다. 흐릿한 겨울 빛이 그를 부르고 있었다. 지끈지끈한 통증처럼 졸음이 찾아왔다. 그는 담요를 머리 위까지 끌어올린 뒤 낮은 목소리로 기도했다.

여름이다. 태양이 너무 뜨겁고 건조해 녹색 잎이 속삭이는 소리가 들린다. 바티스트는 루이스에게 달려간다. 그는 루이스를 꼭 잡은 채로 그녀를 들어 올린다. 너무 꼭 잡고 들어 올린 나머지 루이스의 치마 뒷자락이 솟아오르며 팬티가 훤히 보인다. 그는 루이스를 잡고 돌린다. 그들은 웃고 있다.

"날 못 찾을 거라 생각했어." 루이스가 말한다. 바티스트는 루이스의 머리칼을 얼굴에서 쓸어내며 그녀에게 키스한다. 바람이 세차게 분다.

연노란 차가 그들에게 다가온다. 그 차는 루이스를 태우려고 한다. 루이스는 바티스트에게 손을 들어 올리지만 그는 루이스에게 손을 흔들지 않는다. "가지 마, 루이스." 그가 말한다. "제발." 그가 소리친다. 그가 간청한다. "가지 마, 루이스." 루이스는 머리를 숙여 차에 탄다. 그녀를 놔주면 돌아오지 않을 거다. "제발, 가지 마." 그가 말한다. 바람이 메마른 잔디를 스치자 바스락거리는 소리가 들린다. 고개를 돌리자 루이스가 아직 옆에 서 있다.

루이스는 무대에 들어서고 있다. 머리칼을 수달 가죽에 감싼 채 춤을 추기 시작한다. 루이스는 몸을 돌린다. 루이스는 바티스트에게로 돌아선다. 북소리가 그녀의 심장처럼 빠르게 뛰지만 루이스는 천천히, 천천히 춤을 추며 그에게로 다가간다. 루이스가 너무 아름다워 태양은 그녀 뒤에 숨은 채 얼굴을 붉히며 매끄럽게 땋은 머리카락 위로 그녀의 정수리를 어루만진다. 파란 구슬이 어깨에서 반짝인다. 춤 춰, 멈추지 마, 바티스트는 루이스에게 속삭인다.

빛이 보였다. 그의 얼굴을 덮고 있는 말 털로 만든 담요를 뚫고 빛이 들어왔다. 빛이 눈꺼풀을 스쳤지만 그는 눈을 뜨지 않았다. 허파가 타들어 갈 것처럼 뜨거웠지만 심장은 느릿느릿 뛰었다. 바티스트는 잠시 자신이 죽을지도 모른다고 생각했다. 눈을 뜨자 물에 젖은 방수포가 천천히 짙어지는 것처럼 방이 서서히 밝아지며 하늘로 바뀌고 있었고 서늘한 그림자처럼 빛이 방에 스며들었다. 바티스트는 방으로 들어오는 하얀 빛을 이해하려고 상대적으로 어둠을 생각해봤다. 사물이 빛을 포기하며 어두워지는 거라고.

그는 생각하려고 했지만 아무 생각도 나지 않았다. 그저 더 많은 빛, 더 많은 빛, 더 많은 빛이 들어오다가 마침내 긴 순간이 새로운 호흡처럼 그의 허파에 파고들어 바티스트에게 방에서 나갈 수 있다고 말하고 있었다. 그는 눈을 뜨며 평화를 느꼈고 처음으로 그게 무엇인지 깨달았다. 바람이 문을 뒤흔들자 갑자기 문이 열렸다. 밤은 아름다웠고 기도하는 장면처럼 보여 바라보기 고통스러웠다. 그는 눈을 깜빡였다. 바닥에 깔려 있던 눈이 연기처럼 피어올랐고 루이스가 빛 속에 서 있었다. 그녀가 바티스트에게 손을 들어 올리자 그는 바닥에서 일어나려고 했지만 움직일 수 없었다. 그는 꿈을 꾸고 있을 뿐이었다. 그는 루이스가 자신에게 돌아왔다고 생각했다. 환한 빛이 보였다. 빛을 보고 있으니 마음이 차분해졌다. 그 생각이 아주 따뜻한 빛처럼 느껴져 바티스트는 잠이 들었다. 매끄러운 바위 위에서 죽음이 잠시 번뜩였다. 퍼마 위 언덕에서 죽음이 반짝였다.

바티스트는 잠들었다.

담요가 그의 얼굴에서 들어 올려졌다가 묵직하게 내려오고 있었다. 누군가 담요를 들어 올렸다가 다시 내려놓는 것 같았다. 그는 몸을 돌려보려 했다. 쓰라린 엉덩이를 더러운 바닥에 비비자 담요가 다시 올라갔다. 엄마가 그를 놀리는 거라고 생각했지만 그건 말이 되지 않았다. "그만해." 그가 소리쳤다. 엄마의 딱딱 끊어지는 웃음소리가 들렸다. 한숨 쉬고 나자 담요가 익숙하게 다시 올라가는 느낌이 들었다. 무언가 그의 이불을 끌어당기고 있었다. 몸을 일으켜 세웠더니 밝은 아침 햇살을 받으며 커다란 말 한 마리가 서 있었다. 말은 더러운 바닥에서 힝힝거리며 발을 찼다. 더티 스왈로가 문가에 서 있었다. "너를 깨우려고 했어. 꽤나 오랫동안 너를 보고 있었지."

바티스트는 자세를 바로 하고 앉았다. 동이 틀 무렵의 하늘은 분홍빛으로 물들어 있었다. 아픈 눈을 문지르고 말을 바라봤다. 갈라진 말발굽이 보였다. 말은 뼈밖에 남지 않은 것 같았다. 그 자신보다도 더 안쓰러운 모습이었다. 힝힝거리는 말을 달래려고 혀를 찼다. "여기 어떻게 들어온 거니?" 추운 날인데도 문이 활짝 열려 있었다.

"문을 닫으려고 했는데, 안에만 갇혀 있다 보니…." 더티 스왈로가 말했다.

바티스트는 낑낑대며 일어섰다. 몸이 아프고 힘이 하나도 없었지만 사고 이후 지금처럼 괜찮았던 때가 없었다. 말이 꼬리를 흔들었다. "착하지." 그는 어깨에 담요를 두른 뒤 말의 주둥이로 손을 뻗었다가 말의 등을 쓰다듬었다. 꺼끌꺼끌해진 털은 원래 색을 알아볼 수 없었다. 안쓰러운 털 사이사이로 갈비뼈가 반짝였다. 철조망으로 맞은 듯 살점이 너덜거렸다. 갈기는 엉겨 붙은 데다 벼룩에 물려 곳곳이 떨어져 나가 있었다. 바티스트는 자세히 들여다봤다. 말의 왼쪽 눈은 고름으로 부어올랐지만 오른쪽 눈은 수줍은 듯 흔들림 없이 바티스트를 바라보고 있었다. 제대로 본 건지 확신할 수 없었지만 그의 말이었다. "샴페인." 말이 움찔하더니 머리를 홱 쳐들었다. 더티 스왈로가 말의 코를 만졌지만 샴페인은 물러서지 않았다.

자신의 말을 다시 보게 될 줄 몰랐던 그는 깜짝 놀라 말 앞에 섰다. 그는 샴페인을 찾는 걸 포기한 상태였다. 울타리에 걸려 있는 죽은 말의 생가죽을 처음 봤을 때에는 샴페인이라고 생각했지만 그는 자신의 말을 너무 잘 알았다. 털의 섬세한 무늬를, 꼬리 위의 작은 상처 자국을 알았다. 바티스트는 자신의 말에 자주 입을 맞췄고 손으로 곳곳을 쓸곤 했다. 카우보이가 그의 말을 처리했다고 생각했다. 하지만 샴페인은 죽음에서 다시 살아나 그의 앞에 나타났다.

"우리한테 공통점이 많은 것 같네." 바티스트가 속삭였다.

간밤이 그의 기억 속에 없는 안개처럼 멀게 느껴졌다. 더티 스왈로에게 거실에서 자신의 말을 치료해주겠다고 말했다. "너에게 돌아오고 싶었던 게 분명해." 더티 스왈로는 요리용 레인지에 불을 켠 뒤 물 주전자를 올렸다. 바티스트는 헛간에 보관해둔 귀리를 가지러 가려고 코트를 입고 밖으로 나왔다. 포치에서 나와 팔꿈치 깊이로 쌓인 눈에 발을 디디다가 푹 빠지고 말았다. 울타리 위에도 눈이 쌓여 있었다. 눈은 그의 등에도 쌓였고 추위에 그는 마음이 편안해졌다. 밝은 태양을 바라보며 눈을 깜빡이다가 별안간 기억이 난 바티스트는 등 뒤에 쌓은 눈을 털어낸 뒤 집 앞 쪽으로 돌아갔다. 그날 밤 루이스는 그에게 오고 있었다. 그는 확신했고 그 생각에 깜짝 놀랐다. 눈앞에 말의 발자국이 보였다. 발자국은 포치에서 몇 피트 떨어진 곳에서 느닷없이 시작되고 있었다. 바티스트는 쌓인 눈을 손으로 쓸며 말의 발굽이 눈 더미 아래 숨어 있는 건 아닌가 살펴보았지만 포치 주변부 너머 눈에는 아무런 흔적이 없었다. 그때 그는 무언가 잘못되었다는 걸 깨달았다. 하지만 그게 무슨 의미인지는 알 수 없었다. 루이스의 발자국은 보이지 않았다.

집에 들어가자 더티 스왈로가 샴페인의 상처를 뜨거운 천으로 닦고 있었지만 말은 꿈쩍도 하지 않았다. 그는 마을에 가야 한다고 말했으나 일에 몰두해 있던 더티 스왈로는 그의 말을 듣지 못했다.

바티스트는 9월 이후로 낡은 농장 트럭이 방치된 채 서 있는 들판으로 나갔다. 트럭의 시동이 걸릴지 걱정이었다. 그는 차가운 운전대에 손이 닿는 아릿한 느낌, 밝은 태양을 마주하는 고통, 기어가 낮게 으르렁거리는 소리, 엔진이 돌아가면서 내는 높은 윙윙 소리 등 주위에서 마주하는 소소한 것들에 주의를 기울였다. 앞 유리에 쌓인 눈을 쓸지 않은 채 퍼마로 향했다. 태양이 흰 들판을 너무 밝게 비추는 바람에 그는 눈을 가늘게 뜨고 눈이 반짝이는 차창을 바라봤다. 빙판 위를, 움푹 파인 곳을 지나 트럭이 속도를 낼 수 있는 한 최대한 빨리 차를 몰았다. 손톱으로 앞 유리에 쌓인 눈을 긁어내야 했지만 속도를 늦추지 않았다. 바티스트는 루이스를 다시 보기로 다짐했지만 시간이 갈수록 결심이 무뎌졌다. 그는 루이스가 너무 보고 싶었지만 시간이 갈수록 약해지고 한심해지고 낯부끄러워졌다. 비취색 하늘이 루이스가 살아 있다고, 무사하다고 말해주었다. 그는 루이스를 보고 싶었고 그녀를 볼 거라고, 혼잣말을 했다. 딕슨의 술집에서 기다리면 그녀를 찾을 수 있을 거였다. 술 취한 남자가 자신의 음주를 정당화하려는 마음일 테지만 그는 술이 마시고 싶었다. 바티스트는 술이 필요하다고, 혼잣말을 했다. 딱 한 잔만 하면 루이스를 마주할 수 있을 거였다. 그녀는 무사할 테고 어쩌면 아직도 그에게 화가 나 있을지도 몰랐다. 서두른다면 또 다른 기회를 얻을 수 있을지 몰랐다. 바티스트는 술을 한 잔 마시면 힘을 되찾을 수 있을 거라는 생각에 빠져 딕슨으로 향했다. 휘몰아치는 빙판 위로 너무 빨리 차를 모는 바람에 미친 듯이 브레이크를 밟아 겨우 차를 세울 수 있었다.

그는 어둑어둑한 술집 안으로 들어갔다. 천천히 들어와 눈이 어둠에 적응했어야 했지만 그러지 못했다. 술집 안에서는 퓨렉스 세제 냄새와 오줌 냄새가 났다. 에디 테일러가 엉덩이에 손을 얹은 채 바티스트를 바라봤다. 모든 것이 그대로였다. 그는 익숙한 것이 자신을 붙들어줄 거라고, 자신을 보호해줄 거라고 생각했다. 모든 것이 그대로이기를 갈망했지만 세상은 늘 변하고 있었다. 바티스트는 다른 이들에게 해준 이야기를 자신에게도 할 수 있기를 바랐다. 전날 밤 그랬던 것처럼 마음의 평화를 찾을 수 있기를 바랐다. 바티스트는 카운터 아래로 무릎에 힘을 단단히 준 채 에디의 시선을 피했다. 고집을 부리면 술을 줄 거라고 생각했지만 놀랍게도 에디 테일러는 아무것도 묻지 않은 채 그의 앞에 위스키를 더블로 내놓았다.

"공짜요." 에디가 말했다.

바티스트는 술을 벌컥 마셨지만 타는 듯한 느낌에 기분 좋지는 않았다.

"사고 얘기는 들었겠지." 에디가 카운터 뒤를 닦으면서 말했다. 바티스트는 그의 말을 무시했다. 에디 테일러는 늘 말이 많았다. "엄청난 폭발이 있었다고. 물론 들었겠지." 그는 갑자기 조용해졌다. 그는 바티스트를 쳐다봤지만 바티스트는 그를 바라보지 않았다.

바티스트는 술병과 돼지발이 든 단지 위에 걸려 있는 거울에 비친 자신의 모습을 보았다. 맞은 이후 자신의 모습을 본적이 없었다. 원래도 잘생긴 외모는 아니었지만 이제 그의 얼굴에는 왼쪽 눈을 감은 것처럼 보이게 만드는 주름 잡힌 상처가 그어져 있었다. 아랫입술은 아직 찢겨 있었다. 긁힌 부위에 혀를 갖다 댔더니 피 맛이 났다. 오른쪽 눈은 짓궂어 보였다. 그는 다른 이들이 보고 있을 자신의 모습을 차마 마주할 수 없었다.

창밖을 바라보니 사람들이 줄지어 서 있었다. 그도 아는 사람들, 대부분 그가 아는 사람들이 깜짝 놀란 표정으로 모여 있었다. 말을 빌려주는 점포, 식료품 가게, 우체국에서 사람들이 나와 있었다. 지나가는 행렬을 바라보려는 듯 고속도로 갓길에 모두들 줄지어 서 있었다. 사료 가게 직원이 목을 쭉 빼고 얼빠진 듯 도로를 바라보며 기다렸다. 에디 테일러는 앞치마를 벗은 뒤 문 쪽으로 향했다.

"바티스트. 자네도 보고 싶을걸." 에디가 말했다. 바티스트의 대답을 듣기도 전에 그는 문가로 향했다. 바티스트는 술잔을 비운 뒤 돈을 내려치듯 올려놨다. 에디 테일러의 자선은 받고 싶지 않았다. 도대체 무슨 소란인지 알고 싶었다. 신경을 쏟을 만한 곳이 필요했다. 바티스트는 눈을 가느스름하게 뜨고 햇빛을 바라봤다. 길 건너편에서 카우보이가 모자를 벗은 뒤 도로를 내려다보고 있었다. 바티스트도 바라봤다. 긴 길을 내려다보다가 갑자기 자신이 무엇을 보고 있는지 깨닫고는 가슴이 마구 뛰었다. 천천히 지나가는 행렬이 굽은 도로에 나타났다. 레이크 카운티 보안관이 영구차 앞에서 차를 몰고 갔다. 그들이 딕슨을 지나가자 보안관이 모는 차량의 붉은색 빛줄기가 침묵 속에 요동쳤다. 샌더스 카운티 보안관이 영구차의 뒤를 지켰다.

한 무리의 사람들이 조용해졌다. 말을 빌려주는 사람은 모자를 벗은 뒤 가슴팍에 움켜쥐었다. 바티스트가 웡 부인이라고 알고 있는 백인 여자는 가슴에 손을 갖다 댔다. 밝은 햇빛 속에서도 엄숙함이 내려앉았다. 도로가 녹으면서 빙판이 번쩍였다. 바티스트의 눈에도 물기가 맺혔다. 그는 에디 테일러가 눈썹 위로 손을 동그랗게 모아 쥐는 걸 보았지만 영구차에서 눈을 떼지 않았다. 바티스트는 영구차를 본 적이 있었지만 이 영구차는 그 어떤 차보다도 휘황찬란했다. 눈부신 크롬이 번쩍였다. 검은색 영구차는 너무 반짝여서 마을과 마을 사람들의 모습이 그 안에 다 비쳤다.

바티스트는 모르는 여인이 자신 옆에서 속삭이는 소리를 들었지만 그녀를 보지는 않았다. "거물이지." 그녀가 말했다.

"하비 스토너." 또 다른 여인이 대답했다. 그 여자는 손수건을 눈가에 갖다 댔다.

바티스트는 머리가 띵했다. 전쟁터에 나가 있는 몇 년 동안 소규모 접전에서 승리했지만 승리감보다는 오랜 투쟁이 가져온 무게가 더 크게 다가올 때 같은 그런 기분이었다. 갈비뼈가 무지근했다. 그는 오랫동안 잃어버린 말만큼 삐쩍 말라 있었다. 너무 말라서 누군가 그를 본다면 그가 차마 흘리지 못하는 안도의 눈물을 그의 심장이 흘리는 걸 볼 수 있을 터였다. 그는 감정에 압도되어 휘청였다. 하비 스토너의 죽음은 많은 것을 의미했지만 무엇보다 바티스트 옐로 나이프에게는 루이스가 이 남자의 영향에서 자유롭다는 걸 의미했다. 바티스트가 자신이 저지른 잘못을 바로잡을 수 있는 기회, 망쳤다고 체념한 결혼을 되살릴 수 있는 또 다른 기회를 의미했다. 갑자기 모든 게 너무 쉬워 보였다. 고개를 숙이니 지나가는 영구차가 보였다. 영구차에는 묵직한 벨벳 커튼이 쳐져 있었다.

"불쌍한 작자 같으니라고." 에디가 그에게 말했고 바티스트는 에디의 팔을 잡았다. "저게 진짜 하비 스토너라는 건가?" 그가 물었다. 믿을 수 없었다.

"아내가 장례식을 하려고 시신을 동쪽으로 보내는 중이라네. 죽었어도 너무 중요한 인물이라 경찰이 주 경계선까지 호위를 한다는구먼." 에디가 낮은 목소리로 떠들어댔다. "일등석은 끝까지 달라."

바티스트는 혀에서 위스키 맛이 느껴졌다. 허파가 시큼했다. 구경꾼들이 그의 냄새를 맡을 수 있을 터였다. 그는 잠시 트럭 옆에 서 있었다. 루이스를 찾아야 했다. 이제 그에게는 기회가 있었다. 하지만 마음이 약해졌다. 시동을 걸었지만 차마 안에 탈 수가 없었다. 바티스트는 술집으로 다시 들어가 카운터에 20달러를 올려놓았다. 가진 돈 전부였다. "한 병 주시오. 아무 거나."

에디는 카운터 뒤쪽에 기댄 뒤 팔짱을 꼈다. 바티스트는 에디가 자신에게 술을 줄지 궁금했다. 바티스트는 자리에서 일어나 싸울 태세를 갖췄다.

"여기 있소." 에디가 재빨리 몸을 돌려 위에서 다섯 번째 칸에 놓인 술병을 들어 올렸다. 하지만 그는 바티스트 앞에 술병을 내려놓은 뒤 잠시 술병에서 손을 떼지 않은 채 바티스트를 똑바로 쳐다봤다. 백인은 고사하고 그렇게 바티스트를 쳐다보는 사람 자체가 드물었다. "이 말만은 해야겠소." 에디가 말했고 바티스트는 에디가 들고 있는 병을 움켜쥔 뒤 벌을 기다렸다. "루이스가 병원에서 사경을 헤매고 있는데 당신은 지금 여기서 뭘 하고 있는 거지, 바티스트?"

루이스의 소식에 바티스트는 한 걸음 물러났다. 빈속에 술이 요동치는 느낌이었다. "술이나 어서 주시오." 루이스의 소식을 처음 들은 티를 내고 싶지 않았다. 바티스트가 딕슨 바를 나서자 에디는 돈 통에 돈을 넣었다.

루이스는 그를 필요로 했다. 바티스트는 그녀 곁에 있어야 했다. 하지만 그는 지금 이 같은 난관에 맞설 수 없었다. 잠시 생각을 해야 한다고, 혼잣말을 했다. 그는 술을 마시기로 했다. 자신의 문제를 잊기로, 조용히 술을 마실 수 있는 곳을 찾기로 했다. 강가로 걸어갔다. 물이 천천히 흐르며 해로에서 요동치는 소리가 들렸다. 물고기, 녹색 강물 아래에서 헤엄치고 있을 차가운 물고기를 생각했다. 파란 하늘 위로 까만색과 흰색이 뒤섞인 까치가 보이자 까치 깃털을 모자에 달았던 루이스의 증조할아버지가 생각났다. 바티스트는 깊이 쌓인 눈에 발을 디딘 뒤 앉을 곳을 마련했다. 그는 잊을 거라고, 혼잣말을 했다. 모든 것을 잊을 생각이었다. 하지만 잊지 않았다.

엉덩이 아래로 눈이 따가웠다. 목에서 묵은 분노가 솟구치는 기분이었다. 그는 자신에게 화가 났다. 분노에 몸을 떨었다. 그는 오랫동안 홀로 앉아 있었다. 눈이 너무 차가워 손이 떨렸다. 바티스트는 위스키 병을 바라본 뒤 술을 마시지 않는 원주민을 생각했다. 그가 술을 마시는 이유는 백인들이 그가 술을 마시지 못할 거라고 말했기 때문이었다. 그는 전쟁에서 승리하고 있다고 스스로를 설득했지만 하비 스토너가 죽고 없는 마당에도 술에 인생을 낭비하고 있었다. 싸울 의지를 불러일으킨 자신의 일부가 이미 소멸하고 있었다. 바티스트는 병을 들어 올린 뒤 호박색 액체를 전부 쏟아냈다. 술이 그를 불렀지만 이번에는 응답하지 않았다. 그는 온 힘을 다해 술병을 던졌다. 너무 멀리 던져서 술병이 땅에 닿는 소리조차 들리지 않았다. 바티스트 나이프는 자리에서 일어났다. 자신이 해야 할 일을 알았지만 작고 나약한 기분이 들었다. 솟구치는 눈물로 얼굴이 흠뻑 젖었다.

하늘이 온통 붉게 타올랐다. 그는 태양을 향해 고개를 돌린 뒤 눈을 감았다. 귀 기울이며 기다렸다. 자신의 붉은 맥박이 느껴졌다. 낮고 편안한 숨소리가 들렸다. 무엇이 자신을 찾아올지 기다렸다.

죽음이 임박할 때면 신성한 자가 찾아오곤 했다. 긴 머리를 흰색 실크에 감싼 남자가. 그는 말을 타고 오고 있었다. 바티스트는 깨끗한 열기가 그 남자 안에서 솟구치는 걸 느꼈다. 그는 그 남자가 왜 오는지 알았다. 그는 루이스를 찾아왔다. 바람이 너무 세차게 불어 머리카락이 두피에서 일어났다. 미루나무의 달콤한 나이테, 스피어민트가 낮은 언덕에서 솟아나는 냄새가 났다. 더티 스왈로는 그에게 하늘을 향해 손을 쫙 펼치고 팔을 쭉 뻗으며 기도하는 법을 가르쳐줬었다. 이 세상에 가진 것이 아무것도 없음을 보여주기 위해 빈손을 하늘로 쳐들고 기도하는 법을. 그는 마음을 다잡고 정령을 향해 손바닥을 펼친 뒤 기도를 했다. "제 삶을 돌려주세요." 그는 루이스를 살려달라고 기도하고 있었다.

거센 바람이 뒤에서 불어와 그의 얇은 코트가 펄럭였다. 매끄러운 강이 굽이치더니 하얗게 변했다. 그건 그가 아는 것, 그보다 앞서 늘 존재하던 것, 그가 움켜쥘 수 있는 치유였다. 그는 위대한 빛, 단순한 선물을 보았다. 그건 검은 강 위에 비친 달의 작은 그림자부터 바람 부는 날 길게 솟구치며 반짝이는 잔디에 이르기까지 그가 본 모든 빛이었다.

루이스 옐로 나이프

/

귀환

루이스는 정신이 혼미했다. 근육에 힘이 하나도 없었고 부은 입술은 건조했다. 할머니가 열어둔 방 창문으로 서늘한 산들바람이 불어오자 루이스는 포치에 나가 앉고 싶었다. 묵직한 담요를 당겨 자세를 똑바로 해 앉았다. 부들로 만든 침대가 아니라 진짜 침대에서 잤다는 생각이 번뜩 들었다. 매트리스에 손을 갖다 대고 스프링을 느끼며 잠시 앉아 있었다. 똑바로 앉으니 기분이 좋았다. 베개의 골이 두개골을 누르는 기분이 들지 않아 좋았다. 빛 때문에 눈이 부셨다. 루이스는 눈을 가느스름하게 뜬 채 눈과 코와 입술의 윤곽을 만져보았다. 이마선 부근에 상처가 만져졌으나 감각이 없었다. 상처는 이랑처럼 파였으나 만질 때 아프지는 않았다. 손가락으로 머리카락을 빗자 목덜미 근처 엉겨 붙은 부분에 손가락이 걸렸다.

너무 오래 잔 기분이었다. 눈을 떠보니 삶이 달라져 있었다. 최근의 기억이 희미하게 떠올랐다. 주삿바늘에 찔렸고 손이 차갑고 얼얼했으며 용액이 담긴 주머니에서 관을 따라 무언가 뚝뚝 떨어졌고 심장이 묵직했다가 파르르 떨렸다. 번뜩 기억이 났다. 누군가 그녀를 들어 올렸고 누군가 그녀를 계단 위로 데리고 갔으며 누군가 그녀의 이마에 따뜻한 손을 올렸었다. 둥근 등유 빛이 칠흑 같은 어둠 속에서 탁탁 소리를 내며 깜빡이자 루이스는 낮게 흐느꼈다. 바람이 집을 두드리자 창문이 열렸다가 닫혔고 눈의 숨결이 머리 위를 스쳤다. 긴 밤 내내 루이스는 오래전에 죽은 증조할아버지의 목소리를 들었다. 매일 밤, 바람이 집 위로 눈을 한가득 실어오는 동안 할아버지의 기도 소리가 들렸다. 할아버지의 목소리는 방구석에서 들렸고 빛처럼 아침까지 이어져 아침이면 밖에서도 들려왔다. 할아버지의 목소리는 기도처럼 집을 감쌌다. 동생이 그녀의 귀에 속삭이는 소리, 웃음소리도 들렸었다. 엄마가 그녀의 손을 잡기도 했다. 바티스트가 그녀의 약한 심장에 손을 올린 뒤 고개를 숙이기도 했다. 루이스는 꿈을 꾸고 있다고 확신했다. 동생은 물에 빠져 죽었기 때문이었다. 바티스트도 죽었기 때문이었다. 방은 천 명의 사람들로 가득했다가 텅 비었다. 자신을 찾아온 사람들이 살았는지 죽었는지 그녀는 도무지 알 수 없었다.

루이스는 눈 덮인 들판에도 갔었다. 들판이 너무 새파래 루이스의 영혼은 은색으로 빛났다. 루이스는 들판에서 다친 말을 발견해 바티스트에게 돌려보냈고 바티스트와 무대에서 춤을 췄다. 태양이 그녀의 머리를 감쌌다. 하지만 대부분의 밤에는 무거운 철이 그녀를 짓누르는 기분이었다. 들이마시는 숨, 내뱉는 숨밖에 기억나지 않는 무채색의 밤이었다. 새들이 창문을 두드리고 연못 가장자리를 따라 검은 빙판이 생겨났으며 올빼미가 그녀의 숨을 낚아채며 머리 위로 순식간에 날아올랐다.

생각이 딸랑이다가 사라졌고 가슴에 잔주름을 만들고 팔이 꽉 끼는 몸에 맞지 않는 원피스처럼 그녀의 몸에 들러붙었다. 기억이라 할 수 없는 기억들. 수프가 목을 타고 흐르고 차가운 손가락이 손목을 그러쥐고 두꺼운 손가락이 무감각한 가슴을 파고드는 기억. 엉덩이를 찌르던 따끔한 가는 주삿바늘이 그녀의 허벅지와 다리로 왈칵 쏟아진 요강처럼 그녀의 머리를 휘저었다.

창문을 내다보니 집 위로 태양이 높고 서늘했다. 겨울인 듯했다. 어제가 겨울이었다는 건 기억났지만 그 이상은 기억나지 않았다. 부엌에서 할머니 소리가 들리자 할머니에게 가고 싶었다. 가까스로 자리에서 일어났다. 맨바닥에 닿은 발은 물컹했지만 다리를 뻗으니 새로운 힘이 솟았다. 루이스는 침대에서 담요를 끌어안고 천천히 부엌으로 걸어갔다. 플로렌스의 숄이 난로 옆에 놓인 부엌 벽에 걸린 것을 보자 움찔했다. 할머니가 붉은 장미를 꼼꼼하게 엮어 가장자리를 묶어두었던 것과 동생이 죽자 완성되지 않은 아름다운 상태 그대로 늘 보이는 곳에 숄을 걸어두었던 게 갑자기 너무 선명하게 기억났다.

할머니는 사이드보드에 선 채 튀긴 빵을 치대고 있었다. 할머니는 불쑥 깜짝 놀란 듯 뒤돌아보더니 루이스를 보고 환한 미소를 지었다.

"내 손녀. 보고 싶었다." 할머니가 말했다. 루이스는 그 순간 자신이 정말 오랫동안 사경을 헤맸다는 걸 깨달았다. 할머니는 긴 치마에 손을 닦은 뒤 루이스를 꺼안았다. "여기 앉으렴." 루이스는 다리에 힘이 풀려 할머니가 밀어준 의자에 쿵하고 쓰러지듯 앉았다. 할머니 얼굴을 보니 눈꺼풀 아래로 말랑말랑한 피부가 부어 있었다. 손을 잡자 할머니는 고개를 돌려 손가락 끝으로 눈가를 만졌다.

묻고 싶은 게 많았지만 할머니는 일어난 일에 대해 얘기하고 싶어 하지 않을 터였다. 루이스는 열린 창문 너머를 바라보았다. 두터운 연기가 소용돌이치고 있었다. 그슬린 아메리카 낙엽송 냄새가 났다. 할머니는 무두질을 하고 있었다. 늘 그렇듯 집안일을 했다. 할머니는 어려운 시기를 여러 번 겪었다.

긴 굶주림과 질병에 익숙했다. 할머니는 두 명의 딸을 건사했고 둘 다 잃었다. 루이스의 엄마는 폐렴에, 로잘리는 결핵에. 둘 다 20대에 생을 마감하고 말았다. 할머니는 딸들의 사진을 2층에 숨겨두었다. 기포가 맺혀 있는 유리 액자는 그들의 사진을 보호하지 못했고 그들은 하얀빛에 둘러싸인 것처럼 매해 더 희미해졌다. 할머니는 절대로 사진을 걸지 않았다. 그러기에는 너무 소중하다고, 할머니는 말했다. 루이스는 슬픔을 혼자서만 간직하고 싶어 하는 할머니의 마음을 이해했다. 할머니가 그녀에게 절대로 말해주지 않는 것들이 있었고, 그건 어쩔 수 없었다.

할머니에게 바티스트에 대해 가장 묻고 싶었다. 그녀가 잠든 사이 할머니는 분명 바티스트의 소식을 들었을 터였다. 정신을 잃었을 때 그를 언뜻 보았는데 술에 취하지 않고 상처 입은 그는 평소와는 달리 친절하고 사려 깊었다. 루이스는 바티스트가 자신을 찾아왔는지 할머니에게 묻고 싶었으나 그건 플로렌스가 옆에 서 있는지, 엄마가 죽음에서 돌아왔는지 묻는 거나 마찬가지였다. 바티스트는 살아 있는 사람처럼 보였지만 죽은 이들은 꿈에서 그렇게 보이는 걸지도 몰랐다.

루이스는 바티스트를 생각했다. 그의 수줍은 표정과 부드러운 목소리를, 한때 그가 자신을 찾아왔던 걸 떠올렸다. 루이스는 슬펐고 마음이 약해졌다. 이제 어떠한 삶이 자신을 기다리고 있을지 알 수 없었다. 아름다운 날은 지독하고 끝도 없어 보였지만 그녀는 살아 있었고 깨어 있었다. 잠시 바깥에 앉아 평화를 느끼고 싶었다. "포치에 나가 앉아 있고 싶어요. 괜찮겠죠?"

할머니는 고개를 끄덕인 뒤 치마에 다시 손을 닦은 다음 루이스의 겨드랑이에 손을 넣어 루이스를 부축했다. 그들은 함께 천천히 움직였다. 루이스는 가슴팍에 담요를 움켜쥐며 입술을 깨물었다. 다리를 움직이려면 안간힘을 써야 했다. 하지만 포치에 다다라 시원하고 달콤한 공기를 들이마시자 새로운 힘이 샘솟는 것 같았다. 루이스가 버둥대며 앉으려고 하자 할머니가 팔을 잡아줬다. "괜찮아요, 할머니."

"안에 있으마. 필요하면 부르렴." 할머니가 말했다.

고속도로가 앞에 펼쳐져 있었지만 루이스는 더 이상 싱숭생숭하지 않았다. 좋은 시간이나 문제를 찾아 도로를 걷고 싶은 마음은 없었다. 무릎 위에 손을 포갠 채 과거를 떠올려보려 했다. 핑거 아줌마가 기억났지만 아줌마의 딸 이름은 생각나지 않았다. 괜찮다고, 별로 알고 싶지 않다고 생각했다. 루이스는 바티스트와 함께 말을 타던 때를 떠올렸다. 머리카락이 흩날리고 흐린 하늘이 높이 솟은 미션산 위로 펼쳐지며 하늘과 뒤섞이던 모습을. 하지만 바티스트에 대한 기억은 그의 행방만큼이나 묘연했다. 수녀는 바티스트가 영어 쓰기를 거부하자 그를 창고에 가두려 했었다. 루이스는 이른 봄의 눈부시게 푸른 들판으로 시선을 돌렸다. 카스텔리야와 검은눈천인국이 낮은 들판에 흐드러지게 피어 있었다. 수녀가 그를 풀어주러 왔을 때 그는 달아난 상태였다. 수녀는 그가 숨어 있을 거라 생각하며 벽과 바닥을 툭툭 쳤다. 하지만 바티스트는 그들이 염원한 무언가를 갖고 있었다. 그는 벽이나 바닥 따위에 갇힐 사람이 아니었다. 수녀들은 바티스트를 풀어줄 수 없었다. 그는 언제나 자유로운 사람이었다.

　루이스는 얼마나 오래 의식을 잃었는지 세어보려 했지만 그건 손으로 물을 움켜쥐는 거나 마찬가지였다. 루이스는 자신이 들었던 이야기를 다시 떠올려보고 싶었지만 그 이야기를 들려줄 수 있는 건 바티스트뿐이었다. 바티스트는 선명하고 낮은 목소리로 그녀에게 말했었다. 그런데 그가 언제 이 이야기를 해주었던가? 루이스는 뜨거운 손바닥으로 눈꺼풀을 누른 뒤 그의 이름을 불러보았다. 그가 한때 자신을 사랑했으며 자신도 그를 사랑했다고 믿었다. 루이스는 바티스트의 목에서 움푹 들어간 부위, 이야기를 들려줄 때 그녀 주위를 퍼덕이던 그의 손 모양을 떠올려봤다. 연못이 찰랑대는 소리, 바람이 부들을 스치는 소리가 들렸다. 할머니는 죽은 이를 존중해야 한다고, 용서해야 한다고 가르쳤다.

루이스는 숨을 깊이 들이마셨다. 집은 조용했다. 갑자기 한기가 돌아 담요를 단단히 여몄다. 그만 일어나야겠다고, 중얼거렸다. 할머니의 도움 없이 혼자서 집 안으로 들어갈 생각이었다.

손을 옆에 붙인 뒤 자리에서 일어나려고 힘을 주었다. "별거 아니야." 소리 내어 말했지만 숨을 쉬기가 어려웠다. "매일 조금씩 더 나아질 거야." 스스로를 안심시켰다. 그렇게 생각하며 앞으로 조금씩 가고 있는데 그 순간 저 멀리서 종이 딸랑거리는 소리가 희미하게 들렸다. 소리는 차츰 커졌고 뒤이어 보도에 닿는 말발굽 소리가 들렸다. 그 소리에 루이스는 허둥지둥했다. 이렇게 나약하고 햇빛에 노출된 모습을 누군가에게 보이고 싶지 않았다. 햇빛 때문에 고통스럽게 눈을 깜빡이고 있는 데다 머리칼은 감지도 않아 잔뜩 엉겨 붙은 상태였다. 이런 생각을 하다니 어이가 없었지만 지금의 모습이 아니라 산뜻한 출발, 새로운 시작을 하고 싶었다. 루이스는 재빨리 움직이려 했으나 근육이 말을 듣지 않았다.

루이스는 담요를 머리 위로 끌어올린 뒤 숨어서 바라보다가 눈을 비벼보았다. 꿈을 꾸고 있는 게 분명했다. 점점 더 혼란스러웠다. 눈을 끔뻑였지만 눈앞의 모습은 그대로였다. 꿈을 꾸고 있는 게 아니었다.

저 언덕 너머로 그가 루이스를 향해 오고 있었다. 바티스트 옐로 나이프는 살아 있었다. 그는 가장 좋은 실크 옷을 입고 등을 꼿꼿이 세운 채 당당하게 말에 올라타 있었다. 은색 종이 샴페인의 가슴 주위에서 딸랑거렸고 구슬로 장식한 마구가 햇빛을 받아 반짝였다. 루이스는 어깨에 걸쳤던 담요를 떨어뜨렸다. 포치에서 걸어 나와 호흡을 가다듬었다. 머리가 엉겨 붙고 지저분해도 상관없었다. 남편은 아름다웠다. 루이스는 그에게 달려가고 싶었다. 그를 향해 한 발 앞으로 내딛었다.

옮긴이의 말

세 명의 남자가 한 여자를 바라본다. 얽히고설킨 이들의 욕망은 여자의 삶에 위안이자 위협이다. 어디서 많이 본 듯한 서사다. 비현실적이고 빤한 스토리라 생각하면서도, 알면서도 보고 읽게 되는. 하지만 데브라 맥파이 얼링은 주인공 루이스를 신데렐라로 만들지 않는다. 아끼는 말을 몰고 나타나는 바티스트의 마지막 모습은 그런 오해를 낳을 소지가 있지만 고통 속에 빠진 그녀가 남자의 손에 구출당하는 스토리는 절대로 아니다.

그녀를 둘러싼 세 남자는 누구인가. 먼저 바티스트 옐로 나이프가 있다. 루이스와 바티스트는 원주민이라는 공통점이 있다. 하지만 원주민이라는 정체성 앞에 허우적대는 루이스와는 달리 바티스트는 곧 죽어도 자신만의 방식을 고수하는 뼛속까지 진짜 원주민이다. 루이스가 바티스트에게 끌리는 가장 큰 이유다. 그를 향한 아리송한 욕망에 휘둘리던 루이스는 그를 미워하고 회피하고 질투하다 두 번이나 그에게로 돌아온다.

두 번째 남자는 하비 스토너다. 원주민 땅으로 부를 축적한 이 백인은 모든 것을 가져간 것도 모자라 루이스라는 원주민까지 탐한다. 루이스를 향한 그의 감정은 위험하다. 그를 향한 루이스의 감정은 물론 그라는 존재 자체도. 스토너는 저 멀리서 우리를 유혹하는 넘실대는 불꽃, 넘어볼까 말까 호기심을 동하게 하는 금기시된 땅이다. 결국 그 선을 넘어서고 만 루이스는 목숨까지 위험해지는 상황에 처한다. 하지만 하비 스토너라는 이 위험한 존재는 스스로 자초한 화로 말미암아 루이스의 인생에서 결국 제거된다.

마지막으로 찰리 킥킹 우먼이 있다. 그는 루이스가 해묵은 코트처럼 이따금 걸쳐 입는 또 다른 자아에 다름 아니다. 그의 이야기만 일인칭으로 서술된다는 점이 이러한 측면을 보여주고 있다. 원주민과 백인 사이에 끼여 이러지도 저러지도 못하는 그에게서 루이스는 자기 자신을 본다. 백인들의 환심을 사기 위해 꾸며낸 가벼운 웃음과 거짓들을. 자신과 비슷한 그를 보며 안타까워하지만 자신을 향한 그의 욕망을 마주한 날, 찰리 킥킹 우먼 역시 자신의 욕구를 채우려는 한낱 남자에 불과했음을 깨닫는다.

세 남자는 약하다. 루이스를 아내로 맞이하고도 다른 여자들에게 한눈을 파는 바티스트, 모든 것을 가지고도 루이스마저 탐하는 스토너, 곁에 있는 아내를 외면한 채 루이스를 욕망하는 킥킹 우먼. 그들은 서로의 나약함을 감지하기도 한다. 찰리는 루이스를 찾아 파우와우 현장에 들른 스토너의 수척한 얼굴을 알아보고, 바티스트는 루이스를 향한 찰리 킥킹 우먼의 끌림을 눈치챈다. 한 여자를 놓고 저마다 다른 방식으로 욕망하는 세 남자의 모습은 추잡한 동시에 불길하다. 3인칭으로 서술된 루이스에 대한 묘사들에서도 그 욕망에 숨 막혀 하는 루이스가 느껴진다.

반면 루이스는 강하다. "바티스트는 너에게 맞는 남자가 아니야, 루이스. 너에게는 남자가 아예 필요하지 않을지도 모르지. 그것도 괜찮아." 이런 충고를 해주는 할머니 곁에서 루이스는 온몸으로 부딪히며 사랑과 인생을 알아가고 추위와 굶주림을 이겨낸다. 할머니는 그녀에게 사랑의 묘약 따위는 필요 없다고 말한다. 바티스트가 루이스에게 사랑의 묘약을 썼으며 그는 그 대가를 치르게 될 거라고도. 하지만 루이스는 할머니의 말을 믿지 않는다. 자신이 원해서 바티스트 곁에 남는 거라고, 바티스트의 주술에 걸렸다면 그걸 알아챌 만큼 자신은 똑똑하다고 자신한다. 하지만 바티스트에게도 그의 엄마처럼 방울뱀과 대화를 나눌 수 있는 능력이 있다고 생각한 루이스는 그를 자신에게 이끈 것이 그저 여자를 향한 집착일 뿐임을 알고 실망한다.

사랑의 묘약 얘기가 나와서 말인데 데브라 맥파이 얼링의 글은 대표적인 원주민 작가, 루이스 어드리크를 떠올리게 한다.[루이스 어드리크가 쓴 첫 장편 소설의 제목은 『사랑의 묘약』이다.] 실제로 많은 평론가들이 몽환적인 분위기, 온갖 감각을 일깨우는 시적인 표현 등 그녀의 소설을 루이스 어드리크의 작품에 비교한다. 이 소설 『퍼마 레드, 가장 어두운 이름』에는 과거와 현재, 기억과 인식이 뒤섞인 몽롱한 분위기가 스며 있다. 방울뱀 소리, 바티스트의 춤, 사랑의 묘약, 원주민 문화를 모르는 사람들마저 섣불리 부인할 수 없는 사건 해석 방식이 오묘한 기운을 형성하고 있으며, 이 속에서 모든 감각을 극도로 열어젖히는 질감 있는 묘사와 물기 가득 머금은 질펀함이 소설을 감싸 안는다.

『퍼마 레드, 가장 어두운 이름』은 데브라 맥파이 얼링의 첫 소설이자 한국에 소개되는 그녀의 첫 소설이다. 원주민 자치 지구에서 자란 원주민인 그녀는 어린 시절에 들은 루이스 이모의 이야기를 바탕으로 자치 지구를 떠나고도 싶고 그곳에 속하고도 싶은 열망에 방황하는 루이스의 성장 이야기를 그려냈다. 루이스의 인생에 세 남자만 등장하는 건 아니다. 루이스 곁에서 온몸으로 삶의 지혜를 전수하는 할머니, 그녀를 자신이 생각하는 올바른 길로 인도하려는 원주민 사무국의 브래드록 씨, 그녀가 보내진 백인 가정의 모녀 등 모든 이들이 알게 모르게 그녀의 삶에 관여한다. 여러 번 넘어져본 사람이 일어날 수도 있는 법. 루이스는 이 모든 부딪힘을 씨실과 날실 삼아 자신의 삶을 직조해나간다. 때로는 위태롭게, 때로는 천진난만하게.

얼링은 원래 800페이지에 달하는 소설을 썼다가 288페이지로 줄였다고 한다. 결말이 너무 암울하고 잔인해 출판사에서 거절하자 다양한 목소리를 추가하고 글쓰기 방식도 바꾼 그녀였지만 폭력성과 잔인함만은 끝까지 포기하지 않았다고 한다. 그녀의 고집은 모든 이야기가 할리우드식 해피 엔딩으로 끝나야 하는 것은 아님을 상기한다. 우리의 삶은 복잡하고 잔인하며 아름답다. 얼링은 하나로 수렴되지 않는 각기 다른 견해를 지닌 다양한 화자를 통해 이 사실을 기린다. 원주민 자치 지구라는 경계 안에 머무는 듯하지만 언제 어디에서나 반복되고 변주되기에 거기에 있으면서도 여기에 있을 수밖에 없는 이야기다.

무엇보다도 이 소설은 아프다. 수많은 죽음을 목격한 루이스의 삶만 그런 건 아니다. 남편을 찾아 나섰다가 갑작스러운 날씨 변화에 목숨을 잃고 만 루이스의 엄마, 강물에 빠져 죽었지만 마치 그 안에서 춤추고 있는 듯해 보였던 동생 플로렌스. 한 겨울 강가에 빠져 고스란히 얼어붙은 원주민 가족. 그토록 당당했건만 지독한 추위가 찾아오자 수척해진 모습으로 루이스를 찾아오는 바티스트. 데브라 맥파이 얼링은 차마 말로 표현하기 힘든 순간의 애잔한 감정들을 촘촘한 장면 묘사에 담아낸다. 그녀가 세밀하게 그려낸 한없이 방대한 자연 앞에서, 그 서글프고도 강렬한 끌어당김 속에서 탐욕, 질시, 폭력, 권태로 점철된 인간 존재는 한없이 작아진다. 여러 번의 소소한 위기와 한 차례의 큰 위기 끝에 서로의 곁으로 돌아온 루이스와 바티스트의 다소 어수선하고 정리되지 않은 모습은 그래서 더 현실적으로 다가온다.

원주민 삶의 아픔이 켜켜이 들어앉은 문장들을 번역하는 내내 비릿한 냄새가, 살이 에는 추위가 나를 휘감았음을 부인할 수 없다. 너저분하고 수치스러운 감정들을 내가 가진 언어로 옮기는 동안 내 안에도 미워하는 감정이 수시로 싹텄다. 하지만 영혼의 생채기를 경험하고도 마디마디마다 성장하는 루이스는 죽음의 이미지, 폭력의 손길이 드리운 짙은 그늘에서 매번 나를 끌어올렸다. 소설을 읽는 독자 역시 마음에 여러 번 파장이 일겠지만 작가가 끝까지 포기 못 한 아픈 장면들에 너무 오래 머물지 않았으면 한다. 다양한 아픔을 동반할지라

도 성장은 흥미진진한 것이고 한 차례 성장한 루이스의 인생
은 이제부터 본격적으로 흥미진진해질 테니.

2022년 12월

이지민

퍼마 레드 가 장 어 두 운 이 름

1판 1쇄 인쇄	2023년 1월 17일
1판 1쇄 발행	2023년 1월 27일
지은이	데브라 맥파이 얼링
옮긴이	이지민
펴낸이	임정림
펴낸곳	(주)코스모스하우스
기획 및 책임편집	임혜림
편집	윤진희 김재휘
주소	서울시 마포구 와우산로29가길 80(서교동)
전화	02-332-1526
팩스	02-332-1529
이메일	info@hoembooks.com
출판등록	2015년 5월 7일 제2015-000153호
임프린트	혜움이음

한국어판 © (주)코스모스하우스, 2023

ISBN   979-11-960367-8-2   03840

· 혜움이음은 (주)코스모스하우스의 임프린트입니다.
· 잘못된 책은 구입한 곳에서 바꿔드립니다.
· 책값은 뒤표지에 표시되어 있습니다.

• 한국어판 출간에 도움을 주신 Nilsson Yazzie에게 감사를 전합니다.